야콥을 둘러싼 추측들

Mutmassungen über Jakob

세계문학전집 257

야콥을 둘러싼 추측들

Mutmassungen über Jakob

우베 욘존

손대영 옮김

민음사

차례

야콥을 둘러싼 추측들   7

작품 해설   373

작가 연보   387

1

하지만 야콥은 언제나 선로를 가로질러 넘어 다녔다.

─ 하지만 그는 늘 대피선과 발차선을 가로질러 넘어 다녔어.
왜냐하면 반대편 바깥쪽에서 역을 돌아 횡단보도까지 나
가서 전차를 타려면 삼십 분은 더 걸릴 테니까 말이야. 게
다가 그 친구는 칠 년씩이나 철도청에서 근무했거든.
─ 자, 이 날씨 좀 보라고. 이런 11월에는 안개 때문에 열 발짝
앞도 안 보여. 더구나 아침에는 더 심하지. 그리고 그땐 아
침이었거든. 뭐든지 아주 미끄러웠어. 그럴 땐 넘어지기 십
상이야. 그렇게 작은 조차*용 기관차는 소리가 거의 안 나.
보기는 더더욱 힘들고.

---

* 열차를 편성하거나 다른 선로에 넣거나 나누는 일.

— 야콥이 칠 년 동안 철도청에서 근무했다는 점을 말해 두고 싶어. 만약 어디선가 레일 위로 달릴 만한 뭔가가 움직였다면 야콥은 아마 정확하게 그 소리를 들었을 거고

커다란 유리 눈을 가진 높은 철도 신호탑 아래로 그림자 하나가 뿌옇게 안개 낀 구내 선로를 가로질러 걸어왔다. 그림자는 숙달된 솜씨로 레일을 차례차례 무심히 넘어 와서 녹색 불이 들어온 신호주(信號柱) 아래 멈췄고, 굉음을 내며 역을 빠져나가는 급행열차에 가려졌다 다시 나타나 움직이기 시작했다. 반듯한 자세와 느릿한 걸음걸이로 보아 야콥이었다. 두 손을 외투 주머니에 넣고 고개를 치켜들어 레일 위 기차들의 움직임을 살펴보는 모양이었다. 그가 일하는 신호탑에 가까워지면서 그의 윤곽은 시커멓고 육중한 괴물 같은 화물 열차들과 가쁜 숨을 내쉬는 기관차들 사이에서 자취를 감춰 버렸다. 이 차량들은 이른 아침 안개 속에서 조차원이 내는 가느다랗고 날카로운 호각 소리를 따라 축축하고 더러운 레일 위를 천천히 덜컹거리며 기어가고 있었다.

— 만약에 들을 수 있는 사람이 있다면 그건 야콥일 거야. 야콥이 직접 나한테 물리학이랑 공식을 가지고 설명해 줬거든. 칠 년이면 아주 능숙해지지. 야콥은 이렇게 말했어. 뭔가 오는 게 보이면 그냥 멈춰 서 있어야 해. 그게 아직 멀리 있다고 해도 말이야. "기차는 오는가 싶으면…… 벌써 눈앞에 와 있다니까." 야콥이 그랬어. 안개가 꼈더라도 야콥은 기관차가 오는 걸 알았을 거야.

— 하지만 한 시간 전에도 어떤 조차원이 험프*에서 으스러져 버렸어. 그 사람도 그런 건 알았을 텐데 말이야.

— 그래서 그렇게들 흥분했던 거야. 그들이 당장 비극적인 사고가 또 일어났다고 떠들어 대면서 그 죽음이 사회주의 건설에 공적이 된다고 기리고 명예롭게 애도해 준다고 해도, 그 일을 꾸며 낸 작자는 분명히 잘 알 거야. 이 빌어먹을 역을 통틀어서 요즘 같은 11월에 서독 여행을 허가받은 사람이 있는지 물어봐. 야콥은 동서독 간 열차** 편으로 그날 아침 막 돌아온 길이었어. 누구한테 다녀왔을지 생각해 봐.

— 크레스팔이라고 있는데, 알아? 그분한테는 딸이 하나 있어.

아버지는 올가을에 예순여덟 살이 됐고, 집을 넘어 내륙 쪽으로 불어오는 세차고 매서운 바닷바람을 맞으며 홀로 살고 있었다.

하인리히 크레스팔은 덩치가 크고 어깨가 떡 벌어졌으며 몸놀림이 둔하고 느렸다. 머리는 비바람에 시달린 오래된 탑 같았고 짧은 회색빛 머리카락은 가르마를 타지 않았다. 부인은 십팔 년 전에 세상을 떠났고 딸도 외지(外地)로 떠나 있었다. 작업장에는 몇 개 안되는 제작품이 벽을 따라 세워져 있었다. 대문에 있던 작업장 간판은 떼어 낸 지 이미 오래였다. 그는

---

* 화물 열차 조차장의 방향을 구분하는 선 한쪽에 설치된 작은 언덕.

** 초기에는 독일 내 소련군 점령 지대와 서방 연합군 점령 지대를, 나중에는 구 서독과 구 동독을 오가던 열차.

이따금 주립 박물관의 값비싼 가구를 손질해 주거나 예전에 그의 솜씨를 소문내 주었던 사람들의 물건을 손봐 주었다. 코르덴 작업복에 장화를 신고 낡은 궤짝이나 장롱을 찾으러 시골을 돌아다니기도 했다. 때로는 집 앞에 짐마차들이 세워져 있었고, 거기서 작품들을 꺼내 집 안으로 옮기고 나면 나중에 대도시에서 승용차들이 와서 은은하게 빛나는 금속 장식이나 정교하게 접합된 암갈색 목제 작품을 외지로 실어 갔다. 그렇게 그는 생활을 유지했다. 세금도 제대로 신고했고, 은행 계좌 내역도 외딴 소도시에서의 지출 규모와 부합했다. 불법 소득 의혹은 없었다.

　68세, 가구 공예사, 예리효* 치겔라이슈트라세 거주. 나는 군방첩대(MSA)의 보고서를 읽고 나서 그들이 그에게서 얻어 내고자 하는 게 뭔지 도저히 이해할 수 없었다. 이 예리효 지부의 보고서들은 대개 개인적인 고발이었다. 그러니까 누군가 이런 걸 말했고, 그건 이런 걸 뜻한다는 식이었다. 그는 예리효 선술집에서 공공연히(나는 그곳의 술집이 '공공연한' 장소라고는 생각하지 않는다. 자기들도 다들 알 테지만, 하여간 선술집에서 공공연히) 그 개에 대한 노래**를 불렀다. 개가 부엌에 와서 계란에다 똥을 쌌다네. 그러자 요리사가 주걱을 들고 와서 개를 흠씬 두들겨 팼다네. 그때 개들이 몰려와서 요리사를 대단히 칭송했고, 묘비에

---

* 작가가 가상으로 설정한 도시. 독일 북동부 메클렌부르크포어포메른 주 서쪽에 있으며 걸어서 한 시간 거리에 발트 해가 있다.
** 장난스러운 민요의 일종.

다 새겨 두었다네. 개가 똥을 쌌다고. 후에 그 개가 부엌으로 다시 돌아왔다네. 그다음은 잊어버렸다. 그래, 이제 무슨 말인지 알겠다. 이자들은 요즘 이런 것들을 기록하고 있다. 좀 진지하게 생각해 보자. 이자들은 첩보원들이 단가(團歌)라도 가지고 있다고 생각하는 모양이다. 머지않아 첩보원 배지까지 달려고 하겠다. 개백정들. 이자들은 이런 일로 화를 낸다. 다른 사람들도 모두 이런 일로 화를 낸다. 그들은 크레스팔이 황혼을 편안하게 보낼 수 있도록 해 주었다. 그러다가 나는 그에게 딸이 하나 있다는 것을 알게 되었다. 1933년 출생, 라이프치히에서 영문학 공부, 프랑크푸르트 암 마인, 암 마인에서 통역 학교를 다녔고, 올해 초부터 나토(NATO) 본부에 있다.(하지만 예리효 지부는 이것을 몰랐다. 크레스팔이 그들에게 말하지 않았을 것이기 때문이다.) 나는 다른 제안서도 훑어보았지만 쓸 만한 것이라곤 하나도 없었고 모두 다 단선적인 엑스레이 작업 같은 것들, 그러니까 간단히 말해서 단순 무식한 것들이었다. 나는 12시쯤 다시 MSA로 돌아와서 라긴에게 면담을 청하고 그를 만나 서류 가방을 건네주었다. 어차피 해야 할 일이라면 나도 이 일에서 한몫 해낼 것이다. "아, 갈루부슈카.*" 그가 말했다. 그는 모든 걸 기억해 내고는 나에게 설명을 요청했다. 대단한 기억력이다. 나는 내 생각을 말했고, 그는 자기 생각을 말했다. 협의. 에토 야스노.** 협의. 정리. "예슬리 아나 아스타바예차 갈루부카 나 크리시예……."***

---

* '비둘기'(러시아어)
** '그건 자명한 일이죠.'(러시아어)
*** '만약 비둘기가 지붕 위에 있다면……'(러시아어) 지붕 위의 비둘기보다 손 안에 든 참새가 낫다는 독일 속담이 있다.

하고 덧붙여 말했지만 그는 곧바로 알아듣지 못했다. 그들은 다른 표현을 쓰는 것이다. 이윽고 그가 웃으면서 말했다. "루체 바라베야."* 그는 아주 친절하고 결코 격식에 치중하지 않는 사람이었다. 아무튼 이번 일은 단독 임무였다. 지붕 위의 비둘기. 나는 그날 저녁까지는 집에 있었지만, 생각이 몹시 복잡해서 이따금 불안해지기까지 했다. 어쨌든 지난번 작전은 잘되었고, 그 대가로 그들은 나를 승진시켜 준 것이다. 특별 임무를 선택할 수 있는 권리를 준 건 결국 승진인 셈이고 이제 곧 승진해야 하는데, 그런데 어떻게 크레스팔이 여전히 그런 노래를 부르고 다닐 수 있느냔 말이다. 나는 다시 강등될지도 모른다. 다 끝난 일은 아니다. 아이 때문에 걱정이다. 두 살짜리 딸아이가 20시가 되면 잠자리에 들어야 한다는 건 알지만 그래도 작별 인사로 살짝 안아 올려 주었다. 이제 됐다. 자정에 나는 차도로 내려갔다. 한스 녀석은 끝이 나지 않는 기술 방송 수업을 들으며 책을 읽다가 나 보란 듯이 하품을 하고는 시동을 걸면서 말했다. "휴가가 더 길면 좋았을 텐데요." 나는 "예리효에는 해수욕장이 있어." 하고 답했지만 그때는 10월 7일쯤이었다. 나는 다시 기분이 좋아졌고 그곳을 한번 보고 싶다는 생각이 들었다. 그러니까 그땐 10월 초 가을이었고 우리는 밤새 차를 몰아서 베를린을 빠져나와 내려갔다. 하늘이 점점 커지고 하얘지더니 산 너머로 무척이나 소박한 예리효의 교회 탑이 나타났다. 예리효 지부의 개백정들은 역 주변 거리에 단독 주택 두 채를 마련해 두고 있었다. 뿌옇고 어둡고 거의 쓰러질 것 같은 집이었는데, 바로 옆에는 차고가 있

---

* '그렇다면 참새가 낫죠.'(러시아어)

었고, 간판은 아직 걸려 있지 않았다. 나는 롤프스 씨라고 신분을 밝히고, 나와 한스 녀석이 쓸 방을 하나 준비하게 했다. 처음 삼십 분 동안 그들은 나에게 크레스팔 서류에 대해 물어보았다. 그들은 몹시 화가 나 있었다. 그들은 음악이나 노래에 대한 안목이 없었다. 나는 그 이름을 한 번도 들어 본 적이 없다고 말하고 그 서류들이 그동안 장관한테까지 갔을 거라고 생각하는지 물었다. 나쁘지 않다. "이곳 일은 어렵습니다." 하는 그들의 말에 나는 "여기에 수영할 만한 곳이 있나?" 하고 물었다. 그들은 날씨가 너무 춥다고 말했다. 그들 중 젊은 녀석 하나는 때때로 두 갈래로 생각하는데, 나중에 쓸모가 있을 것 같다.

그들은 나를 휴가 중인 국장이라고 생각했을지도 모른다. 도시는 겉보기와는 달리 정체된 것 같지 않았고 외지인이라고 해서 그렇게 금방 눈에 띄지도 않았다. 이곳 사람들은 실제로 외지인을 유난히 쳐다본다거나 외지인들에게 말을 걸거나 하지는 않았다. 대부분의 사람들은 나를 등록·구매 조합*의 회계원으로 생각했다고 한다. 그 사람 얼굴 볼 일이 거의 없었거든요, 하고 한스 녀석이 말한다. 어쨌거나 우리는 잠시 산책을 했다. 해변으로 가는 길은 미리 알아 두었다. 한스 녀석은 내 옷가지 옆에 서서 오들오들 떨면서 절대 물에 들어오려고 하지 않았고 내가 수영하는 것을 다소 적절치 못하다고 여겼다. 그리고 저녁때 우리는 거기에 앉아서 신발에 묻은 흙을 털어 냈다. 시간이 지나면서 우리는 예리효 사람들을 몇 명 찾아가서 예리효에 대해 이

---

* 사적으로 생산된 과일이나 채소, 닭, 오리 등의 가금류를 사들이던 구 동독의 국영 기업.

야기를 나누었다. 아름답고 살기 좋은 도시입니다, 이곳에 머물 수 없는 것이 몹시 아쉽습니다, 하고 내가 말했는데 그들도 모두 동감했다. 특히 우체국장이 그랬는데, 그는 완고하고 공정한 공무원이었다. 우표는 누가 사는지에 상관없이 판매되고, 편지도 소인이 찍힌 뒤 지체 없이 배달됩니다. 마치 우체부가 우편엽서를 훔쳐 읽는 걸 내가 한 번도 본 적이 없는 것처럼 말한다. 그리고 우편 비밀은 인간의 기본권이지요. 하지만 이 국장 서명은 뭐란 말이오? 자, 보란 말이오. 당국에게는 충성하지 않을 수 없다. 이자는 파시스트들한테도 충성했을 것이다. 당연한 말씀이십니다, 메제빙켈 씨. 내가 쓰는 여러 이름을 혼동하지 않도록 조심해야 한다. 딸이 잘 지내는지 집에 전화를 걸려고 하던 바로 그날 나는 처음으로 그 남자를, 그러니까 크레스팔을 보았다. 우체국 창구 앞에서, 자세하게 말이다. 코르덴 작업복은 다리 쪽이 쭈글쭈글했고, 윗옷은 축 늘어지고 얼룩져 있었다. 그리고 안경. 안경은 안경집 안에 들어 있었다. 그는 고집스럽게 고개를 비스듬히 하고 안경집을 뒤적거리면서 말했다. "그리고 이십짜리 스무 개 더 주시오." 여직원이 여기에 새로 와서 이곳 말을 잘 알아듣지 못하는 눈치를 보이자 그가 설명을 해 주려 했다. "편지에 쓰려고." 20페니히짜리 우표 스무 장이라고 말이다. 나는 그의 바로 뒤에 서 있어서 그를 자세히 관찰할 수 있었다. 그는 넓은 등짝을 보이며 활기찬 걸음으로 성큼성큼 걸어 나갔고, 문 앞에 잠시 멈춰 움푹 들어간 양철 안경집에 안경을 넣고서 "안녕히 계시오." 하고 말한 다음 교회를 돌아 벽돌 공장 쪽으로 쿵쿵거리며 걸어갔고, 모퉁이에서 어떤 사람을 만나 멈춰 서서 대화를 나누었다. 나는 상관없다. 나는 어느 누구한테도 앙심을 품지 않는다. 나는 그렇게 늙지는 않았다. 하지만 사회주의의 대의는 승리할 것이고 지속될 것이다. 그리고 그녀가 그저 되는대로 살다가 공화국*을 빠져나가 지중해로 가는 그런 일은 있을 수 없다. 그렇게 하기에 그녀는 너무 젊고, 적어도 우리와 직접 대화를 나눠야 한다. 우리는 모든 사람과 대화해야 한다.

하지만 누군가 당신에게 물어본다면?

하지만 누군가 나한테 묻는다면? 신상에 대한 서술은 좀 고쳐야겠다. 게지네(이름에 밑줄이 그어져 있다.) 리스베트 크레스팔. 음, 그렇지. 이 이름은 이곳에서 흔한 것이다. 어머니의 이름도 리스베트였다. 리스베트 크레스팔. 1938년 사망. 무덤은 담쟁이덩굴로 무성하게 뒤덮여 있고, 울타리도 없다. 근처에는 아주 호사스러운 울타리가 있다. 묘비에는 이름만(엘리자베트가 아니다.) 있다. 결혼 전의 성? 없다. 인용된 성경 구절도, 십자가도 없다. 생존 기간만 새겨져 있을 뿐이다. 자, 이제 게지네 리스베트를 보자. 키는 어떻다고 할까? 중간 정도. 그 당시에는. 오 년 전이니까. 눈 색깔은? 회색. 지금은 녹색일지도 모른다. 주민 등록처는 너무 어두워서 모든 사람의 눈이 짙은 회색으로 보인다. 그리고 머리 색은 뭐라고 적혀 있지? 검은색. 생일, 국적, 특기 사항? 없음. 나도 어떻게 해야 좋을지 모르겠다. 하지만 이런 건 누구한테도 쓸모가 없다. 여권 사진은 2층짜리 소비조합 상점 옆에 있는 엄숙하지만 곰팡내 나는 사진관에서 찍은 것이다. 최

---

* 구 동독의 정식 명칭인 독일 민주 공화국을 가리킨다.

신식 사진관이라는. 안녕하세요, 미스 크레스팔. 자리에 앉으세요. 스웨터 윗부분을 턱까지 올리세요. 고개를 약간 더 기울이시구요. 왼쪽 귀가 너무 내려갔네요.

──그대로 찍을게요.

──살짝 웃으시겠어요?

──아니요. 여권 사진이거든요.

혹은 "여권 사진인데요." 얼굴은 그야말로 열여덟 살답다. 머리색은 검은빛이지만 완전히 검은색은 아니고 머리를 뒤로 곧게 빗어 넘겼다. 피부는 햇빛에 짙게 그을린 갈색. 튀어나온 광대뼈 위로 차분하고 진지하면서도 고집스러운 시선이 담긴 눈. 눈색깔은 회색이다. 이 인물을 확보하시오. 들랴 베시 소치알리스마.* 에토 야스노. 지붕 위의 비둘기.

하인리히 크레스팔은 팔 년 동안 딸을 대문까지 바래다 주었다. 그는 문틀에 기대서서 딸과, 말하자면 마지막 인사를 나누었다. 그녀는 아버지의 얼굴은 쳐다보지도 않고 뒷짐만 지고 서 있었다. 그녀는 미소 띤 얼굴을 하고 고개를 들었다. 그리고 아버지 주위를 껑충껑충 뛰면서 위협하기도 하고 핀잔을 주기도 했다. 그녀는 아버지와 나란히 도로 경계석까지 걸어가서 아버지를 다시 한 번 보고 고개를 끄덕이고는 소비에트 사령부 외벽을 따라 학교에 갔고, 그다음에는 역으로 갔다. 그리고 거구의 크레스팔은 집 앞에 서서 담배 파이프를 물고 주변을

---

* '사회주의의 대의를 위하여.'(러시아어)

바라보며 그날그날의 날씨를 기억 속에 담았다. 덧붙여 말하자면 아침마다 그는 거의 같은 말을 했다. 그리고 딸이 공손하게 무릎을 굽혀 인사하기는 하지만 반항심을 갖고 그의 말을 듣기 시작하던 바로 그 무렵 — 독일 민주 공화국이 네 번째 맞는 봄의 어느 주말이었다 — 어느 날 아침, 크레스팔은 평소 딸에게 줄 빵을 사던 길 건너 일제 파펜브로크의 가게에 가지 않았다. 그날 밤에는 그녀가 다음 날 아침을 먹을 때까지 머물지 않았던 것이다. 그 후 몇 년 동안 크레스팔은 검은 빵만 샀다. 일제 파펜브로크는 그의 딸이 여행을 떠났다는 말을 들었다. 그녀는 삼 년 하고도 여섯 달 동안 그 소식으로 만족할 수밖에 없었다. 어린 여자애가 아버지의 보호도 없이 그렇게 오랫동안 세상을 여행한다고? 세상이 얼마나 넓은데.

예전에 예리효는 주로 농민들이 살던 곳으로 대부분이 어느 한 귀족 가문의 소유였다. 수많은 집이 자리 잡은 이 메클렌부르크 지역의 발트 해변으로 일 년 내내 황량하고 거친 바람이 불어왔다……. 해변까지는 걸어서 한 시간이 걸리는데, 길은 소택지를 따라가다가 경작지 사이를 지나갔다. 파시즘 전쟁이 끝나고 벽돌 공장이 재건되고 가구 공장이 돌아가자 거리에는 더 많은 사람들이 몰려들었고, 덕분에 롤프스 씨는 철이 지나 뒤늦게 찾아온 여름 휴양객처럼 보였다. 그 예리효에 크레스팔이라는 이름의 남자가 불타 버린 옛 벽돌 공장 뒤쪽의, 소택지에 잇닿아 있는 기다란 단층집에 살고 있었다. 건너편에는 담으로 둘러싸인 공원이 있었고, 그 공원 안에 소비에트 사령부 저택이 있었다. 전쟁이 끝날 무렵 벽돌 공장 주인은 물건을 치울 겨를도 없이 집을 떠나 버렸다. 하지만 포메른에서 온 피난

행렬을 빠져나온 마차 두 대는 열려 있는 저택 문 앞에 멈추지 않고 방향을 바꿔 크레스팔 집 앞의 도로에 멈춰 섰다. 그리고 마침 그때 문밖에 나와 있던 크레스팔은 이 피난민들을 받아들였고 집을 반으로 나누어 더 넓은 쪽을 그들에게 내주었다. 자신은 딸과 함께 작업장 앞에 있는 두 방으로 옮겼다. 딸은 그해 4월에 열두 살이 되었다. 이름은 게지네였다. 어머니 리스베트 크레스팔은 1938년에 세상을 떠났다. 포메른에서 온 두 가족 중 한 가족은 포츠담 협정*이 공포된 후 다시 길을 떠났다. 하지만 다른 마차로 아들과 단둘이 왔던 압스 부인은 포메른으로의 귀환 허가와 남편 문제 때문에 이곳에서 기다리기로 했다. 포메른은 불타 버렸네** — 예리효 아이들은 해마다 5월이 되면 그렇게 노래했는데, 그해 5월은 그 뜻을 실감하고 세상의 크기를 어렴풋이 짐작할 수 있는 시기였다. 그다음 해에 압스 부인은 곡물과 저장 감자를 받고 마차와 말을 팔아 버렸고, 병원 식당에 요리사로 들어갔다. 그녀는 포메른에서도 요리사였는데 그곳은 귀족 영지였다. 야콥은 첫해 여름과 가을에 예리효 근처의 여러 마을에서 말 돌보는 일을 했다. 겨울에는 시내에서 승리한 소련군을 상대로 밀주를 거래하는 것 말고는 별다른 일거리를 찾지 못했다. 그는 크레스팔의 손재주

---

* 1945년 7~8월 미국, 소련, 영국의 수뇌가 포츠담에 모여 전후 처리에 대한 방침을 정한 협정. 현재는 폴란드 영토인 구 독일 제국 동부 지역에서 독일 주민을 추방한다는 내용이 포함되어 있다.
** 30년 전쟁(1618~1648)을 배경으로 한 자장가의 가사 중 일부. 전체 가사는 "딱정벌레가 날아가네/ 아버지는 전쟁터에 계시고/ 어머니는 포메른에 계신데/ 포메른은 불타 버렸네/ 딱정벌레가 날아가네" 여기서 딱정벌레는 정확히는 쌍무늬바구미(Maikäfer)인데, Mai는 5월, Käfer는 딱정벌레라는 뜻이다.

도 보고 배웠다. 야콥은 작업장 문에 크레스팔 상감 세공이라는 글씨를 새겼다. 그러다 그는 열여덟 살 때 예리효 역에서 조차원으로 일하기 시작했다. 그때 게지네 크레스팔은 고등학교에 입학했는데, 야콥은 학교에 다녀야겠다는 생각을 하지 않았다. 야콥의 어머니도 학교 공부를 쓸데없는 일로 여겼다. 그후 게지네는 열다섯 살이 되었는데, 여전히 야콥이 가는 곳에 함께 다녔고, 둘은 여전히 서로를 오누이로 여겼다. 그후 야콥은 직장 때문에 남쪽 엘베 강까지 내려갔고, 크레스팔의 딸은 대학교에 다니다가 주말에 아버지와 야콥 어머니를 만나러 예리효에 올 때면 중간에 내려 다음 급행열차가 도착할 때까지 야콥과 함께 있곤 했다. 그리고 평일 어느 날 밤 그녀는 예리효에 와서 야콥과 그의 어머니 그리고 크레스팔을 앞에 두고 부엌에서 두 시간 동안이나 얘기를 했다. 깡마른 데다 얼굴에 고생한 티가 나는 야콥의 어머니는 팔짱을 끼고 고개를 숙인 채식탁 옆에 꼼짝없이 서서 크레스팔의 말은 한마디도 거들지 않고 게지네의 거친 말대답을 묵묵히 듣고만 있었다. 아침 무렵 현관에 작별 인사를 하러 나온 사람도 야콥 어머니밖에 없었다. 그녀는 얘야, 얘야, 하고 말했다. 크레스팔은 국경선 너머로 수없이 많이 보낸 편지에서도 이렇게 얘야, 얘야, 하고 부르지 못했다. 이제 그녀는 국경선 건너편, 다른 독일에 살면서 그곳 미군 사령부에서 통역으로 일하기 때문이었다.

게지네 크레스팔은 야콥을 선물로 얻은 오빠로 받아들인 것처럼 야콥의 어머니도 단번에 자신의 어머니로 받아들였다. 아버지가 딸에게 무엇을 해 줄 수 있겠는가? 딸은 십이 년간 예리효를 세상 전부로 알고 살았는데, 그 예리효에 전쟁이 닥쳤다면 말이다. 아버지는 딸을 설득할 수는 있어도 딸의 모든 것을 책임질 수는 없다. 더군다나 처음부터 크레스팔은 딸에 게 비밀을 간직할 수 있게 했던 터였다. 그 애는 4월의 따가운 햇볕을 받으며 뒷문 쪽 계단에 꼼짝없이 쪼그리고 앉아서 낯선 여자를 관찰하며 생각에 잠겨 있었다. 그 낯선 여자는 덮개를 반쯤 걷은 마차 위에 서서 여기저기를 기운 바구니와 자루, 우유병을 밑에 있는 크레스팔에게 건네주며 머물고 싶다는 뜻을 내비쳤다. 포메른 사투리는 메클렌부르크 사투리와 몹시 다르고 쓰는 단어도 달랐기 때문에 그녀는 그들이 무슨 말을 하는지 전부 이해하지는 못했다. 그리고 그 애는 저녁때 소택지 너머에 있는 호수에서 야콥과 함께 기진맥진하고 먼지투성이가 된 말을 타고 돌아왔고, 자작나무 아래에 있는 벤치로 주저하며 다가가서는 근심으로 가득 차 굳어 버린 낯선 여자의 얼굴을 말없이 바라보다가 이윽고 "안녕히 주무세요, 그럼." 하고 말했다. 게지네의 친절한 인사를 받은 압스 부인도 어색하지만 너그럽고도 다정하게 "그래, 너도 잘 자렴." 하고 게지네와 똑같이 조심스럽게 표준어로 대답해 주었다. 압스 부인은 그때 아이들에게는 일찍 잠자리에 들어서 편안히 자는 그런 삶이 있어야 한다는 것을 다시 한 번 깨닫게 되었다.

그녀는 나한테 음식을 요리해 주었고, 머리를 어떻게 손질해야 하는지 보여 주었고, 외지에 나가 있을 때도 도움을 주었다. 내가 뒷짐을 지고 있던 그날 밤이 생각난다. 그녀는 게지네야, 하고 부르고는 거칠고 굳은 손으로 내 어깨를 부드럽고 다정하게 쓰다듬었다. 나지막하고도 빠른 그녀의 말투가 생각난다. 얼굴도 생각난다. 얼굴은 좁고 길쭉하고 광대뼈가 두드러졌고, 가늘고 건조한 눈에는 이미 노년의 기운이 깊이 서려 있었다. 내겐 언제나 어머니와 같은 분이 있었던 셈이다.

게지네와 야콥이 크레스팔의 집을 떠나 세상으로 나간 후 압스 부인은 혼자 살았다. 크레스팔은 생명이 다하기만을 기다리고 있었고, 아무도 그의 형편을 돌봐 줄 수 없었다. 크레스팔이 국경선 저 너머에서 온 편지를 들고 부엌으로 찾아오는 저녁이면 그녀는 입버릇처럼 "하지만 그 애는 멀리 가 버렸어요." 하고 말했다. 때로는 특별히 그녀 앞으로 자세히 쓴 편지가 끼워져 있기도 했지만 그녀는 답장을 하지 않았다. 그녀가 게지네를 위해 해 줄 수 있는 일이 없었던 것이다. 그녀는 두 손을 무릎 위에 둔 채 조용히 탁자 옆에 앉아서 크레스팔에게 이런저런 소식을 딸에게 전해 달라고 부탁했다. 하지만 그런 때에도 그녀는 곧 일어났고, 복도 건너편에서 슬프고도 외로운 밤을 맞이했다. 야콥은 편지를 잘 쓰지 않았고 찾아오는 일도 일 년에 몇 번 되지 않았다. 야콥이 함께 있을 때면 그녀는 크레스팔의 집에 평소보다 오래 앉아 있었고, 호의적인 감정도 애써 감추지 않았다. 그런 저녁이면 그녀의 얼굴에는 처녀 시절 모습이 어렴풋이 비쳤고 그것은 점차 뚜렷이 눈에 띄었다. 사실은 뒷문 앞에 서 있던 첫날 저녁부터 그녀는 아무런 거리낌 없이 한집에서 살도록 받아들여졌고, 그녀의 삶은 피난길을 떠난 후 새로운 고향을 얻은 것처럼 인간적인 관습 속에

다시 뿌리를 내렸던 것이다. 이곳에서 그녀는 여자아이를 돌봐 줄 수 있었다. 그녀는 야콥에게 그 일이 생겼던 그해 10월의 어느 날 저녁이 되어서야 이 사실을 깨달았다. 그날, 롤프스라는 남자가 병원 부엌 입구에서 그녀를 기다리고 있었다. 그 남자는 그녀에게 사회주의에 대해, 서유럽 자본가들의 호전성에 대해, 사회주의의 우월함과 자본주의의 해악에 대해, 그리고 이것들이 개개인의 삶에, 그러니까 크레스팔 가족의 삶에 미치는 영향에 대해서 허물없고도 진지하게 말하기 시작했다. 그리고 외동딸이 부재중이기 때문에 유감스럽게도 크레스팔 가족을 한 가족이라고 하기는 힘들지만, 압스 부인이 말하자면 어머니처럼 그녀를 돌봐 주지 않았습니까? 하고 롤프스가 물었다. 그러자 그녀는

"아니에요." 하고 내 면전에 대고 딱 잘라 부인했다. 이 도시 사람이면 누구나 그녀가 게지네와 함께 해변에 갔고, 기차역에서 게지네를 기다렸고, 둘이 시내를 다니는 모습이 꼭 모녀 같았다고 말하는데도 말이다. 그녀는 일 년에 한 번 여행을 떠났는데 어디로 갔는가 하면, 나도 한 통 읽어 본 적 있는 바로 그 편지들의 발신인한테 갔던 것이다. 그 편지는 받는 사람의 이름도 쓰지 않고 "아침나절 내내 당신을 생각했어요." 하고 시작했다. 그런데 이제 와서 아니라고, 아무것도 아니라고 말하는 것이다. 그녀는 그 집에 살았을 뿐 크레스팔 가족과는 아무런 관계도 없다고 너무도 침착하게 말하는 것이다. 그래서 나는 내가 잘못 생각한 것 같으니 부디 언짢게 생각하지 말라고 말해 주었다.

그녀는 내가 그 아가씨에 대해 물어본 것 말고는 하나도 알아듣지 못했다. 그러니 되도록이면 그녀에게는 두 번 다시 질문하지 말아야겠다. 나는 좋습니다, 하고 말해 준다. 안절부절못하는 눈길로 남몰래 두 손을 떠는 이런 식의 태연함은 참을 수가 없다. 나는 그렇게 늙지는 않았다. 누군가가 겁을 먹은 나머지 거짓말하는 걸 보고 싶지는 않다. 그렇게 해서는 성공하지 못할 것이다. 나는 한스 녀석에게 말했다. "이봐, 오늘 둘이서 수영이나 하러 갈까?" 이 녀석한테는 물이 너무 차가운 모양이다. 나는 이렇게 말한다. "그럼 여기를 떠나지. 엘베 강으로 간다."

*

그해 가을 야콥은 스물여덟 살이었는데, 그해 가을만큼 10월을 '시간'으로 겪어 본 적은 일찍이 없었다. 분 단위 작업 시간조차 아껴 쓰고 주도면밀하게 고려해야 했으며 일 분 일 분을 의식해야 했다. 앞에 있는 경사진 책상 위에 놓인 종이에는 예정된 사건과 돌발적인 사건 들이 시간적, 공간적으로 어떻게 연결되어 있는지 보여 주는 수직선과 수평선이 그려져 있었고, 그는 그 안에다 여러 가지 펜으로 자신이 맡은 구간의 선로에 있는 열차의 움직임을 한 구간 한 구간, 일 분 일 분 그려 넣었다. 하지만 실제로 그가 그 이름난 계절의 변화에 대해서 느낀 것이라고는 밝기의 차이뿐이었다. 결국 일 분 일 분이 모여서 만드는 것은 하루라는 시간이 아니라 운행 시간표에 불과했던 것이다. 그러니까 이번 가을에는 내가 말한 것처럼 그가 선로도(線路圖)와 마이크, 스피커 들을 뒤로 하고 문을 닫고 나가서 불 밝혀진 기다란 복도를 따라 내려가 백색 형광등의 차가운 불빛 아래에서 건물 바깥과 빛의 차이를 눈으로 느낄 수 있는 창문이 달린 계단실로 올 때까지는 시간이 어떻게 지나갔는지도 모를 정도로 바빴던 것이다. 실내와 다른 불빛 아래에는 나무 하나 없는 산업 도로가 뿌옇게 보였고, 공장 마당에는 높이 굴려 올려진 고철 더미 위에서 크레인이 삐걱대고 덜커덩거렸으며, 빠르게 움직이는 전기 수레에 실린 짐은 브레이크가 갑자기 걸린 충격으로 덜컹거렸고, 쇼윈도는 흰색과 초록색으로 빛났으며, 황혼 녘의 전차 정거장에는 사람들이 그을리고 적막한 담장 앞에서 눅눅한 바람을 맞으며 불쾌한 기색으로 서 있었다. 일하는 동안에도 이 광경이 잊히지가 않았다. 그는 조차 역에 높이 솟은 엷은 붉은색 탑의 넓은 창문 너머로 엘베 다리까지 꼬불꼬불 이어진 기차 레일을 바라보았다. 발밑으로 자그맣게 보이는 육중한 열차들은 빠르게 굴러갔고, 조차 작업반들은 넓은 작업장에서 길이가 짧고 폭이 넓은 기관차 옆을 달리고 또 호각을 불면서 하나하나의 혹은 연결된 차량을 밀기도 하고 끌기도 해서 기다란 열차를 만들었으며, 해머 소리가 차고에서 가늘고 날카롭게 솟아 나와 두껍게 칙칙거리는 증기 기관의 소리 속으로 빨려 들어갔다. 하지만 엘베 강 건너편 전화선과 전신주 사이에는 그가 맡은 구간의 선로가 옅은 안개에 싸인 지평선 너머로 서쪽 국경선을 따라 쭉 이어져 있었다. 폐색 신호소*와 신고 정차장, 기차역 사이에 있

---

* 열차의 충돌을 막기 위해 두 대 이상의 열차가 동시에 운행되지 않도록 신호기를 설치한 장소.

는 선로 설비들은 추상화된 청사진 형태로 축소되어 앞에 있는 스피커 위쪽에 걸려 있었고, 넓은 지역 어딘가에서 전화를 통해 공식 업무 용어로 열차 진입을 알리거나 문의를 해 오면 야콥은 눈에 보이지 않는 곳에 있는 역과 열차 앞의 신호를 상상했다. 그에게 열차는 문자와 숫자로 이루어진 기호였다. 그렇게 해서 그는 운행 시간표에 따르면 열차가 몇 시에 몇 킬로미터 지점에 있어야 하는지 그리고 지금은 실제로 어디에서 자신과 남에게 방해가 되고 있는지 알게 되었다. 그리고 연착은 곧 잘못이다. 그럴 때는 손을 들어 옆에 있는 스위치를 누르고 마이크에 자신이 원하는 바를 말했다. 그런 다음 전화선을 전환하면, 마침내 운행 감독 F-d-l*의 목소리가 들려왔고(그는 멀리서 역을 보며 앉아 있다.) 야콥은 멀리 떨어져 있는 자기 탑에서 머릿속에 그리고 있는 바를 설명했다. 차축이 120개 달린 화물 열차 한 대가 자갈과 마름질한 목재, 갈탄, 라디오, 선박용 모터, 탱크(Dg, 아마도 1204호인 듯)를 싣고서 지금 통화 중인 운행 감독의 발밑에 놓인 제2선로에 진입했고, 기차역 출구에 있는 신호가 바뀌고 급행열차가 주 선로 위를 쿵쾅거리며 달려갔다고 말이다. 그 급행열차는 삼십 분 전(시각 ─ 14시 7분)에 야콥의 발밑을 빠져나갔던 열차였고, 스피커에서 흘러나오는 정보에 따라 열차의 궤적은 다시 아래쪽으로 비스듬히 내려가는 두꺼운 검은 선으로 열차 다이아**에 그려졌는데, 그 선은 열차가 통과한 폐색 신호기와 지나가 버린 시간 단위 들

---

* 운행 감독을 뜻하는 Fahrdienstleiter의 약자.
** 열차 다이어그램(train diagram). 열차 운행 상황을 도해한 것으로 운행 시간표라는 뜻으로도 쓰인다.

을 이미 많이 벗어나 있었다.

이번 가을에는 석탄이 부족하고 작업 설비가 낡은 까닭에 운행 시간과 주행 구간의 그물망 속에 있는 운행 업무가 자주 지연되었고, 디스패처*들은 높이 솟은 육중한 탑 속에서 스피커를 앞에 두고 앉아 흥분해서 투덜댔다. 항상 연착이 발생했고 선로란 선로는 모두 대기 중인 기차들로 얽히고 엉클어져서, 더 이상 운행 계획표의 어느 부분도 맞아떨어지는 것이 없었고 교대 작업반마다 시작할 때부터 끝날 때까지 엉킨 채로 일해야 했기 때문이었다. 게다가 순간순간 내려야 하는 결정마다 국가적 양심에 대한 문제였고 어떤 답도 만족스럽지 않았으며 어떤 답이든 필연적으로 직업상 이 일에 관여할 수밖에 없는 사람의 책임으로 돌아오게 되어 있었다. 이런 상황에서도 야콥은 아주 잘 참아 냈다. 그는 성실함과 일종의 태연함을 가지고 일감을 앞에 놓고서 의자에 기대 물러앉아 길쭉하고 검은 머리를 희망적이고 신중하게 옆으로 기울인 채 눈을 가늘게 뜨고 멍한 눈길로 지면에서 벌어지는 모든 움직임을 주시했고, 주저하는 듯한 낮은 목소리로 마이크에 대고 말했다. "아니, 나는 안 돼, 혹시 너는?" "그건 담배 때문에 그런 거야. 우리 인민 소유 담배 공장 말이야. 그쪽에 말해 봐. 그것 때문에 너희 출구 쪽 선로가 터지지는 않아. 아이고, 저런! 그렇게 걱정하지 말라고 해." 그는 가끔 전화선 저쪽 끝에 있는 상대방이 자기 눈앞에 있기나 한 것처럼 고개를 끄덕였다. 생기는 일

---

* 구 동독에서 철도의 운행 관리자 또는 현장 감독을 일컫는 말. 직위상 운행 감독 아래에 있으며 실제 열차 운행을 관리한다.

마다 서로 연관된 까다로운 문젯거리를 남겨서 자신이 담당하는 구역에 대해 전망하는 것도 힘들어졌고, 한번 운행 시각을 정확하게 맞춰 놓아도 인접 구역에서 한숨 섞인 말투로 미안하다면서 불규칙하게 열차를 보내오는 통에 상황은 다시 엉망이 되기 일쑤였다. 열차가 뒤엉키는 것은 풀기 어려운 문제였고 사방에 장애물이 있었지만 야콥은 고개를 끄덕이고 입언저리를 씰룩거리며 말없이 드문드문 끊어진 파란 선으로 혹시 분 단위 간격에 열차 운행을 하나라도 더 끼워 넣을 수 없을까 하고 오히려 호기심 어린 눈으로 살펴보았다. 녹색 신호는 운행할 수 있다는 뜻이고 일반적으로 경쟁이라 함은 녹색 구간의 경쟁을 말했다. 정시 운행과 연착은 나중에 플러스 점수와 마이너스 점수로 나뉘어서 플러스 점수가 많으면 성과급이 지급되었다. 하지만 정부 부처에서 끝없이 내려 보내는 회람 문서나 당의 격려문은 운행 계획표에 나온 것 이상은 알지도, 생각하지도 못한 것이었다. 이렇게 힘겨운 상황에서도 야콥은 처음의 운행 계획을 기억해 두어야 했다. 올가을 디스패처들은 운행 계획 용지와 운행 실행 용지를 겹쳐 들고 빛에 비춰 보면 둘은 비슷하지 않은 정도가 아니라 오히려 남반구 별자리와 북반구 별자리를 보고 있는 것 같다고들 했다. 젤라틴 판으로 복사한 유인물 뒷면에 근무 시 유의 사항을 적어 둔 사람이 야콥 혼자만은 아니었던 것이다.

야콥은 칠 년 전 발트 해 연안의 보잘것없는 도시 메클렌부르크에서 조차원으로 독일 제국 철도에 들어왔다. 그는 현재 관할인 엘베 강 북쪽 근무지 대부분에서 수습사원과 사무원, 조수로 일했다. 그래서 그는 직장에 아는 사람이 많았고

동료들은 모두 야콥 하고 이름을 부르며 그와 말을 놓고 지냈
는데(하지만 그는 지금 감독이었다.) 그것은 야콥이 누구에게
나 너그럽게 대했기 때문이었다. 철도청 스포츠 클럽에 걸린
사진 액자를 보면 그는 핸드볼 1팀의 다른 선수들과 별 다름
없이 레프트윙과 센터백 사이에 서 있었고 폐허가 된 도시에
서 잔해를 치울 때 찍은 사진에서나 또 어느 사진에서나 키가
크고 어깨가 떡 벌어지고 침착한 모습을 하고 있었기 때문에
그의 사진을 본 사람은 곧 이렇게 생각하거나 말하게 되었다.
"이 사람이 야콥이야. 여기 이 사람. 보여? 정말 균형 잡힌 몸
이야."

— 아, 여기 있네. 내 생각엔 수비수일 것 같은데. 겉모습으로
봐서는.
— 그럼 야콥이 달리는 데 약할 거라고 생각하는 거야? 천만
에. 그에게서 볼을 한번 빼앗아 봐. 운동 안 한 지가 이 년
정도 되긴 했지만 말이야. 환호하고 우쭐대는 그런 일이 지
겨워질 때가 있어. 야콥은 관중들의 그런 바보 같은 짓을
좋아하지 않았어. 그러니까, 볼이 어떤 사람한테 가면 그
사람은 한 발짝 옆으로 갔다가 재빨리 달려가든지 공중제
비를 해. 그런데 야콥은 그런 걸 안 하는 거야. 어느 경기에
선가 미친 듯이 야콥을 수비하던 선수가 자꾸 넌 한 골도
못 넣을 거야! 하고 말하면서 악착같이 달려들었어. 그랬더
니 야콥은 공을 놔 버리고 웃고 말았지. 처음부터 다시 시
작할 수 없는 일도 있어. 싫증이라고 말할 수 있는 일이 그
렇지.

— 너희는 초과 근무가 많은데, 일요일에 쉴 수는 있어?
— 그럼. 물론 일이 어떻게 돌아가느냐에 달려 있지만.

그는 자신의 탑 안은 둘러보지도 않고 문을 닫고 앉아서 세상을 향해 말했고 멀리 떨어진 곳에서 일어난 사건들을 기록했다. 그 사건들은 끊임없이 사라져 갔고, 쉬지 않고 흘러가는 시간 속에서 종이 한 장에 전문적인 방법으로 그려진 곡선으로 남았다. 낮게 깔린 연무 아래 널따란 잿빛 강물 위로 예인선들이 미끄러져 갔고 눅눅한 공기가 두껍고 지저분하게 도시 위에 머물렀으며 하늘은 하루 종일 하얀 빛이었다.

좋아, 하고 말한다. 하지만 꼬박 이틀이 지났으니 필요한 게 무엇인지는 알고 있어야 한다. 그러니까 그는 어떤 형편인가? 모르겠다. 디스패처라는 것이 뭔지는 대충 알겠다. 중앙 집중식 명령권, 닫혀 있는 문, 모든 전화 회선에 대한 우선권, 빠르고 정확한 생각, 일에 대한 성과. 그들은 모두 말차이트*, 하고 인사한다. 길에서도 말이다. 그리고 계속되는 초과 근무, 신경질적인 태도, 뭐 이런 것들이다. 바르치라는 디스패처가 있는데 아주 심하게 변덕스러운 사람이다. 잘 모르기는 해도 도대체 디스패처가 될 수 없는 인물이다. 여기에 근무 시간표가 있고, 또 여기에 야콥의 시간표가 있다. 서로 일치한다. 근무를 마치면 집으로 가고, 잠을 자고, 다시 근무하러 간다. 시간이 조금 더 걸렸다면

---

* '맛있게 드세요.'라는 뜻으로 식사하기 전에 사용하는 인사말. 점심때 직장 동료들 사이에서 하는 인사말이기도 하며, 야콥의 직장에서 모두 이 인사말을 사용한다는 점을 전달하기 위해 번역하지 않고 그대로 옮겼음을 밝혀 둔다.

그건 상점에 사람이 많았던 까닭이다. 버스 시간이 늦어질 때도 있고, 작업 교대가 늦어질 때도 있다. 그러면 그는 혼자서는, 다시 말해서 자신의 의사로는 무엇을 하는가? 보통 평소에는 다른 계획이 있는 법이다. 그의 은행 계좌를 보라. 그렇게 생활하면 돈은 절반도 쓸 수 없다. 잘못 본 것일지도 모르지만 나는 일주일 전에 그가 예리효 선술집에서 크레스팔과 함께 앉아 있는 것을 보았다. 예리효는 여기서 멀리 떨어진 곳이다. 그리고 누군가 그 자리에 합석하려고 했다면 그들은 분명히 곧장 술값을 계산하고 나가 버렸을 것이다. 내가 크레스팔의 견해에 그렇게 신경을 쓰는 건 아닌데 말이다. 나에게 중요한 건 야콥이었다. 나는 차를 타고 그를 뒤따르며 그의 일과를 관찰한다. 그리고 지성인이라는 멍청이들이 사회주의를 어떻게 다루어야 할지 난감해하는 것과 마찬가지로 나는 지금 야콥을 앞에 놓고 난감한 처지에 놓여 있다. 길가에 차를 세우고 한스 녀석 뒷자리에 앉아 있는 게 오히려 낫겠다. 나는 전차를 기다리고, 화물역 플랫폼을 넘어오는 야콥을 기다리고 있다. 야콥은 늘 가로질러 오니까 말이다. "안개로군. 차 좀 돌려 봐. 그리고 이봐, 한스, 전차 주변을 빙 돌아 봐, 내가 야콥을 관찰할 수 있게 말이야. 천천히. 좀 더 빨리 가. 지금 그가 길로 나오는군. 자네도 보이지?" 안녕하신가, 야콥.

그는 투명한 신분증 지갑 덮개를 뒤집어 차장 아가씨에게 뒷면을 보여 주었다. 그녀는 빠르고 숙련된 눈빛으로 고개를 끄덕이며 감사합니다, 하고 말하고는 차표 검사를 계속했고 그런 다음 승강대 발판의 뒤쪽 끝으로 올라서면서 야콥에게 지나가게 해 주겠느냐고 물었다. 야콥은 말없이 반걸음쯤 뒤로 물러나서 그녀가 지나갈 공간을 터 주었다. 그는 오후의 러시아워에 숨 막히도록 비좁은 틈에서 자신의 어깨 쪽으로 밀린 채 서 있는 아가씨의, 포니테일로 묶은 금발 머리를 바라보았다. 급커브 길에서 차량이 선로를 따라 부드럽게 기울어질 때 야콥은 자신의 눌린 팔 옆에서 생각에 잠겨 있는 상냥하고 내성적이고 젊고 영리한 얼굴을 보았다.

이렇게 가까이에 서 있어도 앞날을 기약할 수는 없는 일이었다. 그리고……

……그의 행동거지는 전부 감시자의 시선에 노출되어 있었다. 그는 벌써 환하게 불을 밝힌, 사람들로 북적이는 시장 상점에서 장을 본 다음 버스를 탔다. 그러고는 버스에서 출구 쪽 긴 의자의 앞자리에 앉아서, 길에 난 웅덩이 때문에 차가 잠깐씩 덜컹거릴 때 가만히 앉아 있는 자기 모습이 뿌연 창문에 비쳐 흔들리는 것을 보았다. 그는 10페니히짜리 동전 두 개를 차장 손에 놓고 "이십이요." 하고 말했다. 차장은 야콥의 손에 차표를 놓고는 끝이 올라가는 기계적이고 진부한 어투로 "이십이요." 하고 다시 말했다. 그는 아무 생각도 하지 않았는데, 문득 자기 어깨 아래에 있던 여대생이 떠올랐고 그 여학생이 자기 시선에 전혀 개의치 않았던 것도 생각났다. 그녀가 옆에 있었던 것만 해도 지금은 기분 좋은 회상거리였다. 아마도 그의 시선 역시 별반 눈에 띄는 편은 아니었을 것이다. 그는 금방 잊히더라도 괴롭지 않은 그런 피곤한 친밀함으로 누구의 눈에도 띄지 않게 승객들을 바라보았다. 그의 옆에 있는 문은 정거장마다 칙 하고 소리를 내며 열렸다가는 이내 닫혔다. 야콥은 자신이

내릴 거리의 이름이 나오자 침침한 불빛 아래 흔들리는 차에서 가방을 들고 자리에서 일어났다. 차장은 벨을 울려 운전실로 신호를 보냈고, 차가 정차하고 덜컹하면서 문이 열렸다. 야콥은 높은 주택들 사이 밤거리의, 짙은 그림자를 드리운 서늘한 어둠 속으로 내려섰다. 그는 차도를 가로질러 건너 도로 경계석을 지나친 뒤 현관에 들어섰다. 뒤틀린 나무 계단을 올라가는 발소리가 잠시 거리에 남아 있었다. 아래쪽은 바람도 잠잠했다. 그리고 길 건너편에서 인도를 넘어 현관을 지나고 안뜰로 향하는 발걸음이 있었다. 한번 힐끗 볼 정도의 시간 동안 어스름하고 창백한 얼굴을 위로 치켜든 그림자 하나가 야콥이 부엌에 켜 놓은 전등 불빛 아래에 서 있었다. 비에 젖은 포장도로 위로 한숨을 쉬고 신발을 끌면서 걸어가는 발소리가 다시 들렸고, 이어 조용한 빗줄기의 서늘하고 깊은 숨소리가 들렸다.

그 시선은 시내에서 야콥이 하는 일과 움직임을 끈질기게 익혀 나갔다. 10월 중순부터 그를 쫓기 시작한, 사사롭지 않은 이 관찰은 저녁때도, 혹은 어슴푸레하고 밤을 지새워서 피곤한 아침 시간 전차에도, 직장 건물의 텅 빈 기다란 복도에도 있었고, 그에 대한 평판과 그의 생활 방식을 알아내려고 애썼다. 그 시선은 거리낌이 없었고 사소한 일까지, 단지 알아내기 위해 탐욕스럽게(마치 모르는 여자의 뒤를 밟는 것처럼) 손을 뻗쳤다. 그러나 그것은 위임받은 일이었고, 고용인과 임시 고용인 들이 취하는 행동은 바꾸거나 점검할 수 있는 것이었다. 그들은 자신이 관찰한 것을 잊었고, 자기 삶을 위해 거기서 장점이나 교훈을 취하는 일은 하지 않았다. 이렇게 해서 다른 사람과의 만남과 이웃 관계, 전화 통화, 버스나 전철 같은 대중교통 안에서의 사소한 시선 교환 따위가 추측되거나 보고되고 다시 녹음되고 타이핑되어서, 그리고 은밀히 속삭이는 분위기 속에서 형체를 갖추어 가고 분류되고 묶이고 철해져서, 도시의 북쪽 외곽에 자리 잡은, 눈에 띄지 않도록 유리창을 뿌옇게 만든 임대한 집의 창문도 없는 방 안에 있는 남자를 위해 보관되었다. 이 남자는 상대에 따라 이름을 바꿀 수 있는 사람이었고, 따라서 명목상으로는 일반적이고 공식적인 방식 말고는 야콥의 안부에 대해서 어떤 관여도 할 수 없었다. 그러니까, 나라의 지체 높은 분들이 야콥을 주목했던 것이다.

— 그런데 크레스팔의 딸하고는 어떻게 된 거야?
— 모르겠어. 야콥도 아마 탈주민 수용소에만 갔을 거란 생각이 들어. 자비네 말이 그래. 나도 그렇게 말하려고 했어.
— 자비네가 그렇게 말했다는 거지? 하지만 자비네는 혼자서 여름휴가를 떠났어. 둘은 헤어진 거고 아주 끝난 거지. 난 그 후에 둘이 서로 어떻게 대하는지 봤거든. 그녀가 "안녕하세요, 야콥." 하고 말하면, 야콥은 호의적으로 그녀를 쳐다보고 똑같이 인사했어. 알겠지? 서로 여전히 좋아하고는 있지만, 사랑은 영원히 끝난 거야.

독일 제국 철도 직원에게는 공휴일이라는 게 없었다. 끊임없이 요구되는 운행 때문에 근무, 수면, 교대를 반복하고 나서 따로따로 주어졌던 자유 시간을 한꺼번에 몰아서 이틀을 온통 쉬게 되는데, 이것을 '휴식'이라고 불렀다. 야콥은 10월의 이런 휴식 중에 한 번 예리효로 갔다. 그는 어머니와 함께 병원에서 치겔라이슈트라세로 걸어갔다.(야콥의 어머니는 조용하고 호감을 주는 편이었는데, 그때만 해도 롤프스 씨는 병원에서 받은, 질문지에 적힌 답변 외에는 아는 것이 없었다.) 저녁때 그는 크레스팔과 선술집에 앉아 크레스팔이 세상 돌아가는 형편에 대해 말하는 것을 들었다. 그들은 테이블 하나를 차지했는데, 그 후에 금방 그 자리를 제3자에게 전부 넘겨준 것은 정말 우연한 일이었을지도 모른다. 이것이 10월에 일상에서 벗어난 예외적인 경우였다.

그는 동료 철도원들과 함께 화물역 근처이자 항구 근처에 있는 식당에 두 번 갔다. 그중에는 외혜와 페터 짠, 볼프강 바르치가 있었는데, 볼프강 바르치는 한 번만 함께 있었고 한 번은 일찍 집으로 돌아갔다. 야콥은 술을 많이 마시지 않았고 대화는 직장 일에 관한 것 같았는데, 나중에 업무상 겪는 어려움에 대한 이야기가 나오자 대화가 격렬해졌다. 그럴 때면 보통 야콥은 말을 많이 하지 않고 관망하는 것 같았다. 그는 동료들 사이에서 큰 몸짓으로 붙임성 있게 말하면서 전차와 버스를 타러 갔고, 한 사람도 빠뜨리지 않고 작별 인사를 건넸다.("그럼 잘 가.""내일 밥 먹을 때 봐.""너도 집에 잘 가.""우린 그렇게 될 거야. 내가 하고 싶었던 말이었어.""한번 전화할게.""그럼 내일 봐.""집에 잘 가.""이제 금방 아침이 되겠네. 잘 자.""잘 자, 잘 자.") 그리고 그는 말짱한 정신으로 기분 좋게 일하러 나타났다. 그리고 열나흘 중에서 나흘 이상 저녁에 쉬는 일은 거의 없었다. 롤프스 씨는 야콥이 집회와 회의, 재건 운동에 규칙적으로 참석한다는 것을 알게 되었지만 이것을 특이한 경우라고 생각하지는 않았다.

주중의 어느 날 저녁 야콥이 어떤 여자와 함께 시청 지하 식당에 있는 모습이 목격되었다. 그 여자는 키가 그와 거의 비슷했고 다만 야콥 곁에 있어서 좀 더 날씬해 보였는데, 조심스럽지만 대담하고 당돌하게 야콥 가까이에 얼굴을 대고 앉아 있었다. 야콥은 정면을 바라보며 거의 움직이지 않고 그녀의 모든 말을 신중하면서도 유쾌한 태도로 귀담아들었다. 많은 손님들이 자기도 모르게 그쪽 테이블을 쳐다보았는데, 그것은 아마 그녀가 입은 우아하고 밝은 의상이 이 계절에는 눈에 띄는 것인 데다 그녀가 제복을 입은 야콥 옆에 있었기 때문이고, 야콥이 적어도 제복으로 자기 직업을 드러냈고 따라서 이 젊은 여자 역시 보는 사람에게 보다 친숙하고 판단하기 더 쉽게 느껴졌기 때문이었을 것이다. 만약 우리가 철도원과 함께 있는 여자라고 말할 수 있다면, 마치 그에 대해, 또 약간은 그 여자에 대해 아는 것 같은 생각이 들 것이다. "그리고 그녀는 외모가 뛰어났다." 그녀는 금발에 약간 곱슬머리였는데, 머리카락은 곧게 빗어 넘겼으며 자신감 넘치고 짓궂은 얼굴을 하고 있었다. 그녀는 재킷을 걸쳐 둔 등받이에서 거리를 두고 의자 끝에 걸터앉아 있었다. 스커트가 몸에 딱 달라붙어 있었다. 그녀가 한 번 일어났을 때 야콥은 몸을 돌려 그녀를 보았고 그녀는 그의 시선을 받으며 잠시 서 있었다. 그러고 나서 음식이 나왔고, 대화는 계속해서 원활하게 이어지는 듯했다. 조금씩 확보해 두었던 사진들과 견주어 보고서 그 여자가 자비네라는 것을 알 수 있었다. 자비네의 예전 집주인 여자가 하는 말에 따르면, 자기는 세입자와 그런 일에 대해서 얘기하지 않는 편이지만, 자신이 아는 한 압스 씨는 이번 봄부터 그녀를 찾아오지 않았고, 그 후 자비네가 이사를 갔다는 것이다. 그리고 자기 추측을 말한다면 압스 씨가 그 후로 그녀와 함께 지내지는 않았을 거라고 했다. 그녀는 집주인 중에 이런 일에 관심을 가지는 사람이 일부 있기는 하지만 자기는 이런 일에 신경 쓰지 않는다고 했다. 야콥은 그림이 그려진 낮은 천장 아래, 기둥 옆에 앉은 자비네 곁에서 그녀 앞으로 음식을 놓아 주고 모든 것을 시중들어 주었고(그는 얼굴에 닿는 그녀의 눈길을 의식하고는 따분하고도 괴로운 싫증을 느꼈다. 그런 기분이 아니라고 그녀를 위해 부정했을 테지만 말이다. 그는 고분고분한 얼굴 위로 미소를 지었다. 하지만 늘 그랬듯이 참고 기다리자는 마음이었다.) 그녀는 불안해 보이지는 않았다. 그 후에 야콥은 시청 지하에서 나와 자기 탑으로 갔다. 자비네는 나머지 밤 시간을 시청 뒤편에 있는 멜로디라는 댄스 바에서 보냈다. 덧붙여 말하자면 그곳에는 값비싼 옷을 입은 대략 마흔 살 정도의 남자가 기다리고 있었다. 그 남자는 철도원 같아 보이지는 않았는데, 프런트 지배인의 말로는 시립 제2병원 외과에서 왔다고 했다. 지금은 그런 건 그냥 내버려 두자. 지배인은 이 여자를 알 것 같다고 했다. 언젠가 다른 때였는데, 그래, 맞아요, 어떤 철도원과 함께 있었습니다, 하고 말했다. 자비네는 야콥이 속한 부서를 관할하는 관리국에서 일했다. 야콥 또래의 젊은 남자들이 전 지역에서 업무상 구실을 들어 전화를 걸어왔는데, 지금 말하지만 야콥과의 통화는 오랫동안 포착되지 않았다. 그렇다면 어떻게 된 것인가.

말하자면 이렇다.

야콥은 대도시에 살았다. 국경선 건너편의 도시에서 온 편지들은 큰 묶음으로 들어오는데, 두둑한 우편 행낭들은 국제 급행열차에서 내던져졌고 소형 운반차에 가득 실려 역 우편국으로 운반되었다. 분류를 맡은 도시의 중앙 우체국에서는 공무원들이 발밑에 놓인 우편 행낭을 탁자 위로 들어 올려서 편지 다발을 쏟아 놓고 주소별로 분류했다. 목재로 된 안전장치의 홈에 꽉 죄여 있던 끈이 당겨지고, 작업하기 좋게 쌓아 둔 편지 더미는 차례차례 주소가 읽힌 다음 각각의 배달 구역 분류함으로 사라져 갔고, 다시 새로운 편지 다발이 해당 우체국에 속한 마을로 배달되기 위해 쌓였다. 노란색 창살이 설치된 차들이 서로 바짝 붙어서 다리를 지나왔고 아침과 점심 때면 배달함은 가득 채워졌다. 10월 어느 날 밤에도 몇몇 구역에서는 그렇게 정기적으로, 배달 부서 책임자의 지시에 따라(그 책임자도 지시를 받았다.) 다시 한 번 검색이 이루어졌고, 따로 분류된 편지 네 통은 우체국 소인이 찍히고 튼튼한 봉투에 담겨 봉해진 채 사라져서 다음 날 아침 배달을 놓치게 되었다. 게지네가 보낸 커다란 노란색 우편 봉투에는 무적의 미군이 대서양 연안 전체를 방어한다는 선전이 담긴 이탈리아 우체국의 소인이 찍혀 있었고, 야콥의 이름과 주소가 타자기로 타이핑되어 있었지만 보낸 사람은 쓰여 있지 않았다. 봉합 부분에 열을 가하자 주름이 잡히면서 위로 벌어져 봉투가 열렸다. 봉투는 건조와 다림질을 거쳐 엑스레이로 촬영되었다. 내용물은 필립 모리스 상표가 찍힌 면세 담배 사십 개비와 편지였다. 담배는 이십 개비씩 똑같이 포장되어 미국의 가정 잡지에서 찢어 낸 종이로 싸여 있었는데, 한쪽 면에는 여행할 때 어떤 기종의 비행기를 이용하라는 광고가, 그 뒷면에는 여배우의 사진이 실려 있었다. 편지지 상단에는 시칠리아 타오르미나에 있는 중간 규모의 숙박업소 이름과 영업 안내가 인쇄되어 있었고, 그 아래에 손으로 쓴 글이 아홉 줄 적혀 있었는데 이 글은 사진으로 보관되었다. 야콥의 편지는 오전 일찍 또 다른 편지 한 통과 함께 분류용 캐비닛으로 돌아왔고, 그날 오후 야콥은 집에서 필립 모리스 사십 개비가 들어 있는 게지네의 편지를 받아 보았다. 야콥은 담배를 싼 종이로 야간 근무 때 가져갈 빵을 쌌다. 볼프강 바르치는 담배 연기를 세 번 들이마시고는 야콥이 늘 피우는 담배와 맛이 조금 다르다는 것을 알아차렸다. "그거 파르쉬한테 가져오라고 한 거야?" 바르치가 물었다. 파르쉬는 야콥과 친하게 지내는 차장이다. "아니. 정부에서 우리한테 보낸 거야." 야콥이 대답했다. 그리고 롤프스 씨는 단단하고 탄력 있는 인화지를 팽팽하게 펼쳐 들고서 그녀가 쓴 것을 여러 번 읽었다. 큼직하고 끊기지 않은 곡선 모양에 아래쪽으로 날카롭게 빠져나가는 필체(튤립체)로, 그리고 지중해를 바라보는 시칠리아 호텔의 아주 파란 잉크로 쓰어 있었다. "야콥에게. 난 세상을 떠돌아다니고 있어. 비가 오면 이곳은 레베르크 같아. 늙으신 우리 아버지처럼 아무도 우산을 쓰지 않아. 나는 그분을 존경해. 안부 인사 전해 줘. 그리고 널 사랑하는 이복 누이 게지네 크레스팔을 잊지 말아 줘. 교량 건축에 대한 긴 편지 고마워." 손을 떼자 편지는 두루마리처럼 둘둘 말렸고, 롤프스 씨는 '지붕 위의 비둘기'라는 서류철 안에 편지를 집어넣었다. 그러면서 그는 복사본에 있는 다소간 부드러운 필체의 외양과 더불어 이제 영원히 변치 않는, 예리효 관할 경찰 문서실에서 가져온, 게지네 크레스팔의 아주 오래된 여권 사진을 기억 속에 담아 두었다. 그 후 며칠 동안 야콥은 우체통을 여러 개 지나쳤지만 그가 편지를 넣는 모습은 목격되지 않았다. 그리고 여기에 덧붙여 메제빙켈 씨는 야콥의 삶에 관심을 기울이면서 야콥이 게지네에게 소식을 전하는 일에 애를 많이 쓰며 바로 그 크고 너그러운 머리로 이야깃거리를 생각해 냈다는 것을 차차 알게 되었다.

*

─ 그 일에 대해서 크레스팔은 한마디도 입 밖에 내지 않았어. 난 야콥도 몰랐을 거라고 생각해.
─ 나도 그들이 그 일을 얘기했을 거라고는 생각하지 않아. 야콥은 혼자서 생각해 냈을 거야. 만약 네가 상황을 제대로 헤아려 본다면 크레스팔한테 생각이 미칠 거야. 그러니까 수요일 아침, 크레스팔은 검은 외투를 입고 모자를 쓰고 커다란 여행 가방 두 개를 기운차게 들고 예리효를 지나 역으로 갔어. 물론 사람들이 어디에 가는지 물어보았지만 그날 아침 크레스팔은 꿀 먹은 벙어리였지. 그래서 그들은 멀어져 가는 그의 뒷모습을 보면서 이렇게 말했던 거야. 보이나? 저이도 가는구먼. 다시는 못 보겠지. 여기서 삶을 꾸려 나갔는데. 이건 다 딸아이 때문이야. 알겠나? 그래서 떠나는 거야. 그리고 정오쯤 야콥의 어머니가 기차역에 와서 도청 소재지로 떠났는데, 선로는 일단 거기까지는 이어져 있지만, 누가 알겠어? 거기서부터는 어디로든 갈 수 있잖아. 그렇지만 저녁때 돌아온 건 압스 부인이 아니라 크레스팔이었고 게다가 빈손이었어. 그날 저녁에 어떤 남자가 병원

에 전화를 걸었지. 이름은 밝히지 않으면서 다만 알릴 게 있다는 거였어. 그는 치겔라이슈트라세 어디에 사는 쉰아홉 살 먹은 게르트루트 압스 부인이 다음 날 아침 주방 일을 하러 오지 못한다고 했어. 그 남자는 어쨌든 병원에서 식사를 제대로 준비해야 한다고 생각했던 거야. 그리고 크레스팔이 이렇게 남은 일을 책임지려고 했다면 아마 그는 그 일과도 관련이 있었을 거야.

그날 저녁 역에서 예리효로 이어진, 희미한 불빛이 비치는 어두운 거리에서 이따금씩 투덜거리며 무거운 발걸음을 옮기는 크레스팔은 기분이 고약했다. 그는 호의로 여행용 가방 두 개를 옮겨 주는 것을 마다하지 않았다.(그는 그녀가 이 집에서 보내는 마지막 밤을 위로해 주었다. 그녀는 전쟁 통에 이 낯선 집으로 떠밀려 왔고, 내일이면 이 편안하고 익숙해진 집을 다시 떠나야 했다.) 그리고 그녀가 말년에 제2의 삶을 잘 꾸려 가기를 빌어 주었다. 아무튼 이제 집은 텅 비게 되었고, 새로 들어와 살 사람을 구한다는 생각은 그에게는 불쾌한 것이었다. 누구나 정직함을 지키기 위해 비밀스러운 거짓 행동을 스스로 용인할 수밖에 없는 세상(크레스팔의 말로는 '시절')이었던 것이다. 그 행동은 자신에게 부정직하게 보일지도 모르고, 나중에야 비로소 우스꽝스럽게 보이기도 하는 것이다. 그는 몇 가지 위험한 결과*를 어렴풋이 예상할 수 있었다.(비록 압스 부인은 새롭게 닥칠지도 모를 불행에 대해서는 아무 말도 하지 않았지만, 사실

---

* 1953년부터 공화국 탈주는 3년 징역형으로 처벌되었다.

그 역시 아무것도 생각나지 않았다.) 그는 시장 광장의 전몰장병 기념비 앞에서 180도 방향을 바꾸어 반항적인 기분에 젖어 거리낌 없이 야간 선술집으로 올라갔다. 그는 페터 불프와 함께 홀 뒤쪽 거실로 가서는 장거리 통화를 신청하기 위해 우체국에 전화를 걸었다. 적어도 신청만은 페터 불프가 대신해 줄 수도 있었지만 말이다. 페터 불프의 목소리는 좀 더 매끄러웠다. 목 저 안쪽에서 나는 소리가 아니었다. "우리는 자넬 다시는 못 보는 줄 알았다네." 크레스팔이 돌아와 갖가지 술이 갖춰진 카운터 앞에 앉자 그가 말했다. 크레스팔은 거침없이 화주를 들이키고는 곧장 매끄러운 금속판 위로 술잔을 내밀었다. 카운터 너머에 서 있는 뚱뚱하면서도 몸집이 단단한 술집 주인은 재치 있고 과묵해 보이는 통통한 얼굴로 크레스팔의 형편을 가늠해 보았다. 그러면서 술통 꼭지를 틀어 맥주를 여러 잔 따라 주고 몇몇 손님과 대화를 나누기도 했다. "어디 다녀오셨나 봐요." 주인은 두 번째 잔을 카운터 가장자리에 놓기 위해 몸을 숙이면서 지나가는 말처럼 물어보았다. 그가 하는 말은 술집의 시끄러운 소리에 묻혀 들리지 않았고 단지 말하는 모습만 보였다. 크레스팔이 눈썹을 비스듬히 해서 얼굴을 찡그리는 것과 똑같은 모습 말이다. 크레스팔이 말한 것도 다른 사람들의 말 속에서 시끄러운 소리처럼 들릴 뿐이었다. 그는 다정하게 말했다. "그래. 수공업자 협회 말이야." 그리고 기침을 하면서 흥분해서는 덧붙였다. "망할 놈들." 이렇게 해서 두 번째 소문이 생겨났던 것이다. "그 사람은 수공업자 협회에 갔을 뿐이야."라는 이 말은 "그래, 그 사람은 이제 서쪽으로 가 버렸어."라는 첫 번째 소문과 앞뒤가 맞지 않았다.

삼십 분쯤 지나자 크레스팔은 전화 중계가 너무 오래 지체된다는 생각이 들었다. 비록 그가 카운터에서 기분 나쁜 상태로 지난주 목요일 이스라엘-요르단 국경에서 벌어진 교전(전선 길이 — 16킬로미터)에 대한 토론에 열중했지만 말이다. 사실은 통화를 녹음할 녹음기가 갑작스럽게 고장 났기 때문이었다. 이윽고 전화가 연결되고, 크레스팔이 카운터를 돌아 뒤로 나오고, 녹음테이프 릴이 천천히 소리 없이 돌아 갈색 녹음테이프가 준비되자 장거리 전화 교환국에서 "예리효, 말씀하세요." 하고 말했다.

"아버지의 착한 딸이에요." 하고 그녀가 말했다.

전화선은 수정처럼 깨끗했고, 목소리는 상대방을 눈앞에 마주하고 있는 듯 가깝게 들렸다. 첫마디부터 그녀의 목소리에는 — 여러 언어를 통해 세련되어지기는 했어도 — 저지(低地) 독일어*의 머뭇거리며 울리는 말투가 바탕에 깔려 있었다. 이제 크레스팔이 다시 한 번 페터 불프의 안락의자에서 일어나 문을 잡아당겨 닫는 소리가 들렸다. 그는 헛기침을 했다.

"애야. 네가 편지를 안 쓰니까……." 크레스팔이 말했다.

그녀가 편지를 쓰지 않으니 한밤중에 자신이 전화를 걸었다는 것이다. 그는 그것이 하늘에서 딸의 머리 위로 젖어 내려오는 가을과 관계가 있느냐고도 물었다.

"너는 아무한테도 편지를 안 하니?"

"아니요, 야콥한테는 해요."

---

* 독일 북부를 중심으로 엘베 강 서쪽의 독일과 네덜란드 북동부에 걸쳐 쓰이는 독일어의 방언. 독일어의 표준어는 고지 독일어이다.

"세상이 만족스럽지 않은 게로구나."

"그래요.

아버지, 모든 게 젖어 있어요. 저는 방 안 어둠 속에 높이 매달려 있어요. 슬퍼서 누군가를 집에 초대하면 말이죠, 그들은 다들 너무 똑똑해요. 저는 아침부터 저녁까지 떠들어요. 한번 생각해 보세요. 제가 그걸 다 책임져야 한다면 말이죠. 귀찮은 일이 생긴 건 아니에요."

"기운 내라."

"네."

"아직 통화 중이세요? 아직 통화 중이세요? 여보세요. 아직 통화 중이세요?"

"네, 통화 중입니다. 다른 사람들이 오랫동안 난방을 할 때는 창문을 좀 열어 두라고 딸한테 일러 주고 있습니다."

"전차 소리 들리시죠?"

"다 들린다."

"네. 그런데 날이 별로 춥지 않아요. 바람이 창에 와서 부딪히죠. 물론 제가 둘 다 열어 두었어요. 도시 냄새가 많이 나요. 건너편 네온사인 광고 기억나세요? 늘 벽하고 지붕 사이 모서리에 비쳐요. 제가 창문 아래에 누워서 보면 세상 모든 게 이상하게 느껴져요. 인사드려야겠어요. 자정에 여행을 떠나려고 해요."

크레스팔은 그녀가 누구에게도 편지를 쓰지 않는다고 말했다. 그리고 그녀는 급작스럽게 떠난다고 했다. 크레스팔은 그동안 베를린 대학에 있는 누군가에게서 편지를 한 통 받았다고 했다. "게지네야."

"아, 이런. 전 세상에 혼자 나와 있고, 아버지는 예리효의 젖은 안개 속에 계시죠. 누구를 만나러 가는 건 아니고요, 일 때문이에요.”

크레스팔은 그 일이 얼마나 걸리는지 물었다.

“오래 걸릴 거예요. 출입문 옆에 서 계세요?”

그렇다고 크레스팔이 말했다. “여행 가서 감기 걸리지 않게 목에 스카프를 둘러라. 그리고 돈은 좀 두고 가거라. 열쇠도. 찾아갈 사람이 있다. 나이 많은 여자다. 네 집에 머물 거다.”

“아니, 이럴 수가! 무슨 일이에요?” 그녀는 놀라 물었다.

그는 아버지도 모르는 걸 애들이 물으면 안 되는 법이라고 나무라듯이 말했다.

“제대로 못 배워서 그래요.” 그녀가 말했다.

“그만 끊는다.” 그가 말했다.

“아니요!” 그녀가 말했다.

“네, 끊어요. 아버지. 아버지, 사랑해요. 끊을게요.” 그녀가 고쳐 말했다.

그러나 밤늦게 귀가하는 행인을 가장하고 교대로 야콥이 사는 집 옆을 지나가던 두 남자는 이날 밤 양쪽 창문에서 불빛을 볼 수 없었다. 그는 아침에 혼자 인도로 나와 버스 첫차에 몸을 싣고 떠났다. 일단 탑으로 올라간 뒤로는 분명히 종일 그곳에 머물렀다. 그리고 야콥의 집주인 여자가 일하러 나간 다음 젊고 예쁜 아가씨가 현관의 벨을 눌렀다. 그러자 여덟 살짜리 사내아이가 계단으로 나왔다. 아이는 막 학교에 가려고 옷을 입던 참이었는데, 입가에 묻은 치약 거품이 벌써 말라 있었다. 아이는 야콥이 집에 없다고 했고, 또 아가씨에게 야콥방을 보여 주었는데 안에는 아무도 없었다. 그래서 두 사람도 아침 일찍 각자 자기 일을 하러 나갔다. 황금빛 태양 광선이 여전히 높다란 옥상 위에 비치고, 그들의 등 뒤로 그리고 가지가 앙상한 나무들 아래 그들이 걷는 메마른 포장도로 위에 선명한 그림자를 드리웠다. 한편 그보다 훨씬 앞서서, 어느 바람 부는 밤에 메제빙켈 씨는 전화 몇 통으로 이 세상에 몇 가지 움직임을 만들어 냈다. 한 시간 동안 베를린 국경에서는 급행열차에서 모든 승객들의 신분증에 불을 비추며 검문을 철저하게 실시했고, 베를린 동부(東部) 역의 첫 야간열차 승객들은 밤이라 서둘러 가야 했지만 여행용 가방을 든 채 출구마다 서 있는 경찰 앞에서 다시 한 번 멈춰서 기다려야 했다. 경찰들은 파란 제복에 빨간 완장을 차고 있었고, 잠이 부족해 피곤해하면서도 철저하게 일했다. 자정을 넘겨 2시가 되자 북쪽에서 들어오는 기차는 더 이상 없었고, 롤프스 씨는 이곳에서도 자신을 위해 비워 둔 방 뒤쪽 긴 소파 위에 외투를 목까지 덮고 누워 잠을 청했지만 불을 끄지는 않았다. 하늘은 하얀 빛 아래로 가라앉고 소리 없는 안개가 차가운 한 줄기 태양 빛을 집어삼키던 이른 아침, 그의 자동차는 남쪽 교외의 고급 저택을 떠나 커다란 엘베 다리를 넘어 와서 북쪽으로 150킬로미터를 뛰었다. 그는 직접 차를 몰았고 여유를 부리지는 않았지만 도로 사정이 그다지 좋지 않았다. 뒷좌석에서는 운전기사가 몸을 구부리고 누워 자면서 돌아올 때 운전할 기력을 비축했다. 정오쯤 가벼운 비를 맞으며 예리효 기차역 거리에 자리한, 외관만 보면 버려진 것 같은 단독 주택 앞, 진흙으로 더럽혀지고 마구 짓밟힌 뜰 한가운데에 자동차가 멈춰 섰고, 잠시 조용히 꼼짝하지 않고서 다시 내달리기를 기다렸다. 이윽고 수심에 찬 뚱뚱한 남자가 진흙에 미끄러지고 비틀거리면서 운전기사 옆 좌석으로 다가왔다. 뚱뚱한 남자는 기분이 언짢았지만 상냥한 목소리로 건물 안으로 들어가자고 청했는데, 그가 아직 손을 뻗은 채 몸을 반쯤 앞으로 기울일 때쯤, 자동차는 벌써 흔들리며 자갈 포장도로를 지나, 비로 엉망이 된 짐마차들 사이를 지나 기차역 울타리 앞으로 내달렸다. 롤프스 씨는 명상에 잠긴 눈길로 뭉툭하고 지저분한 선로 사이에 하나밖에 없는 플랫폼을 주시하면서 앞자리에 앉은 사람에게 훈계조의 독창적인 방식으로 욕설을 퍼부었다. 그 사람은 이제 말없이 듣고 있었다. 롤프스 씨의 우월한 지식은 그가 입을 다물고 있으리라는 것도 예견했다. 차체가 높고 길쭉하고 육중한 이 자동차는 흙투성이가 되어 커브를 돌면서 울타리와 울타리의 횡목 사이로 진흙을 잔뜩 뿌렸고, 단층집 사이로 난 좀 더 넓지만 울퉁불퉁하기는 마찬가지인 큰길의 포장도로 위에 딱 붙어서 급하게 달려갔다. 자동차는 2층짜리 소비조합 상점을 지나 주교관(主敎冠) 모양의 탑이 있는 교회 주변을 빙 돌아 달렸고, 묘지로 가는 길에서 헤매다가, 난처한 듯 머뭇거리며 낡은 벽돌 공장 뒤편에 멈춰 섰다. 벽돌 공장은 작은 구멍들이 나 있는 높은 담 옆에 자리 잡고 있었는데, 그 담은 아직 서 있기는 하지만 곧 무너질 것 같은 건조용 창고를 둘러싸고 있었다. 롤프스 씨는 지붕 귀마루가 긴 그 집을 살펴보았다. 집은 비에 젖은 뜰을 가로질러 멀리, 앙상한 나무들 사이에 서 있었다. 한편 그를 따라온 사내는 황폐한 벽돌 공장 마당과 바다 쪽으로 움푹한 곳에 있는 소택지 사이의 광경을 손으로 가리키면서 설명해 주었다. 운전기사는 아무 관심 없이 혼자 좌석에 기대 앉아 담배 연기를 갑자기 깊이 들이마셨다가 창문 틈 사이로 내뿜었다. 롤프스 씨는 고풍스럽게 생긴 납작한 타자기를 무릎에 올려놓고 뚱보 사내가 말해 주는 것을 타이핑했다.(롤프스 씨는 손으로 무얼 쓰는 법이 거의 없었다.) 건조 창고 옆의 라일락 나무들이 바스락거렸다. 잠시 후 자동차는 스르르 뒤로 물러났다가는 벽돌 공장 마당과 젖어 있는 정문 사이 풀이 듬성듬성 나 있는 길을 타고 오르다가 소비에트 사령부 앞에서 급하게 방향을 바꿔 재빨리 진흙탕을 벗어나 치겔라이슈트라세로 빠져나왔고, 교회 쪽으로 서둘러 달려 묘지를 빙 돌아 예리효에서 아스라이 멀어져 갔다. 예리효에서는 바다에서 내륙 쪽으로 세차고 매섭게 불어오는 바람이 아버지와 아버지 집을 넘어 지나갔어. 게지네가 보낸 어느 편지에는 그렇게 쓰여 있었다. 하지만 그런 편지를 썼던 딸은 지금 여기에 없다.

저녁에 처음 떠오른 회색 구름 덩어리가 안개 끼고 빛바랜 철로 바닥 위로 하늘에 굴곡을 만들어 낼 무렵, 볼프강 바르치는 근무를 교대하기 위해 열쇠를 가지고 야콥의 방으로 들어왔다. 바르치는 마음을 정하지 못한 듯 망설이면서, 책상에 기대 펜을 들고 야콥을 쳐다보며 그가 하는 무자비한 보고를 듣고 있었다. 그 와중에도 그는 별로 주의를 기울이지 않으면서 담배에 불을 붙였다. 그는 얼굴이 불그스름하고 둥글었고 금발 머리에다 안경을 쓰고 있었다. "우리 모두 최선을 다하고 있지." 그가 자제하면서도 언짢은 기분을 숨기지 못하고 단호하게 말했다. 하지만 곧 흥미를 보이며 회전의자에 앉아서 야콥이 담당한 시간 아래쪽에 표시 선을 그었다. 그는 야콥이 대답 삼아 쳐다보는 것은 기대조차 하지 않았고, 야콥도 특별히 돌아보지는 않았다. 야콥은 재떨이에 담긴 담뱃재와 수많은 성냥개비를 비우고, 오른편 중간에 놓인 전화기를 들고 전철부장에게 전화를 걸어 퇴근 신고를 했다. 그는 송화구를 바르치의 얼굴에 대 주었다. 바르치는 "말차이트." 하고 말했고, 상대편도 다시 "말차이트." 하고 말했다. 스피커에서 탁탁 소리가 나자 바르치는 몸을 굽혀 자리에 다가앉았다. 그는 야콥이 말차이트라고 할 때도 고개를 끄덕였다. 그의 격하고 신경질적인 말투가 복도에까지 자그맣게 들렸다. 야콥은 자물쇠에서 열쇠를 뽑고 외투를 슬쩍 어깨에 걸치고는 가방을 팔에 들고 자연광과 조명이 섞인 계단실의 빛을 받으며 복도에서 걸어 내려갔다. 엘리베이터 문 옆에 있는 신호 패널 숫자 아래의 불빛이 한 칸 한 칸 미끄러지듯이 올라왔고, 중간쯤 올라오다가 멈추는 경우가 많았다. 야콥은 버튼을 눌렀고 불빛은 계속해서 올라왔다. 그는 곰팡내 나고 불빛이 환한 엘리베이터 안에서 몸을 기대지 않고 똑바로 서서 제복의 목 부분에 있는 단추를 채웠다. 우리 모두 최선을 다하고 있지, 하고 바르치가 말했다. 야콥은 고개를 저으며 자기도 모르게 미소를 지었다. 볼프강은 고등학교에서 직업 교육을 받았고 대학 교육도 마쳤다. 그게 벌써 사오 년 정도 되었다. 하지만 야콥은 자기도 모르게 그 사실을 기억해 두었는데, 그것은 그의 냉소적인 태도가 학교나 그와 비슷한 곳에서 길러진 것은 아닌가 하는 생각 때문이었다. 엘리베이터는 묵직하게 1층에 내려앉았고, 위에서 다시 벨소리가 들렸다. 야콥은 수위실 창문을 통해 열쇠를 건네주며 말차이트, 하고 인사했다. "말차이트." 예닝이 대답했고, 몸을 반쯤 돌려 야콥을 보았다. 그와 알고 지낸 지도 지금 벌써 오륙 년이 되었다. 그는 아마 1951년에 역 북쪽의 폐색 구간에서 수습 생활을 했을 것이다. 하지만 그는 곧 계속해서 걸어갔다. 그는 문 앞을 지키고 서 있는 경찰 두 명에게 색깔 있는 두꺼운 사선이 그려진 신분증을 보여 주었다. 그들은 신분증을 건성으로 보고는 불분명하고 노래하는 듯한 남부 지방 말투로 하던 얘기를 계속했다. 그는 묵직한 철제 울타리를 쾅 하고 닫고 나가서 보슬보슬 내리는 안개비를 맞으며 선로를 넘어갔다.(그는 신분증이 든 지갑을 뒤집어서 차장 아가씨에게 보여 주었다.) 정신 없이 지나가는 근무 시간은 비슷하게 뒤섞였고 서로 엇비슷했다. 도시 풍광은 별다른 변화가 없었고, 거리는 기억 속의 어느 거리와 맞바꿔도 크게 다르지 않았다. 하늘은 하얀색이었다.

그리고 야콥이 버스에서 내려 길을 가로질러 건너 인도로 걸어갈 때, 밝은 낮은 거의 끝나 가고 있었다. 이날은 자동차 한 대가 가로등에서 세 발자국 앞에 있는 버스 뒤쪽에 정차해 있었다. 야콥은 여기에 특별히 주의를 기울이지 않고 습한 안개로 점점 더 희미해지는 불빛 아래 자동차 흙받기와 도로 경계석 사이로 걸어갔는데, 그때 자동차 뒷문이 갑자기 열렸고 야콥은 멈춰 섰다. 차 안쪽 나지막한 곳에서 그의 이름을 부르는 소리가 들렸다. 손전등의 둥근 불빛 아래로 그는 자기 앞으로 뻗은 손에서 폭이 좁은 가죽 케이스가 펼쳐진 것을 보았는데, 그 안에는 얄팍한 종이 수첩이 들어 있었다. 그 종이는 보통 화폐를 인쇄하는 데 쓰는 것이었다. 야콥은 차 뒤쪽으로 돌아서 도로를 향해 열린 문으로 차에 타면서 "그러면."이라고 말했다. 호기심이 담긴 목소리였지만 다른 사람에게 말한 것은 아니고 그렇다고 자신에게 한 것도 아니었다. 자동차는 앞으로 퉁겨 나갔고 그러자 그의 몸은 자연스럽게 뒤로 기울었다. 그가 가방을 막 자기 옆에 둘 즈음, 뒤에 그대로 서 있던 버스 뒷 유리창을 통해 해진 고무 옷깃 가장자리와 모자 사이에 있는 운전기사의 목덜미에 버스의 헤드라이트 불빛이 비쳤다. 담뱃갑이 손에 놓이는 것을 느낀 야콥은 담배를 한 개비 꺼냈다. 담뱃불을 붙일 때는 옆에 있는 낯선 사람의 얼굴 때문에 불꽃에서 눈을 떼지 않았다. 앞좌석의 등받이에 달린 손잡이에는 재떨이가 걸려 있었다. 온몸과 정신이 함께 무거워지는 피로감이 엄습해 왔다. 그는 무기력해져서 묵직하게 몸을 뒤로 기댄 채 헤드라이트 불빛이 건물 정면 벽의 기저(基底)를 쓰다듬고, 포장도로 위에서 흔들리고, 자동차와 나무줄기, 건물 모퉁이, 울타리를 비추고 지나가는 모양을 바라보았다. 그는 특별히 생각나는 사람이 없어서 한순간 흠칫 놀랐고, 약간 불쾌한 마음이 들기도 했지만 바로 잊어버렸다. 자동차는 시내 중심가에서 속도를 늦추었고, 쇼윈도나 가로등, 헤드라이트의 밝은 불빛이 이따금 차 안으로 비쳐 들어왔다. 야콥은 그렇게 조용히 앉아서 담배를 피웠다. 이윽고 불 켜진 계단 앞 적막한 대문에 차가 멈춰 섰다. 야콥은 옆에 앉았던 사람의 뒤를 따르며 환하게 불이 밝혀진 통로를 지나 계단을 올라갔다. 통로 양쪽에 있는 수많은 문 안쪽에서 라디오 음악 소리와 말소리, 타자기 소리가 들렸다. 그들은 창문도 없는 정육면체 모양의 방에 들어가 나무와 실크로 만든, 전등 아래에 놓인 체스용 탁자를 사이에 두고 소리가 나지 않는 쿠션 안락의자에 비스듬하게 앉았다. 이제 야콥은 파비안 씨(그가 가볍게 몸을 숙이면서 야콥에게 소개한 이름이었다.)의 얼굴을 눈여겨 보았다. 그 얼굴은 야콥 자신으로서는 이제까지 아무런 관계도 없고, 거리에서 또는 다른 곳에서 우연히 눈길이 마주쳐도 알아보지 못할, 특정한 성격이나 직업을 단번에 떠올리거나 고려하기 힘든 그런 얼굴이었다. 그 얼굴은 야콥을 향하고 있었지만 경청하는 기색의 부드러운 갈색 눈은 야콥 이외의 또 다른 일을 생각하고 있었다. 야콥은 이 통통한 사각형 얼굴에서 튀어나온 넓은 이마와 양쪽 입꼬리를 보고서 자신이 옳다고 생각하는 것은 어지간해서는 포기하지 않을 사람 같다는 생각을 했다. 게다가 꿈꾸는 듯한 파비안 씨의 시선은 자세히 살펴보면 더 이상 몽롱해 보이지 않았다. 야콥은 그날 저녁 일을 다시 떠올려 보았고, 놀랍게도 이 남자를 따라와 이 방에 와서 자신이 늘 피우던 담배와 다른 담배를 피우고 있는 것에 생각이 미치자 미소가 지어졌다. 그리고 그 남자의 얼굴에도 빈정대거나 감추는 빛 없이 마찬가지로 미소가 지어졌다. 그러니까 그는 자신의 예상이 급작스럽게 변해 가는 것에 재미를 느꼈고, 그리고 그들은 바로 그 점에서 의견 일치를 보게 되었고, 호의적인 눈으로 서로 관찰했다.

── 그럼 그들은 야콥한테 무슨 말을 했을까? 그들은 잉여 가치설에서부터 아방가르드*가 격화시킨 계급 투쟁에 이르기까지 역사를 간략하게 훑어 주었을 거야……. 그들이 떠들어 대는 한은 그들이 옳지.

---

* 계급 투쟁 시 노동자 계급의 선두에 서서 지도하는 집단이나 부대.

— 그래, 맞아. 하지만 나 같으면 야콥이 앉아 있던 자리에서 그걸 듣고 싶진 않았을 거야.

— 그리고 야콥이 지금 같은 시대에 태어나 살게 된 걸 깊이 감사해야 한다고 말했을 거야. 이제 더 이상 삶의 부조리를 보지 않게 되었기 때문이라면서 말이야.

— 그 부조리는 기계, 원료, 임금을 자본화한 사적 소유와 더불어 세상에 들어왔어. 그 결과 자본가는 인간의 노동을 고용할 수 있게 되고, 그 노동으로 창출된 가치를 끊임없이 자신이 원하는 것을 얻도록 투자할 수 있게 됐지.

— 자본가는 노동의 가치를 자신의 반인간적이고 헛된 목적을 위해 쓰지.

— 그래. 그리고 그 가치는 임금의 두 배 아니면 세 배가 되는 경우도 적지 않아. 그리고 우리는 그런 기만적인 상황에 더욱 의존하게 되어 있어. 우리는 그걸 착취라고 부르지. 만약에 어떤 자본가가 우리를 쫓아내면 우리는 또 다른 자본가한테 갈 수밖에 없어. 그리고 만약에 우리가 그냥 그 자리에 서서 소리를 지르면, 그들은 경찰을 부추겨서 우리를 쫓게 하고 경찰은 다시 그 대가로 돈을 받지. 이들 역시 먹고 살아야 하니까. 그런 형편이 되었다고 한번 생각해 봐. 야콥의 아버지는 이삼 년간 남미에 가 있었어.

— 그들은 그 일을 알고 있었을 거야. 그래서 그들은 야콥한테 이렇게 말했을 거야. 생각을 잘못해서 저 머나먼 약속의 땅으로 떠나는 사람이 있다고 말이야. 그 사람은 거기서 괴롭힘을 당하는데, 그건 마치 그곳 역시 자본가들이 떡하니 들어앉아서 때마침 포메른에서 그 먼 곳까지 옮겨 간 젊

은 농부를 기다리고 있는 꼴이었어. 결국 그는 비참한 고향으로 돌아오고 말았어. 왜냐하면 그곳은 고향이었으니까. 아마 야콥의 아버지도 그랬을 거야. 야콥도 그랬을 거고.

— 아니야. 난 야콥의 경우는 조금 달랐을 거라고 생각해. 하지만 야콥의 아버지가 돌아왔을 때, 노동자는 자신이 평생 생산했던 그 물건을 그들한테서 대가로 받은 돈으로는 살 수가 없었어. 어쨌거나 그곳은 고향일 뿐이었지. 게다가 고향에는 네가 말했던 그 부조리가 아주 튼튼히 자리 잡고 있었지. 아마 그들은 이렇게 그에게 말했을 거야. 맥주 더 시킬까?

— 그래. 자본가들은 착취를 강화하기 위해서 범죄자를 동원했어. 범죄자들은 사람을 가려 가면서 때리고 덤벼들었지. 맞는 사람은 괜찮습니다, 하고 말하지 않을 수 없었고 이런 상황은 영원히 계속될 형편이었어. 그리고 그들은 자기 나라에서는 더 이상 성이 차지 않았기 때문에 전 세계를 전쟁으로 뒤덮어 버렸던 거야. 야콥은 그때 죽을 수도 있었어. 그리고 그들은 악취를 풍기며 파멸했어. 승리자들은 악의 나라에서 자기들 마음대로 했지.

— 그들은 그에게 이 정도로 개략적이고 가차 없이 말했을 거야. 사회주의 건설이 왜 정당한가 하면, 그건 자본주의가 정당하지 않기 때문이라고 말이야. 결국 그건 정말 사회주의 자체로는 설명할 수 없는 정당성이야. 네, 여기 맥주 두 잔이요. 나중에 같이 계산해 주세요.

나는 사실의 토대 위에 서 있었다. 그에게 이렇게 말했다. 소련이 우리를 파시즘에서 해방시켜 주었을 때, 광대한 토지에 대해서는 말할 것도 없고, 기계와 원료와 임금을 사적으로 대량 소유하는 것을 폐지했는데, 이것은 당신도 알고 있을 것이다. 그 더러운 일들이 모두 끝나고 놀랍게도 새로운 국가가 탄생했다. 이 국가는 노동을 공평하게 관리하고, 임금과 노동 가치 사이에 발생하는 잉여 가치를 공익에 유용하게 귀속시키고 있다. 이런 시대에는 야콥뿐만 아니라 모든 사람들이 행복해질 수 있다. 나는 야콥에게 물었다. 이건 가치 있는 일이 아니냐고 말이다. 그는 피곤한 기색을 띤 커다란 얼굴을 공손하게 끄덕여 주었지만 나는 그가 도대체 주의 깊게 듣고 있는 것인지 확신할 수가 없었다. 그는 그저 멍하니 앞을 바라보았지만 또한 생각에 잠겨 있었다. 그리고 우리는 잠시 옆방에서 흘러나오는 저 망할 놈의 라디오 소리만 듣고 있었다. 아니, 귀를 기울였다. 장난스러운 후렴구가 끝없이 반복되는, 바보 같은 소녀 합창곡*이었는데, 특별한 노래이기나 한 것처럼, 그리움에 사무친 것처럼 끝도 없이 벽에서 흘러나왔다. 한 번의 입맞춤, 한 번의 인사, 한 다발의 꽃, 이것이 가정에 행복을 가져다주었네. 한 번의 입맞춤, 한 번의 인사, 한 다발의 꽃이. 지금 그들은 이것을 노래하고 있다. "나는 분명히 전체를 조망하고 있어요." 잠시 후 야콥이 말하기 시작했다. 그는 서두르지 않으면서 말했는데, 아마도 늘 그렇게 말하는 모양이었다. 그는 옆방의 음악 소리에 맞서서 말하고 싶어 하지 않았다. 아마도 그때 잠이 부족했고 저녁 끼니를 걸렀기 때문이

---

* 오스트리아 출신의 작곡가 찰리 니센(Charly Niessen, 1923~1990)이 1955년에 작곡한「한 번의 입맞춤, 한 번의 인사, 한 다발의 꽃」을 가리킨다.

었을 것이다. 그의 모습은 그렇게 심기가 불편해 보였다. 하지만 내가 여기서 어떻게 먹을거리를 구해 올 수 있겠는가. 그런데 내가 전체를 조망할 수 있다는 바로 그것이 일을 어렵게 해요, 하면서 그가 말하기 시작했다. 왜냐하면 사람들은 어떤 방식으로 살든지 물건을 서로 주고받고 여행을 하는데, 사회 질서라는 것은(그가 그렇게 말해도 된다면——갑자기 나는 그의 앞에 딱 붙어 앉아서 긴장감으로 꼼짝할 수 없었다. 그가 생각하는 방식의 어떤 부분이 슬그머니 나를 사로잡았고, 나는 서서히 유사성을 발견하기 시작했다. 그러니까 논거를 대고 항변하는 지점이 나에게 익숙했다. 비록 나는 이제까지 그렇게 해 본 적이 없지만 말이다! 하지만 나는 그렇게 그곳에 앉아서 친절하게 귀 기울여 듣고 느낌으로만 알 수 있는 그 지점에 도달하도록 대화를 진행한 다음, 바로 그 지점에서 내 생각을 말하고 대화를 다른 방향으로 돌리면 되는 것이다. 하지만 말하는 대상이 아니라 말하는 방식이 내게 친숙하고 마음에 들었던 것 같다. 이것은 훨씬 뒤에야 깨달은 것인데, 바로 그런 이유 때문이었는지 모르지만 나는 매번 훈계할 기회를 놓쳤다. 나는 마치 몸을 움직일 수 없는 것처럼 그를 바라보았다. 그가 그렇게 말해도 된다면——) 그러니까 사회 질서라는 것은 사람들의 동기와 교통 상황을 표면적으로만 변화시킬 뿐이기 때문이죠. 그는 그렇게 자기 생각을 말했다. 그것은 내가 말한 사실의 토대에 근거를 둔 것이었다. 아니었나? 야콥이 감독하는 철도 구간의 상황은 대체로 다른 철도 구간의 상황과 마찬가지였다. 그러니까 붉은 군대*가 제3선로, 그리고 간혹 제2선로를 철거해 버린 것이다. 프랑스

---

* 구소련을 뜻한다.

인들도 그렇게 했지, 하고 나는 생각했다. 하지만 지금 야콥은 전혀 그런 뜻으로 말한 것이 아니었다. 나는 그물에 걸린 새처럼 조용히 있었다. 더군다나 독일 민주 공화국은 1950년부터 1955년까지 제1차 5개년 계획을 실행하는 과정에서 철도 수송의 희생을 감수하면서까지 독자적인 중공업을 건설하지 않을 수 없었다. "우리 구간에는 1929년부터 유지해 온 선로가 있고, 새로운 선로는 충분히 공급받지 못해요. 그리고 우리는 지금 제2차 5개년 계획을 실행하는 중이지요." 혼자서는 다 알 수가 없어서 많은 사람한테 물어봤지만 관심을 갖는 사람은 아무도 없었지요, 하고 그는 안내하는 것처럼 가볍게 말한다. 정말로 그에게는 모든 일이 아무래도 상관없다는 말인가! "해마다 여름과 가을에 우리는 운행 시간표를 만들고 '라스'*를 보고받아요——서행 구간 말이죠. 그리고 우리는 일 분 일 분을 점점 더 작은 조각으로 나누어서 어느 정도 맞아 떨어지게 하죠. 그런데도 새로 신고되는 라스가 일주일에 세 개나 더 있어요." 내 귓가에는 아직도 그가 하는 말이 들린다. 흡사 그가 누군가에게 이곳의 철도 상황에 대해 간략한 입문 강의를 해 주는 듯했다. 그리고 그 누군가는 맞은편에 앉아서 새로운 이야기를 흥미진진하게 듣고 있는 꼴이다. 그래요, 그뿐 아니라 특히 고려해야 할 점은 교통량이 전쟁 전보다 대략 세 배는 늘었다는 거예요. 당연한 얘기지만 이 구간은 분단 전의 독일 철도망에서는 지금과는 아주 다르게 별로 중요하지 않았지요. 그가 나에게 설명한다. 스칸디나비아의 화물선과 함부르크 항구로 가는 국제선 화물 열차들이 대부분 그가

---

* 서행 구간을 뜻하는 Langsamfahrstelle의 약자.

맡은 구간을 지나가는데, 이 화물 열차들이 시간을 엄수하는 것은 독일 민주 공화국의 위신을 위해 중요한 것이라고 말이다. 그는 늘 동독의 국명을 줄여서 말하지 않았다. 내가 그러는 것처럼 말이다. 내가 그렇게 하는 것은 무슨 의미이고, 그가 그렇게 하는 것은 무슨 의미일까? 그리고 그가 맡은 구간으로 동독의 남과 북을 연결하는 유일한 직행 노선이 지나간다. 국경선 안쪽에서 엘베 강의 첫 번째 항구인 이 도시에서는 일반 화물 열차와 긴급 화물 열차, 통근 열차와 교외선의 일반 교통 중에서 어느 하나도 소홀히 할 수 없다. 나는 그가 무슨 얘길 꺼내려는 건가, 하고 생각했다. 그의 말을 파악하기까지 꽤 오래 지켜보았는데, 그러니까 그가 전체를 조망하고 있다는 것은 일이 어려운 상황에 있다는 것을 뜻하는 것이었다. "지금 상태에서는 양 방향의 열차들이 정각에 내 구간을 지나도록 할 수가 없어요. 올가을에는 말이죠. 게다가 위쪽에는 함부르크발 베를린행 서독 급행열차가 지나는 교차 지점이 있는데, 이 열차들은 제시간에 맞춰 줘야 해요. 그래서 나는 열차들을 다리 앞에서 대기시킬 수밖에 없지요." 시간 엄수는 더 이상 명예심의 대상도, 고객에 대한 서비스의 대상도 아니고, 지금으로서는 빠듯한 운행 자체를 위한 전제 조건일 뿐이었다. 전체를 조망하다 보면 가끔 운행이 가능한지 알 수 없을 때도 있다고 했다. "우리는 석탄이 부족해요." 이렇게 덧붙여 말하면서, 그는 이제 처음으로 망설이며 설명을 하려 들지 않았다. 어떻게 달려갈 수 없다는 이유로 친구한테 석탄을 공급하지 않겠다고 선언할 수 있나요. 당신이 말하는 사회주의는 그런 모양이죠? 하지만 그가 아무 말도 하지 않은 것은 나를 믿을 수 없어서가 아니었다. 나를 화나게 하고 싶지 않았던 것이다. 그는 한순간도 내가 그의 업무가 아닌 다른 일을 염두에 둘지도 모른다는 생각을 하지 않았다. 하지만 이것은 내 용건과 관계가 없었다. 그는 여전히 일의 압박감을 떨쳐 버리지 못했다. 만일 그가 한번 일을 내버려 둔 채 딴생각에 빠져 버리면, 서른 명의 사람이 끝장나거나 2만 마르크가 휴지 조각이 되어 버릴 것이고, 그것에 대한 책임은 그 자신이 져야 한다. 일을 해야 할 뿐만 아니라 일에 대한 책임도 져야 하는 것이다. 그의 일은 이러한 책임만을 의미할 뿐 그 이상은 아니구나, 하고 나는 생각했다. 어떻게 그렇게 사느냐고 묻고 싶을 지경이었다. 정말로 착실한 사람이구나, 하고 생각했다.

— 하지만 이제 차이가 나는 건 잉여 가치의 분배 하나뿐만이 아니라는 걸 인정하도록 하자. 정말 더 많은 차이가 있어. 만약 그들이 병원이라든지 휴가 여행에 대해 말을 많이 하지 않는다면, 내가 자발적으로 말할 거야.

— 그럼 넌 그 정당성이라는 게 첫눈에 알아볼 수 있다고도 말할 수 있는데, 왜 그렇게 말하지 않지?

— 분명하지. 곧바로 눈에 띄고.

— 그러면 아직도 횡포와 부조리 속에서 신음하는 독일의 나머지 3분의 2*를 위해, 미래를 향해서 갈 수 있는 단 하나의 길을 가르쳐 주는 게 필요하지 않겠어? 이게 중대한 과업이라고 하니까 말이야. 어려운 일을 만났다고 의기소침해

---

* 구 서독을 가리킨다.

질 필요는 없어. 오히려 그와 반대로.

── 그래. 오히려 그와 반대로 말이야. 그건 나만큼이나 (이렇게 생각하면 안 되겠지만) 야콥한테도 익숙한 말이었어. 그는 항상 앞질러 생각하곤 했지. 야콥의 생각은 길 전체를 꿰뚫고 있었어. 또 길이 어디서 끊기는지를, 우회로며 통행이 차단된 곳도 말이야. 그 반대로.

── 승리한 자본가들은 승리한 곳에서 악행을 저질렀고, 사적 소유를 통해 착취를 계속하도록 부추기고, 이 세상에서 삶을 퇴보시켰어. 이제 또다시 범죄자들이 몰려오고 있어. 자본가들이 이웃에서 자기들과 다른 방식으로 잉여 가치를 분배하는 걸 삐딱한 눈으로 보면서 전쟁을 준비하고 노동자들이 힘겹게 성취한 자유를 없애려고 하기 때문이야. 그들은 모든 힘과 수단을 동원해서 이성적인 삶의 힘을 약화할 궁리를 하고, 파렴치한 공격도 마다하지 않아. 그들은 우리의 낡은 생각에 호소하고, 우리를 반동의 하수인으로 매수하지. 알겠어? 이자들은 경멸받아 마땅하고, 틀림없이 몰락할 거야. 각자가 사회주의 인민의 미래를 위해 이들의 범죄 행위를 막아야 하지 않을까? 그런데 넌 누구한테 들었길래, 야콥을 그 자신이 말한 그대로의 사람이라고 확신하지?

── 넌 다람쥐 꼬리털이 덥수룩하듯이* 말을 참 잘하는구나. 다람쥐는 뛰어오를 수 있지만 넌 그럴 수 없어. 넌 그들이 하는 말에 맞장구를 치고 있어. 마치 네가 좀 더 아는 것

---

* 수다스러운 사람을 털이 많은 다람쥐 꼬리에 빗대는 북독일 지역의 속담.

처럼 그렇게 말하는데, 그렇다면 대체 네가 반대하는 건 뭐고, 도대체 뭘 따진다는 말이야?

하지만 그때 나는 당연히 도대체 어떻게 그렇게 사느냐고 물을 수는 없었다. 그래서 나는 그가 말짱한 정신으로 내 말을 귀기울여 들었다고 믿기로 했다. 내가 정체나 후퇴, 옛것으로 되돌아가는 것에 맞서고, 새로운 것과 미래로 나아가는 것을 배우려 하지 않는 자들과 맞서는 수단이 모두 정당하다고 했던 것은 아마 한 가지 답이 되었을 것이다.(비록 이 대화가 제3자나 청중에게는 이미 오래전부터 의미도, 호응도 없이 이어지는 것처럼 보였겠지만 말이다.) 내가 그 점에 대한 태도를 밝히는 동안 우리는 서로 담배를 권하고 성냥불을 갖다 대 주고 온갖 의례적인 말을 해 가며 친밀하게 행동했다. 마치 이제 곧 내 아내가 갓 구운 과자 한 접시와 막 채워 넣은 찻주전자를 들고 우리가 대화를 나누는 방에 들어오고 긴 머리를 한 사랑스러운 딸이 친절하게 이해해 주는 손님의 눈길을 받으며(마치 내가 야콥을 손님으로 초대한 것처럼 말이다.) 아빠에게 안녕히 주무시라고 뽀뽀하는 모습을 야콥이 지켜보기라도 할 것 같았다. 나는 야콥이 내가 하는 말을 잘 이해하고 대화가 어디로 흘러가는지 알고 있다는 점이 만족스러웠다. 비록 그가 어떤 일에도 두려움을 갖지 않는다는 생각이 들기는 했지만 말이다. 그가 격의 없는 이 모임의 분위기를 언짢게 만들고 화를 내기 시작했을 때, 처음에 나는 그가 의도적으로 딴소리를 한다고 생각했다. 그는 마치 온몸이 불만으로 가득 찬 것처럼 안락의자에 팔다리를 쭉 뻗고 앉아서, 아무튼 우리가 이제까지 도달해 왔던 곳과 전혀 다른 지점에서 내가 훈계를 시작했음을 눈치채도록 했다. "내가 그런 사람들을 알고 있다면, 틀림없이 나도 그들과 비슷한 사람이겠군요." 하고 그는 말했다. 나는 그가 솔직하게 화를 내고 있고, 그것은 바로 "하지만 난 그렇게 생각하지 않는다고 말하고 싶군요."라는 의미인 것을 깨달았다. 야콥이 말했다. "내가 아는 사람들은 최선을 다하고 있어요." 분명히 그는 그런 방식으로 거짓말을 하려고 하지는 않았을 것이다. 당신 일은 어떻습니까, 사회주의의 미래에 해를 끼치지는 않습니까? 하고 내가 물었다. 아니요. 절대 그렇지 않아요. 좋습니다. 하지만 사회주의를 위해서 이만하면 됐다고 말할 수 있을 만큼 충분히 일한 사람이 있습니까? 그때 나는 정말 어쩔 수가 없었다. 다시 말해 나는 성급하게 굴었고 절반쯤 정체를 드러내 버렸던 것이다. 나는 그가 나를 너무 놀라게 해서 규칙을 어겨 버렸던 것이다. 그 때문에 그는 지금 시간이 많이 늦었고, 자신은 탑으로 돌아가서 자정부터 밝아오는 아침까지* 석탄과 승객들의 여러 가지 생활을 책임져야 한다고 말하지 않았던 것이다. 그는 그저 입을 다물어 버렸다. 하지만 우리가 말로도 표현했을 뿐만 아니라 실재로도 존재하는 사실은, 이제껏 사회주의를 위해 이만하면 됐다고 할 수 있을 만큼 충분히 일한 사람은 없다는 것이다. 이 문제에 대해서 모든 사람과 얘기해 봐야 하지 않겠나, 야콥?

---

* 제1교대로 자정에서 8시까지의 근무를 뜻한다. 제2교대는 8시에서 16시까지, 제3교대는 16시에서 자정까지 근무한다.

— 그러니까 내가 따지는 건, 그 일 때문에 야콥의 어머니가 떠나셔야 했다는 거야. 그리고 분명히 그 사람은(오직 한 사람 때문에 야콥의 어머니가 가셨을 거라는 생각이 들어. 그 사람 말고는 야콥한테 그 일을 말해 줄 수 있는 사람이 없었기 때문이야.) 그녀한테 의도적으로 나쁜 짓을 하려고 한 건 아닐 거야. 하지만 다만 그 사람이 그녀 앞에 나타나서 자기 멋대로 말하고 행동했던 게 그녀를 쫓아낸 셈이 되고 말았어. 만약에 그녀가 떠난 게 오직 한 사람 때문이었다면, 그 사람은 그녀가 떠난 것에 자신이 관련되어 있다고 분명히, 공식적으로 알려 주었을 테고, 그건 예의 바른 인상을 주었을지도 몰라.(그는 자기 직업을 다른 직업과 마찬가지인 하나의 직업으로 여기는데, 업무를 수행하다 보면 유감이지만 그런 일도 생길 수가 있어. 하지만 그 사람한테도 어머니가 있기 때문에 말은 하지 않았을지 몰라도 그 사람도 이해하고 있었다고 믿어 줘야 해.) 그래서 아마 야콥도 그 점에 대해서는 말다툼하고 싶지 않다고 말했을 거야.

— 그래, 하지만 거기에는 여러 가지 의미가 담겨 있어. 그러니까 그런 일은 불가피하고, 따라서 거기에 따르는 희생은 정당하다는 거야. 그보다는 내 생각에 이 일은 오히려 야콥의 인내심을 말해 주는 것 같아. 다음 교대를 앞두고 잠잘 시간인데 느닷없이 누가 나한테 내 어머니가 여행을 떠나셨고 다시는 이곳에서 보지 못할 거라고 말한다고 생각해 봐, 알겠어? 여기서는 그게 야콥의 어머니지만 말이야. 그녀는 예리효에 정착해서 지금껏 살림을 차려 왔어. 그녀가 십일 년간 비싸게 사들인 물건들 사이에서 머뭇거렸

을 모습을 상상해 봐. 끝내 여행 가방 두 개만 남았으니까. 그리고 야콥이 남았지. 그녀는 고향을 떠났다, 다시금 불행에 빠졌다, 다시 탈주했다, 그렇게만 말할 수는 없는 거야. 알겠어? 그녀는 지금 국경선 너머에 있어. 그러니까 그녀는 야콥이 근무하는 역을 통과해서 탑 아래로 지나갔어. 그 기차는 17시 3분에서 17시 12분까지 3번 플랫폼 5번 선로에 정차해 있었어. 그 늙은 부인은 어땠을까. 그녀는 모든 점을 숙고하고 철저하게 실행해. 그 일 다음에는 이 일을 할 차례다, 이렇게. 그리고 초조해지기 시작하지.(그녀한테는 야콥밖에 없었어. 네 어머니도 네가 다 컸으니 혼자서 모든 걸 감당할 수 있다고는 생각하지 않으실 거야. 이제 그녀는 마지막으로 아들을 한 번 봐야 했어.) 용의주도함은 단번에 흩어지고 썩은 그물처럼 매듭이 풀어졌어. 그녀는 무슨 일이 있어도 야콥과 통화하려고 시도했지만 플랫폼에 있는 공중전화는 철도 전화망이 아닌 시내 망에 연결되어 있었고, 두 번째 걸었을 때는 이 빌어먹을 전화가 또다시 잘못 연결되어 버렸어. 번호는 맞았는데, 야콥으로서는 자기 번호였지만 다만 이 번호가 시내 망으로 연결되는 우체국에서는 다른 사람의 번호였던 거야. 이렇게 되니까 한번 운 좋게 기차에 올랐던 그녀로서는 무거운 여행 가방을 두 개나 들고 기차에서 내리고 싶지가 않았고

도청 소재지의 널따란 역에서, 크레스팔조차도 이 가방을 들고 걷기가 힘들었다. 그는 가방을 옮긴 다음 급행열차에 우직하면서도 편안하게 앉았다. 그 열차는 독일의 옛 수도*로 갔

고 거기서 국경 너머로 연결되었다. 크레스팔은 그녀와 함께 다시 승강장으로 나와서 서로 승차권을 바꿨다. 그녀는 크레스팔이 앉았던 자리에 앉아서, 오랫동안 역의 승강장 끝 부분에 옛 노인들처럼 뚱하게 서 있는 그의 모습을 보았다. 태양빛은 다시 한 번 지저분한 유리 지붕을 통해서 희미하고 얼룩덜룩하게 비쳐 왔다.

— 그녀가 크레스팔이 마련해 준 좌석에 앉아 이런저런 생각을 하고 조급한 마음에 정신을 못 차리는 동안 열차는 갑자기 거칠게 밀쳐지면서 앞으로 달리기 시작했어. 그녀가 야콥이 일하는 탑을 찾아보기도 전에(아마 야콥은 그녀한테 할 말이 있었을 거야.) 열차는 벌써 출구 쪽으로 천천히 움직였고, 덜커덩거리면서 점점 더 빠르게 역 밖으로 빠져나가서 야콥에게서 멀어져 갔어. 야콥은 이 모든 걸 금방 머릿속에 그려 볼 수 있었어. 만약 누군가 나한테 이런 말을 했다면…….
— 그런데 그녀가 크레스팔한테 소식을 남기지 않은 건 왜라고 생각해? 도대체 왜 크레스팔한테 자세한 내용을 말하지 않았을까? 그건 그에게도 중요한 일이었단 말이야. 이해가 돼?
— 그게 바로 고지식하다는 거야. 그녀 나이가 몇인지, 그녀가 학교에서 뭘 배웠을지 한번 생각해 봐. 약속은 약속이다.

---

* 베를린을 가리킨다. 1949년 독일이 동독과 서독으로 분단되면서 수도는 서독의 본과 동독의 동베를린으로 나뉘었다.

오직 너희 말은 옳다 옳다, 아니라 아니라 하라.* 그러니까 그녀는 누구한테도 해가 되지 않고 자기한테 이득이 있을 때라도 절대 거짓말을 하지 않았어. 아마 그들은 그녀한테 서명을 하게 했을 거야. 글로 쓴 건 여하튼 글로 쓴 거니까. 결국 문제는 크레스팔이 아니라, 그녀가 계급 투쟁과는 아무 관계가 없다는 점이었어.(그녀는 정말로 그게 무슨 말인지 통 이해하지 못했어.) 아니, 그것보다 그녀한테 중요한 일은 그저 떠나는 것과(나도 알아. 그건 탈주야.) 다시 한 번 야콥한테 당부하는 거였어 ─ 끼니 잘 챙기고, 담배 너무 많이 피우지 말고, 건강하게 지내라.

야콥이 지금 네 번이나 되풀이하지 않느냐는 투로 "싫습니다." 하고 말하자, 롤프스 씨는 고개를 끄덕였고 몸을 앞으로 숙이면서 말했다. "유감입니다." 비록 코발케 씨는(진짜 이름이 아니었지만 아마도 대화의 이런 전환점에서는 또다시 다른 이름을 대는 것에 익숙해져 있었던 모양이었다.), 비록 코발케 씨는 특별 휴가, 서쪽의 전문 잡지, 외국 여행, 정기적인 현금 지원, 서독 여권 따위를 제공한다고 하지는 않았지만(야콥도 마찬가지였고) "신의와 성실은 보답을 받습니다."라고 말했다. 야콥은 불안해하지 않았다. 그는 전등갓과 쿠션 등받이 그리고 책상 모서리 틈에서 꼼짝하지 못했고, 소리 없이 피어오르는 자욱

---

* 마태복음 5장 37절 "오직 너희 말은 옳다 옳다, 아니라 아니라 하라. 이에서 지나는 것은 악으로부터 나느니라."(『성경전서(개역개정판)』, 대한성서공회, 2007) 참조.

한 연기 속에 담배를 놓아두고 움직이지 않았다. 그러면서 그 소식을 여전히 현실로 받아들이지 못했다. 그러니까 그는 그 소식이 지금 나누는 대화의 여러 가지 조건들로부터 생겨난 관념의 결과물일 뿐이라는 듯이 거리를 두고 생각했다. 그 대화 자체도 거리를 두고 생각할 때만 이해할 수 있는 것이었다. 그는 "나는 아무것도 원하지 않아요." 하고 말했고, 자기도 모르게 심장 박동이 빨라지는 것을 느끼면서 자신이 올가을 어떻게 생활했는지 말했다는 것을 깨달았고, 무기력하고 체념에 빠진 불안이 마음속에 일렁이는 것을 느꼈다. 마치 그가 언제부터인가 시작도 알 수 없는 시간 속에서, 늘 그런 불안 속에서 살아온 것처럼 말이다. 그는 자신의 삶을 바쳐 애쓰면서 살아왔는데 결국 이렇게 되어 버린 것이었다. 지금 세상은('시절'은) 개인이 자기 삶을 꾸려 갈 수 있는 힘은 적고, 오히려 자신이 시작하지도 않은 일에 대해서 책임을 지도록 되어 있다. 이제 그는 규정과 습관에 따라 일터와 하숙집 사이를 오가며, 그렇게 살아갈 수 있다는 것에 가끔 놀라게 된다. 하지만 그것은 가능했던 것이다. 그리고 롤프스 씨가 마지막으로 호기심과 주저와 무지가 엿보이는 예의 바른 태도로 신의와 성실에 대해 말한 다음에, 이 함구 서약은 나쁜 뜻이 있는 것도, 누구를 겨냥한 것도 아니고, 관계된 사람의 소식을 알려 주는 것일 뿐이라고 말했다.(이날 저녁 그들은 아직 거기까지는 얘기하지 않았다.) 그리고 적절한 말은 적절한 때에 해야 하기 때문에 지금 말하는 것이라고 했다. 야콥은 자신이 지금처럼 일상생활에서 가끔 사라지는 일에 대해서 누구한테도 말하지 않겠노라고 천천히 그리고 또박또박 자기 이름을 적어 서명했다. 롤프스 씨가 다음번에는 화요일 저녁에 엘베 호텔 식당에서 롤프스라는 이름으로 기다리겠다고 했다. 그날은 목요일이었다. 그는 야콥이 필요한 잠을 좀 잘 수 있으면 좋겠다고 하면서, 다른 방법을 찾지 못해서 유감이라고 했다. 실제로 그들은 몸을 뒤로 기대고서 다시 미소를 지었는데, 두 번째로 지은 미소는 자신들을 향한 것이 아니라 그들이 살고 있는 현재의 나쁜 상황을 가리키는 것이었다. 야콥은 밤길을 달려 자신이 근무하는 탑으로 데려다 달라고 했다. 시내 중심가에 이르자 그는 운전기사의 어깨에 손을 올려 차를 세웠다. 그리고 차에서 내린 다음 시끄러운 소리와 담배 연기로 가득 찬 멜로디라는 댄스 바로 들어가 담배와 샌드위치를 샀다. 그가 다시 차로 돌아오자 운전기사가 그에게 앞쪽 문을 열어 주었다. 운전기사는 아주 젊고 쾌활한 사람으로, 야콥에게 가벼운 농담도 건네고 친하게 굴었다. 하지만 야콥이 아무 말 없이 옆자리에 탔기 때문에 그도 미소 띤 눈길을 거두어들였다. 운전기사는 울타리 앞에 와서야 옆을 쳐다보았다. 야콥이 고개를 끄덕일 때는 이미 브레이크를 밟고 있었다. 차는 커다란 불빛을 비추고 아주 작게 엔진 소리를 내면서 가랑비를 맞으며 문 앞으로 비스듬히 미끄러져 갔다. 야콥은 뒷좌석에서 외투와 가방을 집어 들었고, 작은 소리로 웅얼거리는 수위들 사이를 말없이 지나 계단으로 걸어갔다. 그는 볼프강 바르치 옆에 서서 발밑에 넓게 흩뿌려진 신호와 전등 불빛이 안개 속에서 얼룩지는 것을 지켜보았고, 재와 눅눅한 공기 그리고 철로 위로 묵직하게 움직이는 쇳덩이가 풍기는 부드러운 냄새를 맡았다. 그러는 동안 그들은 일에 대해 대화를 나눴다. 야콥은 생각했다. 이 사람은 최고의 디스패처 가운데 한 사람이다. 그것 말고는 내가 그에 대해 아는 게 없구나. 그때, 야콥이 들어오면서 "모인." 하고 말했던 것처럼 스피커의 목소리가 "모인." 하고 말했다. 볼프강도 "모인." 하고 답했다. 이것은 아침 인사를 뜻하는데 주로 야간 근무자들이 이렇게 인사했다. 이렇게 그는 다시 한 번 세상으로 돌아온 것이었다. 그는 어둠 속에서 볼프강의 이마가 눈썹 바로 위에서 줄곧 떨고 있는 것과, 또 눈부신 전등 불빛 아래서 그가 눈을 깜박이는 것을 보았다. 그는 자기도 모르게 고개를 끄덕이면서 회상에 잠겼다. 그는 "모인, 볼프강." 하고 말하고는 뒤쪽 간이침대로 갔다. 야콥이 얇고 가벼운 하절기 제복 외투를 덮으면서 몸을 펴고 눕자, 볼프강이 일을 마치고 의자에 앉은 채 뒤돌아보았다. 볼프강의 얼굴은 반쯤 그늘져서 분명하게 드러나 보이지는 않았지만, 약간 놀란 목소리가 다정하고 친근하게 들렸다. "모인, 야콥." 하고 그가 말했다. "세 시간은 더 잘 수 있겠어." "그래." 야콥이 말했다. 야콥은 깨워 주겠지 하는 기대와 함께 잠들기 시작했다.

*

외헤, 누가 외헤를 알까?

아침에 그는 자기 기차를 몰고 선선한 붉은 태양빛을 받으며 다리를 가로질러 건너왔다. 그는 기관차 창살문에 기대서서, 달리는 기차로 맞부딪혀 오는 빠르고 지저분한 바람에 대고 담배 연기를 내뱉었다. 흐릿한 안개 같은 불빛 속에 있던 탑이 그에게로 미끄러져 왔다. 그는 주의 신호를 울렸고, 덜컹거리며 서둘러 달리는 기차에서 묵직한 기적 소리가 길게 울려 나와서 야콥의 창문 앞까지 올라가 머물다가는 이내 떨어져 내렸다. 외혜는 길쭉하고 광대뼈가 두드러진 얼굴을 치켜들고 멀어져 가는 탑을 따라 얼굴을 옆으로 돌리다가 이내 기관사실 안으로 사라졌다. 기차는 덜커덩거리며 구내 선로들을 통과해 조차 역으로 갔다. 기차가 지나가자 신호들이 바뀌고, 후미등(後尾燈) 불빛은 아침 햇빛 속으로 미끄러져 갔다. 야콥은 창문을 닫았다. 철야 근무의 피로감이 가볍고도 투명하리만큼 선명하게 그의 머릿속에 번져 왔고, 야콥은 다시 자신이 조망할 수 있는 정돈된 일에 임하자 달라진 상황을 짐작할 수 있었다. 누가 야콥을 알까? 마르틴센에 대해 말하자면, 그는 교대를 해 주기 위해 지팡이를 짚고 성큼성큼 걸어 들어왔다. 그는 야콥이 근무한 햇수의 세 배를 제국 철도에서 보낸 사람이었다. 물기 어린 머리는 한 가닥 한 가닥 가지런히 뒤로 빗어져 있었고, 양쪽 관자놀이를 따라 억센 새치가 곡선을 이루었으며, 얼굴에 잡힌 주름은 모두 뒤쪽으로 흘렀다. 그는 쾌활하면서도 무뚝뚝하게 야콥에게 말했다. "말차이트, 압스 씨." 야콥도 말차이트, 하고 마르틴센의 마음에 들게 짧게 인사를 하고 야단스럽게 굴지 않았다. 마르틴센은 이런 행동을 차분하고 적절한 것으로 여겼다.

그 후에 야콥은 하루의 시작을 알려 주고 정신을 말짱하게 해 주는 촉촉하고 기분 좋은 냄새가 풍겨 오는 산업 도로 위 식당에 들어갔다. 외혜는 창가 쪽에 줄지어 놓은 좁은 식탁에 앉아 있었는데 손님은 거의 그 혼자인 듯했다. 그는 김이 올라오는 말간 수프 위에 매부리코의 각진 얼굴을 숙이고서 위험

할 것 없는 우리의 일상으로 돌아오는 데에 열중했다. 기관차는 어마어마한 힘을 갖고 있는 정교하게 조립된 수십 톤의 강철로, 저지할 수 없을 것처럼 앞을 향해서 레일 위를 거칠게 질주하고, 속도의 제곱에 비례해서 증가하는 그 중량을 전부 안고 선로 전환기에 달려들었다. 엔진이 토해 내는 육중한 급속함은 열차의 다른 부분에서도 느껴질 정도인데, 외혜는 그것을 두려움이라고 부르고 싶지는 않았다. 그것은 극도의 긴장 상태와 결부되어 있는 급작스러운 위험에 대한 의식이었다. 그는 기관차 운전을 시작한 지 이 년이 되었지만 여전히 이 일에 익숙해지지 않았다. 취급 방법을 모두 숙달하고 주어진 주의 사항을 자동적이라 할 만큼 능숙하게 이행했지만, 그래도 그는 근무가 끝나면 고정되어 있는 건물 안의 흔들리지 않는 창가에 잠시 동안 조용히 앉아 있는 것을 좋아했고, 그렇게 해서 팔뚝과 관자놀이 신경 속에 남아 있는, 돌진하는 강철 덩어리의 진동을 가라앉혔다. 이것은 그가 가지고 싶어 했던 직업이었고 이것을 위해 그는 수년간 기계 공장과 학교에서 공부했다. 그는 자신의 사정을 결코 입 밖에 낸 적이 없었다. 그러나 야콥은 문을 열고 들어와 외혜가 진득하게 휴식을 취하며 앉아 있는 것을 보았고, 그런 휴식이 무엇을 의미하는지 알아챌 수 있었고, 알 것 같았다.

──그건 말이야, 근무 교대를 할 때 사람들이 나한테 얘기해 준 거야. 크레스팔이 서쪽으로 갔다고 말이야. 여행 가방 두 개를 들고 모자를 썼는데, 그가 하는 말은 거의 알아들을 수가 없었다고 하더라고. 그러니까 그가 서쪽에 가 버렸

다는 거야.(그건 정말이지 누구나 예상하던 일이었어.) 생각
해 봐, 난 예리효 출신이야. 그건 그냥 하나의 소식에 불과
한 게 아니라, 나한테는 도시 전체가 바뀌는 일이었어. 난
상상해 봤어. 내가 예리효에 도착했는데, 이젠 크레스팔이
없다고 말이야. 알겠어? 난 그 일을 야콥한테 얘기하면, 그
가 책상을 치거나 아니면 아무 말도 믿지 못하고 "무슨 소
리를 하는 거야, 무슨 소리냐고!" 하고 외칠 거라고 생각
했어. 아무튼 그 일은 야콥한테 여러 의미가 있을 텐데, 난
정말 끼어들고 싶지 않았어. 하지만 생각을 바꾸지 않을
수 없었지. 그러고 싶으면 그럴 수도 있는 일이야. 그리고
난 그가 그 일을 알 거라고 생각했어. 혹시 모르더라도 예
상은 했을 거라고. 그건 그렇고, 야콥은 정말 차분했어. 왜
냐하면 그는 그냥 그렇게 앉아 있었거든. 마치 그 일에 대해
서, 이제 대체 일이 어떻게 되어 가는 건가, 하고 생각하는
것처럼 말이야. 하지만 실제로 그는 제3의 소문을 이미 알
고 있었고, 그걸 그저 소문으로만 생각하고 있는 것 같지
는 않았어. 그리고 야콥은 나한테 얘기를 계속하게 했거든.
— 그래서 야콥 때문에 화가 나?
— 아니야. 절대 그렇지 않아.

그는 외혜의 모자를 집어 들어 창턱에 올려놓고 식탁 맞은
편에 앉았고, 둘은 서로 인사를 나누었다. 야콥은 외혜와 같은
음식을 주문했다. 주방으로 통하는 문은 열려 있었고, 여자 종
업원은 음식이 준비되는 동안 바닥을 문질러 닦았다. 식당 뒤
편 식탁에서 담배 연기와 말소리가 식당 전체로 피어올라 야

콥과 외혜 머리 위로 잔뜩 쏟아져 내리는 강한 햇빛과 뒤섞였다. 외혜는 크레스팔이 예리효에서 서쪽으로 떠나갔다고 말했다. 야콥은 외혜의 거칠고 밝은 목소리와 동시에 조심스러운 눈빛을 폭넓게 공감하며 완전히 받아들였고, 그의 음성과 시선은 결코 의심해 본 적 없는 익숙한 신뢰의 감정 속에 악의 없이 흡수되었다. 하지만 뜨겁고 말간 수프와 빵이 앞에 놓였을 때, 그는 고개를 들지도 않고 끄덕일 뿐이었다. 그러자 외혜는 시선을 옮겨 겉이 바삭바삭하게 구워진 빵을 바스락거리며 떼어 내고 있는 자기 손을 내려다보았다. 두 젊은이가 폭이 넓은 커다란 창가에 앉아 있었다. 한 사람은 깨끗이 다림질한 품위 있는 제복을 입었는데, 은실로 엮어 짠 견장에는 별이 세 개 달려 있었다. 또 한 사람은 땀에 젖고 그을음으로 더러워진 기름투성이 기관사 작업복을 입고 있었다. 둘은 친한 친구 사이가 된 지 육칠팔 년 정도 되었다. 둘의 직무는 시간이 지나면서 이미 많이 달라졌지만, 둘이 서로 다른 상황에 놓이게 된 것은 오늘이 처음이었다. 야콥은 그때 바로 그것을 깨달았지만, 외혜는 너무도 늦게서야 알게 되었다. 탑 아래쪽을 내려다보는 짧은 시간 동안 야콥은 비로소 결심했었다. 그때 그는 평소에 늘 그랬듯이 외혜가 열차를 몰고 지나가는 것을 보기 위해 그리고 손을 흔들어 주기 위해 일어나 창문 쪽으로 갔지만 말이다. 바로 그 순간, 달라진 상황이 그에게 충격으로 다가왔다. 야콥은 열린 창문 곁에 서서 아래쪽을 내려다보았다. 손도 흔들어 주지 않은 채로 말이다. 이제 그는 찻잔을 밀어 놓고 준비해 두었던 표정을 지으며, 만약 그게 사실이라 해도 나는 놀라지 않아, 하고 말했다.

그는 아침나절 내내 그런 식으로 외혜를 대했고, 별로 놀라워하지 않았다. 마치 그것이 사실이라는 듯이 말이다. 외혜는 특별한 이름이다. 그의 어머니가 그를 그렇게 불렀고, 그래서 학교에서도 그 이름으로 불렸다. 여자 친구들은 처음에 요헨이라고 부르다가 끝에는 다시 외혜로 불렀다. 다만 무쉬 알트만이 유일하게 금방 외혜라고 말했고, 그녀는 그와 결혼했다. 예리효에서 학교에 다니던 마지막 일 년 동안 야콥은 키가 크고 동작이 굼뜨며 열심히 공부하는 소년 옆에서 지냈다. 외혜라는 이름은 근면과 선량함의 대명사였다. 그사이 공적인 요구 사항을 열성적으로 받아들이는 태도는 잦아들었지만 친절한 태도만은 누가 보더라도 여전했다. 어깨가 떡 벌어지고 움직임이 별로 없는 야콥은 아주 깊은 생각에 잠긴 채 외혜 앞에 호의적인 태도로 앉아 있었다. 외혜가 야콥의 얼굴에서 상심한 생각이라고 읽어 낸 것은 실은 약간 다른 것이었다. 하지만 야콥은 마음속에서 부끄러움이라는 진득한 수렁에서 점점 조롱의 불꽃이 타오르는 것에 놀랐고, 그래서 이렇게 말했다. "외혜, 그건 아무래도 믿을 수가 없어, 외혜." 외혜는 그 소식을 어떻게 알게 됐을까? 그 소식은 기관차 승무원들과 함께 해안 지역에서 전해져 온 거야, 하고 외혜가 말했다. "그 사람들이 말하는 거 말이야." 야콥이 말했다. 그는 사실 이렇게 생각했다. 그렇다면 그들은 크레스팔이 기차에 오르는 것만 보고 내리는 것은 보지 못했고, 이제 누군가 그것을 지켜보았던 것처럼 크레스팔 얘기를 지어내는 것이라고. 문득 야콥도 어머니가 느꼈을 심장 떨리는 두려움에 빠졌다. 병원에서 예리효를 지나 역까지 이르는 먼 길을, 사소한 것에도 깜짝깜짝 놀라며 평상시와 다름없어 보이려고 애쓰면서 걸어갔을 것이다. 그녀는 녹색 원판 신호*를 든 채 화를 내는 철도 감독 곁을 지나 달려가서 굴러가기 시작한 기차에 뛰어올랐을 것이다. 그녀는 결코 거짓말을 잘하지 못했다. 그리고 그녀는 다시 사라져 버렸다. 때때로 외혜가 말하는 것이 사실처럼 생각되기도 했는데, 그럴 때면 키가 크고 듬직한 체구의 크레스팔이 손에 의심스러운 여행 가방을 들고 쿵쾅거리며 역으로 걸어가는 모습이 보이는 듯했다. 그는 이제 여기를 떠나 그렇게도 그리워하던 사랑스러운 딸이 있는 세상으로 가려는 것이었다. "그건 당연히 딸 때문이야, 외혜." "나도 그렇게 생각했어." 하며 외혜가 말했는데, 그때 야콥은 마음속에서 엷은 웃음이 올라와 눈가에 쓸쓸하게 번지는 것을 느꼈고, 그다음엔 거친 숨소리 같은 것이 흘러나왔다. "그렇게 늙은 사람한테는 분명히 힘들 거야." 하고 야콥이 말했다. 크레스팔의 삶은 이제까지 칠십 년 동안 이어져 왔는데, 그중에서 사십 년을 예리효의 거친 잿빛 바람을 맞으며 보냈기 때문이다. 그리고 야콥이 말했다. "그래. 그렇지. 외혜." 이렇게 말한 야콥은 무방비 상태로 외혜의 호의적인 모습을 바라보았다. 외혜는 말없이 아버지가 딸에게 품는 사랑을 생각해 보았고, 고개를 흔들며 손을 펴서 허공을 쳤고, 경멸하듯 입을 비죽였고, 전적으로 신뢰한다는 뜻을 내비쳤다. 야콥은 그와 헤어지고 싶지 않았다. 그들은 대화의 화제를 이 세상의 권력자들에게로 돌렸고, 권력자들이 제시한 정책이 불합리하다는 데에 의견이 일

---

* 발차 신호.

치했다. 그들은 술을 마시고 기분이 좋아졌고 앞으로 닥칠 일에 대한 인내심도 커져서, 외혜는 그들이 했던 말을 혼자서도 책임질 수 있을 것 같은 기분이 들었다. 야콥은 심한 피로감으로 몸을 앞으로 숙이고 옅은 미소를 지었고, 모든 면에서 외혜가 함께 있어 주는 것에 찬성하고 있었다. 이렇게 모든 일이 저절로 일어난 것처럼, 그리고 누구도 이 비밀에 부쳐진 이별이라는 곤경에 빠질 필요가 없는 것처럼 보였다. 파랗고 서늘한 거친 하늘이 정오의 햇빛에서 뿜어져 나오는 온기를 흡수하는 가운데 그들은 시장 광장에서 헤어졌다. 이때 외혜는 전차에 오르면서 뒤돌아보며 손을 흔들어 인사했다. 그리고 야콥은 아침에 하려고 했던 대로 팔을 들어 답했다. 이제 그의 모든 행동은 외혜에게서 벗어나 처음 상태로 되돌아 왔고, 오전 시간에서도 하나씩 떨어져 나왔다. 마치 그가 한마디도 하지 않았고, 어떤 시선도 받은 적이 없고, 어떤 대화도 나누지 않은 것처럼 그렇게 말이다.

전화 가입자가 전화 다이얼을 돌리면, 각각의 숫자로 암호화된 전기 신호는 전화 교환국에 연결된 해당 계전기*에 전달되고, 계전기는 그 신호를 골라내서(예비 선택기는 그 레버를 들어 올려 자동적으로 비어 있는 군 선택기를 찾는다.) 그 회선까지 그리고 희망했던 전화기의 수화기까지 전달한다. 이것은 정말 놀라운 자동화 설비다. 이것은 몇몇 시내 교통 중심지에 있는 노란색 철골 구조물과 철망 유리로 만든 공중전화 박

---

* 검출된 정보를 가지고 있는 제어 전류의 유무 또는 방향에 따라 다른 회로를 여닫는 장치. 전신, 전화 따위에서 전류의 변화를 중계하는 데 쓴다.

스 안에 설치된 동전식 공중 전화기에도 마찬가지로 적용된다. 야콥은 걸쇠에서 찰칵 소리가 날 때까지 문을 안으로 잡아당겼다. 시장 광장의 시끄러운 소리와 움직임이 열린 틈 사이로 흐릿하게 스며들어 왔다. 그가 제국 철도 지방청의 대표 전화번호를 돌리는 동안, 수화기를 든 왼손은 전화박스 한쪽 모퉁이에 기대 있었고, 가느다란 초침은 원을 그리며 손목시계 숫자판 위를 돌고 있었다. 제국 철도에서 근무하기 위해서는 정신적, 육체적으로 건강해야 할 뿐만 아니라 평판이 좋아야 하고 정확한 시계를 가지고 있음을 증명할 수 있어야 한다. 처음에 그는 보닌 폰 본 씨가 선물해 주었던 낡은 회중시계를 가지고 있었다. 그리고 그건 꼭 그만큼의 가치가 있었다. 지금 차고 다니는 시계는 이 년 전 크레스팔의 딸이 선물한 것인데, 이로써 그는 시계가 있는 셈이고 시각을 확인할 수 있었다. 하지만 좋은 평판과 같은 것이 시간의 공간 속에서 경탄하리만큼 많은 사건들과 어떻게 조화를 이룰 수 있겠는가? 사건 하나가 터지면 또 다른 사건이 터지고, 그 다른 사건은 원래의 사건과 반대 의미를 가지며, 그런 사건들은 돌이킬 수 없이 시간 속으로 흘러가 버린다. 그것은 누가 그것에 주목하든 말든, 그것을 바라든 말든, 인정하든 말든, 끝내 차라리 취소하고 싶든 말든 마찬가지이다. 그렇지만 외혜와 함께한 오전 시간은 벌써 지나가 버려서 상처 없이 구해 내어 새로 시작할 수 없게 되었고, 이렇게 제멋대로이고 저지할 수 없는 시간의 흐름 속에서는 누구든지 쉽게 비난받는 처지에 빠질 수 있는 것이다. 발신(發信) 전류가 공중전화에 접속한 지 이십 초 후 철도 전화 교환망에 들어왔을 때 송화(送話) 전류 접속이 열렸고 한 목소리가 번호를 반복해 말했다. 야콥은 인사말을 건넸다. "압스입니다. D-l* 부탁합니다." 하고 말했다. 전철과 말이다. 전철과는 제국 철도 지방청에 배속되어 있으며 관리국(O-d-l**)의 관할 하에 있고, 관리국은 본청(H-d-l,*** 전철부장)의 관할 하에 있다. 그 목소리는 잠시 멈추었다가 "연결해 드리겠습니다." 하고 말했다. 그렇게 한 것은 야콥으로 하여금 그가 누구인지 알아챘음을 알려 주기 위한 것이었다. 하지만 야콥은 아무 말도 하지 않다가 뒤늦게야 고맙다는 말을 해야겠다는 생각이 들었는데, 그때는 이미 연결이 제국 철도의 독립 전화망에 깊이 들어가, 벌써 D-l로 전환된 다음이었다. 그는 전화를 받아 주고 호의적으로 아무것도 되묻지 않은 사람이 누구였는지 전혀 몰랐고, 저쪽에서 잠시 멈추었다가 말했던 것도 곧 잊어버렸다. 그는 목을 기울여 수화기를 외투 옷깃과 목덜미 사이에 끼우고서 외투 주머니에 있는 담배를 찾았다. 공중전화 박스 밖에는 전차가 곡선 선로에서 브레이크를 밟고 돌면서 날카로운 소리를 냈는데, 그 모습이 문틈 사이로 드문드문 시야에 들어왔다. 자동차들은 횡단보도 앞에서 공회전을 하고 있었다. 야콥은 떨치기 힘든 끈질긴 상념 때문에 눈앞의 광경도 눈에 들어오지 않았고, 무슨 소리일지 예상되는 잡음과 움직임들이 머릿속에서 제멋대로 뒤섞였다. 분명히 어떤 사람이 그의 삶에 책임을 지고 있을 테지만 계전기는 그렇지 않지, 하고 그는 생각했다. 지금 계전기는 자기 역할을 다하지 않았고, 롤프스 씨도

* 전철과를 뜻하는 Dispatchleitung의 약자.
** 관리국을 뜻하는 Oberdispatcherleitung의 약자.
*** 본청을 뜻하는 Hauptdispatcherleitung의 약자.

손을 놓은 상태였다. 이제 외혜와 멀어진 것은 누구의 책임이고, 이 불가피한 사정은 또 누가 변명해 줄 것인가? 송화 전류가 또다시 끊기고 D-1의 전화 교환국에서 "D-1입니다." 하고 말했을 때, 그는 "네." 하고 말하며 다시 한 번 이름을 말해 주었다. 그리고 "압슨데요, 교대 반장 좀 부탁합니다." 하고 말했다. 교대 반장은 페터 짠이었는데, 야콥은 어제 구내식당에서 그와 함께 식사했다. 그들은 한참 동안 아가씨들을 쳐다보다가 늘 그러던 것처럼 다시 젠체하며 반쯤 농담조로 결혼에 대해 대화를 나눴다. 사무적인 자세로 앉아 있던 페터는 "말차이트, 야콥." 하고 사무적인 투로 말했지만 약간 침침한 파란 눈에는 신뢰감이 묻어났고 인사하는 것 같은 눈빛이 보였다. 자, 이제 한번 보자, 하고 야콥은 생각했다. 페터 짠은 몸을 책상에 앞으로 기댄 채 "말차이트." 하고 말했다. 그러더니 "말차이트, 야콥." 하고 말한 다음에는 이어서 아무 말도 하지 않았다. 그 것은 어제보다도 말수가 적은 것이었다. 시장 광장 근처 공중전화 박스에 있던 야콥은 입에 물고 있던 담배를 집어 들고 엷은 미소를 지으며 고개를 끄덕이더니 "페터, 저 이틀 휴식이 필요해요." 하고 말했다. 그러자 페터가 송화기 위에 손을 얹는 것이 느껴졌고, 그다음 누군가 방을 지나가고 쾅 하는 문소리가 들렸다. 마침내 페터는 빈정대는 말투로 말했다. "휴식, 휴식이라!" 야콥이 맡은 구간의 다음 교대가 두 시간 뒤에 시작되어야 했다. 하지만 야콥은 초과 근무니 신경 쇠약이니 하는 말은 하지 않았다. 그는 롤프스 씨에게 설명하는 데 오랜 시간을 할애했고, 신의와 성실은 서로에게 그만한 가치가 있을 것이기 때문이었다. "월요일 아침까지면 충분한가? 그러면 제2교대가 되는데." 페터는 목록을 들춰 보지도 않고 물었다. "말차이트." 하고 야콥이 통화를 끝맺는 인사말을 했다. "이보게, 야콥." 하고 페터가 몹시 서둘러 말했다. 하지만 야콥은 꼼짝도 하지 않았다. "월요일에 나한테 전화 좀 해 주게." 하고 그가 말했다. 야콥은 잠시 아무 말도 하지 않았다. 그러다가 그는 그렇게 하겠다고 말했고 둘은 작별 인사를 나눴다. 모든 면에서 어제보다 부족한 점은 없었지만 무엇인가 알아채지 못할 만큼 조금 달라졌다. 그리고 롤프스 씨가 그와 통화하지 않았다고 하더라도 지금 외혜가 무엇을 할 수 있겠는가? 이처럼 개인은 자기가 속한 시대 때문에 소위 자신의 독특한 활동 방식을 발휘하지 못한다. 그 활동이라는 것은 오늘이고 이곳이며, 가장 중요한 것은 가장 먼저 해야 하며, 그 활동은 미래를 요구하고, 게다가 과거의 품위도 요구한다.

무엇보다도 먼저.

비교적 가까운 과거의 상황에 대해서는 일반적으로 대략적인 동의가 있는 것으로 볼 수 있는데, 그것은 자신이 그곳에 있었음을 기억하기 때문이다. 그 대략적인 동의는 현재 연설가들이 하는 공공 연설에서는 그다지 뚜렷하지 않다. 크레스팔 같으면 이렇게 말할 것이다. 아마 그들 중 많은 사람이 거기 있었을 거라고. 하지만 그때 사람들을 각기 서로 다른 집이 불타는 것을 본 것이었고, 어차피 집은 똑같은 것이 아니라고 말이다. 그는 그렇게 말할 것이다. 그래서 거리를 멀리 두고 있는 그의 관점에서 보면 야콥 역시 대략적인 동의에서 완전히 벗어나 있었다.(그리고 아마 자비네도 마찬가지였을 것이다. 그렇다. 그럴 수 있는 일이다.) 그는 열네 살 때 종전과 그 유산을 맞이했기 때문에, 전쟁과는 아무런 관계도 없었다. 그는 패전군 병사들을 이해할 수 없었다. 그들은 군율이나 예절도 없이 피난민 행렬을 뒤따라 가며 땀에 흠뻑 젖은 피곤한 몸으로 예리효에 도착해서는 빵과 물을 구걸하고 까마귀들처럼 도둑질을 하더니 흐리멍덩하게 해안을 따라 서쪽으로 이동해 갔다. 마치 그렇게 하면 자기들이 남겨 둔 것들로부터 벗어날 수 있을 것처럼 말이다. 야콥은 소택지에서 그들의 무기와 군복을 찾아냈다. 그것들은 그와 아무런 상관이 없는 것이었고, 그는 그것들을 난파선의 표류물이라도 되는 양 가져왔다. 다른 군복을 입은 추격자들이 작고 빠른 말을 타고 총신(銃身)에 구멍이 있는 총*을 멘 채 군청 소재지에서 큰길을 통해 조용히 혹은 소리를 질러 대면서 도착했다. 그들이 타고 온 말은 이상한 마구(馬具)를 얹고 덜커덩거리는 나지막한 마차를 끌었다. 그들은 승리한 덕분인지 품위가 있었다. 또 그들이 품위가 있었던 것은 — 도착하면서부터 알게 된 것이었지만 — 페스트와 같은 독일군을 겪었기 때문이었고, 마을의 수확물을 거둬들이라는 명령이 있었기 때문이었다. 당시 야콥은 열여섯 살이었는데, 어머니를 돕기 위해 농가에서 일했고 승리를 거둔 소련군을 상대로 주류를 밀거래했다. 그는 0.7리터짜리 화주나 브랜디, 버찌 브랜디 한 병에 판매 가격의 대략 4분의 1정도를 챙겼다. 야콥은 독일에 주둔한 연합국 측의 임시 화폐를 주고 옷장 하나와 침대 몇 개를 사서 그것들을 창문이 셋 달린 침침한 방 안, 크레스팔의

---

* 당시 소련의 PPS-43, PPSH-41, SVT-40 같은 총들은 총신에 구멍이 나 있었다.

가구들 옆에 들여놓았다. 밀거래에는 여러 가지 측면이 있겠지만, 그는 이쪽 측면만을 생각했다. 물론 그도 바우슈트라세에 사는 어떤 여자가 당한 사고에 대해서 생각해 보았을 것이다. 여자의 남편은 시청에서 근무했는데, 그녀는 승리를 거둔 소비에트 병사에게 시유림(市有林)에서 봉변을 당했다고 했다. 이런 모욕에 분노하고 난폭해진 어느 독일군 부대에서는 독일 내 소련 점령 지구에서 닥치는 대로 때리고 총을 쏘아 대고 취하도록 술을 마시고 자신들의 돈으로 그 비용을 치렀다. 하지만 야콥은 그것에 아무런 관심도 기울이지 않았다. 그는 순응해 갔던 것이다. 실제로 그는 시골 담배의 매운 냄새에서, 제복 상의에 특이하게 띠를 두른 모습에서, 그리고 외국어에서, 세상이 얼마나 넓은지, 인간의 생활이란 얼마나 다양한지 깨달았다. 궁색하게 다시 염색하고 재단한 신 독일 경찰의 제복은 예전 것을 가져다 적당히 손질만 한 것 같았다.(군데군데 색이 바랜 군복을 입은 키가 큰 남자가 뜨거운 여름에 땀을 뻘뻘 흘리며 녹슨 자전거를 타고 와서는 마당 입구에서 농부의 아내에게 제복에 대해 설명하고 신분증 따위를 꺼내 보여 주었지만, 도장이나 제복은 어떤 것도 증명해 주지 못했다. 달걀은 여전히 개별적으로 찾아오는 소련 약탈자의 총기 앞에 건네졌고, 그래서 달걀을 시내에 판다는 것은 말도 안 되는 일이었기 때문이다. 그는 쉴 새 없이 모자 안쪽의 땀을 닦으며 이미 수없이 말했던 바를 떠들어 댔다. 농부의 아내는 의심하며 얕잡아 보는 얼굴을 하고 옆에서 으르렁대는 개를 나무라지도 않았다.) 하지만 파비안 씨나 롤프스 씨의 존재를 인식하는 한, 그리고 뒤이어 오는 것이 품위가 있는 한(그것이 모두 이전 것보다 더 바람직한 경우) 야콥은 그들의 품위에 이의를 제기할 마음은 없었다. 하지만 그는 이러한 품위에 가담하지는 않았다.

그렇지만 그는 급행열차를 타고 북쪽 예리효로 여행을 떠났다. 운행에 적합하도록 정교하게 만든 객차는 열차를 지탱하면서 길을 인도해 주는 선로 위를 내달렸다. 그는 공공 여객 수송이라는 조건에서(비록 철도청 신분증을 지니고 있기는 했지만) 오후 내내 증기 기관과 에어 브레이크*의 물리학 속에 있었다. 날씨는 저녁때쯤 비가 올 것 같았고, 그는 거만한 태도로, 책임 맡은 일 없이, 넌더리를 내며 식당차 창가 자리에 앉아서 바깥 풍경이 흘러가는 것을 보았다. 그는 신호소에서 나온 전선이 차단기 윈치**로, 전철기로, 주 신호기로, 중계 신호기로, 예비 신호기로 가는 것을 눈으로 따라가면서 열차 간에 연락을 주고받거나 선로 안전을 알리는 데 쓰는 전화선 아래로 달려갔고, 어디에선가 어떤 디스패처가 안전과 위험 그리고 정시 운행을 관리하고 있다는 것을 떠올리며 기술적 방법과 함께 그 근거와 전제 조건을 기억 속에 담아 두었다. 그는 모든 것이 불가피하다고 생각했다. 그리고 자신의 비타협성을 느끼고 속으로 깜짝 놀랐을지도 모를 일이다.

──크레스팔은 분명히 야콥한테 전보를 쳤을 텐데 말이야. 그렇다면 크레스팔은 뭐라고 썼을까? 아니, 한번 이렇게 물어보자. 이럴 땐 도대체 어떤 말을 쓸까?

---

* 압축 공기를 이용하여 차량의 속도를 조절하거나 제동하는 장치.
** 밧줄이나 쇠사슬로 무거운 물건을 들어 올리거나 내리는 기계.

— 일어났던 일을 거기에 그대로 써서는 안 되겠지. 나 같으면 뭔가 암시하지도 않았을 거야. 지금 한번 지어내 봐. 한편으로 그건 다급해 보여야 해. 그렇지 않으면 그가 절대로 손에 잡히는 것도 없이 휴가를 얻어서 그리로 가지는 않았을 테니까 말이야.

야콥은 항구 근처에 있는, 폭이 좁고 높이 솟은 건물들 중 가구 딸린 방 하나에 세 들어 살았다. 바닥은 뒤틀려 있었고, 벽에는 곰팡이가 피어 있었으며, 각각의 좁은 방에서는 오래된 습기로 인해 케케묵은 냄새가 났다. 그는 주인 아주머니의 부엌 한가운데, 윤이 나는 반점(斑點) 무늬가 그려진 리놀륨 바닥 위에 서 있었고, 그가 사방을 둘러보는 동안 손에 든 가방이 흔들렸다. 식탁 위에는 아침에 썼던 식기가 포개져 있었고 신문은 석탄 상자 옆에 떨어져 있었다. 창문 밖 깊고 좁다란 안뜰에는 납처럼 무거운 해가 걸려 있었다. 찬장 선반 위, 빵 상자 앞에 놓인 접시는 비어 있었다. 야콥은 소리 없이 돌아서서 복도로 나갔다. 나중에 그가 방에서 깨끗한 셔츠 하나와 잠옷, 세면도구를 침대 위 가방 옆에 펼쳐 놓았을 때 초인종이 울렸고 야콥은 물기 있는 목덜미에 수건을 걸치고 바지만 입은 채 문으로 나왔다. 전보 배달부였다. 야콥은 고맙다고 말했다. 그는 그때 이미 좀 서두르고 있었고, 또 아마도 너무 깊이 생각에 빠져 있었기 때문에, 그때 식당차에 앉아서 우연히 바지 주머니에 손을 넣고서야 비로소 다시 그 전보의 존재를 깨달았다. 종업원이 계산서를 작성하는 동안 그는 붙어 있는 봉인을 뜯고서 크레스팔이 보내 준 전보를 읽었다. 그렇다. 크레

스팔은 전혀, 아무 생각도 하지 않았던 것이다. 너의 어머니는
서쪽으로 갔다. 크레스팔.

── 그리고 바로 그날 아침 야콥은 나한테 예리효에 좀 다녀오
  겠다고 했어. 그 시간이면 너도 도착했을 텐데. 금요일 아니
  었어?
── 그래. 그날은 금요일이었어.

2

— 금요일이 되어서야 비로소

나는 베를린을 떠나 여행을 시작했다. 여전히 학과 사무실에는 가지 않았다. 열려 있는 차창 옆에 서서 출발을 기다렸다. 기차가 가볍게 덜컹하고 흔들리더니 플랫폼 포석과 작별 인사를 하는 얼굴, 수하물을 실은 수레가 뒤로 미끄러져 가기 시작했고, 나는 발아래 차량 바닥이 늘어지자 여행이 시작되었음을 확인하고 외투 밑으로 숨어들어 곧바로 잠이 들었다. 지난밤에 조금 지나치게 들떠 있었던 것이다. 하지만 신분증 검사를 하고 나서는 다시 잠들 수가 없었다. 열차 방송에도 나름의 의견과 문화, 정치, 오락 프로그램이 있었기 때문이었다. 뚱뚱하고 잘난 체하는 베이스 가수의 노랫소리가 머릿속에 끝도 없이 맴돌았다. 그 노래는 이랬다. 저 왔어요! 제가 뭘 하면 되나요? 이 서류에 서명하기만 하면 돼요! 글쓰기는 말이죠, 제가 하나도 몰라요! 이 부분에서 솜씨 좋게 운(韻)이 맞았다. 그래요. 글쓰기와 글 읽기. 그건 나와는 전혀 맞지 않았어요. 왜냐하면 어렸을 때부터 이미……* 그는 여자들과 키스하는 것을 좋아했네. 허락하는지 묻는 법이 없었네. 마음속에서 그녀를 가져야 한다는 소리가 들렸다 했지. 하지만, 하지만 그럼에도, 그 역시 진정한 사랑의 열정을 느꼈네. 이런 기만이 때로는 얼마나 가슴 아픈지.** 음악이 휴지(休止) 부분에 이르자 나는 자리에서 일어나 밖으로 나갔고, 그러면서 문소리가 날 때 슬그머니 스피커를 꺼 버렸다. 잠시 후 내가 돌아와 보니 스피커는 다시 켜져 있었다. 나는 이웃한 여행객들을 바라보았다. 그들은 모두 순박하고 다정한 얼굴이었는데, 할 만한 질문이나 논쟁은 벌써 끝내 버렸던 것이다. 평소에 나는 그렇게 예민한 성격이 아닌데, 아마 여행 중이라서 그랬던 것 같다. 또 그 음악을 이해하지 못한 탓도 있었다. 나는 그 노래가 무슨 뜻인지 도저히 이해할 수 없었고 그저 시끄러운 소리로만 들렸다. 그래서 갖가지 성마른 생각을 하게 되었다. 그러니까 이 일곱 사람은 세 시간 전만 해도 서로 모르는 사이였는데, 지금은 달리는 객차에 같이 앉아서 벌써 '우리'가 어떻고, 우리가 언제 거기에 도착할 것이라고 말했다. 내게는 그 소리가 또다시 음악과 어우러졌고, 그리고 그 음악이 무엇인지 알 수 없었기 때문에 후텁지근한 외투들 사이에 앉아 있는 것이 너무 비

---

* 오스트리아 작곡가 요한 슈트라우스(Johann Strauss, 1825~1899)의 오페레타 「집시 남작」 제1막에 나오는 노래의 일부. 독일어로 된 가사에서 운이 맞는다.
** 오스트리아 작곡가 프란츠 레하르(Franz Lehár, 1870~ 1948)의 오페레타 「파가니니」 제2막 '나는 여자들과 키스하는 것을 좋아했네'의 일부.

좁게 느껴져서 식당차로 갔고, 거기서 점심 시간 대부분을 빈둥거리며 보냈다. 그리고 식사를 마치고 나서 야콥을 주목하게 되었다.

나는 비좁게 줄지어 앉은 사람들 틈에 앉아서 등을 카운터 쪽으로 돌리고 건너편에 앉아 있는 젊은 병사 다섯 명을 관찰했다. 그들은 잡다하게 떠들었고 맥주에 취해서 일정한 간격으로 거친 함성을 질러 댔다. 나는 'A-K 18'*이라는 말을 알아들었는데, 그들은 그것에 대해 교육받았다고 했다. 그것은 분명히 영화 촬영용 카메라는 아니고 탄창 아니면 총일 텐데, 이것은 영리하게 고안해 낸 스프링 작용을 이용해 탄환을 엄청난 속도로 연달아 쏘아 댈 수 있다. 이것이 그 총의 기능이었다.(이런 것은 아이들로서는 상상도 할 수 없는 일이다.) 또한 그들은 'M-T'** 교육도 받았다. 그리고 그들이 'M-S'***에 대해 이야기를 시작하면서 "우리는 공구를 분류했는데, 난 빠져나올 수가 없었어." 하고 말할 때, 나는 나 말고 또 누가 그들을 지켜보는지 주위를 둘러보았다. 하지만 그들은 시끌벅적하게 떠들어 댔기 때문에 누구든지 쳐다보지 않을 수 없었다. 그들 앞의 큰 테이블에서는 한 철도원이 종업원과 대화를 나누고 있었다. 내 옆에는 어떤 여자가 수심에 가득 찬 모습으로 사과 주스를 홀짝거리고 있었고, 비좁은 줄 끝에는 러시아 장교 두 사람이 마주 보고 앉아 있었는데, 아주 만족스러운 표정으로 가끔 독일 병사들 쪽을 건너다보며 조용히 커피를 마셨다. 나는 외국에서 온 것처럼 굴었고, 얼굴을

---

* 구소련에서 개발된 돌격 소총.

** 군사 기술 교육(Militärisch-technische Ausbildung).

*** 군사 체육 교육(Militärisch-sportliche Ausbildung).

움직이지 않은 채 태연하게 종업원을 관찰하려 애썼다. 그는 철도원 곁에 공손하게 서 있었는데, 그 철도원의 어깨에는 별이 세 개 붙어 있었다. 그는 근무 중인 것처럼 보이지는 않았고, 두 사람은 서로에게 공손한 태도를 보이며 사무적인 대화를 나누었는데 그 내용은 더 언급할 필요가 없을 것 같다. 나는 종업원이 가고 나서도 야콥한테 매달려 있었는데(그때는 내가 그를 전혀 모르는 때였고, 한 번 이름을 들은 적은 있지만 그를 보는 건 처음이었다.) 순간적으로 그의 무엇인가가 나를 사로잡았고, 나는 자리에서 일어났다가 다시 앉았다. 나는 내가 완전히 집중하고 있음을 깨달았다. 이런 일은 내 평생에 일찍이 단 한 번밖에 없었다. 내가 제대로 기억한다면, 나는 그때 즉시 적합한 말을 찾기 시작했다. 그다음 한 일은 한 단어씩 차례대로 버리는 것이었다. 그 단어들은 모두 어떤 특성을 의미하는 것이었지만 이 사람은 그런 특성을 갖지 않은 것처럼 보였다. 그래서 그의 모습은 즉각 내 마음속에 들어와서 지워지지 않았다. 만일 오늘 내가 "그는 키가 크고 어깨가 떡 벌어지고 건장했다. 당시 바라보는 사람한테는 약간 침울해(슬픈 것이 아니고) 보였다." 이렇게 말하거나 생각한다면, 그것은 그를 단지 그와 닮은 다른 사람과 혼동하는 것이다. "그는 창가에 앉아 있었고, 창밖 안개 속으로 넓은 대지가 스쳐 지나갔다." 그곳에 산울타리가 있는 것으로 보아 우리는('우리') 그때 메클렌부르크 서쪽 깊숙이 들어와 있었다. 산울타리들은 추위로 떨고 있는 목초지 너머로 푸르스름한 황혼 녘 안개 속에 있는 나무숲에 이르기까지 갈색 빛을 띠고 단단하게 뻗어 있었다. 자세히 보이지는 않았지만 아주 먼 곳에서 숲이 시작되었고, 이 모든 것 위로 하늘이 단조롭고 무겁게 걸려 있었고, 비인간적이고 과묵한 잿빛 구름이 일몰의 한 줄기 광선을 짜내고 있었다. 그는 가볍게 고개를 갸웃하고 무심히 창밖을 내다보았는데, 내게는 그가 바깥 풍경에 속하는 것처럼 보였다. 아니다, 꼭 그렇지만은 않았다.(오래전부터 나는 창문과 급하게 달려가는 거친 기차 소리만을 의식하고 있었다.) 그의 행동에는 특이한 점이 있었다. 그는 정말로 무언가 생각하고, 심사숙고하고 있었다. 그것이 무엇이었는지를, 그리고 당시 그에게는 총명하고 아주 냉정한 신중함이 필요했다는 것을 이제는 나도 안다. 그는 생각을 하면서 얼굴을 씰룩거렸는데, 그러면서 광대뼈를 감싼 피부를 긴장시켜, 다시 말해 광대뼈가 불룩하게 나오게 표정을 지었다. 하지만 본인은 그것을 알지 못했다. 그의 얼굴 표정은 무심하게 그리고 생각이나 의식적인 자기 통제라는 맥락과 무관하게 움직였는데, 아마도 거기에는 또 다른 맥락이 있었을 것이다. 나는 그의 표정을 '자신만만한 부주의'라고 말할 수밖에 없다. 그는 마치 평생을 숲에서 산 사람 같았다. 그런 점은 그가 조금 놀라면서 눈길을 돌려 자기 손을 바라보는 습관에서도 나타났다. 우리가 규칙과 규정으로 외우고 행동할 때 열거하는 모든 것이 그에게는 자기 내부에 있었고, 언어를 넘어서 몸속에 스며들어 있었다. 그리고 내가 거기에 적합한 하나의 명칭을 찾고 있었기 때문에, 틀렸다고 생각하면서도 나는 그를 '고양이처럼 그렇게 거침없는' 사람이라고 불렀다. 그리고 '거만하고, 의심 많고, 다정하다'라는 표현은 의미를 따져 볼 때 전혀 적절하지 않았다. 차라리 이렇게 말하고 싶다. 그러니까 나는 인생을 관조할 수 있는 남자를 보았다고. 그는 내가 그를 쳐다보고 있음을 알아채지 못했다. 분명히 내가 그를 뚫어지게 쳐다보았을 텐데 말이다. 그는 생각에 잠긴 채 종업원이 가져다준 손잡이 달린 좁고 높다란 술잔을 앞에 두고 앉아서 따뜻한 느낌이 나는 황갈색 음료를 간간이 입에 댔다. 나는 그의 맞은편 대각선 방향에 앉아 있었고 우리는 서로 아무 관계가 없었다. 이제 벌써 지평선에서 이글거리던 태양빛이 약해지고 잘게 부서져 작은 반점처럼 되었고, 대지는 언제부터인지도 모르게 잠들어 있었다. 그는 나보다 먼저 일어섰다. 예리효행 완행열차로 갈아탈 때 나는 그를 시야에서 놓쳤고, 나는 그것이 우연이었다고 생각했다.

야간열차가 예리효에 도착했을 때, 롤프스 씨는

벌써부터 역내 식당에서 저녁을 먹으며 앉아 있었다. 경주하듯 달릴 필요는 없었다. 게다가 기름 값도 많이 들었다. 계산서가 문제가 아닐 때면 늘 그렇듯이 말이다. 하지만 거기 북쪽에서는 그런 밤에는 할 일도 없었다. 나는 이곳의 공기가 더 좋다. 크레스팔은 벌써 오 분이나 먼저 와서 창밖으로 보이는 플랫폼에 서 있었다. 나는 그 창 안쪽에 앉아 있었다. 가로등 불빛으로 그를 잘 살펴볼 수 있었다. 그는 담뱃대를 물고 끊임없이 눈 주위 피부를 움직여서 주름을 만들었다. '너의 어머니는 서쪽으로 갔다.' '찾아갈 사람이 있다. 나이 많은 여자다.' 이 사람은 고집이 세다. 우리가 한번 두고 봐야겠다, 과연 그가 끝까지 조심하지 않는지. 기차가 도착할 때까지 나는 넉넉하게 식사를 마칠 수 있었고, 음식 값을 낸 다음 맥주를 마시며 앉아 있었다. 어스름한 곳에서 건장한 모습의 그림자가 나타나 가로등 불빛 아래로 천천히 다가왔다. 야콥이었다. "지금 그는 이렇게 하고, 그다음에는 저렇게 행동할 거야." 하고 내가 말할 수 있다는 점이 은근히 만족스러웠다. 하지만 이 여행도 야콥 자신과는 별 관계가 없다는 생각이 들었다. 전차 운행 시간표가 그와 관계가 없는 것처럼 말이다. 이 여행은 사실 내 탓이었다. 하지만 여기서 누구의 책임을 논할 수는 없다. 그녀는 여기에 남는 선택을 할 수도 있었다. 그녀가 그 생각을 떠올리지 못했다는 데에는 동의할 수 없다. 이제 나는 야콥이 이런 일을 어떻게 시작하는지 지켜보려고 한다. 그런 다음 우리는 대화할 수 있을 것이다. 그는 제복 차림이었다. 하지만 그들은 여전히 서 있었다. 대체 누구를 기다리는 거지? 아하. 나는 자네를 알지, 하고 나는 즉시 생각했다. 나는 전혀 그를 몰랐다. 하지만 그와 같은 사람들을 좋아한다. 대도시 출신에 대학 공부를 마친 젊은 사람들 말이다. 이들은 예리효로 여행을 올 때조차도 서쪽에서 산 물건들을 걸치고 패션 쇼를 하는 것처럼 옷을 입는다. 그러고는 아무것도 아니라는 듯이 풀어 헤친 외투 속에 양복을 입고 있다. 하지만 그건 전혀 아무것도 아닌 게 아니다. 이들은 우리 돈으로 대학을 다녔고, 우리는 그들에게 수시로 돈을 대 주었고 그들을 위해서 수고했다. 우리는 그들한테 재차 이렇게 말해 주었다. 무엇 때문에 그렇게 해 주었는지를 잊지 말라고 말이다. 그런데 지금 그들은 번듯하고 영특한 얼굴로 이곳을 돌아다니고, 악수를 할 때도 나서지 않고 품위를 지키고(그들은 악수를 했다.) 자신들이 내린 판단의 독립성에 대해 약간은 자만하는 마음을 갖고 있다. 나는 그를 전혀 몰랐고, 그가 어떻게 이 사건 속에 들어오게 되었는지, 야콥과는 무슨 관계가 있는지 알지 못했다. 크레스팔은 그를 알고 있었고, 힘 있게 그의 등을 두드려 주었지만, 젊은이는 가만히 있었다. 인사를 나누는 크레스팔은 심지어 유쾌해 보이기까지 했다. 그래, 좋다. 그는 야콥에게 젊은이가 누군지 설명해 준다. 야콥은 내가 느끼는 만큼이나 그를 낯설어 하는 것 같다. 하지만 야콥은 그를 잠깐 쳐다보다가 서로 알던 사이인 것처럼 미소를 지어 준다. 그래도 크레스팔은 손으로 그를 가리킨다.

—여기는 야콥이네.

—안녕하세요.

—혹시 서로 아는 사이인가?

하지만 야콥은 고개를 저었다. 지금 그가 뭐라고 말한다. 이런 말일지도 모른다. "아니요, 하지만……." 그는 거기에서 등을 꼿꼿이 펴고 서 있다가 몇 마디 (친절한) 말을 하면서 고개를 숙였다. 누가 나에게 미스 크레스팔의 러브 스토리를 들려줄 수 있을까? 바로 크레스팔이다. 그는 말이 많고 사람에 따라 다른 이야기를 해 준다. 개백정 놈들이었다면 질문지를 보냈을지도 모르겠다. 그것을 야콥에게 물어볼 수는 없다. 나는 그걸 누구한테도 물을 수가 없다. 내가 예리효 선술집에 앉아 있고, 대부분의 사람들에게 낯익은 사람이라면 모를까. 어쨌거나 한스 녀석은 오늘 국가가 대 주는 비용으로 즐거운 저녁 시간을 보낼 것이다. 예리효 선술집에서 공공연히 말이다.

요나스는 크레스팔의 부엌을 보고 이 집에 여자가 살지 않는다는 것을 믿기 힘들었다. 두 개의 커다란 창문은

뜰의 시커먼 어둠을 배경으로 깨끗해 보였고(나는 거기에 뜰

이 있으리라고 짐작했다.) 바닥은 문질러 닦아 놓아 깨끗하게 윤이 나고 타일로 덮은 커다란 식탁 바닥은 더러운 곳이라고는 한 군데도 찾기가 어려웠다. 식탁 바로 위로 전등불이 비쳤다. 나는 등을 그들 쪽으로 하고 서서 많이 써서 반질거리는 찬장의 목공 장식품들을 만져 보고 있었는데, 그 장식품들은 분명히 아주 오래된 것이었다. 그는 부엌에서도 식사를 하는 것 같았다. 나는 기다렸다. 그들은 내가 뒤돌아설 때까지 기다렸다. 그리고 내가 몸을 돌려 찬장에 기대고 있는 동안 크레스팔과 야콥은 식탁 모서리를 사이에 두고 등받이 없는 의자에 마주 앉았고, 이윽고 크레스팔이 말하기 시작했다.(우리는 오는 동안 거의 아무 말도 하지 않았고, 내가 알게 된 건 야콥의 어머니가 서쪽으로 갔다는 것뿐이었다.) "그이는 수요일 오후에 떠났네. 내가 기차에 태워 줬지. 창가 쪽 자리였어. 왜 떠났는지는 모르겠네." 그는 생각에 잠긴 채 고개를 돌려, 마치 내 얼굴을 보면서 생각을 계속 이어 가려는 듯 나를 바라보았다. 나는 움직이지 않았다. 하지만 야콥도 고개를 들었고, 두 사람은 서로 마주 보게 되었다. "어머니가 아무 말씀 안 하셨어요?" 야콥이 물었다. 이제는 크레스팔도 내가 좀 더 이해하기 쉬운 말로 말했다. 하지만 나도 그의 딸을 통해 어느 정도는 이쪽 사투리를 익힌 상태였다. "아무 말도 없었네." 마치 자신에게 말하듯 크레스팔이 말했다. 그는 쉰 목소리로 느릿느릿하게 말했기 때문에 그의 말은 거의 알아들을 수 없을 정도였다. "그이가 어떤지 자네도 알잖나. 그저 거기 앉아서는 떠나겠다고 하는 게야. 언제냐고 내가 물었지. 내일이라는 거야. 그래서 물어봤지. 어째서 그러냐고. 하지만 그이는 그저 거기 앉아서 고개를 가로저었지." 그리고 크레스팔은 우리 사이에 말없이 웅크리고 앉아서 연방 고개를 재킷 옷깃에 대고 가로저었고, 그에 따라 그의 시선도 움직였는데 그 시선은 이상하게 좁아지기도 하고 멍해지기도 했다. 집은 쥐 죽은 듯 고요하게, 밤바람을 맞으며 가만히 귀 기울여 듣는 것 같았다. 야콥은 아무 말도 하지 않았다. 그는 몸을 앞으로 숙이고 양손을 무릎 사이에 넣고서 양손 끝으로 동그란 모양을 만들었다. 크레스팔이 갑자기 정신을 차린 것 같았다. 그는 움칫하면서 목덜미가 굳어졌고 고개를 약간 갸웃이 돌리며 완전히 다른 목소리로 물었다. "뭘 좀 먹었나?" 그 말투 때문에 우리 둘은(야콥과 나) 미소를 지었다. 거기에는 배려와 자상함이 담겨 있었다. "아뇨." 야콥이 말했고, "그럼, 저이는?" 그가 물었다. 그리고 그는? "저런." 하고 크레스팔이 장난스럽게 말했다. 하지만 그는 벌써 조리대 앞에 서서 가스에 불을 붙였고, 놀랄 만한 속도로 프라이팬을 올리고 바닥이 깊은 접시에서 식용 유지를 떠 넣고서 말했다. "나한테 저이가 너무 늦게 전보를 쳤단 말이야. 그래서 두 가지를 준비했지. 슈니첼*하고 카르보나데**하고. 하지만 야콥이 고르도록 하게." 우리는 앉아 있던 자리에서 조용히 그를 바라보았다. 그는 부엌을 왔다 갔다 하면서 식탁을 모두 치웠다. 기름이 지글지글하고 탁탁거리며 요란한 소리를 냈다. 그는 고기를 나무망치로 두드려서 연하게 했고, 재빨리 쟁반을 나한테 밀어주었다. 요란스럽던 기름이 조용해졌기 때문이었다. 마침내 고기 한 조각이 놓였는데, 크기가 커다란 그의 손만 했다. 그의 손

---

* 돼지고기나 송아지 고기를 튀겨 낸 오스트리아 전통 요리.
** 돼지고기를 연하게 두들겨 조리한 스테이크의 일종.

은 누렇고 단단한 정맥류가 튀어나와 있고 통풍을 앓아 굽어 있었다. 그는 쉬지 않고 말했다. 그러니까 그때 그가 '루이제 아르브트'한테 갔는데, 고기를 많이 달라고 했더니만 루이제 아르브트가 이런 말을 했다는 것이다. 길에 개 한 마리가 어슬렁거렸는데 "나를 이렇게 쳐다보더니만 말을 하는 거야." 그래서 나도 곧 웃었다니까. 야콥은 정겨운 눈빛으로 바라보면서 몸을 뒤로 기대고 있었다. 하지만 그의 얼굴은 멍하니 굳어 있는 것처럼 보였다. 크레스팔은 음식 만드는 법을 나에게 설명해 주었다. 슈니첼은 소금과 후추를 뿌려. 속까지 바싹 굽고. 카르보나데하고는 다르거든. 달걀 두 개를 깨서 젓는 거야. 한번 저어 보게. 여기에 고기를 넣고 뒤집어 주고. 다른 접시에서 뒤집어 가면서 빵가루를 묻히고. 프라이팬에 넣고. 이렇게. 그 위에 달걀을 넣나요? 그래, 그렇게 하게. 그는 식탁을 훔쳐 내고 빵을 자르고 접시와 그릇, 나이프와 포크를 놓고 우리를 양쪽에 앉게 했다. 본인은 식탁 좁은 쪽에 앉았다. 이마에 굳은 주름이 팬 그가 우리를 한동안 응시했다. 눈썹이 아주 부드럽게 뻗어 있었다. 눈은 회색이었다. 그의 눈에는 나이와 멀리 떠나 있는 딸, 눅눅하고 짙은 어두움, 분노, 배려가 모두 담겨 있었다. 야콥이 고개를 끄덕였다. "이제 들게." 크레스팔이 말했다.

그날 아침은 맑았다. 나는 창턱에 두 발을 올려놓고 많은 생각을 했다. 그때 드디어 한스 녀석이 왔다. 이 녀석은 아직 눈에서 잠을 한참 더 쫓아내야 했다. "아니었어요, 대장." 그가 말했다. "아이고, 이 아가씨를 마음에 담아 두고 있던 남자가 여럿 있었나 봐요. 그들은 언제나 마음 편하게 생각하다가는 잘 끝냈어요. 줄거리를 알아낸 건 하나도 없고요, 몇 가지 개별적인 이야기만 있을 뿐이라서 그걸 짜 맞추기가 쉽진 않네요. 다 오래전 일인 데다, 당사자 가운데 예리효에 남아 있는 사람은 이젠 하나도 없으니까요. 무슨 이런 곳이 다 있어요! 그게 아니라면 그 사람이 입을 열 이유가 없었던 거지요. 이게 제가 받은 인상이에요. 하지만 저는 어제저녁 그들한테 정말이지 조용한 즐거움을 선사했어요. 그들이 옛일을 회상할 수 있게 해 주었거든요. 아, 그건 정말 재미있었어요, 대장. 우리가 그 여자를 못 본다는 게 정말 너무 안타깝네요." 그가 말했다. 나도 그렇게 생각했다. 하지만 나는 그 말은 하지 않았다. 그러자 그는 조금 조용해졌다. 우리가 모험 놀이를 하고 있는 게 아니라는 걸 한스 녀석도 아마 곧 깨닫게 될 것이다. 나는 아침을 먹으라며 그를 내보내고 여러 가지를 생각했다. 사실 이 일은 첫 번째 임무다운 임무였다. 탐정 활동은 누구나 할 수 있는 일이다. 그런 일에서 무슨 대단한 성과를 거둘 수 있겠는가? 기껏 해 봐야 부정적인 이득이거나 긍정적인 손실뿐이다. 그리고 한 단계의 승진이다. 그 반대일지도 모른다. 만약 내가 이 일에서 상당한 성과를 거둔다면, 어느 정도 자랑스러워 할 수 있을 것이다. 그러나 만약 목표를 달성하지 못한다면, 틀림없이 이 일을 그만둬야 할 것이다. 하지만 그렇게 되지는 않을 것이다. 아침 시간을 우울하게 보낼 수는 없다. 자, 어디 한번 볼까.

"이보게, 젊은 친구." 하고 나는 조수에게 말했다. 아까 그를 이리로 올라오도록 불렀다. 이 뚱보는 목요일 이후로 더 이상 나를 좋아하지 않게 되어서, 심술 난 애완용 집토끼처럼 슬금슬금 나를 피해 다닌다. 난방에 대해서 불평을 좀 해 볼까? 그에게 기회를 주는 차원에서 녹음테이프를 사 오라고 해야겠다. 그는 윗사람을 잘 못 견디는 그런 타입이다. 그러니까 이 녀석은 어떤가 하면, 젊고 양심적이고 공손하고 다방면으로 훈련이 되어 있다. 나는 젊은 친구라고 부르는 게 그에게 너무 가까운 느낌이 드느냐고 물어 보았고, 그 망할 놈의 우편물은 좀 내버려 두는 게 좋겠다고 말했다. 그건 그의 상관이 훨씬 더 잘 처리할 수 있다. "자네의 귀엽고 똑똑한 이마 말인데." 하고 내가 말했다. "내가 자네한테 이야기하는 동안은, 다른 한 갈래의 생각*은 좀 멈춰 주겠나? 자, 그럼. 나는 공적이 있고 흠 잡을 데 없는 이 두 사람한테 관심 갖기 시작한 점을 기쁘게 생각하네. 그들은 어젯밤부터 치겔라이슈트라세에 있는 크레스팔 씨 집에 방문차 와 있지. 제발 부탁인데 아무 생각도 하지 말게. 그들은 여기에 휴양하러 온 거야. 어떻게 그런 어리석은 밀고에만 귀 기울일 수 있겠나. 시간이 정확하군, 좋아. 나중에 그 둘은 시내로 갈 걸세. 만약 내 예상이 틀리지 않는다면 주민 등록처로 갈 것이고, 가구점에 갈 것이고, 맥주도 한잔 마실 걸세. 그런 걸 가지고 알 수 있는 건 아무것도 없네. 그렇게 서두르지 말게. 산책도 좀 하고. 늘 이렇게 실내 공기만 마시지 말고. 자네도 맥주 한잔 정도는 할 수 있는 것 아닌가. 여기 좀 있어 보게. 자리에 앉게. 자, 여기 담배. 자네는 이렇게 생각하겠지. 자네 교육에 들인 돈이 얼마냐고. 그런 건 차라리 생각하지 않기로 하세. 우리는 사슬에 묶인

---

* 13쪽 롤프스의 독백 참조. '그들 중 젊은 녀석 하나는 때때로 두 갈래로 생각하는데, 나중에 쓸모가 있을 것 같다.'

경비견이 아니란 말이야! 이 점 명심하게. 자네는 상황을 전체적으로 봐야 한단 말이네. 자네는 벌써 기껏해야 처벌해야 할 일만 보는 습관이 들었어. 그렇게 해서는 아무것도 알 수가 없지. 만약 자네가 인간이 자식을 어떻게 대하는지, 친구들한테 보답으로 친절하게 대하는지 아니면 원래 그렇게 친절한지, 짓고 있는 집을 우리가 때때로 어떻게 바라보는지, 이런 것을 알아낸다면 자네는 인간에 대해서 더 많이 알게 될 것이네. 그렇게 해 보세. 건축 양식에 따라 집을 보는 것처럼 말일세. 알겠나? 국가의 시민과 국가의 적 사이에 미리 경계선을 그어서는 안 되네. 모든 사람은 가능성을 갖고 있네. 그렇지? 우리는 목표 설정이라는 말을 하지. 사람들을 가두어 놓는 건 우리의 목표가 아니야. 다시 말해서 우리는 그들이 필요하네. 그리고 자네는 공무원이 아니고, 누구도 자네 손에 달려 있는 게 아니야. 자네는 모든 사람을 돌봐 줘야 하네. 그들에게 도움이 되어야 한단 말일세. 광장이라는 게 뭔가?" "사람마다 다르지요." 그가 말했다. "바로 그거야. 자네는 담배 가게에서 우체국까지 가로질러 가는 길이 최단 경로라는 생각에 빠지지는 말게. 사람마다 최단 경로는 다른 법이네. 중요한 점이지. 이제 가 보게." 내가 말했다. "제가 개인적인 소견을 좀 말씀드려도 될까요?" 그가 묻는다. 이것 보게. 그는 지금 씩씩거린다. 하지만 나는 그에게 안 된다고 말하고는 그를 내보냈다. 그가 했을 법한 생각을 내가 말했다. 뭐라고? 헛소리하고 있네. 나를 삼 주 이상 버텨 낼 놈이 있다면 한번 만나 보고 싶다.

그들은 날 자게 내버려 두었고, 나는 크레스팔 집의 오래되어 회색빛으로 변한 낮은 거실 천장을 보면서 언짢은 기분으로 잠에서 깼다. 하지만 나는 (깰 때는 말할 것도 없고, 자고 있을 때도 방심은 위험하다.) 다시 한 번 어제 일을 되짚어 보았다. 예리효행 완행열차를 갈아탔다. 야콥은 시야에서 사라지고 없었다. 그때 나는 자문했다. 예리효에 있는 그녀 아버지 집에서 내가 원한 건 대체 무엇이었던가. 베를린에서 사라져 버린 안정감과 맑은 정신을 그곳에서 찾을 수 있을까. 그러니까 그때는 희망 하나만을 가지고 떠났던 것이다. 나는 실망을 받아들일 마음의 준비를 했다. 그리고 아침이 되었음을 깨닫고 소비에트 사령부 마당 위로 펼쳐진 거칠고 밝은 하늘도 보았다. 그런데 어땠는가? 나는 기분 좋게 일어나서 정말 모든 게 달라질 수도 있겠다는 생각이 들었다.(이 일은 이렇게 되지 않고 그다음에는 그 일이 그렇게 되지 않는다면……) 그저 인사차 방문이었다면 나는 의무적으로 야콥과 알게 되었을 것이고, 그랬다면 그는 게지네의 어릴 적 친구일 뿐이었을 것이다. 아, 그러니까 이분이 야콥이군요, 안녕하세요, 하면서 말했을 것이다. 이 사람은 철도원이라네. 그런데 그때는, 그때는 내가 내 의지로 그를 찾아내서 욕심을 내고 마음이 흥분되어서 고양이를 보듯(고양이를 바라볼 때 사심 없고 격의 없는 것과 같이) 그를 바라보았다. 갑자기 나는 우리 사이에 놓인 모든 장애물과 간격을 긍정적으로 받아들였다. 그를 대하기가 쉽지 않았기 때문인데, "안녕하세요? 편히 주무셨어요?"라는 말도 그에게는 다른 의미를 갖는다. 그러니까 그는 만나는 사람에 따라 어떤 태도로 다가갈지 결정하고 신뢰감을 주도록 행동한다. 그의 의도는 그런 것이다. 일단 손에 넣은 것은 안전하다. 내가 부엌에 들어갔을 때, 야콥은 식탁에 앉아서 내게 미소를 지으면서 크레스팔에게 대답했다. 그런데 크레스팔은 "여기서 눌러 살 수는 없는 게냐?" 하고 물었다. 그는 집에 아무도 없이 혼자였다. 그는 찻주전자에 뜨거운 물을 담아 왔고 아침을 먹기 시작했다. 우리는 악수하지 않았다. 각자 상대방이 거기 있는 것을 보기만 했다.

— 그다음에 너희는 시내로 나갔어. 경찰서에 갔다가, 가구 때문에 메세라이트한테 갔고, 그다음엔 맥주를 마셨지. 그 일은 모두 금방 사람들 입에 오르내렸어. 그리고 야콥이 너한테 시내 구경을 시켜 주었던 것도 말이야. 너희는 전몰장병 기념비 옆에 서 있었고……

— 난 예리효에 처음 간 거였어. 야콥이 나한테 말해 줬지. "여기는 전부 통행금지였어요. 한번은 게지네가 길을 잃어서 저기에 들어간 적이 있었는데, 러시아 사람 여섯 명이 게지네를 스파이 혐의로 초소에 데려갔어요. 그때가 열세 살이었는데, 몇 주 동안이나 주머니 가득 해바라기 씨를 가지고 다니곤 하던 때였지요." 그리고 "여기는 학교예요, 이쪽으로 가면 해변이고요." 너도 알겠지만, 언제나 그런 지역에 가면 마치 휴가를 보내는 것처럼 느껴져. 집은 단층인데다 도로는 자갈로 포장되어 있고 시골에서 짐마차가 들어오잖아. 그리고 그 시골이라는 것도 모퉁이만 돌면 시작될 만큼 가깝거든. 사람들 얼굴도 다 명상적이고.(어떤 친구는 이렇게 말하더라고. 정체되어 있다고. 농업 분야의 후진성

은 너무나 오랫동안 이어진 봉건 체제 때문이라고 말이야. 그 친구 말이 맞을 거야. 이렇게 똑똑한 녀석들은 없어서는 안 돼.) 난 이 지방은 하늘이 더 크다고, 정말 그렇게 생각했어. 알겠어? 비가 오지 않았으니까. 그래. 전몰장병 기념비 말인데, 묘지 담장 건너편에 1870년과 1871년 독일 측 전사자를 기리는 표석(標石)이 있었고, 길가 쪽으로 하얗게 회칠을 한 벽돌 기둥에는 손으로 두드려 만든 사슬이 붙어 있었고, 뒷면에는 소비에트 연방의 조국 전쟁 전사자를 기리는 글이 쓰여 있었어.

베치나야 슬라바 게로얌 크라스노이 아르미 파브쉬임 브 바리베 자 스바보두 이 네자비시모스치 나셰이 로지니 1941~1945 고트*

들랴 베시 소치알리스마

— 야콥은 사람들이 뚜껑을 덮지 않은 관에다 이 전사자들을 넣고 도시 이쪽 끝에서 시내를 지나 저쪽 끝까지 싣고 갔던 일을 얘기해 줬어. 교회가 있는 데서 말이야. 야콥은 아마 속으로 그 일을 좋아했을 거야.

— 그렇지 않아. 야콥이 나한테도 그 이야기를 해 줬거든. 좀 생각해 봐. 우리가 그걸 학교에서도 들었을는지는 모르겠어. 하지만 보통 나이 들고 머리가 하얗게 세어 버리면, 학

---

* '우리 조국의 자유와 독립을 위해 싸운 전투에서 1941~1945년에 전사한 붉은 군대의 영웅들에게 영원한 영광 있으라.'(러시아어)

식 있는 신참자가 하는 말에 의지하게 되거든. 야콥은 모든 걸 기억하고 있었어. 그러니까 예리효가 저지 독일이 번성했던 시대에는 분명히 아주 큰 도시였을 거라고. 교회를 보면 알 수 있다고. 네가 그렇게 말했다고 하던데. 원형 아치 프리즈*에서 알 수 있듯이 처음에는 로마네스크 양식**이었다고.

— 두 개의 원형 아치 창문도 그렇고.

— 그건 서쪽 본당이야. 여기에 고딕식으로 창문 세 개가 추가되었어. 그렇지 않아? 그리고 아직 다듬어지지 않은 쪽에 가 보면 예전에는 교회가 평면도상 십자 모양이었다는 걸 아직도 알아볼 수 있어. 아니, 정말이야. 야콥은 이제껏 예리효에서 자랐거든. 너희는 수도원에 대해서도 자세히 물어보았지. 그때 많은 사람이 너희를 봤어. 야콥은 너를 정말 거의 아무에게도 소개시켜 주지 않았지만 그들은 너를 똑똑한 녀석이라고 생각했어. 넌 그저 옆에 서서 귀를 기울였지.

— 자네 어머니가 떠나셨다고 들었네.

— 그러셨어요.

— 이제 물건들을 모두 다 팔아 버리는 모양이구먼.

— 그런 일에는 늘 일이 많지.

— 안녕하세요.

---

* 고전 건축에서 기둥머리와 지붕 사이에 있는 세 부분 중 하나.

** 11세기 말에서 12세기에 걸쳐 교회 건축에서 로마네스크 양식이 번성했고, 이후 고딕 양식으로 발전했다.

──대체 무슨 일인가. 어머니께 무슨 일이라도 생겼나?

──그러게요. 저도 잘 모르겠어요. 특별히 생각나는 게 없네요. 제가 도착했을 때는 이미 떠나셨더라고요.

──요즘이 그렇다네. 원, 세상에.

──글쎄 말이에요.

──그 사람들은 내가 크레스팔한테 가구를 사러 왔다고 생각했을지도 몰라.

──아니야. 넌 그런 사람으로 보이지는 않아. 살림을 차린 사람 같지는 않아. 경찰서에서 돌아올 때 너희는 길에서 서로 거의 말을 하지 않았어.

──거기에는 사람들이 많았어. 거주 신고 창구하고 동서독 간 여권 창구가 같은 방에 있었거든. 난 벽 옆에 서서 기다렸어. 난 정말 야콥 어머니가 무엇 때문에 도망갔는지 몰랐어.

──도망간 게 아니라 떠난 거지.

──그래, 떠난 거야. 우리 국내 정치의 우호적인 분위기 속에서는 그게 놀라운 일이기는 하지만, 유일한 일은 아니야. 나도 그녀가 떠나 버린 그 집에서 왔지만. 야콥은 자기 차례가 되자 이렇게 말했어. "압스 부인 전출 신고를 하려고요. 치겔라이슈트라세입니다. 돌아오지 않겠다는 말씀을 남기셨어요. 제 어머니세요." 그들은 이 탈주가 여권을 소지하고 한 것인지 아니면 베를린을 거쳐서 한 것인지* 물었

---

* 동독에서 서독으로 넘어가는 방법은 여권을 가지고 합법적으로 가는 방법과 베를린을 통해(동서 베를린 간의 왕래는 1961년에 베를린 장벽이 세워지기 전까지는 자유로웠으므로) 무단으로 가는 방법이 있었다. 1949년~1961년까

어. "베를린을 거쳐서요." 그러니까 그는 이 모든 걸 아주 차분하고 참을성 있게 말했어. 마치 아무도 이 일에 책임이 없는 것처럼 말이야. 그때 난 마음속에서 강한 분노를 느꼈어. 그는 왜 국가 제복을 입은 이 사람 얼굴에다 대고 소리를 지르지 않는가, 여기엔 그의 말을 들어 줄 사람이 얼마든지 있는데, 하고 생각했어. "화가 났군요." 광장 중간쯤에서 그가 나에게 말했어. 그는 그렇게 소리 없이 눈으로 웃을 줄 알더군. 난 처음에는 그걸 알아채지 못했어. 웃음도 제대로 된 답은 못 되지. 난 주저 없이 그렇다고 인정했어. "그런다고 소용이 있을까요, 지금?" 그가 물었어. "아니요." 내가 말했어. 난 아직 지고 싶지는 않아서 "그것도 불평의 이유 중 하나예요." 하고 덧붙였어. 그는 나를 쳐다봤어. 주의 깊게, 마치 그가 방금 나를 좀 더 알게 되었다는 것처럼, 하지만 냉소적으로, 마치 그다음에는 내가 뭐라고 할지 알 것 같다는 것처럼. 이런 생각이 들었어. 도대체무엇 때문에 내가 (자진해서) 이곳 시장 광장에 와 있단 말인가? "그래요." 내가 말했어. 적절한 때, 적절한 장소에서 실제로 변화가 예상되는 기회를 봐서 불평하라, 이렇게 말이야. 난 그걸 알았고, 또한 잊지 않았어. 잘 들어 봐 — 광장에는 박공집들이 있고, 가장 오래된 박공집 아래층에 약국이 있는데, 거긴 시청 모퉁이 바로 옆이었어. 지금 웃으면 안 돼. 그때 그가 나한테 물어보는데, 보통 그런 질문을 할

___

지 270만 명이 서독으로 넘어갔는데 그 중 160만 명이 베를린을 경유해서 건너간 것이었다.

때는 생각에 잠긴 것처럼 굴거나 길바닥을 내려다보지. 그
런데 그는 나를 똑바로 쳐다보면서 묻는 거야. "당신은 어
떻게 크레스팔을 알게 됐지요?" 난 마른침을 삼켰어. 그걸
한마디로 말하라니. 하지만 난 자세히 말해 주고 싶었어.
난 그가 그 일을 아는 게 중요하다고 생각했고 그건 아주
놀라운 일이었어.

— 어쨌거나 그는 네가 좋았던 모양이야.

— 그것 봐. 그러면 그렇게 해서 뭔가 될 수도 있었던 거야.

— 그래. 넌 어디론가 가서, 누군가를 알게 되고, 그와 좋은 관
계를 유지하거나 협력해야 해. 잘 지내려면 친해져야 하지.
그건 네가 그를 필요로 하는 동안 아니면, 네가 다시 떠날
때까지 이어지는 거야. 그게 때로는 운 좋게도 모든 게 바람
직한 우정이 될 수도 있어. 하지만 결코 네가 선택했던 대로
되는 건 아니야. 그리고 그건 단지 기회가 와서 그렇게 되는
것도 아니고, 자신의 희망과 확신 때문에 시간 속에다 고정
하길 원한다고 해서 그렇게 되는 것도 아니야.(하지만 지금
아니라고 말하지 마. 너희는 세 번을 만났어. 넌 그게 어떻게
됐는지 모르고 있어. 네가 확실히 아는 건, 그가 너를 처음 자
세히 바라본 건 시청 모퉁이, 그곳이었다는 거야.)

그들은 나란히 걷는 일에 아직 익숙하지 않았다. 약국 옆을
지나서 시청 뒤로 올라가면서 그들은 얼마만큼 떨어져 걸어야
할지 마음이 쓰였다. 블라흐 박사는 대도시 사람답게 보폭이
짧고 걸음걸이가 조심스러웠다. 그리고 야콥보다 어깨가 좁아

서 전체적으로 키가 더 커 보였다. 그는 몇 마디 말로 간략하게 게지네와의 친분을 소개했고, 그래서 크레스팔 집에 찾아올 수 있었다고 밝혔다. 그는 "난 길에서 그녀를 불러 세웠어요." 하고 말할 수도 있었겠지만, 어쨌거나 야콥은 어떤 얘기도 들으려 하지 않았다. 야콥은 이야기를 시작할 때 주의 깊고 공손한 블라흐의 얼굴에서 게지네에 대한 기억과 친근함을 찾아내려고 애썼고, 이야기하는 동안에도 때때로 그렇게 자세히 관찰했다. 그는 뒷짐을 지고 가끔 고개를 갸웃이 위로 치켜들고 얼핏 미소를 띠며 말했다.

"그때 게지네는 아마 열일곱 살이었을 거예요." 그는 그 점도 고려해야 한다며 곧 조심스럽게 이의를 제기했다. "그 나이에는 하루하루가 좀 더 긴 법이지요.(나중에는 시계에 익숙해지지만 말이죠. 당신 나이에도 그럴지 모르지만, 내 나이에는 하루가 이렇게 세 부분으로, 그러니까 일하기 전 시간, 일, 일하고 난 다음 시간으로 되어 있어요. 쳐다보면 벌써 또 한 계절이 지나가 버리지요.)" 그리고 그때 저기 약국 위층에 살던 남자는 혹시 그녀가 자신의 이상형이 맞는지 일 년 동안 바라보기만 했다. 일 년은 긴 시간이다. 그런 다음 그는 기회를 엿보다가 그녀에게 말했다. 이제 그녀가 자기 이상형인 것 같다고. 그것이 그녀에 대한 남자의 견해였다. "그날 저녁 이후 남자는 세 달 동안 날마다 학교에서 그녀를 봤는데, 그때마다 얼굴이 빨개졌지요. 다시 말해서 그는 그녀를 쳐다보지 못하고 이름을 소리 내어 부르지도, 그녀에게 가까이 다가가지도 못했어요.(아마 얼굴도 정말로 빨개졌을 거예요.) 그녀에 대해 묻지도 못했어요." 그러고 나서 그녀는 여름 내내 배를 타고 발트 해로 나가 있었다고 했다. 그건 근사한 보트였다. 그리고 그녀가 자신의 인생에 대해 생각해 주는 사람이 존재한다는 것에 전혀 신경을 쓰지 않은 채 그렇게 살 수 있다는 것은 정말 이해할 수 없는 일이었다. "그런 일을 겪는 당사자는 정말 끔찍하게 당혹스럽지요." 그러면 그때 모든 것이 결정되어 있었나? 그녀가 보트를 타고 덴마크로 아주 가 버리지 않았던 건 우연이다. 그녀는 그렇게 할 수도 있었을까? 그렇다, 그렇다. 그것은 우연이 아니고, 결단이었던 것이다. "보트는 돌아오지 않았어요. 하지만 남자는……." (약국의 그 남자 말인데, 블라흐 박사가 그를 어떻게 할 수 있었겠는가.) "그녀가 이곳에 남았다는 것만은 알아챘어요. 방학 때 그는 시내에서 멀리 떨어진 해변에 누워서 이렇게 생각했지요. 그녀를 한 번쯤 볼 수 있을지도 모른다고." 그는 아주 불행했다. "저녁 무렵 게지네와 함께 해안 절벽을 따라 걸은 적이 있었어요. 그녀가 시험을 앞두고 있던 때였지요. 그때 그녀가 갑자기 멈춰 서서 가시덤불을 헤치고 말했어요. 저 사람 보여? 그리고 고개를 가로저었어요. 이것 봐! 하고 그녀가 소리쳤어요. 그날은 바람도 많이 불었어요. 그녀는 이제 더 이상 얼굴 빨개질 필요 없어! 하고 소리쳤어요. 이걸 어떻게 설명해야 할지 모르겠군요. 그날부터 그는 더 이상 얼굴이 빨개지지 않았어요. 아직도 그 얘기를 하는 사람이 있을 거예요. 그에 대해서 아니면 그녀에 대해서 온 시내가 한바탕 떠들썩했거든요. 그리고 그녀가 어떻게 그처럼 단번에 그 남자를 깨닫게 만들었는지에 대해, 사람들은 아주 엉터리 같은 상상을 하고 있어요." 하지만 그녀는 그 남자에게 얼굴 빨개지지 말라고 말했을 뿐이었다. "우리는 반대편 물가로 나와서 햇볕에 몸을 말렸고 그때 그녀가 자초지종을 말해 주었어요." 야콥이 말했다. 그는 이제 누구에게 얘기하는 태도에서 완전히 벗어나, 자기 혼자만을 위해 회상하는 것처럼 앞을 바라보았다.

요나스는(블라흐 박사는) 끝까지 아무 말도 하지 않았다. 점심을 먹고 나서 크레스팔은 부엌에서, 좋은 양복을 입고 있으니까, 하고 말하면서 요나스의 목에다 앞치마를 걸어 주고 그릇을 닦던 야콥 옆에 서게 했다. 그리고 크레스팔은 자신에 대해 이렇게 말했다. 구석에 서서 양동이를 달그락거리는 사람이 실제로 일하는 사람보다 더 가치가 있어 보이는 법이야. 이것은 게지네가 열다섯 살 때 했던 말이었다. 그때 그녀는 양동이 받침대 곁에 서서 아버지에게 물을 가져올 때 멜대를 어떻게 메야 하는지 가르쳐 주었다. 하지만 블라흐 박사는 야콥이 식탁에 몸을 구부린 채 조용히 웃는 모습을 보고도 그게 무슨 말이냐고 묻지 않았다. 그는 물기를 닦아 낸 주발과 접시를 다른 생각 없이 꼼꼼히 야콥 앞쪽으로 세워 놓았고 그러면서 이런 식으로 하는 거구나, 하고 생각했다. 그는 언제 그녀가 야콥이란 이름을 언급했는지 생각나지 않았다. 그저 그렇게 지나가는 이야기로 하지는 않았을 텐데 말이다. 그리고 그가 그렇게 한 사람의 이름을 귀담아듣지 않아서 어느 한 시기 전체와 중요한 사건들의 연관 관계를 놓쳐 버렸던 것이다. 그녀는 몇 번이나 내 말을 건성으로 들었을까? 몇 년 동안이었을까? 지금 그는 그녀가 오 년 혹은 팔 년 동안 저녁 무렵 야콥과 함께 해안 절벽 위를 걸어가는 모습과 점토질 언덕을 기어 내려가서 햇볕만이 따갑게 비치는, 얼음처럼 차가운 물에서 수영하는 모습, 햇빛을 받으며 물가를 걷는 모습, 스치는 바람을 맞으며 나란히 앉아 햇볕을 쬐는 모습이 보였다. 그녀가 이것 봐! 하고 부르는 목소리와 아까 그 사람이 어떤 사람인지 말해 줄까? 하고 나지막이 얘기하는 소리도 들렸다. 그는 몸집이 큰 야콥이 게지네 곁에 조용히 앉아서 그녀가 하는 말에 귀 기울이고 있는 것이 느껴졌다. 야콥은 바닷물을 보고 있을 것이다. 나는 두 사람이 함께 있는 모습을 한 번만이라도 보고 싶다. 잠시후 그는 야콥이 자기 이야기를 가지고 뭔가를 의도적으로 말하려 했던 것이 아니라는 점을 확신하게 되었다. 그리고 두 대목에서 게지네의 말투를 기억해 내고 서로 견주어 볼 수 있게 되자, 그녀를 더 잘 이해하게 된 것 같다는 확신이 들었다. 그러고 나서 그는 여동생을 둔 오빠에 대해, 그 이야기 속에 보이는 배려에 대해 곰곰이 생각해 보았다. 아마 그래서 그는 오후에 일어난 몇 가지 일에 소홀했을지도 모른다. 비록 그가 복도 맞은편의 주인 없는 방에서 집주인 두 사람과 저녁 늦게까지 일했지만 말이다. 처음에 그들이 그 방에 들어갔을 때, 테이블보는 전혀 흐트러지지 않았고, 옷장 문은 닫혀 있었고, 벽에 붙은 그림들은 떼어 내지 않은 상태였다. 하지만 그들은 안마당 쪽 방에 있던 침대를 치우고 옷장을 모두 비웠다.

— 그러면 그 편지 봉투들은 도대체 어떻게 된 거야?
— 어떤 편지 봉투?
— 그러니까 너희는 메세라이트한테 다녀와서 시내 카페에서 맥주 한 병을 마셨잖아. 그때 발라프가 왔어. 그렇지? 그 술꾼 조차원이 야콥한테 편지 봉투를 건네줬어.
— 네 어머니가 너한테 전해 주라고 하신 거야, 하고 그가 말

했어. 봉투엔 받는 사람 주소가 없었는데. 야콥은 받아서 뜯고 쪽지 하나를 꺼낸 다음 나도 볼 수 있게 들었어. 그건 다른 게 아니라 열나흘 안으로 아들인 야콥과 계산하고 처리하라는 판매 계약서였어.

— 그건 처음 듣는 얘기인걸. 잘하셨네. 나이 많은 여자들은 그런 생각을 잘 못하는데. 그리고 소비조합 여점원하고도 비슷한 거래를 하신 거구나.

— 그래. 지금 생각해 보니 야콥은 꽤 오래 시내를 돌아다녔어. 그에게 볼일이 있는 사람들 모두 자기를 볼 수 있게 말이야. 그래. 그 여점원은 야콥 어머니에게서 미싱을 미리 사 두었던 거야. 그 여자는 크리스마스 때 결혼할 예정이라고 야콥한테 말했어. 야콥은 남편될 사람을 알고 있었어. 그들은 그날 저녁 바로 와서 미싱을 가져갔지.

하지만 그 전에 시 위원회에서 슈나이더 씨가 왔다. 브레슬라우* 출신인데 키가 작고 생쥐처럼 재빠른 사람이었다. 그는 공손하고 호기심 없이 벽에 서서 자기를 관찰하는 이 세 사람에게 말했다. 크레스팔은 의자 하나를 정리해 내주었는데, 지금 최소한 그 정도는 시 직원에게 해 줄 수 있었기 때문이다. 그러니까 그는 브레슬라우에서 예리효로 왔고, 얼마 후 공화국 탈주 관련 업무를 담당하게 되었다. 그런 식으로 각 사람은 일을 맡게 되었다고 했다. 그리고 이건 그의 근무자 신분증이고, 대각선으로 빨간 선이 그어져 있는 경우도 있는데 그

---

* 현재는 폴란드에 속해 있는 도시 '브로츠와프(Wrocław)'의 독일식 이름.

런 경우라면 신속하게 주택 위원회에 보고해야 한다고 했다. 그때 야콥이 처음 입을 열었다. 이 집은 자기 이름으로 된 독일 제국 철도의 사택이라고 말이다. "그런데 집을 비우시는 건가요?" 슈나이더 씨가 놀라서 물었다. 그때 마침 메세라이트가 적재함에 목책을 두른 마차를 타고 왔기 때문이었다. 마차를 끄는 건 털이 덥수룩하고 성깔 있는 조랑말이었다. 원한과 슬픔에 차 보이는 콧수염을 기른 메세라이트는 모두에게 허리를 굽혀 크게 절하고는 투덜거리면서 가구를 치우기 시작했는데, 야콥이 침실과 미싱을 넘겨주지 않으려 하자 자기도 포기할 수 없다며 화를 냈다. 그러자 크레스팔은 예의를 지키라고 나무랐다. "하나에 10마르크씩." 메세라이트가 의자를 앞에 놓고 말했다. "18마르크요." 야콥이 침착하게 다시 말했다. "그건 전쟁 이전 가격이죠." 메세라이트가 불만스럽게 말했다. "전쟁 이후 가격입니다." 하고 야콥이 말했다. 야콥이 화주 한 병 값부터 흥정을 시작했던 상황을 얘기하면서 요즘도 화주를 사려면 18마르크를 낸다고 이야기하자 그는 화를 냈다. 그는 자기 형편이 어려우며 제발 서쪽으로 갔으면 좋겠다고 말했다. 그렇군요. 그러면 혹시 만약 전쟁 전에 함부르크에 살았다면 지역 위원회에 신청서를 내야 합니다. 상황에 따라서는 출국 허가가 나올 겁니다, 하고 야콥이 말해 주었다. 이건 모두 다 슈나이더 씨가 조금 전에 그들에게 설명해 주었던 것이었고, 요나스는 크레스팔의 침착한 모습을 보고 야콥의 그런 행동에 전혀 놀랄 필요가 없다는 것을 알게 되었다. "그럼 내 예금은요?" 하고 메세라이트가 절망적으로 말했다. 그는 삼 년간(국익 보호 차원에서 버려 두고 간 가구들을 공식 경매에 넘기지 않게 된 이후로) 여러 집에 불려 다니면서 부자가 되었기 때문이다. 그는 자존심이 상했다. 그들은 거실에서 가구들을 꺼내 와서 줄지어 알맞게 밀어 놓고는 덮개를 씌워서 현관문 앞에 세워 둔, 목책을 두른 메세라이트의 마차 적재함에 실었다.(이제 저녁때가 되어서 공기는 더 눅눅해졌고 조랑말은 몸이 얼어 있었다.) 침실의 짐을 옮기는 동안 시 경찰 담당자가 왔다. 야콥과 나이가 같고 비쩍 마르고 느릿느릿한 사내였는데, 야콥은 한네스라고 이름을 부르며 말을 놓았고 창가에서 담배를 피우며 그와 잠시 서 있었다. 한네스는 규정에 따라 위임장에 대해서 물어보려 했을 뿐이었다. 그들은 다시 만나서 반갑다는 따위의 인사말을 나누고 둘이 함께 알고 있는 사람들의 안부를 더 자세히 물어 보았다. 날이 어두워질 때쯤 모든 방이 치워졌다. 야콥이 남겨 놓은 것은 육 년 전 게지네가 생일 선물로 주었던 단단한 검은색 나무 궤짝 하나뿐이었다. 그들은 그것을 크레스팔이 살고 있는 방으로 들고 갔다. 속옷이 들어 있어서 무겁지는 않았다. 직장 때문에 세 들어 사는 야콥의 가구 딸린 집에서 소지품을 전부 가져왔어도 아마 궤짝을 다 채우지 못했을 것이다. 전기스탠드마저 팔아 버렸기 때문에 그들은 창턱에 촛불을 켜 두었다. 흔들리며 타오르는 촛불이 어둠으로 까맣게 보이는 차갑고 단단한 유리창에 반사되어 요나스가 깨끗이 쓸어 놓은 바닥으로 널찍하게 떨어졌다. 그들은 아까 일하면서는 오후에 찾아온 여러 방문객들에 대해 짤막하게 안내해 주거나 소견을 피력하면서 대화를 나누었지만, 지금은 아무 말도 하지 않았다. 셔츠만 걸친 야콥은 담배를 피우면서 열려 있는 문에 기대서서 요나스를 바라보았고, 요나스는 어두운 데서 빛이 있는

쪽으로 먼지를 쓸어 오고 빗자루를 가볍게 세워서 또다시 매끄러운 섬유질 나무 마룻바닥에 큰 원을 그리며 바스락거리는 소리를 냈다. 부엌에서는 크레스팔이 조리대에서 일하는 소리가 들렸다.

"마지막으로 당신 어머니를 본 게 언제였습니까?" 롤프스 씨가 물었다. "이 주 전 예리효에서요." 야콥이 대답했다. "그러니까 어제 오후는 확실히 아니네요?" 롤프스 씨가 물었다. 목요일에 있었던 일이다. "당신 모친께서는 아마도 긴장에 약하신가 봅니다." 그는 주저하며 동정하는 태도로 말했다. 그는 야콥의 어머니에 대해서 진심으로 매우 공손한 호칭을 썼다. 이는 그가 쓸데없이 고상한 교육을 받았음을 보여 주는 것이었다. 하지만 이렇게 대상을 높이는 표현은 강가에 자리 잡은 포메른 기사 영지에서 살림살이를 배운 이른바 하찮은 농부의 딸에게는 어울리지 않는 것이었다. 주인집 아들이 특별한 의도 없이 순전히 호의로 한번 차에 태워 시내까지 데려다 주었던 일은 분명히 오랫동안 그녀의 자존심을 고양시켜 주었을 것이다. 그녀가 다시 한 번 이 이야기를 했던가? 그녀는 이 이야기를 어리석은 자만심에 대한 예로 들면서 게지네 크레스팔에게 해 주었다. 그리고 음식 운반용 엘리베이터가 열린 틈으로 손님들이 음식이 훌륭하다고 말하는 것을 들을 때도 정말 자랑스러웠다고 말했다. 그것에 대해서, 게지네야, 요리할 수 있는 것에 대해 자만해서는 안 된다. 그러니까 보조 요리사들은 가운이 없고, 너 혼자만 흰색 가운을 입고 엘리베이터 앞에 서 있을 때라도 말이다. 그녀의 이런 생각들은 대학에서 공부한 농부 압스가 포메른에 오면서 사그라졌는데, 이 세상의 부당한 제도에 대해 그가 가진 견해를 몇 가지 듣고 난 후에는 더욱 그러했다. 그 후에 그녀는 관리인 사택에서 살게 되었고, 누구나 그녀를 만나면 예의를 갖추어 정중히 대해야 했다. 하지만 그녀가 그렇게 극진히 대우받으려고 애쓰지는 않았을 것이다.(물론 그녀는 그때 각양각색의 젊은 남자들에 대해 자신만의 안목을 갖고 있었고, 관리인이 그 아내와 함께 주인집에 초대받는 일은 거의 없었다.) 쉽게 긴장하는 성향과 두려움에 대한 불안감에 관해서 말하자면, 쉰아홉 살 현재 삶의 불안감은 확실히 삼 년간 겁내지 않고 메클렌부르크 출신의 젊고 성깔 있는 농부를 기다리던 젊은 시절의 희망이나 믿음과는 비교할 수도 없는 것이다. 남편은 자신과 그녀의 삶을 브라질이라는 미지의 먼 땅에서 꾸려 가기를 원했지만, 결국에는 기만적인 고향 땅으로 돌아오고 말았다.(야콥은 롤프스 씨의 끝을 알 수 없는 정보를 접하고 나서야 그 탈주 시도를 기억해 낼 수 있었다.) 야콥은 더 이상 아버지가 기억나지 않았고, 그동안 군복 입은 모습이 그 기억의 앞자리를 차지했다. 하지만 그 군복 입은 사람이 자신을 몹시 사랑해 주었던 것 같다는 생각은 들었다.(물가에 넓게 트인 대지의 넓은 뜰에서 행복했던 것은 그 자신이었을까? 거기에는 수많은 손수레가 햇빛을 받으며 나란히 세워져 있었다. 서늘한 방 앞에, 이른 아침 거울처럼 맑은 강물 위에, 그리고 묵직하게 움직이는 거룻배 옆으로 조용히 바스락거리는 갈대숲 속에도 보리수 꽃향기가 짙게 깔려 있었다.) 그 마음의 불안정은 아버지가 영웅적인 죽음을 맞이한 것 같다는 당국의 통지와 함께 시작되었던가? 그가 또렷이 기억하는 것은 단지 겨울에 요란한 소리를 내며 저공비행 중인 비행기 아래로 가로수 없는 넓은 시골 길을 지나가던 행렬이다. 또한 손쓸 수 없이 뒹굴면서 울부짖던 말들과 피 묻은 어머니의 얼굴, 포장도로에서 떨어져 탈구된 시체들, 그 옆에 덮개를 덮고 신음하는 사람들의 모습이다. 그때도 차들은 또다시 저 망할 놈의, 망할 놈의, 망할 놈의 미친 전쟁의 반대쪽을 향해 달려갔다. 크레스팔의 집에 살던 처음 몇 년간 그녀는 계속 기다렸다. 하지만 압스라는 이름은 적십자나 적신월*의 명단에 없었다. 그녀는 점차 말수가 적어지는 것 같았고, 격앙되는 일들을 피했으며, 손목에 뛰는 맥박에도 겁을 냈다. 억누를 수 없는, 끝없는 두려움을 느꼈던 것이다. "그녀를 대할 땐 조심해야 해요." 하고 야콥이 말했고, 그렇게 외아들이 갖는 특별한 배려를 보여 줌으로써 롤프스 씨의 말이 옳았음을 인정했다. 비록 생활 환경이 한 사람의 인격과 아무런 상관이 없다는 것을 알고 있었지만 말이다.(반면 롤프스 씨는 이력서 혹은 전기(傳記)가 한 사람을 충분하게 그리고 적어도 이해할 수 있을 만큼 설명해 준다고 생각하는 듯했다. 마치 앞으로 끌어당긴 옷장 뒤에 띠처럼 남은 먼지나 텅 빈 벽면에 아무것도 걸려 있지 않은 채 덩그러니 남은 못, 빈 방 창턱에 놓인 화분이 주는 약간의 친근감 따위가 확실한 소식이라도 전해 주는 것처럼 말이다.) 요나스는 부엌에서 돌아와 촛불을 집어 들고 야콥 앞에서 걸음을 멈췄다. 그는 "탈주민 수용소가 그렇게 형편없지는 않아요." 하고 말했는데, 사무적인 정보를 주는 것처럼 들렸다. 그러고는 계속 그를 주의 깊게 바라보았다. 야콥도 알아차렸을 것이다. 그는 고개를 젓기만 했

---

* 적십자와 유사한 이슬람 단체. 적반월이라고도 한다.

다. 그녀가 보낸 목요일, 금요일, 토요일을 시간으로서, 사선으로서 되짚어 보았지만 알 수가 없었다. 어땠을지 생각해 보았지만 그저 막연하고 손에 잡히지 않았다. 그는 어머니가 죽은 것처럼 느껴졌다.

— 그건 지금 내가 여기 앉아 있는 것처럼 사실이야. "난 여기 있어." "그러니까 난 대단한 사람이야." 다시 말해 "그저 그런 사람이 아니야." 그리고 다른 사람들은 "자신이 상대하는 사람이 누군지 아마 모를 거야."
— 누구나 스스로에게는 최상의 사람이지.*
— 그리고 난 기관사야. 아무나 기관사가 되는 게 아니야. 그리고 방 두 개짜리 집을 기다리는 대기자이기도 하지. 나름대로 견해도 갖고 있어. 내 견해는 모두 독특해. 그들은 나를 잡아다가 군대에 보내서는 안 되지. 그것이 첫 번째고, 그리고 그게 전부야. 어떤 상황이었는지 짐작이 돼. 생각해 봐. 난 늦둥이야. 그건 우연이기도 하지만 틀림없이 자본주의의 운동 법칙하고도 관계가 있어. 우리 부모님은 아이를 키울 형편이 아니었어. 하지만 그분들이 마음먹고 나를 낳았을 때도 사실 여전히 감당할 만한 형편은 아니었지. 알겠어? 내가 십일 년 먼저 태어났더라면, 도둑놈들 틈에 끼었을지도 몰라. 한번 생각해 봐. 내가 유태인들을 재

---

* 독일의 극작가이자 시인인 베르톨트 브레히트(Bertolt Brecht, 1898~1956)의 희곡『한밤의 북소리』에 나오는 대사.

미 삼아 때려죽이고 기꺼운 마음으로 전쟁터에 나갔을지도 모른다는 생각이 들지 않아? 나 스스로 지배 민족으로서 다른 민족은 모두 내 발아래에 있다고 느끼진 않았을까? 안 그랬을 것 같아? 왜냐하면 말이야, 우리도 그 시절에 학교에 다녔을 테고, 그런 일들이야 늘상 벌어지는 것이고, "우리는 독일을 위해 목숨을 바치기 위해 태어난 것이다." 같은 어른들의 말을 꽤 오랫동안 옳다고 여겼을 것이기 때문이야. 결국 우린 그들이 가르친 대로 행동할 수도 있었을 거야. 그리고 그때쯤이면 자기 자신도 정당하다고 생각했겠지. 난 네가 말한 고유한 개성이라는 걸 전적으로 인정해. 사람마다 자신만의 혈액 순환이 있다는 것도 인정하고. 누구도 내 미소를 똑같이 흉내 낼 수는 없어. 하지만 그게 중요한 걸까? 그게 정말 중요한 문제일까? 그건 어떤 사람이 결혼의 이유로 삼을 근거는 되겠지. 아니면 다른 식으로 내 비밀스러운 사생활에 도움이 될 거야. 하지만 (그러니까 우리는 이렇게 말할 수 있어.) 개인적 특성이라는 건 발현되려면 어떤 계기가 필요해. 그리고 외형적인 것만 드러나게 되지. 우리가 어떻게 느끼는지가 아니라 우리가 무엇을 하는지에서 말이야. 그 가능성이란 언제나 세상의 빛 속에서 우리가 찾아낸 것과, 더 많이 아는 사람, 다시 말해서 우리를 교육한 사람들이 제공하는 것, 그것뿐이야. 내가 말하고 싶은 건, 난 운이 좋았다는 거야. 그러니까 현재의 관점에서, 내가 전쟁과 아무 관계도 없다는 것을 기뻐하는 점에서는 말이야. 또 내가 더 이상 아버지와 친해질 필요가 없다는 점을 마음 편하게 생각한다는 점에서도.

아버지는 세상을 떠났어. 그는 유대인을 학살했고 그들의 집에 불을 질렀지. 하지만 어른들은 나한테도 똑같이 그렇게 가르칠 수 있었고, 만약 누군가 지금 매우 개인적인 방식으로 그것에 반대한다 하더라도 잘난 체할 일은 아니라는 말이야.

── 그래.

내가 그래, 하고 말한 걸 그렇게 진지하게 받아들이지는 마. 난 그런 건 잘 모르겠어. 밤이 늦었어.

그래.

*

크레스팔은 문이 일곱 개 달린 찬장 앞에 서서 오래되고 거무스름한 나무를 한 손으로 단단히 짚고 기대었다. 품위 있게 조각해 놓은 단단하고 선명한 이음새의 선을 보면 얼마나 오랫동안 썼던 것인지 알 수 있었다. 그는 지금 코르덴 작업복이 아닌 회색 양복을 입고 목에 넥타이를 매고 있었다. 고개를 숙이자 넓어 보이는 목덜미 위로 두껍게 접혔던 셔츠가 팽팽해졌다. 어두운 창밖에서는 계속해서 거세게 비가 내렸다. 비는 처마 밑 석판 위에서 후드득거리는 소리를 냈고, 내리는 비는 마치 식탁 전등에서 창밖 어둠 속으로 비쳐 올라가는, 희미한 불빛으로 만든 다리를 저미는 것 같았다. 야콥은 그을리고 칼자국투성이인 식탁 바닥을 앞에 두고 가죽 안락의자에 몸을 길게 기대고 누운 채 크레스팔이 식탁 위에 술병과 파이프가 담긴 접시, 그리고 담배 단지를 놓는 모습을 바라보았다. 노인은 하던 일을 멈추고, 커다랗고 손질하지 않은 고집스러운 머리를 들고서 요나스가 서가 곁에 서서 책을 뒤적이고 있는 방 안쪽 어둑한 곳을 바라보았다. 그의 눈길은 생각에 잠긴 듯하다가 야콥을 스쳐 지나갔다. 야콥은 어깨를 기대고 꼼짝 않고 누워 있었다. 그는 가늘게 눈을 뜨고 있었는데, 마치 무언가 생각하려고 애쓰는 것처럼 보였다. 크레스팔은 몸을 구부려서 찬장 맨 아래 문에서 낡고 찌그러진 주석 잔을 세 개 꺼내 식탁 가장자리에 가져다 놓고는 야콥 옆의 안락의자에 비스듬히 앉았다. 그가 술병을 가지고 맑게 빛나는 주석 잔에 술을 따랐을 때 요나스가 불빛이 있는 데로 나왔고, 그에게 남은 자리는 이 두 사람의 맞은편에 있는 널따랗고 등받이가 높은 팔걸이의자 하나뿐이었다. 잠시 후 야콥이 물었다. "그런데 무슨 일을 하세요?" 그는 꼼짝도 하지 않았고, 사려 깊게 눈빛으로 생각하던 것을 말로 옮기기만 한 듯 이렇게 물었다. 크레스팔은 등받이에 어깨를 문지르더니 짐짓 걱정하는 눈빛으로 딸을 사랑하는 이 젊은 남자를 바라보았다. 그는 이 사람이 움찔하지 않고 그저 깊이 생각에 빠져 버리는 것을 보고는 깜짝 놀라 고개를 들고 조용히 웃었고, 앞에 있는 잔을 집어 들고 머뭇거리며 입술을 적셨다. "이 제니버*는 딸내미가 나한테 보내 준 거라네." 그가 거칠고 조심스러운 목소리로 말했고, 잠시 후에 요나스가 세련된 남부 지방 억양으로 말하기 시작했다. 그는 처음 얼마 동안은 야콥의 옆모습을 살펴보더니 그다음부터는 주저하지 않고 능숙하게, 다소 실례될 정도로 혼자 떠들어 댔다. 이

---

* 네덜란드 전통 증류주의 하나. 두송이나 로뎀 나무의 열매로 만든다.

제 그는 의자에 깊숙이 기대 앉아 있었고, 편안하고 느슨하게 두 손을 의자 팔걸이에 올려놓았는데, 마치 영리하고 경험 많고 피곤한, 독립적인 존재 같았다.

필요한 건 중간 정도 크기의 방 몇 개뿐이다. 물론 그 방이 있는 건물은 수도(首都)라는 주위 환경과 건물 고유의 외관이 주는 현저한 품위를 갖추어, 세속적인 실용성을 중시하느라 빽빽하게 지은 건물들(병사, 공장, 임대 주택)보다는 뛰어나야 한다. 다른 건물들처럼 일상적인 글린도우* 벽돌로 벽을 쌓았을지는 몰라도, 두껍고 평평하지 않은 회칠은 어두운 영속성을 (건물이 지어지는 동안 승전 소식이 있었다.) 나타낸다. 건물 바깥쪽으로는 회색빛 암석 같은 외관이 오늘날까지도 거칠고 황폐한 공원 쪽을 지켜보고 있고, 안쪽에 대리석을 입힌 현관홀에서는 말소리와 발소리도 조심스러워졌다. 어떤 방에는 도서실이 설치되어 있다고 하는데, 여기에는 최대한 많은 책과 전공 잡지 들이 수집되어 있다. 그 옆방에는 타자기와 서류 보관 캐비닛, 화분에 담겨 일 년 내내 푸르른 식물 사이로 여사무원이 앉아 있다. 학과장의 방에는 요즘은 쓰지 않는 사무용 가구, 책등, 색인 카드 상자 들이 말없는 위엄으로 경외감을 갖게 한다. 이제 강의실과 연구실 그리고 조교실과 함께 이것을 모두 유리 안에 넣고 관계자 외 출입을 통제한 다음, 수백 년이 지난 후에 다시 들여다보는 것이다. 그래도 그 학문은 어떠한 해도 입지 않을 것이다. "하지만 학자와 대학생 들한테도 이와 같이 중대한 시기에는 어떤 연구를 하든지 인도주의적 의무를

---

* 벽돌 산업으로 유명한 포츠담 근교 지역.

인식해야 한다는 공문이 내려왔어요. 성급하고 생각이 짧은 행동은 그 주모자에게 무거운 책임으로 돌아올 중대한 의미를 가질 수 있어요. 결정을 할 때마다 이런 질문을 해야 하지요. 쿠이 보노,* 그러니까 이것은 누구에게 이로운가. 이건 노동자와 농민의 나라에 이로운 것인가?"

영어문헌학(영어영문학 그리고 미국학)은 앵글로색슨 언어와 문학의 역사를 다룬다. 특별히 음성 체계 연구에 집중하는 언어학은 순수 언어를, 그리고 가장 초기부터 지금까지 기록된 문헌에 나타나는 놀라운 변화들을 연구한다. 언어학은 늘 곤경에 처한다. 11세기 경의 문헌 기록자들이 ─ 20세기 기록자들도 마찬가지겠지만 ─ 정확한 발음이 아니라 매우 부정확한 발음을 문자로 보존했을지도 모르기 때문이다. 이것은 '습관적인 부주의'라는 전통이다. 또한 모음이 o에서 a로 이행한 것에 대해 깜짝 놀랄 만큼 명쾌한 설명은 존재하지 않는다. 그러한 것들은 인간사가 늘 그런 것처럼 세상에 변하지 않는 것은 없다는 사실만을 증명할 뿐이다. 그러니까 언어학은 그 변화를 개별적으로 혹은 추정되는 연관 속에서만 묘사할 수 있을 뿐이다. 물론 법칙은 있다. 고대에서 중세를 거쳐 현대 영어에 이르기까지 어떤 방향으로, 어느 지역까지 o에서 a로 이행되었는지, 그리고 그 언어 공동체가 평화롭게 이동했는지 아니면 전쟁을 하면서 이동했는지 추정해 볼 수 있다. 프랑스어 단어가 영어에 끼친 막대한 영향에서 우리는 노르만 정복에 대한 광범위하고도 확실한 증거를 얻는다. 특히 과거에는 감추어

---

* 라틴어로 '누구에게 이로운가.'라는 뜻.

져 있던 바로 그 시기의 역사를 밝히는 데 도움이 되는 것이다. 이제 문헌학은 초기 필사본에 등장하지만 그사이 잊혔던 단어의 의미를, 문자로 보존된 또 다른 기록에 있는, 의미가 더 명확한 인용들을 통해 해독하고 밝혀낸다. 사전과 문법, 지도, 발굴된 출토품, 추정 지역의 동식물을 서로 견주어 본다. 단어가 어형 변화를 겪고 문장으로 조합될 때 따르는 규칙을 밝혀낸다. 방언마다 문법 부록이 딸린 특별 사전이 있다. 여러 판본 가운데 외양상 가장 상태가 양호한(훼손되지 않은) 판본의 텍스트를 찾아서, 어느 필사본이 어떤 판본을 보고 쓴 것인지 살피고 비교한다. 종이를 화학적으로 조사한다. 워터마크로 (그건 정말 하나뿐인지) 어느 제지 공장에서 만들었는지 알아낸다. 그 제지 공장이 이미 불타 버리지는 않았는지 확인한다. 필자에 대한 추적, 수도원 연대기, 시민 명부, 가족 등기부, 재판 기록 서류, 묘비. 그다음에는 완전히 연구가 끝난 텍스트에 메모와 삽입문, 해설, 주석, 부기(附記), 보고서를 곁들여 출판한다. 그러니까 텍스트 비판적인 고증 자료가 수록된 책을 내는 것이다. 해마다 대학생을 대상으로 중세 영어의 언어 상황에 대한 입문 세미나 과정이 개설된다. 텍스트에 쓰인 단어들은 의복과 용구, 무기, 사회 제도, 과거 상황 속에서 인간의 예상 수명에 대한 정보를 정확히 알려 준다. 이것은 인간이 자기 자신의 역사에 대해 갖는 관심에 도움이 되는가? 언어는 그 언어를 말하는 공동체와 함께 살고 그 사회와 함께 몰락한다. 하지만 문학에서는 개개의 주체가 처했던 상황이 보존되어 우리에게 전해진다. 정신사(精神史)의 관점에서 18세기를 고찰해 볼 때, 우리는 특별히 주체에 주의를 기울여야 한다. 세계를 파악하고 다루기 위해 어떤 언어 수단이 쓰였는가? 한 세기를 두고 조망해 볼 때 영어 서정시에 대한 생각은 어떻게 변화했는가? 대학 도서관과 그 분야에 속하는 학술 기관, 그리고 전문 잡지와 공동 연구자들은 명망 있는 영어영문학자가 고된 세부 연구를 하면서 얻어 내고 이제 마침내 책이라는 형태로 만들어진 지식들에 대해 적지 않은 관심을 가질 것이다. 다른 한편, 그와 반대로 만일 역사가 계급 투쟁의 역사이고, 문학이 마르크스주의에 대한 생생한 예증이며 그 효용이 두말할 나위 없이 분명하다면, 잉여 가치 법칙에 이론의 여지가 있을 수 있겠는가? 그리고 만일 어느 날 문학적 의도로 기록된 단어들이 완전히 뒤바뀌고, 앵글로색슨 언어와 그와 관계된 모든 문화권에 대한 우리의 지식이 빈틈이 해박해지면, 우리는 현재를 어떻게 대면하게 될까? 그것은 민족 간의 상호 이해, 우호적인 공생에 도움이 될 것이다. 이번 가을 학기에 나는 학과장 교수의 본 강의인 '엘리자베스 시대의 문학'을 위한 프로세미나*를 맡았다. 매주 목요일 14시에서 16시까지. 세미나 2실. 조교 블라흐 박사.

요나스 블라흐는 세미나실 뒤쪽에서 대학생들 사이에 앉아, 격앙된 어조로 강조하며 밝게 올라갔다가는 힘없이 내려가고, 새로운 단초를 더듬더듬 힘겹게 찾아내고 있는, 긴장하고 초조해하는 발표자의 잠음 같은 목소리에 귀를 기울였다. 발표하는 젊은이의 얼굴은 연한 금색으로 통통했으며, 감독을 받아가며 말해야 하는 긴장으로 기진한 듯했고, 피로에 지친 눈으

---

* 대학의 기초 과정.

로 발표문을 보다가 갑자기 고개를 들어 멍하니 넋이 나간 듯 세미나 지도 조교의 머리 옆, 텅 빈 벽을 응시했다. 그는 칠판을 가리킬 때면 손을 갑자기 들어 올렸다가는 그대로 멈추고, 그냥 교탁에 내렸다가 모서리를 꽉 붙잡았다. 블라흐 씨는 한쪽 발목을 반대편 다리의 무릎 위에 걸치고 앉아서, 벽 쪽으로 몸을 비스듬히 기대고 자기 손가락 마디를 관찰했다. 그는 생각했다. 고등학생 수준이야. 보고서는 학교에서 배운 대로 서론-본론-결론이라는 유명한 도식에 따라 짜여 있었고, 인용한 책들을 짜깁기한 부분이 뚜렷하게 드러났다. 발표자는 과제를 받았고, 그래서 제출한 것이다. 고집스러운 관심을 가질 기회는 없었다. 그러니까 셰익스피어 시대의 무대에는 장면을 묘사하는 보조 수단이 없었기 때문에 시간과 장소를 알리기 위해 안내판을 썼다. 이로써 거의 모든 드라마에서 시작 부분에 등장인물이 관중에게 스스로 혹은 서로 소개하는 이유가 설명된다. 뒤쪽 벽으로는 음악사학과 연구실에서 거미줄처럼 가느다란 파이프 오르간 소리가 젠체하는 듯 장엄하게 울려왔고, 강단 위 교탁에서는 종이가 바스락거리는 소리가 들렸다. 학생들은 팔십 분 동안 조용히 뒤로 기대 앉아 자세를 고정하고 진지하게 경청했다. 여학생 두 명은 팔꿈치를 넓게 벌리고서 무언가를 받아 적었다. 위가 둥근 모양이고 커다랗고 폭이 좁은 창문 세 개를 통해 회백색 요새처럼 생긴 사각 건물의 안뜰이 보였고, 따분하고 희미한 10월의 햇빛이 차갑고 맥 빠진 주사위 모양의 세미나실 안으로 들어왔다. 그는 기진한 목소리로 안정된 형식을 갖추어 결론을 말했는데, 이것은 교수가 제시한 관례에 따라 만든 것이었고, 그것이 전체적으로 의미하는 바는, 이제 무언가 알게 된 것 같다 혹은 그렇지 않은 것 같다는 것이었다.(추측이나 암시 이상을 얻지는 못한 것이다.) 블라흐 박사가 계속 경청하는 시선을 보냈기 때문에 발표자는 당황하며 이렇게 덧붙였다. 그것은 그렇습니다, 하고 말이다. 그는 교탁 옆으로 나와 보고서를 겨드랑이에 끼고는 연단에서 강의실 바닥으로 내려와서 몸을 숙이고 강의실 중간 책상 가운데 비어 있는 안전한 책상으로 재빨리 걸어갔다. 블라흐 박사는 아까 전부터 당황한 듯이 또렷하고 능숙하며 조심스러운 발음으로 "아, 그렇군요." 하고 말했고, 서둘러 이렇게 덧붙여 말했다. "그래요. 감사합니다. 네. 자리에 앉으세요, 그럼."

블라흐 박사의 태도가 친절하기만 한 것은 아니었기 때문에, 그사이 의자 다리가 바닥 타일에 비벼져서 긁히는 소리가 났고 남녀 학생들은 뒤를 돌아보면서 경청해서 들은 보고서의 구성과 표현에 대해 세미나 조교에게 자신의 의견을 말했다. 그는 파이프 오르간 소리가 울려 나오는 차가운 벽에 냉정하고 의심에 찬 머리를 기댄 채 꼼짝하지 않고서, 발표자가 이 발표문을 사람들로 가득 찬 도서관 홀에서 거리낌 없이 대화를 나누면서, 무기력하게 산책하면서, 크리스털처럼 맑은 밤 시간에 하숙집 침대와 세면대 사이에서 애쓰고 긴장하면서 작성했으리라는 생각을 해 보았다. 그는 발표자와 호의적으로 눈을 맞추기도 했는데, 차차 안정을 되찾아 가는 발표자 얼굴의 광대뼈 위쪽에 있던 홍조는 한 번씩 숨을 쉴 때마다 조금씩 가라앉았다. 그래서 예기치 못하게 그의 옆에 있던 젊은 여학생이 이것은 연습 세미나 조교만이 판단할 수 있는 일이고, 조교가 주목할 만큼 유보적인 태도를 품위 있게 보여 주고 있는 점에 유의해야 한다고 선언하고 나섰을 때, 그도 놀라서 옆을 돌아보지 않을 수 없었던 것이다. 하지만 그 비난은 경솔하게도 대놓고, 유쾌하게 했기 때문에 농담처럼 되어 버렸고, 요나스도 그녀에게 자신은 정말 아무것도 암시하지 않았다고 달래듯이 부인했다. 그러자 다른 학생들은 "봐! 들었지!" 하고 말했다. 하지만 그들은 틀렸다. 그는 학생들의 의견과 논평을 비교적 긴 한 문장으로 요약해 주었고, 성실하고 열심히 한 발표였고 구성이 사려 깊었다고 평했다. 사실은 그 여학생이 옳았지만 말이다. 그 여학생은 자세히 쳐다보지도 않고 그가 그렇게 앉아 있는 것만 보고도 그의 언짢은 기분을 탐지해 냈던 것이다. 그것은 근면함이었다. 끝없는 희망이나 의지, 결심이 없는 정신적 활동에 대한 능력만을 포함하는, 고등학교 성적표에서 확인되는 것과 같은 그런 근면함 말이다. 그리고 그것은 다르게 할 수 없음을 뜻했다. 그의 생각은 자기 두 발로 서 있지 못했고, 모든 생각은 전승되어 온 (모범적인) 사고방식의 산물이었다. 마치 대학이 고등학교 학사 일정의 연속인 것처럼 말이다. 학문 역시 자기 자신의 모방을 참지 못한다. 그는 이렇게 생각했다. 그렇다면 자신은 더 많은 것을 알고 있는가? 아마도 아닐 것이다. 그는 교탁 옆 강단 앞에 서서 다음 주 목요일에 제출할 과제를 나눠 주었고, 그 고집 센 행동을 했던 여학생 이름을 목록에 적었다. 이름이 뭐였지요, 이름이? 그녀는 기셀라라고 답했다. 부탁해요, 그가 웃으며 말했다. 그녀는 고분고분하지는 않았지만 화해를 받아들였다.(이런 어린 여자애들이란.) 그는 수업을 끝내고 가방을 팔 밑에 끼고서 빛바랜 대리석 복도를 지나 높고 침침한 현관홀로 걸어갔다. 뒤에서 문 열린 세미나실의 빈 공간을 빠져나오는 제자들 열일곱 명의 목소리가 뒤섞여 울려왔다. 그는 학생들을 자기 모습과 비슷해지도록, 다시 말해 좋은 양복을 입은 젊은 성인으로 교육할 생각은 없었다. 그의 얼굴은 이지적인 학문의 끈질긴 근심으로 조심스러운 걱정에 싸이지 않고 영리하고 모험적인 표정이 되었고, 그는 주독일 미군 방송에서 하는 고정 야간 프로그램에 나오는 멜로디를 휘파람으로 정확한 음을 내어 날카롭게 불었다. 이게 무슨 대수인가.

왜냐하면 몇 년 동안 그랬기 때문이다. 이 년 전부터 그는 복도에서나 강의실에서나 재능 있고 믿음직하며 남을 잘 돕는 학과장 조수로 통했고, 강의와 세미나를 맡고 영문학과 사무(도서 주문, 학생 지도, 당국과의 논의, 다른 학문 분야 및 같은 학문 분야와의 서신 교환)를 처리했다. 그는 성격이 과묵하며 약삭빠르고 고집이 센 사람으로 여겨졌고("사실은 유쾌한 친구지요.") 몇몇 주변 사람들과 비서실에 있는 사무원 여자도 그가 속으로는 거만하다고 말했다. 그런데 국가 고사를 볼 때 구술 본 시험의 마지막 질문은, 학문에 종사하면서 이러한 공부를 할 각오가 되어 있는가 하는 것이었다. 나이 들어 보이지 않고, 의심 많고 온화한 구석이라고는 찾기 힘든 노교수의 얼굴은 비스듬히 비춰지는 6월의 아침 햇살을 받았고, 시험 서류 위로 구부린 노교수 몸의 윤곽이 선명하게 보였다. 배석자는 옆으로 밀어 놓은 서류 앞에 멍하니 넋을 놓고 앉아 있었다. 블라흐 학생은 당시 상황에서 현혹하는 듯한 분위기에(존경, 영예, 발탁, 승진) 정중하게, 선의로써 그렇습니다, 하고 대답했고, 다시 시험을 시작해서 지속적으로 완고하게 바라보는 노인의 시선 앞에 내심 놀랐다. 사실 그는 시험을 보기 이미 오래전부터 문헌학에 넌더리가 났던 것이다. 당시 그의 평판은 사교적인 성격과 박식함 그리고 긴 연구 보고서(혹은 대(大)논문) 세 편으로 이루어져 있었다. 그 보고서는 철저하고 독창적인 사상이 풍부한 연구로, 어딘지 모르게 진지하지 못한 태도가 느껴졌다. 이제 그는 교육을 마쳤는가? 서유럽 세계에 속하는 노인의 지혜는 그에게 전수되었고, 그는 성실하게 제 시각에 맞춰 직무를 수행했고, 또한 숨바꼭질 같은 직장에서의 사적인 인간관계에서도 공인된 모든 규칙을 존중했다. 문헌학 작업은 놀라운 것이었다. 그러니까 그것은 엄격한 연관성(그리고 그와 같은 것)에서 출발하여, 현실과 동떨어져 있고 산발적으로 나타나는 숭고한 세계였다. 그것은 직업도, 평생을 담을 그릇도 아니었지만, 작센 어느 작은 도시의 외지고 궁벽한 곳에 살던 열여섯 살 학생은, 사정도 잘 모르는 상태에서 주위의 조언은 하나도 듣지 못한 채 전공을 선택했던 것이다. 불과 몇 년이 지나자 그것은 지식욕을 채우는 데 충분치 않다는 것이 분명해졌다. 문헌학 작업은 사유를 질서 정연하게 유지해 주었고, 몽유적이거나 몽상적인 것은 아니었다. 그러나 텍스트 속에 인생이 담겨 있나? 그는 인생을 허비하는 것 같다고 느꼈다. 그것은 정확하지 않게 돌려 말하는 것이며 그것에 이름을 붙여 명확하게 명명할 수는 없다고 생각했다. 그는 교직을 얻기 위한 책과 카드 정리 상자 들은 손도 대지 않은 채 아무렇게나 서가에 놓아두었고, 두 개의 도시 베를린에서 수많은 밤을 이리저리 목적지도 없이 자신감 있고 신사와 같은 태도로 돌아다녔고, 자신도 무엇인지 알지 못하는 어떤 것을 찾아다

넜다. 그렇게 해서는 아무것도 찾을 수 없는 법이다. 다음 날이면 그는 근면하고도 빈정거리는 모습으로 학생들에게 돌아왔고, 학생들이 자신의 행정적인 전달 사항이나 권고를 글자 그대로 진지하고 중요하게 받아들인다는 것을 알고 있었다. 그가 그들보다 나이가 많고 노교수의 좋은 평을 듣는 조수였기 때문이다. 그리고 기셀라처럼 앳되고 예쁘장한 얼굴에다 상냥하고 학식이 풍부한 그들은 이곳을 떠나가서, 민주 공화국의 고등학교에서 영어를 가르치고 나중에는 이곳에서 수업을 받았던 것도 잊었다. 그것이 인생에서 큰 의미가 있던 것은 아니었기 때문이다. 더욱이 여기에서는 그런 것을 묻지 않는 것이 예사였다. 반면 그는 아마 대학 강사가 될 것이고, 내년에는 교수 자격을 취득한 박사로 불릴 것이고, 수석 조교가 되고 교수가 되어 학문에 종사하는 직위에 올라 존경받게 될 것이다. 그가 거기에 거스르는 일을 전혀 하지 않는다면 말이다.

야콥은 여전히 두 팔에 몸을 의지하고(양손은 뒤쪽으로 허리띠 부분을 받친 것처럼 보였다.) 안락의자의 움푹 파인 곳에 누워 있었다. 고개가 어두운 쪽으로 비스듬히 미끄러져 가면서 자기도 모르게 턱이 천천히 움직였다. 크레스팔은 세 번째로 잔에 술을 따랐다. 그런 다음 요나스의 잔 쪽으로 몸을 기울여 잔을 잡고서는 기울인 술병 아래로 가져갔다. 야콥이 식탁 위 술잔에 손을 뻗을 때 그의 눈길이 요나스를 향했고 생각에 깊이 빠져서 요나스를 쳐다보았는데, 그 모습은 무엇을 묻는 것도 아니고 걱정스럽고 성급하게 — 알겠다, 무슨 말인지 잘 알겠다, 하는 것도 아니었다. 야콥은 제대로 귀를 기울이고 있었으니까 말이다. 야콥은 요나스를 바라보며 그가 하는 이야기에서 새로운 특성들을 수집했고, 인내심? 그렇다, 아마도 인내심을 가지고 그 이야기가 어떻게 될 것인지 기다렸다. 이제 밖에는 비가 내리지 않았다. 잠시 후 크레스팔은 주름 잡힌 목으로 기침을 하고 난 다음 달래듯이 말했다. "저이가 그 애를 길에서 불러 세웠지."

그렇다. 그것은 저녁 무렵 베를린 교외의 뜰과 별장 사이로 난 어느 거리에서였다. 가로등 불은 아직 켜지지 않았고, 옅은 황혼 녘에 신호를 기다리고 있는 자동차의 주차등이 수없이 희미하게 빛나고 점점 색이 짙어질 무렵, 어느 집 계단에서 여자 한 명이 미군 장교 두 명 그리고 살찌고 동작이 둔한 민간인 한 명과 함께 울타리가 있는 문으로 이어지는 길에 들어섰다. 한 여자, 소녀 같은 아가씨였다. 그녀의 얼굴을 본 순간 나는 멈춰 서 버렸다.

"리슨!"* 하고 내가 말했다. 그 자리에서 꼼짝도 못한 채. 내 마음속에는 그녀가 그냥 가 버리면 어쩌나 하는, 뚜렷하고 서늘한 두려움 말고는 아무것도 없었다. 다음 순간 나는 그녀를 잃을지도 모르는 일이었다.

밝은 색 외투 깃을 세워 올린 그녀는 나에게서 눈을 떼지 않은 채 고개를 돌렸다. 나는 다름 아닌 그녀가 가는 길을 막고 서 있는 것이었다. 동화 속 농부의 딸 같은 얼굴, 높고 가파르게 솟은 광대뼈, 서슬라브족처럼 깊숙이 들어간 두 눈, 분명히 비웃음으로 무심코 비죽인 입술. 나는 그대로 상황이 끝나도록 그녀

* '이봐요!'(영어)

의 얼굴을 살피면서 실망할 거리를 찾고 싶었지만, 그녀의 눈빛은 내, 내 몸의 피를 끝없이 돌고 또 돌게 했다. "휘치 피처 이즈 잇?"* 하며 그녀는 공손한 목소리로 물었다.

이건 무슨 영화였더라, 하고 나는 고분고분 그녀가 한 말을 곱씹었다. 나는 내 등 뒤에 서서 나를 바라보는 시선을 의식하며, 이 상황이 우발적이면서도 진부하다고 느꼈다. 집이나 뜰, 주차된 자동차가 있는 이 거리는 어느 거리와 바꿔 놓아도 상관없는 것이고, 던져진 말은 거짓말처럼 공허했으며, 그리고, 그리고 이건 무슨 영화 같은 상황이었던 것이다. 나는 환멸감에 빠져 고개를 끄덕였고, 그 환멸감은 방금 전까지 기대했던 무관심과는 다른 것일 뿐만 아니라 더 나쁜 것이었다. 나는 이제 영화 관람객이 서정적인 영화의 주인공을 보듯이 내 모습을 볼 수 있었고, 만면에 웃음을 히죽이며 말했다. "아이 어팔러자이즈."**

"유 헤드 베터 세이 댓 유 윌 네버 리브 어 리퓨절 다운."*** 그녀가 말했다. 노래하는 듯한 그녀의 목소리는 침착하고 변함없이 흘러나왔다. 그녀는 여전히 움직이지 않았다.

"네. 아이 셸 네버 리브 댓 다운."**** 내가 말했다. 이제 상황은 다시 몇 호흡 전으로 돌아갔다. 손목시계의 움직임은 느껴졌지만 째깍째깍 소리를 내고 있는지는 깨닫지 못했다. 군복을 입은 그녀의 동행 중 한 사람이 차에 타려고 몸을 굽혔다가 다시 일으켰고, 유쾌하고 기분 좋게 무슨 일이냐고 물으며 고개를 치켜

---

* '이건 무슨 영화죠?'(영어)
** '죄송합니다.'(영어)
*** '거절하시면 두고두고 잊지 못할 거라고 말씀하시는 게 낫겠어요.'(영어)
**** '거절하시면 두고두고 잊지 못할 겁니다.'(영어)

들어 그녀를 자기 쪽으로 불렀다. 그녀는 호기심을 띤 얼굴로 적극적인 관심을 보이면서 내 얼굴을 세세히 살펴보다 말했다. "잇츠 어 프렌드 오브 마인."* 외국인은 동료처럼 쾌활하게 손을 내밀어 내 손을 잡고 이어서 말했다. "글래드 투 미트 유, 네임 콘. 애니 타임? 위 아 쇼트, 컴 위드 어스."** 하지만 나는 흥분하거나 더듬지 않고 내 소개를 했다.(심지어 약간 거만하기까지 했다.) 나는 나도 반갑다고, 내 이름은 블라흐고, 문헌학 박사이며, 함께 갈 수가 없어서 유감이라고, 쏘리 하고 말했다.

나는 다른 두 사람이 차에 올랐을 때 "잇 오트 투 비 어 스캔들 인 어 디슨트 피처."*** 하고 말했다. 내 옆으로 자동차 문이 열려 있었고, 그녀는 바로 이 도마뱀처럼 기다랗고 커다란 차를 타고 급히 떠나야 했다. 비록 지금 내 기억 속에는 그녀가 서두르던 모습이 아니라, 세상을 다 잊은 듯이 서서 내 곁이면서도 내 곁이 아닌 곳에서 기다리던 모습이 남아 있지만 말이다. 그녀는 이제 두 손을 외투 주머니에 넣은 채, 피곤한 모습으로 신발 옆으로 먼지투성이 클링커**** 벽돌 인도를 멍하니 내려다보았다. 당시 그녀는 머리를 목덜미까지 땋아 올렸는데, 머리가 검고 숱이 많았다. 그녀는 내 어리석고도 영리한 퇴각을 받아들이지 않았다. 그녀는 혼잣말을 하는 듯하더니 마침내 눈을 들어 질문했다.

---

* '제 친구예요.'(영어)
** '만나서 반갑습니다. 제 이름은 콘입니다. 시간 있으세요? 우리는 시간이 없어서요. 우리와 같이 가시죠.'(영어)
*** '점잖은 영화라면 스캔들 장면감이네요.'(영어)
**** 찰흙과 석회석 따위를 섞어서 거의 녹을 때까지 구워서 식힌 덩어리 모양의 물질. 여기에 석고를 섞고 부수어서 시멘트를 만든다.

"앤드 홧 섈 잇 비 굿 포?"* 뭐가 좋은 것일까?

나는 나도 모르겠다고 말했다.

"조언에 감사드려요." 그녀가 독일어로 말했다. 독일어로 하는 말도 노래하는 듯했다. 이제 그녀는 처음으로 미소를 지었다. 봄밤 도시의 불빛이 그녀 얼굴에 비쳤고, 매일 저녁 소리 없이 내리는 가랑비 사이로 거리의 먼지 냄새가 풍겨 왔다.

"그래요." 하고 요나스 블라흐가 말했다.

"어디에서 만난 거냐?" 여름에 베를린에서 딸을 만났을 때, 크레스팔은 한참을 생각하고 나서 넌지시 물었다. 그녀는 요나스를 만나고 밤에 지하철을 타고 경계선을 넘어 호텔로 돌아오는 길이었다. 그녀는 놀라서 조용히 웃음을 터뜨리며 말했다. "길에서요." 그들은 그 일에 대해서 더 이상 말하지 않았다. 크레스팔은 "저이가 그 애를 길에서 불러 세웠지." 하고 지금 이 밤 현재의 관점에서 생각해 보아야 한다는 듯이 말했고, 요나스는 그것이 야콥에게 어떻게 비칠까 자문해 보았다. 그것은 종종 생기는 일이고 거의 모든 사람에게 생길 수 있는 일이었으며 특별한 일은 아니었다. 하지만 그는 입을 다물고 싶었고, 어떤 친구에게도 말하지 않았던 것처럼 "그래요."라고만 말했다. 그의 친구들은 그가 근무하는 건물 안에서 다 아는 사이였고 인접한 건물에서도 쉽게 찾아낼 수 있었다. 그들은 그를 잘 알았고, 조교실에서 총무과로 갈 때도 금방 알아볼 수

---

* '그렇게 하면 뭐가 좋은 거죠?'(영어)

있었다. 그런데 그가 경계선 건너편 우체국에서 그녀로부터 온 편지가 있는지 묻는 모습을 목격할 수는 없었을까? 때때로 그는 완전하고 잘 정돈된 업무 활동이 주는 무의미함이 부분적으로 혹은 전체적으로 의문스러워지고 또 어리석게 느껴졌다. 그럴 때는 그녀를 자세히 쳐다보지 못한 채 그냥 보내고 기억 속에 남겨 둔 것을 남몰래 후회했다. 하지만 그는 불확실하고 단조로운 자신의 일상 가운데 그녀를 끌어들였다. 마치 그녀 역시 자신이 잘 알고, 이름 붙이고, 의식하고, 잘 다룰 수 있는 그런 일상인 것처럼 말이다.

하지만 야콥은 여기에 대해 아무 말도 덧붙이지 않았다. "그리고 지난 목요일에는요?" 그가 물었다. 크레스팔은 놀라 어안이 벙벙해져서 요나스가 어떻게 대응하는지 지켜보았다. 세 사람 모두 한밤중에 소비에트 사령부 앞에서 들리는 갑작스러운 엔진 소리에 귀를 기울였다. 묵직하고 빠른 물체 하나가 웅덩이에 빠졌다가 탁탁거리며 빠져나와 시내로 이어진 길에 들어섰다. "그래요." 하고 요나스는 소리 없이 짧고 조급하게 웃으면서 말했다.

그는 지난 목요일 세미나가 끝난 후에도 이렇게 웃었다. 그때 그는 사무실에서 어른 키보다 더 크고 장엄하게 만들어 놓은 문을 닫아 두고 사무용 가구 가운데 앉아 담배를 피우며 자신에 대한 평판에서 거리를 두려고 애쓰고 있었다. 하지만 그 평판은 거대하고 말없는 존재로서 유령처럼 또 의미심장하게 주위를 맴돌면서, 자기 삶을 해석하기란 불가능하다는 것을 그에게 증명하고 있었다. 그리고 그는 그곳에서 그랬던 것처럼 다시 이곳에서도 어찌할 바를 모르고 앉아서 깍지 낀 손을 식탁에 올리고 저 너머의 공원과, 어두운 크레스팔의 방이 빨아들이고 있는 밤안개를 응시했다.

*

17시쯤 전화 교환실에서는 또 한 통의 장거리 전화를 영문학과로 연결하고 있었다. 사무원은 자그맣고 귀여운 여자로, 행동이 민첩하고 얼굴이 예쁘장하고 통통했다. 그녀는 옷장으로 가다가 세 걸음 만에 되돌아와서 외투를 마저 걸쳐 입으면서, 어느 학과 누구입니다, 하고 전화를 받았다. 상대편이 누구라고 말했는지는 잘 들리지 않았지만, 말투를 듣고서 블라흐 씨 친구(키가 크고 무테안경을 쓴 사람)라는 것을 알 수 있었다. 게다가 그는 블라흐 씨가 있느냐고 물었다. 그녀는 블라흐 박사가 사무실에 안 계신다고 말했다. 어디로 가셨는지 모른다고 했다. 그가 오늘 좀 더 오래 있었고 저녁에 약속이 있는 것 같았다고 했다. 아니요. 교수님도 사무실에 안 계세요. 전하실 말씀 있으세요? "아니요." 상대편 목소리가 말했다. 특이하게 조금 오랫동안 아무 말도 하지 않는다는 점에서 상대방이 키가 크고 안경 쓴 그 친구라는 인상을 더욱 강하게 받았다. 고맙다고 말하고 작별 인사를 마친 다음 통화는 끝났다. 사무원 여자는 길을 가는 동안 별 성과 없이 끝나고 급한 듯한 인상을 받았던 그 통화에 대해 잠시 생각해 보았다. 하지만 매일 밤 그랬듯이 전철역 앞 길모퉁이에서 남편을 만났을 때, 결국 자신에게는 전화를 걸어오는 모든 장거리 통화자에게 모든 정보를 알려 줄 권한이 없다고 생각했다.

하지만 제국 철도로 164킬로미터 떨어진 남쪽에 있는 베시거 씨는 여전히 두 팔을 껴안고 전화기 위에 엎드리고 앉아서, 심기가 불편한 듯 코를 찡그리며 사무실 창문으로 바깥 거리를 바라보다가, 자리에서 일어나 무심코 넥타이 안쪽 풀 먹인 셔츠 깃 속에다 손가락을 집어넣었다. 그는 다리가 길었고 코르덴 바지를 입고 있었다. 베시거 씨는 스물여섯 살로 출판사 편집인인데 요나스와는 성향이 비슷해서 몇 년 전부터 친구로 지냈다. 사교적이고 생각하기를 좋아했으며 공격적이고 말하기 좋아하는 점이 비슷했다. 하지만 베시거 씨는 운 좋게도 결혼을 했고, 조심성이 많은 대신 결단력이 없어 보였고, 파이프 담배 애호가였으며, 동의하는 마음과 걱정하는 마음으로 요나스의 '변덕스럽고 모험적인 성격'을 좋아했다. 자신은 지조 없이 고분고분한 것과는 거리가 멀었지만, 요나스한테는 오늘부터 며칠간 그렇게 하라고 충고하려 했던 것이다. 그때 블라흐는

이제 막 전철이 다니기 시작한 다리 아치 아래에 도착해서, 흩뿌리는 비를 맞으며 꼼짝도 못하고 뒤엉켜 있는 사람들 가운데 갇혀 서 있었다. 그들도 나처럼 차도 위의 행진을 구경하고 있었다. 군대식 대형을 갖추고 제복을 입은 채(면직물로 만든 파란색 작업복이었는데, 폭이 넓은 가죽 허리띠를 두르고 멜빵을 멨고, 짙은 청색 스키 모자를 쓰고 붉은색 완장을 찼다.) 말없이 행진하는 남자들은 정면을 바라보며 인도 옆을 지나갔는데, 그들이 신은 민간인 신발 고무창은 비에 젖은 까닭에 놀랄 만큼 아무 소리도 나지 않았다. 그들은 노래를 부르지 않았고, 도로 울

타리에서 구경하는 사람들이 웅성거리는 소리만 드문드문 들려올 뿐이었다. 나는 억지웃음을 지었다. 그것은 아마도 최소한 그곳에서만은 안정감을 만들기 위해서였을 것이다. 억지로 가장(家長)다운 표정을 지으며 행진하는 모습은 우스꽝스러웠다. 어차피 그 행진은 자신들한테는 어떤 의미도 없었고, 다른 한편 그들은 마치 오래전부터 준비된 텍스트 옆의 사진 한 장처럼 또는 이제까지는 말로만 들어 왔던 사건의 한 장면을 영화로 찍는 것처럼 그렇게 끼워 넣었던 것이다. '상황이 지금 이렇게 되었다.' 하고 말이다. 하지만 약간 젖은 고무창을 조용히 끌며 걷는 소리에 이내 기분이 좋아졌다. 나는 애써 아는 체하는 표정을 지으며 뒤돌아 식당 입구 쪽으로 걸어갔다. 함께 구경하던 여자가 놀라 혼자 고개를 가로젓던 모습은 불쾌한 장면으로 기억에 남았다. 그 여자는 내 옆에 서 있었는데, 내가 비집고 빠져나가게 돼서 미안하다는 말을 하기도 전에 장바구니를 무심코 자기 쪽으로 끌어당겼다.

"그렇게 시작됐을지도 모르죠. 나는 누군가를 찾는 듯한 시선으로 식당 홀을 지나갔어요. 그렇게 지나가는 게, 나를 우연히 보게 된 사람한테는 약속이 있어서 누군가를 찾는 듯한 인상을 줄 테니까요. 또 나는 건너편의 열려 있던 문에서 마지막으로 한 번 더 뒤돌아보면서 실망스럽다는 인상을 남겼어요. 희미한 조명과 얼룩진 테이블보, 모든 게 그런 인상을 주는 데 한몫했지요. 나는 지체 없이 전철 매표창구로 갔고, 별로 붐비지 않는 그 홀을 끝까지 가로질러 갔는데, 거기서는 더 이상 뒤돌아보지 않고(이건 실수였어요.) 목적지를 확실히 알고 서둘러 걸어가는 젊은 남자처럼(젊은 남자들은 매일 저녁 그곳을 그렇게 걸어다니지요.) 작은 출구를 지나 운하 쪽으로 난 길로 빠져나갔어요. 그때는 캄캄해지기 전 저녁이었는데 축축한 바람이 불었고, 그곳은 큰길도 아니었어요. ……그건 과장된 행동이라고 생각했어요. 그런 상황이 아니었더라도 나는 대개 같은 길을 갔을 거니까요. 하지만 그날은 그 행동이 완전히 비밀스러운 의미를 갖는 거였어요. 나는 자동차 번호를 쉽게 확인하기 위해 주차장 뒤쪽으로 들어갔어요. 그렇게 하지 않으면 차를 찾으러 훨씬 더 돌아다녀야 했을 거고, 그런 행동은 특이해 보였을 거예요. 약속했던 차는 수없이 많은 다른 차와 구별되지 않았어요.(우리는 세 가지 차종만을 생산하고 있잖아요.) 나는 뒷좌석에 있는 학과장, 그러니까 내 밥줄 옆에 앉았고 앞좌석에 앉은 남자들한테도 저녁 인사를 건넸어요. 그전에 한 번도 본 적은 없었지만 워낙 유명한 분들이라 마치 아는 사이인 것 같은 생각이 들었어요. 우리가 탄 차는 주차장에서 내려가 북쪽으로 빠르게 달려 나갔어요. 차 안에서는 운전기사 옆에 앉은 남자가 얇은 반투명 종이를 한 장 펴들었어요. 그건 타자기로 쳐서 복사한 편지 같았는데, 이름 부분이 (손톱 가위로) 잘려 나가고, 두 번째 단락에도 한 부분이 빠져 있었는데, 그 부분은 하찮은 2격 목적어* 자리였어요. 핸들을 잡은 남자가 만족스러운 듯 중얼거리자 그는 종이를 치워 버렸어요. 모든 게 다 그런 식이었어요. 이젠 어떤 영화에서도 그런 바보 같은 장면은 볼 수 없는데, 그들은 그런 일들을 진지하게 했던 거지

---

* 소유격 혹은 동사나 전치사의 목적어.

요. 그리고 나이 많고 지적인 얼굴을 한 이 사람들 중 한 명이 바로 내 옆에 앉은 학과장이었어요. 너는 그런 현명한 노인과 날마다 함께하고, 그와 얘기하고, 그를 위해 어떤 일을 하고 있다. 또 그가 전에 파시스트에게 굴복하지 않고 반항했다는 이유로 교수직을 박탈당하고 몇 년 동안 미국에서 배를 곯았다는 것을 알고 있다. 그는 이제 다소 무기력해졌지만 여전히 최선을 다하려고 한다. 그는 평생 동안 정신의 건축물을 짓는 데 힘써 왔다. 그런 만큼 그는 존경받을 만한 저명인사고, 그리고 너는 존경받는 조수인 것이다. 내 말이 맞다. 나는 그에게 이렇게 말하지 않았던가? 이 협의(그렇게 부르도록 하지요.)에 참석하겠다는 선생님의 각오가 중요합니다만 그건 개인적인 문제입니다. 왜냐하면 이 협의라는 것은 바리케이드 같은 것이 아니라, 교도소에서의 순교로 끝날 것이기 때문입니다. 저도 기꺼이 함께 가리라는 것은 선생님도 아십니다만, 저는 그게 무의미하다고 생각합니다. 이렇게 말이다. 그때 그는 내 옆에 늙고 야윈 다리를 끌어당기고 앉아서 앞으로 상황이 개선될 것이라는 예감에 푹 빠져 있었어요. 나는 정말 힘들었어요. 도착했을 때는 우리 둘 다 기분이 최고였지요. 나는 계단에서 그를 부축해 올라갔는데, 홀 입구에서 다들 고개 숙여 인사하면서 수군거렸거든요.(저 분은 유명한 영문학자야. 그리고 고령이신데도.) ……마치 묘지 정원을 관리하는 곳에서 종려나무를 화분에 담아 가져다 놓는 것처럼, 이곳에서도 위엄과 정당성을 인정받기 위해 그를 꿔다 놓은 것 같았어요. 아무도 누가 초청했는지, 누가 보증인인지 묻지 않았거든요. 이렇게 점잖은 모의(謀議)에서는 마땅히 그런 질문을 하기 마련인 데다, 우리 뒤에 오는 사람들은 그런 질문을 받았지요. 마침내 우리가 앞에서 세 번째 줄에 앉았을 때, 그는 첫 학기를 앞둔 젊은 대학생들을 환영하는 행사 때나 그랬던 것처럼 몸을 움찔했는데, 그건 분명히 진지하고 기품 있는 말을 하고 싶은 기분이 들었기 때문이겠지요. 나는 그렇지 않았어요. 사실 거기엔 정말 대단한 사람들이 모여 있었지만 말이죠. 그들 모두 문학 작품과 학술 서적으로 대단한 성과를 거두고 몇 년 동안 굴복하고 타협해 왔는데, 그건 신문을 통해서나 국가 대상*을 받음으로써 혹은 악투엘레 카메라**를 통해서 유명해지기 위한 것이었고, 그날 저녁 우리 국가의 정신적 양심들이랍시고 모여서는 소위 인간적인 사회주의를 위해서 무엇을 개선해야 하는가 말할 수 있기 위한 것이었던 셈이죠."

그들은 다시 멈출 수 없을 것처럼 웃어 댔다. 특히 뚱보 몰다브, 그 녀석은 아주 데굴데굴 굴렀는데, 자꾸 이쇼 라스 하고 소리쳤다. "이쇼 라스, 이 온 스카잘. 나 스다로비예, 타바리시, 나 스다로비예……"*** 하지만 아는 이야기도 많고 그걸 증명해 줄 사람도 많은데, 무엇하러 내가 똑같은 이야기를 되풀이하겠는가. "글라브야나 스탄치야 모스크바. 앙글리스키예 이 프란추스키예 주르날리스트이……"**** 하고 내가 말을 시작하는데, 그

---

* 구 동독 최고의 문화 훈장.
** 구 동독의 텔레비전 뉴스 프로그램.
*** '한 번 더, 그리고 그가 말했다. 건배, 동지, 건배……'(러시아어)
**** '모스크바 중앙 역. 영국과 프랑스 기자들이……'(러시아어)

때 전령이 방에 들어왔다. 그가 차렷 자세로 엄격하게 격식을 차리는 바람에 폭소를 터뜨린 것 하며, 화주 병들이 책상 위에 널브러져 있는 것 그리고 그들이 제복 목깃을 풀고 있던 것 모두가 수치스럽게 느껴졌다. 그건 좋지 않은 품행인 것이다. 나는 몹시 어색해져서 무슨 일인지 묻지도 못하고 전령과 함께 나와서, 조금 지나치리만큼 격식을 갖추며 함께 있던 녀석들과 작별 인사를 했다. 그들 모두 이젠 거수경례를 제대로 하기가 힘든 지경이었는데도 더더욱 거수경례를 고집했다. 나는 뭔가 중요한 일이 생겼으리라고는 생각하지 않았다. 아마 어떤 익명의 편지가 한 통 왔을 것이다. 분명 그래서 이 사령부에서는 일주일에 한 번 소위 유쾌한 저녁을 보내고 있는 나를 즉시 불러오라고 했을 것이다. 여기 초병은 빗속에서도 양초처럼 꼿꼿하고 빳빳한 자세로 서 있다. 대단한 규율이다. 내가 평상복 차림이어서 특별한 사람으로 보이지 않을 테고 나를 기껏해야 세 번밖에 보지 못했을 텐데도, 총을 홱 당겼다가 받들어총 경례를 한다. 비가 와서 도로 사정이 좋지 않았기 때문에 그들은 나에게 지프차를 내주었다. 이제 바람은 잦아들어 있었다. "파이좀."* 하고 내가 말했다. 우리는 달리기 시작했다. 그들이 무슨 정보를 가지고 있는지, 그게 도움이 될지 내가 어떻게 알겠는가. 건너편에 크레스팔의 집이 시커먼 덩어리처럼 서 있고, 창문 두 개에 불빛이 보였다. 떠들게 내버려 두자. 나는 야콥처럼 빈 방 옆에 앉아 있고 싶지는 않다. 아, 날 좀 내버려 두란 말이다! 전령을 보낸 곳은 베를린이었다. "적어도 보고는 드리는 게 옳다고 생각했습니다."

---

* '갑시다.'(러시아어)

젊은 남자가 말했다. 나는 그가 마음에 들었다. 서류는 내 책상 위에 놓여 있었고, 나는 자리에 앉기만 하면 되었다. 열의에는 열의로. 하지만 꼭 친절하게 굴 필요는 없다. "읽어 봤나?" 하고 내가 물었다. "네. 장거리 통화가 필요하실 것 같습니다." 그가 답했다. 좋아! "그러면 그렇게 준비해 주게. 어느 회선을 써야 할지 알 만큼 그동안 나를 충분히 관찰한 것 같은데." 내가 말했다. 그는 씩 웃는다. 괜찮은 젊은이다. 몇 가지 좀 생각해 봐야겠다.

FDJ* 동지! 아, FDJ 동지. 친애하는 박사님, 블라흐 동지, 교수님을 그 먼 곳까지 모시고 갈 때 당신은 그 똑똑하고 교육받은 머리로 도대체 무슨 생각을 한 겁니까? 우선 집회는 신고해야 합니다. 그건 경찰 규정입니다. 그리고 그 점은 당신도 알고 있습니다. 하지만 이 아는 체하는 작자들은 몇 번 허가를 받고 거기서 회의를 하게 되면, 마치 그 건물이 자기들 것인 양 꼭 그렇게 군다. 이건 관리인의 직권 남용이다. 조심해야 할 거다. 상상이 된다. 그러니까 그들은 우리를 이 클럽 회관에서 뒤로 밀어내고 점잖게 쫓아낼 것이다…… 정말이지 생각도 할 수 없는 일이다. 지금 그들은 아주 뻔뻔스럽게도 공공연히 회동을 하고 마치 우리도 그 자리에 있는 것처럼 떠들어 댄다. 내가 이해가 안 되는 건 신문이 그런 토론을 기사화했다는 사실이다! 마치 그들이 충분히 알고 있다는 듯이 말이다. 그리고 우리가 토론에 나설 경우에 대비해서 기사를 우편으로 사무실에 보낸다. 지금 시각은? 그들은 사회주의 도덕이 인공호흡으로 연명하고 있다고 떠들어 댄다. 마치 자기들이 변화를 계획하는 것처럼 말이다. 마치

---

* 구 동독의 청소년 단체인 자유 독일 청년단(Freie Deutsche Jugend).

그들이 행정 부처 하나하고 실권을 갖고 있는 것처럼, 아니, 행정 부처 전체를 갖고 있고 내 말은 이젠 아무 데서도 통하지 않는 것처럼 말이다. 그들은 우리하고 숨바꼭질 놀이하는 것을 재미로 생각한다……. 가을에 선글라스를 끼고, 비행기를 타면서 말이다. 그들이 그리는 인생은 어떤 모습인가? 현실을 바꿔 놓을 수 있다고 하는 이 사람들은 대체 어떤 사람들인가? 나는 농업에 대해 잘 모른다면 시대에 뒤떨어진 농업 생산 협동조합을 해체해야 한다는 말 따위는 꺼내지도 않을 것이다. 하지만 그들은 양심의 가책을 받으면서도 이 일을 시작했다. 왜인가? 그건 그들이 고립되어 있기 때문이다. 우리는 그들이 도로에서 차를 타는 것에 익숙하도록 만들었다. 하지만 노동자들은 걸어다닌다. 두고 볼 일이다. 어쨌든 이자들 중에서 어느 누구도 쉽게 여행을 떠날 수는 없다. 누군가 움직이더라도 이틀만 지나면 내가 알게 되어 있다. 그런데 그런 작자가 지금 이곳 예리효, 바로 내 코앞에 앉아서 얌전한 사람들 귀에다 대고, 마치 내가 전혀 존재하지 않는 것처럼 계속해서 떠들어 댄다. 관련이 있는 일이니 내가 이 사안을 넘겨받게 될 것이다. 내가 예전에 교사가 되려고 한 적이 있었으니까 말이다. 통화 준비됐습니다. 고맙네. 가서 자도록 하게. 예!

이십육 세. 직업, 언어학자. 박사 학위 취득. 질문지나 사진은 꼭 삼 년이 되었다. 그때는 감상적이고 거만해 보였다. 내가 사진을 보고 난 다음에도 선입견 없이 그를 볼 수 있었을지 누가 알겠는가? 그들은 문에서 그를 촬영할 수 없었단 말인가! 아마 그렇게 할 수 없을 것이다. 국가 권력이 자기 소유 건물에 변장을 하고 몰래 들어가야 하는 시대라니! 이 친구는 곧 생일을 맞는다. 뭔가 선물을 해 주어야겠다. 아버지는 경리 직원, 어머니는 무직. 눈앞에 선하다. 우리 아들은 공부해야 한다. 더 나은 사람이 되어야 한다. 당신 집안과 우리 집안에서 이 아들내미를 대학교에 보냅시다. 그런데 그런 하찮은 희망을 위해 돈을 대는 건 누군가? 바로 국가 권력이다. 그렇다. 물론 국가 권력도 이 헌신적인 부모들처럼 다른 무언가를 염두에 두지만 말이다. 이네들도 처음부터 속일 생각으로 시작했다. 그러고 나면 이 녀석은 서쪽으로 가 버리기 십상이다. 그러면 "그 녀석이 이제는 전혀 집에 오질 않아요. 잘 타일러서 정신 좀 차리게 해 주세요." 하고 말하지. 하지만 이런 녀석은 타이르는 것으로는 마음을 돌릴 수가 없다. 특출한 이력을 갖춘 것 같다. 대학 공부, 시험, 조교, 박사 학위 취득. 그와 함께 영어영문학을 공부했던 여자한테서 들었다. 그는 이 년간 할레에 있었습니까? 아니요, 곧장 베를린으로 갔어요. 그는 분명히 부모와 소도시를 지긋지긋하게 여겼을 것이다. 예쁜 자식은 아니다. 친애하는 정신노동자 선생! 나는 그게 어리석은 짓이었기를 바랍니다. 교수와 동행했던 건 가벼운 실수였습니다. 그때 당신은 핑계를 대고 나올 수도 있었을 텐데요. 토론에 참석하지 않을 수는 없었습니까? 나는 적어도 당신이 크레스팔의 딸을 뵐린델렘*의 저택이 아닌 그 저택 앞의 길에서 우연히 알게 되었기를 바랍니다.(하지만 그는 그런 사람이 아니다.) 그렇지 않다면 국가 권력은 화를 낼 겁니다. 나 즈다로비예. 이봐, 책벌레 씨. 국가 권력은 벌써 성을 내고 있다. 지

---

* 서베를린에 있는 구역 베를린달렘(Berlin-Dahlem)의 영어식 발음. '뵐린델렘의 저택'은 나토 사무실을 의미하는 것으로 보인다.

금 여기 이 똑똑한 사람이 야콥이 하는 말에 맞장구를 치고 앉아 있다. "너는 레닌주의 인식론을 알아야 해." 길게 말할 것도 없이 다음 주 화요일에 내가 이 모든 쓰레기를 치워 버려야겠다. 야콥은 말을 많이 하는 것을 좋아하지 않는다. 전에 그는 오페라 가수를 보듯 나를 보았다. 오페라는 케케묵은 것이다. 그리고 그것은 나한테는 그만큼 좋은 것이다. 그러니까 내가 더 많이 애를 쓰면 쓸수록 나는 그만큼 더 많이 준비하고 이의를 제거하며, 내가 더 많이 준비하면 할수록 나는 그만큼 더 확실하게 야콥, 자네를 얻게 될 것이다. 자네 어머니 일은 유감이야. 그리고 나는 날마다 각 도시에서 직장 예비군이 행진하는 것도 이해가 안 된다. 간과할 수 없는 일이다. 만일 여기 말하는 사람 가운데 한 사람이 그와 같은 행진을 알게 된다면, 그는 그 유명한 인식의 구토*에 사로잡힐 것이다. 그렇지 않을까?

　사람은 자기가 붙인 이름대로 알려지고 싶어 한다. 요한 '대범공(大凡公)'**을 알기 위해서 우리는 그의 이름과 행동을 견주어 본다. 이 전제에 덧붙여 스스로 이름 붙이는 것이 온당치 않고 차라리 동료들(아랫사람이건 아니건)이 이름 붙이는 것이 마땅하다고 할 때 '선한 또한 최선의 사람들'의 행동과 그들이 듣고 싶어 하는 명칭을 비교해 보기로 하자. 여기

---

* 사르트르의 철학에 나오는 개념.
** 작센의 선제후 요한 프리드리히(Johann Friedrich, 1503~1554)의 별칭. 프로테스탄트를 지지하는 슈말칼덴 동맹의 지도자였으며 프로테스탄트 신앙의 순교자로 존경받았다.

서 '선하다'라는 것은 '더 나은 것을 원한다'*라는 것을 말하며, 개선을 위해 변화하고자 하는 의지야말로 바로 그들의 명성이다. 그들은 악(잉여 가치율이라는 저 명백한 불의)의 권력과 대적하는 유일한 사람들이다. 이 때문에 그들은 약자 전체를 대변한다. 그들이 원하는 것은 무엇인가? 그들은 과부가 어린양을 도둑맞는 것을 원치 않는다. 정의는 곧 원치 않음이다.(그들은 사람마다 자기 어린양을 갖고, 어린양을 차지하기 위한 다툼이 더 이상 생기지 않으며, 모두가 같은 수의 어린양을 소유하기를 원한다.) 여기에서 인간의 미래가 결정된다. 그들이 올바로 승리하기 위해 '선한 또한 최선의 사람들'의 그룹에게 부득이하게 필요한 것은 무엇인가? 그것은 적에 맞선 단결이다. 이제 우리는 혁명이 승리로 끝난 어떤 나라의 상태에서 출발하기로 한다.(혁명이 끝날 수 있는가, 이 문제는 분과 위원회로 넘기기로 한다.) 이것은 무엇을 의미하는가. 그런 나라의 존재는 아무 문제없이 정당한가? 그렇다.(왜 그런가? 그곳에서는 이미 행복한 미래가 시작되었기 때문이다.) 그 나라의 권력자가 행하는 모든 일은 옳은가? 그렇지 않을 수가 없다. 그런데 결과는 어떤가. 최고지선(最高至善)께서 죽은 다음에 최선의 사람들 중 한 사람이 말한 것처럼(잉여 가치 이득자들의 거짓말 기계를 통해 우리가 알게 된 것처럼 말이다. 왜냐하면 그들은 그런 방송으로 우리에게 해를 끼치려 하기 때문이다.) 최고지선께서는 그 무한한 정의로써 숙고해 볼 만한 이의를 제기한

---

* 비판을 통한 혁명가의 변화 가능성을 담은 브레히트의 시 「선한 사람들에 대한 노래」에서 인용.

것에 책임을 물어 수없이 많은 동지를 처형했다. 그는 자기 권력을 위해 나라를 도적질했다. 그는 자신이 전쟁을 잘 이끌 수 있다고 말하면서 선한 대의(大義)를 위험에 빠뜨렸다. 그리고 그는 전쟁을 잘 이끌지 못했다.(그는 지구본 위에서 전쟁을 이끌었던 것이다.*) 우리는 이 모든 것을 (예를 들자면) 그의 죽음을 통해 선한 대의가 구출된 다음에 들었다. 이것을 개인숭배라 부른다. 서론 끝.

과오는 어디에 있는 것인가.(중간 질의 — 과오가 있을 수 있는가? 선한 대의가 악할 수 있는가? 아니다. 그것은 최소한 차선은 된다.) 선한 사람들의 그룹이 (그룹으로서) 목적에 맞지 않게 조직되어 있는가? 여기에 약점이 있다. 바로 개인 말이다. "선한 사람들은 자기 밖에 놓인 문제에 관심을 갖는다."** 자기 자신을 도외시할 수 있는 개인은 숭고한가? 그렇다. 그런 개인을 상정할 수 있는가? 당신은 그 집요한 질문으로 내 사생활에 참견하지 마십시오! 우리는 여기서 그 문제를 아주 객관적으로 논의하고 있습니다.

가톨릭교회는 왜 명망과 존경심을 잃고 있는가? 개인의 무과오성이라는 독단 때문이다. 올바른 관점에서 무과오성이라는 것이 존재한다고 생각할 수 있는가? 인간은 약하고 이기심

---

* 1956년 2월 25일 크렘린 궁전에서 열린 소련 공산당 제20차 전당 대회에서 당의 제1서기 흐루시초프는 흔히 '스탈린 격하 연설'로 알려진 「개인숭배와 그 결과들에 대하여」라는 제목의 연설을 했다. 그는 스탈린이 전선에서 벌어지는 실제 상황을 전혀 이해하지 못했으며, 심지어 지구본을 보면서 작전을 짰다고 비판했다.

** 브레히트의 시 「선한 사람들에 대한 노래」에서 인용.

에 취약하다. 옳을 가능성이 있다는 점이 인간을 독단으로 흐르게 한다. 누구나 과오를 범할 수 있는 법이다. 하지만 비행기 조종사의 실수는 장난치는 아이들의 실수보다 더 큰 문제를 일으킨다. 과실이 범죄가 되기 시작하는 것은 어느 지점부터인가? 과실은 처벌되어야 하는가? 권력자는 권력 남용에 대해 스스로를 처벌한다. 이것은 새로운 격언인데, 나는 이런 것을 들어 본 적이 없다. 선한 사람들은 많다. 그들의 지도자는 그들 모두의 눈을 가진 그들 모두가 되어야 한다. 그러면 순전히 통계학적으로 따질 때 과실 비율은 분명히 낮아질 것이다. 이렇게 하는 것이 바람직하지 않을까? 그러니까 지도자들이 국민들의 모든 요구에 해명을 해야 하고, 그들이 각각의 과오에 대하여 처벌받아야 하며, 그 과오가 유해하다고 입증되는 경우에는 아침부터 다음 날 아침까지 힘든 노동을 계속하는 일상생활로 되돌려 보내져야 한다면 어떨까?

안 된다. 최선의 사람들 중 최고위에 있는 사람이 주장하고 대변하는 것, 그의 마음속에 담겨 있는 것은 바로 선한 대의이기 때문이다. 선한 대의를 그렇게 되돌려 보낼 수는 없는 것이다. 과오를 저지를 때마다 공표하는 것이 선한 사람들 그룹의 명성에 해를 끼치지 않겠는가? 과오가 생길 수 있다는 점을 인정하게 되면, 자칫 선한 대의라는 것이 의도와 계획으로만 선하고 그 존재는 공격할 수 없는 성스러운 것이 아니라, 전체적으로 과오가 있을 수 있으며 그것 역시 변하기 쉬운 것이라는 생각을 갖게 되지는 않을까? 시도는 칭찬할 만하다. 하지만 만약 그 선한 대의가 그저 (동일한 가치를 지닌 다른 시도 가운데) 하나의 시도일 뿐이라면, 그 선한 대의는 다른 어떤 것일 수도 있는 것이다. 그것의 정당성이 어느 시대에서든 반론의 여지가 없는 것이어야 한다는 점은 필연적이다. 자유란 필연성에 대한 통찰이다.* ……(무엇이 필연적인가?)

"집회는 완전히, 그리고 하자 없이 학술회의의 외양을 갖췄어요. 그러니까 사무적인 절차와 의사일정에다, 준비된 연구 보고서 두 편 그리고 발언권을 주는 의장도 한 명 있었어요. 발언한 내용은 전부 기록되었어요. 모반이었다면 서기를 두지는 않았겠지요. 내가 '외양을 갖추었다'라고 말한 건, 한 달 전부터 매주 빠짐없이, 예를 들어 '현실과 판단'과 같은 여러 가지 철학적 문제에 대해서 별로 대수롭지 않은 거지만 어쨌든 의견이 나왔다는 거예요. 누군가 처음 그곳에 왔다면 특이하고 또 그다지 공식적이지 않다는 느낌을 받았을 거예요. 물론 후계자의 비밀 연설**은 서두에서만 포괄적으로, '어둠을 걷어 내는 사건'으로 언급되었고, 그들의 논의는 그걸 훨씬 넘어서 있었어요. 그리고 또…… 이건 올봄에 있었던 일인데, 우리가 막 휴가에서 돌아왔을 때였어요. 그날 아침 '게지네는 날마다 하던 대로 1킬로그램만큼의 그날치 신문을 사기 시작했고, 우리는 이탈리아와 오스트리아, 서독의 세관 검사를 받으며 뮌헨에 도착할 때까지 계속해서 읽기만 했어요. 소련 공산당 제1서기의 비밀 연설을 말이죠. 아시겠어요? 그때 그건 나한테는 절대로 터

---

* 독일의 경제학자이자 철학자인 프리드리히 엥겔스(Friedrich Engels, 1820~1895)는 헤겔의 『논리학』에 의거하여 자유 개념을 설명하면서 "헤겔에게 자유란 필연성에 대한 통찰이다."라고 했다.
** 흐루시초프의 연설을 가리킨다.

키의 전쟁 소동* 같은 게 아니었어요. 하지만 그녀는 바로 이렇게 말했어요. '혹시 넌 지금 그 사람이 용감하고, 존경할 만한 사람이라고 생각하는 거야?' 나는 그렇다고 말했어요. 그가 이렇게 정직하게 시작한다면, 아무래도 분명히 진심일 거야. 그렇지 않아? '지금은 그럴 거야. 자기 나라에서는 말이야.' 그녀가 말했어요. 그녀는 이것이 사소한 정치적 행보에 지나지 않는다고 생각했어요. 그녀가 우리에 대해 말하는 건 부당하다는 생각이 들어요. 왜냐하면 그녀는 이제 우리와 아무런 관계도 맺고 싶어 하지 않고……."

그건 미국 사람과도 마찬가지야, 하고 크레스팔이 말했다.

"……그리고 그 누구와도 마찬가지에요. 누군가 어떤 대가를 치르더라도 중도(中道)를 지키려고 한다면, 그 사람은 아마도 명석하게 생각할 수 있을 거예요. 하지만 나는 뮌헨에 도착해 기차에서 내린 다음 비밀 외국 여권을 이곳 출국 허가서로 교환해야 했고, 국경 세관 검사를 받으면서 갖고 있던 신문들을 뺏겼어요. 그리고 도착하는 순간 바로 슬로건이 적힌 현수막과 다시 만났고 사회주의의 일상으로 돌아왔어요. 아시겠지요? 그때 나는 그 사람을 정직한 사람이라고 생각하고 싶었어요. 상황이 보다 좋아질 수 있게 말이죠. 민주화는 앞으로 나아가고 있어요. 나는 일부러 그 신문들을 다름 아닌 여권과에 남겨 두었어요. 학과 사무실에 쌓여 있는, 그때까지 읽지 못한 신문을 읽으면서, 여기 이 나라에서는 그 일을 어떻게 말하는

---

* 독일 작가 괴테(Johann Wolfgang von Goethe, 1749~1832)의 『파우스트』에 나오는 표현으로 나와는 상관없는 먼 나라의 이야기라는 의미.

지 궁금했지만 여기 신문엔 그런 게 없었어요. 제20차 전당 대회가 열렸다는 기사는 있었지만, 연설은 신문에 게재되지 않았고 나중에도 실리지 않았어요. 그 연설이 우리에게는 해당되지 않을 것이라는 점이 점점 명확해졌어요. 그러니까 그 신문들은 국경선 너머 200미터 밖에서는 살 수 있어요. 그 옆에는 온갖 종류의 고무 밴드와 토마토 그리고 역시 우리 편에는 없는 미국 서부 영화를 갖춘 목조 노점들이 서 있지요. 물론 이쪽에도 연설 텍스트가 남아 있기는 했어요. 그 텍스트가 과연 진짜인지 아닌지, 어휘 선택이나 문장 구조, 사유 방법에 대해 철저하게 조사해 보았던 기억이 나요. 그리고 정부 역시도 그걸 부인하지 않았어요. 그건 진짜였던 거예요. 비록 비밀스럽기는 해도 말이죠. 국가 권력의 의지에 대해 '우스꽝스럽다'라고 말할 수는 없어요. 그리고 그 사람들은 마치 상황이 달라졌고, 자기들이 다시 문제를 제기할 자유를 갖게 된 것처럼 거기에 모였던 거죠. 그들은 좀 지나치게 엄숙했고, 또 너무 흥분했고 완고했어요. 발언을 할 때마다 좋게 끝나지 못할까 봐 두려워하는 것 같았어요.(어떤 사람은 실제로 그렇게 말하기도 했어요.) 내 생각에는 그게 지나치지는 않았어요. 아무도 이렇게 말하지 않았거든요. 그러니까, 이런 점에 대해서 우리 한번 좀 생각해 봅시다. 산업에서는 생산이 부진하고, 농업은 상황이 위태롭습니다……. 아, 이런. 그들은 철저하고도 객관적으로 상대방의 의견에 대해 논쟁했고, 가끔 이제까지 유일하게 인정되어 오던 의견들에 대해서는 충분히 고려하지 않았어요. 그게 전부였어요. 그리고 그게 회의(懷疑)였다면, 그건 정말 사소한 일이라고 할 수 없었어요."

— 그래. 하지만 너희 철도청엔 직장 예비군이라는 게 있지?

— 근무와 조정하기가 쉽지 않아. 훈련, 행진, 사진 찍기. 이런 게 시간을 많이 잡아먹어. '인민 경찰 보조'라고도 하지.(어쨌거나 우리는 트라포*한테 항상 시달려.) 그런데 너 같으면 자유롭게 입을 놀려 잘 빠져나올 수도 있을 거야. 아니면 네가 얼마 전까지 영국에 전쟁 포로로 있었다고 하는 거야, 그러면 넌 믿을 수 없는 사람이 되는 거지. 안 그래? 완전 무장하고, 그 뭐라더라? 그래, 완장을 차고 말이야. 총은 행진하기 전에 받게 돼. 그리고 나중에 그걸 다시 얌전히 넘겨주지. 넌 아직도 그들이 우리 손에 무기를 쥐어 주리라고 생각하는 건 아니겠지! 그들은 이미 우리가 무기를 가지고 무슨 짓이든 할 수 있다는 걸 봤거든.**

— 그리고 넌 그 견고한 조직에 속해서, 다른 사람들 곁에서 아니면 그 가운데서 가라는 방향으로 행진을 하지만, 어떤 사람이 혼자 '뒤로 돌아'를 하는지 누가 알겠어?

— 그래. 하지만 그건 가족이 있는 사람이어야 해. 그렇지 않으면 진지하게 받아들일 수가 없거든. 좀 조용히 해 봐.

---

* 철도 시설의 경찰 업무를 담당하는 수송 경찰(Transportpolizei)의 약어. 구 동독에는 치안 경찰, 수사 경찰, 수송 경찰, 교통 경찰, 여권 주민증 경찰, 인민 경찰 등이 있었고, 그 밖에 체제 유지를 위한 비밀경찰(국가 안전부, 슈타지)이 있었다.

** 1953년 6월 17일 독일에서 발생한 노동자들의 봉기를 가리킨다. 노동자들은 노동량 증가 조치를 철회하고 생활 여건을 개선해 줄 것을 요구했으나 소련군은 이 봉기를 무력으로 진압했다.

창턱에 올린 다리는 마치 내 것이 아닌 것처럼 뻣뻣하고 부자연스럽다. 발목은 마비됐고, 이미 감각이 거의 없다. 적어도 어떤 일이 일어나든 다리를 움직이고 싶은 생각은 들지 않는다. 아니다. 나는 찬성하지 않는다. 또 내 손도 그 어떤 똑똑한 놈들이 여기서 과오에 대해 토론할 수 있게 내버려 둘 만큼 못쓰게 되지는 않았다. 타자기는 차에 있다. 내가 만약 지금 무언가를 기록하고 싶으면, 조수나 한스 녀석을 불러야 한다. 가끔 누군가 무얼 기록하고 싶은 생각이 든다고 그게 놀랄 일인가? 젠장, 그럼 좋다. 됐다. 만약 어느 후계자가 전임자의 과오를 언급할 수밖에 없다면(나는 이렇게 보는데) 분명히 그는 그것이 직무에 그만큼 위험한 일이 된다는 걸 알고 있을 것이다. 나는 이 '과오'라는 명칭이야말로 더할 나위 없는 난센스라고 생각한다.(그렇게 여기고 거부한다.) 도대체 무슨 뜻으로 그렇게 말한 것인가. 인민들은 정부의 정책을 달가워하지 않는다. 마치 그것이 잘못된 것처럼 말이다. 필연성에 대해서는 당과 우리 말고는, 어떤 의미에서는 나 말고는 어느 누구도 판단할 수 없다. 그들은 약점을 보이지 않고 손실 없이도 계속할 수 있었을 것이다. 하지만 그들은 세상이 보는 앞에서 복지나 권력자의 힘을 키우려고 하기 때문에, 시작 단계에서 약간의 도덕적 흥분이 쓸모없는 것은 아니다. 달갑지 않은 정책을 과오라 부르고, 당사자들은 만족과 동의, 자진하는 마음을 갖고 있다고 말한다면, 이것이야말로 싸구려 방식이다. 그들은 도덕적인 문제로 장난을 칠지도 모른다. 위대하고 강력하고 독립적이고 무적인 사유스 네루시므이.* 사

---

* '깨질 수 없는 동맹'(러시아어). 구소련 국가(國歌)의 첫 소절이다.

유스 네루시므이. 다시 조용해졌다. 방송이 끝났다. 나는 그에게 말한다. 똑똑히 기억난다고. 검고 숱이 많고 각진 눈썹에, 그 아래 깊숙이 들어간 눈은 우직하고 우둔하며 자포자기한 듯했다. 밖에는 어디에나 눈이 쌓여 있었다. 추위는 뼛속까지 파고들었다. 나는 말한다. 최소한 허공에라도 쏘란 말이야, 하고. 그는 아무 말도 하지 않는다. 나는 참호 밖으로 나와 눈 속으로 걸어간다. 이제 10미터만 가면 그는 나를 볼 수 없다. 스노 코트를 입고 있으니까. 그가 총을 쏜다. 그 개새끼가 쏘고 또 쏜다. 개새끼가 쏜 총이 내 다리에 맞았다. 내가 건너편으로 넘어갔을 때, 그들은 "이 개새끼들아." 하고 말했다. 그리고 나는 계속해서 니메츠키 캄라트, 니메츠키 캄라트,* 항복이오, 하고 말했다. 손을 다친 건 나중에야 알아차렸다. 내가 만약 그놈을 다시 만나게 되면, 나는 그놈하고 과오 논쟁 놀이를 할 것이다. 그러니까 나는 영하 30도까지 내려간 겨울을 만들고, 시간을 1942년까지 되돌려서, 동부 전선 최전방 참호 초소로 그를 데리고 간 다음, 적에게 투항하기로 결심한 전우에게 어떻게 대처하는가 하는 게임을 반복해서 해 볼 것이다. 그럼 나는 그놈의…… 아마도 그놈의 손에다 총을 쏴서 묵사발을 만들 것이다. 지금이 대체 몇 시지? 방금 나는 정신이 멍해 있었다. 이번 주 들어 두 번째다. 한결같은 이 창문 블라인드 때문에 지금이 밤인지 이른 아침인지, 무슨 계절인지 도무지 알 수가 없다. 성과──소비에트 연방의 모든 국경선은 확고하고 안전하며, 그들은 국내 정치에서 행정 업무만 하고 있다. 그리고 우리는 무엇을 할 수 있는가.(그들은 그

---

* '독일 동무입니다, 독일 동무입니다.'(러시아어)

연설을 곧바로 미국 국무부 손에 슬쩍 넘겨주는 일은 하지 않았어야 했다. 무슨 표현을 이렇게 하나. 적절한 표현인지도 모르지만. 정보를 은밀히 흘렸어도 충분했을 것이다. 그랬으면 유-에스-스테이트-디파트먼트*에서 전처럼 그저 믿기 힘든 불확실한 소문을 떠들어 댈 수밖에 없었을 텐데. 그랬으면 좋았을 텐데. 텍스트에 오류는 별로 많지 않다.) 우리는 아무것도 할 수 없다. 라디오를 듣기만 할 뿐이다. 서쪽의 모든 방송국은 국경선 너머 우리 쪽으로 비열한 비방을 내보내고 어리석게도 잘난 체를 하고 있다. 그리고 지금은 누구나 자의로 나가거나 들어오고, 원하는 곳으로 여행을 할 수 있는 상황이다. 이런 식으로 제대로, 오래 계속될 수 있을까? 우리는 겨우 십 년 전에 시작했다. 내기를 해도 좋다. 그들은 저 건너편에서 공격 태세를 갖추고서, 첫 번째 돌이 이곳 창문을 뚫고 내 코앞으로 날아오기만을 기다리는 것이다. 나는 여기에 앉아 평온하게 유쾌한 저녁 시간을 보내고 있는데 말이다. 우리는 가만히 있을 수는 없다. 그렇게 되게 해서는 안 된다. 내 인생에는 흠이 하나 있다. 하지만 그 흠 때문에 인생이 잘못되었다고 하면 안 된다. 우리는 여기서 과오를 토론하게 내버려 둘 수는 없다. 난 지금 이곳에 앉아서 황혼의 편안한 삶을 준비하고 있는데, 내 과오에 대해 생각해 보란 말인가. 마치 내 딸이 내 손을, 그러니까 불구가 되고 망가진 내 손을 혐오스럽게 여기지 않고, 또 내 다리가 다 나아서 조금도 절뚝거리지 않는 것처럼 말이다.(만약 딸아이가 자라면 절뚝거리는 모습을 흉내 낼 것이다. 그러면 나는 어떻게 할 것인가? 나는 애한테 시범을 보일 것이다.

---

* 미국 국무부.

그리고 어떻게 해서 이렇게 되었는지 자세히 말해 줄 것이다. 아이가 그 멍청한 개새끼들의 얘기를 들어서는 안 된다.) 어떤 곳에서든 월권행위가 생기면 그건 우리 일이다. 우리는 오래전부터 어떻게 할지 잘 알고 있다. 관계없는 자들은 입을 다물어야 한다. 노래도 불러서는 안 된다. 분명 그들은 지금 노래를 부르고 있을 것이다.

*

다음 날과 그다음 날 이틀간 야콥의 머릿속에는 두 개의 도시인 베를린에서 온 젊은 남자가 끊임없이 떠올랐다. 화요일 저녁을 대비하는 것 전부가 요나스에 대한 회상으로 집중되었고, 그러는 사이 야콥은 자신의 일이 아침부터 저녁까지 얼마나 독자적이고 자동적으로 흘러가는지 새삼 깨닫게 되었다. 예리효에서는 자정 무렵 잠자리에 들었다. 그는 잠자던 방 창밖에 서 있던 시커멓고 앙상한 자작나무 가지가 위아래로, 앞뒤로 흔들리던 것이 기억났다. 가끔 단단한 나뭇가지 끝 부분이 유리에 부딪혀 끌리는 소리 때문에 옆방에서 일정하게 웅얼거리는 두 사람의 목소리가 들리지 않았다. 자작나무 꼭대기 뒤로 보이는 밤하늘은 짙은 청색이었다.(바람은 길고 부드러운 머리카락처럼 칠흑 같고 억세게 곧추선 나무 꼭대기를 휘감았다.) 그가 희미한 아침 햇살이 옆으로 비치는 가운데 부엌에서 아침을 먹는 동안 그들은 아직 잠들어 있었다. 그는 조용히 문밖으로 나와서 텅 빈 회색 거리를 지나 기차역으로 갔다. 그는 그날 오후 하숙집에서 자비네가 남긴 쪽지를 발견했다. 그는 손에 종이를 들고 책상 앞에 서서 여러 번 자비네의 편지를 읽었다. 편지의 내용은 그녀의 필체만큼이나 급하고 격하고 절박했다. 서가에 놓인 서류철을 보았을 때, 그는 편지를 접어 다른 서류들이 있는 곳에 놓기로 마음먹었고, 손가락은 이미 움직이고 있었다. 하지만 그는 편지를 다시 펼쳐서 책상 위에 올려놓았다. 비록 내일 아침에 돌아온다는 것을 알고 있었지만 말이다. 일요일에 곧장 제3교대 근무를 하는데, 이날은 휴일이고 그의 대리 근무자가 결혼한 몸이라는 생각이 들었기 때문이었다. 사실 그는 일에 몰두하고 싶었다.

월요일에 자비네가 페터 짠에게 전화했을 때, 그녀는 야콥의 다음 교대가 언제인지 알려고 했을 뿐이었다. 하지만 교대반에서 통화를 기관차과(科)로 돌려주었고, 그녀가 야콥에 대해 물어보자 그곳에서는 약간 놀라면서 모른다고 말했다. 하지만 야콥은 기관차과의 창문 아래 교대소 옆에 서서, 41형 열차 앞에 있는 카쉬에게 '비추월(非追越) 방식'에 대해 설명하고 있었다. 41형 열차는 탄수차*가 없는 화물 기관차 모델이다. "당신은 4073편을 운전하면 혼잡한 곳에 두 번 걸려요. 그러면 제2선로에서 두 번을 기다려야 하지요. 운행 시간표대로라면 팔 분간이에요. 완행열차들 때문이죠." "운행 시간표대로라면 그렇지." 카쉬가 말했다. 그는 대략 마흔 살쯤 된 사내였다. 자그맣고 둥근 머리는 달라붙는 짧은 머리카락으로 빽빽이 덮여 있었고, 턱수염 자국이 희끗희끗했다. 양쪽 관자놀이에는 눈을 비빌 때 생긴 두꺼운 기름때 자국이 줄처럼 나 있었다. 비뚜름

---

* 증기 기관차 뒤에 연결하여 석탄과 물을 싣는 차량.

한 눈꺼풀 때문에 그를 음험하게 보는 사람도 있었지만 그건 분명히 그의 믿음직스럽고 날카로운 성격을 말해 주는 것이었다. 야콥은 제일 먼저 그에게 말하기로 했다. 그에게서 약속을 받아 내기가 어렵기 때문이었다. 물론 그는 그 성깔 때문에 매사에 정확하기도 했다. "맞아요." 야콥이 말했다. 그는 외투와 재킷의 목 부분을 풀어 놓았는데, 점심때가 되자 날이 따뜻해졌던 까닭이었다. 그는 삐거덕거리는 기다란 기관차들 사이에서 혀끝으로 재가 낀 그을리고 무거운 공기를 느꼈다. "대개는 더 걸리죠. 그러면 저는 당신을 끄집어내서 뒤쪽 어디쯤에 다시 가져다 놔야 해요." 카쉬는 아직 단 한 번도 고개를 끄덕이지 않았다. 그는 화부(火夫)더러 담뱃갑을 아래로 던지라고 해서 야콥에게 담배를 권하고 불을 붙여 주었다. "가져다 놔야 해요." 야콥이 몸을 굽히며 다시 말했다. "추월 때문에요. 그러면 계속 엉클어지는 거예요. 운행 시간표보다 더 빨리 달릴 수 있으시죠?" 카쉬는 두 손을 다시 주머니에 집어넣었다. "이 제 분기 좀 봐." 하고 말하며 그는 애써 턱으로 기관차의 증기 기관을 가리켰다. 야콥은 "그래요." 하고 말하고는, 다시 "아니에요." 하고 고쳐 말했다. 이것은 크레스팔에게서 배운 말버릇이었다. "당신은 그 구간을 아시죠. 라스요. 그렇지만 그럴 만한 가치가 있다면 그곳에서 고속으로 운행할 수 있겠지요. 또다시 기다릴 필요가 없다면 말이죠." 카쉬는 "그렇지만 기다려야만 하지." 하고 말하면서도 딴 곳을 보면서 따져 보는 것 같았다. "그러니까 네 말은, 내가 운행 시간표보다 먼저 거기에 가 있으면……." 야콥이 고개를 끄덕였다. "그럼 제가 당신을 보내고 당신은 지나가지요. 완행열차가 정차하고 있을 때 말이죠. 그게 바로 운행 계획이니까요."“나 혼자서 할 수는 없어.”카쉬가 말했다. 야콥은 그에게 외혜와 올 페터스하고도 더 얘기해보겠다고 설명했고, 그들이 이 제안을 놓고 그 구간에 대해 꼭한번만 살펴봐 주었으면 한다고 말했다. “당신은 연착과 연동해서가 아니라, 달리는 킬로미터에 따라 돈을 받는 거니까 손해는 없을 거예요.”카쉬는 자기 다리를 바라보다가 바깥쪽으로 다리를 돌리면서 말했다. “알았어. 하지만 목요일 전에는 안돼. 그리고 정말로 그게 가능할 때만이야. 그리고 신문에는 내지 말고.”야콥은 “저는 그걸 카쉬 방법이라고 부르면 어떨까하는데요.”하고 말했지만 진심은 아니었다. 카쉬는 살짝 미소를 지으며 호의적인 투로 우라질, 하고 말했다. 야콥은 카쉬와화부에게 인사를 건네고 선로 너머로 올라갔다. 월요일에 그는제2교대 근무였다. “열차 온다!”제2신호소에서 그에게 소리쳐주었고, 운행 감독(F-d-l)이 나중에 말한 바에 따르면, 야콥은그 기차 소리를 진작부터 들었고(그는 이중 교차로에서 두 선로사이의 코너로 왔기 때문에, 기차가 오는 것도 사각 지대에 있는중계 신호기도 모두 볼 수 없었다.) 쾌활하게 입을 비죽이며 크게 웃었고, 아래에서 위로 올라가면서 야콥이 조차장을 건너서 자기 탑으로 가기 전까지 잠시 더 그렇게 대화를 나누었다고 한다.

그는 신문에서 쓸 법한 명칭은 모두 피하려고 주의했다. 카쉬를 화나게 하고 싶지 않았기 때문이었다. 확실히 이것은 (만일 성공한다면) ‘의미 있는 공헌’이자 ‘독점 자본가들을 향한거센 타격’이 될 것이다. 만약 ‘그들의 눈엣가시’(야콥이 살고 있는 국가)가 성장하고 번영한다면 말이다. 그는 카쉬와 함께 운행 시간에 대해 대화를 나눠야 했다. 그리고 야콥은 학문적인 집회는(그저 참가자들이 다르고, 약간 다른 주제, 그러니까 더 보편적이며 하루 일과 혹은 일의 배분에 직접적인 영향을 주지는 않는 그런 주제를 가지고 모인 집회라고 생각했다.) 상상할 수 없었지만, 그래도 요나스가 해 준 이야기를 떠올리며 운행 시간에 대해서만 언급했다. 요나스는 화를 낼 수 있었다. 그에게는 처음부터 금방 싫어지거나 혹은 불신하여 멀리하게 되는 그런 사람들이 있었다. 그러면 그들에 대해 나쁘게 생각했다. 만약 지금 어떤 집회에서 한 사람이 (예를 들어) "살이 통통하게 찌고, 너희는 그걸 뭐라고 말하지? 천진난만한 사도(使徒) 같은 사람이 자리에서 일어나, 실상 자기는 매일 밤 잘 잤으면서도 이제 존경하는 청중들한테 자기가 '자유'를 두고 염려하느라 잠을 못 이뤘다는 말을 내뱉는다면, 그로서는 어쩔 수가 없는 거야."라고 말한다면 그건 화나는 일인 것이다. 화가 날 수밖에 없는 것이, 당국의 견해에 굽실대던 행동이 공직과 직함 그리고 시골 별장에 이르기까지 그에게 가져다준 것이 무엇인지 홀에 있는 사람은 누구나 다 알기 때문이었다. 야콥 같았으면, 날 내버려 두라고, 떠나 버리라고 그렇게 생각했을 것이다. 그 이상은 아니었을 것이다. 아마 그가 참석한 집회는 달랐을 것이다.(그는 또 요나스가 게지네에 대해 물어보았던 것도 잊지 않았다. 자신은 오랫동안 그녀에게서 소식을 듣지 못한 것처럼 말이다. 사실 블라흐 박사는 지난 주 날마다 지하철로 저쪽 베를린에 갔다. 그렇게 지하철을 타고 가는 것은 이미 그에게는 두 지점 사이를 이동하는 것만을 의미하지 않았다. 그보다는 불빛이 계속해서 다른 색으로 바뀌어서 (기차역의 조명과, 선로에서 거리로,

다리 위로 올라감에 따라 바뀌는) 외국으로 가는 그런 상태를 의미했다. 그러니까 시내, 텔만 광장(카이저호프), 포츠담 광장, 빌로브슈트라세, 삼각선.* 하지만 우체국에는 그를 위해 보관하고 있는 것이 아무것도 없었다. 그리고 게지네가 쓴 몇 줄 안 되는 간결한 편지가 있었더라도, 그것은 그에게 서신 교환이 무의미하다는 것만을 증명해 주었을 것이다. 하지만 그는 이것을 깨닫지 못하고 날마다 그곳으로 달려갈 새로운 구실을 생각해 냈다. 지난 몇 주 동안 그녀에 관해 들은 유일한 소식은 매일 저녁 서독 라디오 방송국에서 전하는 노르트라인베스트팔렌 지역의 일기 예보였다. 그녀에 대한 기억은 그런 식으로 지탱되었다. 그러니까 지금 그녀의 집 창밖에는 비가 오고 있을지도 몰라, 이렇게 말이다. 그러나 이것은 창문이란 것이 고정되어 있고 날이 지나도 저절로 변하지 않는다는 점을 전제할 때의 얘기일 뿐이었다. 그래서 그는 곧장 직접 글을 써 보내는 것을 주저할 수 있었다. 그저께 썼던 편지가 오늘 그녀에게 도착했는지 도대체 확실하지 않기 때문이었다. 또 한 가지 주저하는 이유는, 하루 전에 진심으로 말하려고 했던 것을 그새 본인 스스로도 이해할 수 없게 될 때가 종종 있기 때문이었다. 이것은 야콥의 상상일 뿐이었다. 그런 종류의 불안이 요나스의 화를 돋우었고, 결국 그 스스로 자리에서 일어나 앞선 발언자가 늘어놓은 자유에 대한 견해에 반박할 발언권을 달라고 요청하게 되었던 것이다. 야콥은 그럴 수도 있겠구나, 하고 생각할 뿐이었다.) 그리고 요나스와 학과장 겸 지도교수는

---

* 기관차의 방향을 바꾸는 전차대(轉車台) 없이 차량의 방향을 전환하기 위해 삼각형 모양으로 설치한 선로. 델타선, Y선이라고도 한다.

이랬다. 그러니까 요나스는 (예를 들어 생각해 보면) 발언권 신청을 허락해 달라고 작은 소리로 속삭이며 부탁했고, 교수는 (요나스가 묘사한 바에 따르자면) 여전히 화가 났으면서도 재치 있게 "저자를 처치해 버리게." 하고 말했다. 하지만 나중에 연단에서 보니 그는 자기 조수의 빈 의자 옆에 몸을 구부리고 심기가 불편한 듯 턱에 손을 괴고 있었는데 — 이는 크레스팔이 가장 잘 이해한 듯 보였다. 야콥도 예리효에 왔던 처음 이 년간을 떠올리며 한쪽 편에 크레스팔을, 그 옆 다른 편에는 타지에서 온 열여섯 살 먹은 자신을 놓아 보았다. 이는 견주어 보기 위한 것이었는데, 아마 상황이 서로 비슷했을 것이다. 그러니까 자유에 대해 떠들어 대는 소리는 노인의 심기를 불편하게 했다. 그 역시 오늘의 이 조수처럼 반항적이던 때가 있었다. 하지만 자신이 직접 공격하지 않아도 되도록, 이제 그가 자신을 대변해서 시골 별장 소유자와 그가 말한 '자유'와 맞서겠다는 것인가?(피난민들은 아직도 창고에 누워 있는데도 그들이 벽돌 공장으로 쓰기 위해 저택을 징발하는 것을 보고 크레스팔은 심하게 욕을 해 댔다. 그리고 그는 오던 길에 보았던 창고들과 이곳의 창고들을 비교하는 야콥을 반박하지 않았다.) 여기에는 여러 가지 이유가 있었다. 하지만 그런 이유들이 뒤엉켜 있었을지도 모른다. 그러니까 요나스가 오 분이 아니라 이십 분 동안 말했고, 반박이 아닌 제안을 했다는 점에서 말이다. 요나스는 설명하려 했다.("그리고 나는 그 안에서 벌어지는 일이 전부 어리석은 짓이라고 생각했어요. 나는 그 홀에서 가장 젊은 축에 들었어요. 청중들도 그렇지만 내 스스로 판단해 보아도, 장래에 놀랄 만한 업적을 이룰 것이라고 믿기에는 내가 이미 나이를 너무 많이 먹었어요. 그렇다고 내가 평균 이상으로 재능이 있는 것도 아니고요. 그러니 자, 이제 일어나서 요구 사항을 말하는 거야, 이렇게 생각했던 거예요.") 그는 크레스팔 앞에서도 그렇게 말했을지 모른다.("아버지는 짧고 하얗게 센 가르마 머리를 가진 탑이에요.") 하지만 만약 서른 시간이 지나서, 스피커에서 끝없이 흘러나오는, 똑같은 대답을 두 번째로 반복할 수밖에 없는 그 말소리를 들으면서 그것에 대해 깊이 생각해 보았다면(야콥은 이웃한 디스패처의 고집에 대해서 유쾌하게 조용히 고개를 가로저을 뿐이었다. 디스패처는 야콥이 보내 주는 기차가 너무 시간이 딱 맞아서 받지 못하겠다고 했다.) 그러한 자기 고백은 혹시 뻔뻔해 보이지는 않았을까? 그가 게지네를 뻔뻔하게 '길에서' 불러 세웠다는 것은 상상할 수 있는 일인가? 게지네는 이런 뻔뻔함에 대해 뭐라고 말했을까? 이봐요, 얼간이. 이렇게 말했을지도 모른다. 이봐요, 이 악당 같은 허풍선이. 아마 그렇게 말하고 싶었을 것이다. 아니다. 이자는 자기가 하고 싶은 대로 말했다. 그리고 그는 그런 일에는 익숙한 것 같아 보이지도 않았다. 아마도 그래서 그는 저 돌이킬 수 없는 목요일에 저 믿을 수 없이 멀리 떨어진 도시에서 열린 집회에서 그렇게 어렵게 말하기 시작했을지도 모른다. 우선 용어 면에서 의견 일치를 보아야 하지 않겠습니까? 하고 그는 존경하는 참석자들에게 화가 난 듯이 질문했다. 명칭 때문이라고? 잘 상상이 되지 않는다. 이렇게 야콥은 조용히 혼자 되뇌었고, 지금 막 머릿속에 생각이 났다는 듯이 즐거워했다. 그러니까 '자유'는 드러나지 않는다는 점에서 오히려 결핍 개념에 해당한다. 이것이 이 세상에 태어난 사람은 '자아'로서 자신에게 말을 거는 것이며, 이것은 그에게 가장 중요한 일이다. 하지만 그는 또 다른 여러 '자아'와 함께하면서 자신을 발견하고, 자신의 중요성을 세워 가야만 한다. 그리고 그 누구도 물리학에서 빠져나온 것처럼 그렇게 자기 혼자서 자유로울 수는 없는 것이다. 그는 사회적이고도 자연적인 생물로서(나는 ……이다.) 상당한 정도까지 정해져 있는 것이다. 여기서 세계라는 개념은 아마도 '자아'라는 한 점에서 시작된 것일 테지만 "이것을 자유라고 이해할 수는 없을 거예요. 국가의 통치를 생각할 때와 똑같이 인간을(우리와 같은 사람들, 그러니까 대중을) 인과 관계라는 너무나 단순한 도식의 영향을 받는 존재라고 생각하는 한 말이에요." 거기서 그는 또한 곧바로 농업의 상황에 대해서 말했을지도 모른다. 그의 생각은 (그가 말한 것처럼) 서로 구별되는 국가 권력과 국민이라는 쌍두마차의 틀 속에 계속 머물러 있었기 때문이다. 그리고 아마도 이 구별의 핵심은 자유가 아니라 (파블로프의 반응 이론처럼) 오히려 의식의 완고성이라고, 또한 의식의 배태(胚胎)라고 말해야 한다는 것이었다. 여기서 그러니까 그가 "요구 사항을 말한다."라고 했던 그 부분을 시작했다. '목적성'이란 무엇을 뜻하는 것입니까? 하고 말이다. 그렇습니다. 각 개인은 각각의 행동에서 자기 자신의 목표를 추구합니다. 비록 그것이 종종 이기적이지 않은 일이라고 불릴지도 모르지만 말입니다. 나는 어떤 목표를 추구하고 있을까? 하고 야콥은 자신의 열차 다이아 앞에서 느긋하고 냉소적으로 생각했다. 그는 기분이 이상하게 느껴졌다. 요나스는 세상을 보는 자기 방식을 제공함으로써 세상을 풍요롭게 하려고 했는가? 그럴지도 모른다. '주체에 대해 철학적으로' 논하는 것은 그의 직업이 아니었지만, 어쨌든 그에게 닥쳤다. 그렇지 않은가? 그리고 이런 연설을 했다고 해서, 어리석게도 그냥 기다리면서 흘려 버린 몇 년간의 모든 싫증과 환멸이 정당화되었는가? 그런가? 만일 이제부터 항상 자신이 부닥친 가장 최근 상황에서 원칙을 만든다면? 하고 야콥은 생각했다. 하지만 야콥은 롤프스 씨를 생각한 것은 아니었다. 그는 갑자기 페터 짠에게 전화하기로 했던 약속이 생각났다. 그리고 이 전화 통화를 잊으려고 작정했던 것이 불쾌하게 느껴졌다. 게다가 그가 자신이 보았거나 자신과 관계없는 일에 대해 관심을 기울였던 것만큼이나 요나스가 자기에게 관심을 보였는지에 대해서는 뚜렷이 기억나지 않았다. 하지만 요나스는 그렇게 보았던 것(읽었던 것이겠지라고 야콥은 생각했다. 그는 말했던 것 — 책에 대해 그리고 대학 전반에 대해 게지네가 들려주었던 이야기가 생각났다.) 바로 그것을 말하고 싶었고, 그것에 책임을 지고 그 위에 삶을 꾸리고자 했던 것이다. 그것은 정말로 하루 일과와 일할 때 기울이는 노력에도 영향을 주었다. 야콥은 이것을 깨닫고 깜짝 놀랐다. 요나스는 즉각 여행을 떠난 것이다. 자기 강연을 글로 써서 월말까지 인쇄할 수 있도록 철학 편집부에, 그것도 믿을 만한 어떤 동료에게 넘기고, 이 계획에 대해 한마디도 새어 나가지 않게 하고, 게다가 될 수 있는 대로 수도 베를린 사람들을 피해 달라는 요청을 받은 직후에 말이다. 네, 그렇게 하지요, 만약 그렇게 할 수 있다면요. 그리고 그때 아마 그는 다시 활짝 열려 있는(무슨 이유에선가 활짝 열린) 홀 출입문 앞 그들 두 사람을 둘러싼 사람들 속에서 학과장의 시선을 찾았을 것이다. 그리고 그 노인은 조심스럽고 학자의 면모가 풍기는 얼굴을 하고서 다른 생각으로 멍한 채 고개를 끄덕였을 것이다. 그러면 연구 휴가를 다녀오라고 말이다. 그것을 그렇게 부르기로 하자. 그래, 그렇게 부르기로 하자. 그래서 그는 (오늘, 바로 지금) 크레스팔 집 출입문 옆에 있는 방 안에 앉아서 타자기로 자기 생각을 타이핑하고 있는 것이다. 그리고 가끔 크레스팔 앞에서, 경외하는 학과장 앞에서 느꼈던 그 양심의 거리낌을 떠올렸을지도 모른다. 문헌학적으로 말하자면 요나스는 그를 속였던 것이며, 학과장은 대기 중인 택시 앞에서 호의적이기는 했지만 몹시 산만한 태도로(지켜보던 사람들은 '진심으로'라고 생각했다.) 조수와 작별했다. 어쨌든 이렇게 된 것은 요나스가 계속해서 크레스팔에게 딸에 관한 (자신의) 다른 견해를 전해 주려고 했기 때문이었다. 하지만 그녀는 먼 곳으로 여행을 떠났다. 요나스는 예리효로 왔다. 어머니는 기차를 타고 서베를린의 탈주민 수용소로 갔다. 그리고 나는 그들 모두가 그들이 원하는 곳에 제시간에 맞춰 안전하게 갈 수 있도록 애쓰고 있다.

저녁때 그는 구내식당에서 올 페터스와 비추월 방식에 대해 이야기했다. 그는 메클렌부르크 출신이었다. 콧수염을 팔자(八字)로 기른 무뚝뚝한 노인이었다. 그는 높고 약한 톤으로 연이어 킥킥거리며 웃었는데, 모든 대화에서 이렇게 웃을 기회를 노리는 버릇이 있어서 삼십 분 뒤에는 야콥 옆구리를 계속 쿡쿡 찔러 댔다. 그곳 주방 창구 옆쪽 테이블은 자리가 모두 차 있었고, 낮은 목조 천장 아래에서 짙은 구름 같은 폭소가 터져 나왔다. 구내식당 입구, 폭이 좁은 수직 통로 아래쪽에서는 지나가는 비가 후드득 소리를 냈다. 야콥은? 그는 여전히 거기에 있었다. 내가 갔을 때 그는 이미 떠나고 없었다. 아마도 그 사이 가 버린 것 같았다. 화요일에 그는 또다시 제2교대 근무였다. 그는 오후에 전철부장의 방에서 열린 업무 회의에 참석했다. 그는 관리국 회의실의 거울처럼 빛나는 커다란 탁자 긴 편 쪽에, 다른 제복 입은 사람들 사이에 특별히 눈에 띄지 않는 제복 차림으로 앉아 있었다. 오후의 햇빛이 여러 가지 모양으로 나누어진 높다란 창문 네 개를 통해 들어와 가만히 놓인 그의 양손 아래에 펼쳐진 서류 옆 목재 무늬를 다채롭게 채색했다. 그는 올 페터스, 카쉬와 협의한 내용을 설명했고, 개별 교통 부서의 예정 시각을 전반적으로 가능한 한 최대로 단축하려는 이 시도를 승인해 줄 것을 정중히 요청했다. 그는 의자에 등을 기대고 앉아 늘 그렇듯이 신뢰감을 주는 사려 깊은 얼굴로 객관적이고 간결하게(불필요한 도입 부분 없이, 운행 시간표 책자에서 예를 찾아 들어 주고, 예상되는 이점을 서술하면서) 말했다. 평상시보다 약간 더 진지해 보였지만, 이런 인상을 준 것은 그가 이러한 시도에 대해 혼자 책임져야 한다는 지적에 "네, 네."라고만 대답했기 때문일지도 모른다. 그것은 초조한 모습으로 비춰질 수도 있었다. 오후 4시쯤 그는 다시 방으로 돌아와 있었다.

*

"야코우."* 하고 자비네가 말했다. 자비네는 늘 그를 그렇게 불렀다. 두 번째 음절에 악센트가 있었다. 만나자고 한 것은 그

---

* 야콥(Jakob)이 아닌 야코우(Jakow).

녀였다. 그는 자신이 세 들어 사는 집 창가에서 그녀 옆에 서서 양손으로 창문 날름쇠를 붙잡은 채 밖을 응시했다. 그는 머리가 짧아서 강인해 보이는 뒤통수를 그녀 쪽으로 향한 채 꼼짝 않고 밖을 쳐다보기만 했다. 그녀는 책상 앞에 놓인 딱딱한 나무 의자에 앉아 담배를 한 대 피웠다. 그녀가 어색하게 몸을 성급히 앞으로 숙이고 반쯤 남은 담뱃불을 비벼 껐을 때 야콥이 돌아섰다. 그녀는 자신이 그의 미소를 아직 기억하는지 자신이 없었다. 사람은 많은 것을 잊는 법이다.

"미안해." 야콥이 말했다. 그녀는 제복을 입고 있지 않았다. 그녀는 야콥 앞에 낯설게 앉아 있었다. 자신감 있고 아주 매력적인 모습으로 말이다. 그녀는 근무할 때 쓰는 모자 대신 특별히 머리를 빗어 틀어 올렸고, 틀어 올린 머리에서 탄탄하고 가느다란 곱슬머리 한 가닥이 모직 재킷의 옷깃 위로 귀엽게 흘러내려 와 있었다.

"유감이야." 그녀가 말했다. 그녀는 두 손을 옆 주머니에 찔러 넣은 채(그래서 재킷 옷자락이 치마에서 살짝 들렸다.) 꼼짝도 하지 않고 쉽게 입을 떼지 못하고, 높은 건물로 둘러싸인 회색빛 뒷마당을 내다보았다. 야콥은 이제 그곳을 보고 싶지 않았다. 그는 옆에 있는 세면대에 몸을 기댔다. 방은 넓지 않았다.

"난 너하고 그 일에 대해 말하면 안 돼." 그가 말했다. 건너편 건물 외벽 젖은 틈새에 있는 칠은 갈라지고 터져 있었다. 부엌 창문 앞에 매어 놓은 빨랫줄은 아직 마르지 않은 아이들 옷가지가 가느다란 소리를 내면서 건물에 둘러싸인 마당으로 밀고 내려오는 바람에 이리저리 흔들렸다.

"나도 마찬가지야." 그녀가 말했다.

"넌 그 사람에 대해 어떻게 생각해?" 야콥이 물었다. 이제야 그녀는 뒷마당에서 눈길을 떼었다. 그녀는 몸을 반쯤 돌려 귀엽고 거만하게 입술을 삐죽 내밀었다. 한때 사랑받던 모습이었다. 야콥이 고개를 끄덕였다. 그는 그녀에게 담배를 꺼내 주고 의자를 하나 더 책상 모서리로 끌어당겼다. "만약 내가 그건 너무 지나친 요구라고 한다면, 그리고 또 사회주의가⋯⋯." 그가 말을 시작했다. 그는 불붙은 성냥을 돌려받았고, 그가 생각에 잠긴 채 일요일에 받은 쪽지를 가져와서 조심스럽게 접어 원래 자리에 도로 넣는 동안 담배는 입술과 오른편 입가 사이를 굴러가며 연기를 뿜었다. 자비네가 그를 바라보았다. 하지만 그녀는 아무 말도 하지 않았다. "넌 절대 나를 감당할 수 없을 거야." 그녀는 그가 하는 말을 들었지만 전부 알아듣지는 못했다.

불현듯 그녀가 말했다. "아니야."

"그렇다니까." 잠시 기다린 다음 야콥은 인내심을 가지고 말했다. "넌 아무것도 철회할 필요 없어."

"넌 내 자존심까지 걱정해 주는구나, 내가 체면을 잃지 않게 말이야." 그녀가 말했다. 하지만 그녀는 벌써 자리에서 일어나 침대에서 외투를 집어 들고 팔에 걸친 채 그의 앞에 서 있었다. "우리가 그다음부터 서로 아는 체하지 말걸 그랬지?" 그녀가 말했다.

야콥은 고개를 가로저으며 일어섰고 그녀가 외투 입는 것을 도와주었다. "그 사람이 너한테 뭘 물어봤는지 아는 게 나한테는 아무런 도움이 안 된다는 것뿐이야. 그리고 너도 굽히지 않았으면 해." 그가 말했다. 그들은 이제 마주 보고 섰다. 그녀가 몸을 반쯤 돌렸고, 그래서 세면대 위에 있는 거울 속에서 자기 옆에 있는 야콥의 모습을 볼 수 있었다. 그녀는 젖어서 빛나는 검은색 후드를 머리 위로 올리다가 팔을 든 채로 멈추었다. 그녀는 자기 모습을 보다가 눈길을 옮겨 야콥을 보았는데, 야콥은 두 팔을 늘어뜨린 채 눈을 유난히 가늘게 뜨고 바라보면서 그녀 옆에 서 있었고, 얼굴은 회색빛 눈썹 사이에 잡힌 주름살로 긴장해 있었다. 그녀는 거울을 향해 생각에 잠겨 확인하듯이 "흠흠……." 하고 소리를 냈고, 야콥은 정신을 차렸다. 그는 머리 한 다발을 옆으로 해서 후드 아래로 쓸어 넣어 주었다. "네 목에 매달리려고 온 건 아니야." 그녀가 말했다. 야콥은 고개를 끄덕였다. 입술을 삐죽 내밀고 고개를 끄덕이며 미소를 지은 채. 그들은 악수하지 않았다. 집 대문 앞 복도에서 그들은 다시 한 번 멈춰 섰다. 그녀는 자기 손등을 그의 얼굴에 올려서 눈을 따라 옆으로 쓰다듬었다. 그러고는 어느새 가 버렸다.

그리고 그는 마치 금방 그녀를 잊은 것 같았다. 저녁때 그는 광장의 공중을 가로지르는 전선을 지탱하는 전봇대 사이에 서서 버스를 기다렸다. 비에 젖어 어둡고 심원한 거울 같은 아스팔트 바닥에 저축 은행의 다채로운 네온 광고 글자가 한 글자씩 빠르게 바뀌며 뒤를 이어 달렸다. 폭이 좁고 그다지 밝지 않은 샛길에서 그는 이제 다시 온통 잿빛이 된 하늘 아래 예전에 자비네가 살던 다락방이 있는 집을 보았다. 아직도 집주인이었던 여자의 이름을 아직 기억하고 있었다. 그는 깜박이는 불빛이 비치는 박공지붕을 특별히 신경 써서 바라보지는 않았다. 그저 회상할 뿐이었다. 그는 아득히 떨어져 있는 느낌이 들었다.

— 이제 가 봐야겠어.

— 크레스팔하고 만나기로 했지? 딸한테도 한번 전화해 줘.
난 그 시간에 근무가 있어.

— 그래. 전화할 수 있어.

— 내 인사도 전해 줘.

— 안부 전할게. 지금 바로 가 봐야 할 것 같은데?

— 그러는 게 좋겠어. 잘 지내.

— 잘 지내.

— 너도.

3

여보세요, 말씀하세요.

— 크레스팔입니다. 누구세요?
— 블라흐야. 게지네.
— 그래.
— 소식 들었어?
— 아니. 무슨 소식 말이야?

　그럼. 그래, 알아. 그리고 그는 늘 선로를 넘어 다녔어, 그렇지 않아?

— 어떤 사람한테 가서, 네 책임이야, 너 때문에 그렇게 된 거야, 하고 말할 수는 없다고 생각해. 만약 그렇게 할 수 있다면, 애초에 그가 그런 직업을 갖지 말았어야 한다고 말할 수도 있는 거야.

─ 그럼 차라리 제2차 세계 대전이 일어나지 않았더라면 독일
  은 분단되지 않았을 텐데라고 할 수도 있지. 그리고 만약
  그가 세상 빛을 못 보았더라면 더 좋았을 거라고 할 수도
  있겠지만, 그렇게 생각할 수는 없어.
─ 네가 이 주 전 화요일에 그의 눈앞에 나타났다는 이유만으
  로 이 일과 관계있다고 말하려는 거야?
─ 그래. 그렇게 말하고 싶어. 그럴 수만 있다면 난 그 화요일
  을 나쁜 의미로 생각하겠어.

　나는 "안녕하세요. 압스 씨 집에 있나요?" 하고 말하고 바깥
바람이 들어오는 눅눅한 계단실의 반쯤 열린 문 앞에 서서 기다
린다. 여자가 나를 쳐다본다. 불쾌한 눈초리로 내 얼굴을 훑어
보기에 나도 그녀를 쳐다본다. 그녀는 나이가 들었다. 마흔 살은
돼 보인다. 얼굴, 눈 아래와 입가, 관자놀이, 눈에 나이 든 티가
난다. 그녀가 나를 이해할 수 없다는 듯 쳐다보고 있어서 나도
두껍게 화장한 그녀의 부자연스러운 입술에서 눈을 뗄 수가 없
다. 다른 사람들의 삶이다. 몇 명의 여자가 여기 와서 물어보든
지 그게 나와 무슨 상관인가. 상관없다. 여기 살지 않는 사람한
테 그게 무슨 상관인가. 하지만 문 옆에 야콥의 이름이 쓰여 있
다. 나는 반쯤 몸을 뒤로 젖혀서 그것을 한 번 더 읽어 본다. "아
니요." 그녀가 말한다. "압스 씨는 집에 없는데요." 하고 말한다.
그녀는 문틀에 기대 있으면서, 담배 연기가 내 얼굴로 올라와
도 가만히 있다. 나는 "감사합니다. 안녕히 계세요." 하고 말하
고 돌아서서 삐걱거리는 좁은 계단을 아주 빨리 뛰어내려 간다.

그녀가 눈을 내리깔지 않았나? 그저 피로감 때문이었나? 모르겠다. 만약 그렇다면 내가 잘못 생각한 거다. 뭔가 실수를 한 거다. 나는 길가에 서서 담배 가게 쇼윈도에 비친 내 모습을 바라본다. 거기엔 트렌치코트를 입은 젊은 여자가 두 손을 주머니에 넣고 옷깃을 세운 채 서서 무언가를 기다리고 있다. 눈에 띄지 않게 코를 꼿꼿이 세우고 있다. 대체 뭐가 문제지? (그렇게 나는 여기 서 있다.) 난 두려운 건가? 여자는 움직이지 않는다. 내가 뭘 잘못 했나? 그렇게 보이면 안 된다. 나는 버스를 기다리는 여자처럼 보인다. 다음 버스를 타고 이곳을 곧 떠날 것 같다. 마치 어디로 가려는 것처럼 말이다. "감사합니다. 이십이요." 내가 말한다. "곧장이요?" 그가 묻는다. 모르겠다. 뭐가 곧장이지? "네." 내가 말한다.

뭐가 '잘못됐다' 해도, 나는 전혀 모른다. 내가 생각했던 것 이상은 모르겠다. 하지만 아우토반에서 시내로 들어온 후로 나는 외국어를 말하는 것 같은 느낌이 든다. 난 그 외국어를 잊어버렸고, 이곳 사람들도 더 이상 기억하지 못하고 있다. 아니면, 디스 이즈 디 엘베 리버.* "압스 씨는 집에 없는데요." 그가 언제 돌아오는지 물어봤어야 했다. 나는 오후의 거대한 회색 하늘 아래 비에 젖은 높은 제방 도로로 갔는데, 거기엔 전차 한 대가 옅은 안개 속에 서 있었다. 차장 여자는 나한테 이십짜리 표 한 장, 십짜리 표 한 장과 함께 동전 일곱 개를 돌려주었다. 그래서 난 곧장 가는 요금이 20페니히라고 생각했다. (외곽 추가 요금 없이.) "이십이요." 그건 정확히 맞는 말이었다. 야콥이 집에 없다

---

* '여기는 엘베 강이다.'(영어)

고 내가 왜 놀라지? 나는 그가 여기서 나를 기다릴 거라고 생각했던 것이다. 거긴 나중에 다시 가야겠다. 여기는 역 앞이다. 아주 어두워질 때까지 여기 있어야겠다. 라이트 샤워스 포 디 애프터눈 아 올소 프리딕티드.* 이곳 중앙 광장 주위에는 아직도 가 건물이 세워져 있다. 그리고 내가 차 사이로 걷는 이 바닥은 예전에는 부엌과 거실, 복도가 있던 어떤 집의 1층이었고, 내가 걷는 곳은 지하실 창틀이 있던 자리인데(예전에는 그곳에 지하실이 있었다.) 이것은 땅속에 마치 묘비처럼 꽂혀 있다. 도시 전체가 빗물로 청소되어 있고, 이곳 광장 모퉁이 세 곳에는 암녹색 나무 기둥에 쓰레기통이 걸려 있고, 소시지를 담았던 마분지와 술병, 작은 소품 같은 것들이 가득 차 있다. 술 취하고 뚱뚱한 사람 그림자가 따스한 불빛이 비치는 매점에서 구석 쪽으로 하나씩 또는 무리 지어 움직여 가는 것처럼 느껴진다. 이곳 역시 이미 불을 밝혔다. 안을 좀 들여다보고 싶지만 문은 철망유리로 되어 있다. 그건 알고 있다. 저 안에 야콥과 함께 들어간 적이 있었다. 우리는 황동으로 된 기다란 카운터 곁에, 엉덩이가 늘어진 바지를 걸친 사내들 사이에 서 있었다. 그들은 이미 하루 종일 거기에 서 있었는데, 절대 그곳을 떠날 것 같지 않았다. 야콥은 "화주 큰 거 두 개요." 하고 말했고, 모두 놀라서 나를 쳐다보고는 야콥과 나에게 말을 걸어왔다. 하지만 그때 그는 "여긴 내 여동생이에요." 하고 말했고, 모두 다가와서 내게 악수를 청했다. 그게 삼 년 전이다. 이제 나는 삼 년을 건너뛰어 거기에 들어갈 수는 없다. 혹시라도 같은 사람들이 같은 바에 서 있고, 경건한 척

---

* '오후에 가벼운 소나기도 올 것으로 예상됩니다.'(영어)

하는 탐욕스러운 그 여자가 그들한테 한 잔씩 술을 따라 주고 있다 하더라도 말이다. 또 누가 알까? 내가 야콥과 함께 들어가지 않으면 그들이 뭐라고 할지. 그러면 나는 성질을 낼 것이고, 아버지는, 게지네야, 넌 어디에도 혼자 둘 수가 없구나, 하고 말하겠지. 난, 그래요, 하고 말하고. 그런 10월의 가을 그리고 밤, 모든 집에 불이 밝혀질 때면, 누구나 집에 가 있어야 한다고 말이다. 날은 이제 황혼 녘이라 할 수가 없다. 완전히 캄캄해질 때까지 쇼윈도를 보고 있어야겠다. 그다음에 어디론가 뭘 먹으러 가고, 그다음엔 다시 곧장 가서 말하는 거다. 다시 왔다고. 여기서 그가 올 때까지 기다리고 싶다고.

19시쯤 게지네는 엘베 호텔 식당의 테이블에 혼자 앉아 있었다. 삼십 분이 지나 웨이터가 가져다준 럼프 스테이크를 천천히 그리고 교양 있게 잘랐다. 그 전에는 아무것도 주문하지 않고, 담배를 피우고 벤치 등받이에 몸을 기댄 채 기다리면서 카운터에 앉은 손님들을 지켜보았다. 고급스러운 야회복을 입은 젊은 남자들이 세 명이나 그녀에게 다가와 맞은편 자리에 앉아도 되냐고 물었지만 그녀는 고개만 가로저을 뿐이었다. 그녀는 파란색 정장을 입고 왔다. 둥근 재킷 옷깃은 목덜미 쪽으로 세워져 있었다. 거친 소재의 회색 블라우스는 신경을 쓴 흔적이 엿보이기는 했지만 대체로 소박해 보였다. 그녀는 반으로 접히는 학생용 가방과 두꺼운 갈색 트렌치코트 말고는 가지고 있는 것이 없어서 여행 중인 사람처럼 보이지는 않았다. 이따금씩 올려다보고 비스듬히 쳐다보던 이곳 지도자*의 사진과 그 아래 카운터에 있는 사람들이 떠드는 소리가 그녀의 생각에 스며들어 올 때는, 그녀가 신분증 검사 때마다 두려워했던 것이나 국경선 저편에서 너무 염치없이 싸게 교환한 돈으로 밥값을 내는 것 같은 인상을 풍기지는 않았다. 롤프스 씨는 바텐더 정면에서 왼편에 있는 의자에 앉아서, 100그램짜리 보드카를 일정한 간격으로 마셨다. 그는 꼿꼿하고 경직된 자세를 유지했고 재킷 호주머니에 넣은 오른손을 움직이지 않았다. 그는 가끔 시계를 올려다보았다.

19시 7분. 아직 팔 분 남았다. 그리고 자비네는 아마도 자기 생각을 그에게 말하려 했을 것이다. 그러면 그는 '그게 사실이 아니라고?' 하고 대답했을 수도 있다. 그러면 그들은 다시 사이가 좋아졌을 것이다. 그렇게 됐다면 좋을 텐데. 하지만 나는 그녀가 집을 나서는 것도 보았다. 사실 아무것도 모르는 것과 마찬가지이다. 그가 올지도 사실 모르겠다. 올 거라고 생각하고 있을 뿐이다. 이들은 무슨 말을 하고 있나. 이 사람들은. 적당한 사람을 하나 불러다가 토론은 어떻게 하는지 귀뜸해 주면 좋겠는데, 그는 자기방어만 한다. 그리고 자기 딴에는 그것이 대중과 연대하는 거라고 생각한다. 아마도 그는 그들이 자기 물음에 대답하기 때문에(달라붙기 때문에) 기뻐하는 모양이다. 그들은 이전에는 그가 편안히 신문을 읽게 내버려 두었다. 그리고 그

* 구 동독의 당 총서기 발터 울브리히트(Walter Ulbricht, 1893~1973) 혹은 대통령 빌헬름 피크(Wilhelm Pieck, 1876~1960).

들은 신문을 읽지 않았다. 그는 그들 머리통을 후려쳐야 한다! 이건 잘못이고 옳지 않다. 예전에는 당에서 그렇게 말했지만 지금은 다르다. 그들은 요즈음 상황이 달라졌고 전과 같지 않다는 것을 모르는 것 같다. "그래요." 그가 말한다. "그래요." 나는 그의 당 배지를 잡아 뜯어 버릴 수도 있을 것이다. 그리고 나는 여기서 퇴근 후 자유 시간에 이지적으로 관찰하는 시민인 척하면서 마치 근무 중이 아닌 것처럼 혼자 앉아 있는 젊은 여자와 시선을 주고받고 있다. 19시 9분. 예쁘다는 생각은 전혀 들지 않는다.(그럼 예쁘다는 건 무엇인가. 내 딸이 어떤 모습으로 자라기를 바라는지 모르겠다. 나를 닮지 않으면 좋으련만.) 그녀의 얼굴은 조금도 호감이 가지 않는 편이고, 이런 얼굴이면 나중에는 저런 얼굴이 될 거라고 말할 수 있을 만큼 별다른 변화가 없어서 결국 익숙해질 그런 타입이다. 알겠다. 옆모습은 심지어 거슬리기조차 한다. 고집이 세 보인다. 광대뼈 아래가 좁고, 관자놀이도 좁다. 누구든지 무시할 수 있을 것 같다. 땋은 머리를 목덜미에 늘어뜨린 모양이 꼭 새 머리통 같다. 도깨비불처럼 눈을 깜박이는 새 말이다. 지금 미소를 짓는다. 자기 입술이 아니라는 듯 무심한 입술 모양을 하고서 말이다. 이 자리는 비어 있습니까? 그녀가 누굴 기다리는지 더 지켜보겠지만, 그렇다고 플러스 될 것은 없다. 자기가 기다리는 사람을 기다리면 된다. 하지만 그녀는 밝고 조심스럽고 긴장된 모습으로 계속해서 그렇게 앉아 있을 것이고, 그래서 바라보는 사람이 공연스레 궁금해진다. 바로 그게 문제다. 그녀가 반쯤 일어나서 외투 주머니 위로 몸을 구부릴 때면 여행 중인 사람처럼 보인다. 지독하게 말랐다. 아무 느낌도 들지 않는다. 대화는 한번 해 보고 싶다. 그쪽으로 가서 모두가 아는 예절 규칙에 따라 이렇게 말하는 거다. "롤프스입니다. 잠시 실례도 될까요?" 이렇게. 아니, 그냥 여기에 앉아 있는 게 더 낫겠다. 웨이터를 그렇게 꾸짖지 말걸 그랬다. 나한테는 나쁜 습관이 많다. 옛날엔 나도 마음씨 고운 아이였다. 그리고 나는 저녁때 종종 쓸데없는 회상에 빠지기도 한다. 19시 11분.

안녕하세요

그걸 어떻게 생각해야 할지 저는 전혀 모르겠습니다, 저 거만한 남자는 이렇게 말하며 거울을 들여다보았다. 저 남자는 정말 당당한 호기심을 지니고 있다. 그리고 그는 마치 그렇게 자정까지 여행을 하려는 것처럼 그렇게 꼿꼿하고 경직된 자세로 술집 의자에 앉아 있다. 왜 그는 손을 보여 주지 않으려고 하는 걸까. 하여간 주머니에 든 게 너무 많다. 지배 계급의 얼굴은 저렇다고 상상해야 할까? 퉁명스럽고 오만불손하고 그러면서도 아주 현명한? 하지만 지배 계급 배지를 단 건 그 옆 사람이고, 그 옆 사람 때문에 그는 화가 나 있다. 무슨 일이기에 저렇게 혼자 조용히 화를 낼 수가 있나! 등도 움직이지 않고서 말이다. 그가 다시 돌아볼 것 같다. 그는 나한테서 비웃음거리를 찾기라도 하는 것처럼 나를 살펴보고 있다. 내 생각을 말해 본다면 그는 지질학 교수나 파일럿일 것 같다. 내가 보기에 그는 민간인이다. 하지만 이곳에 경계심도 없이 오만하게 행동하는 그런 민간인이 어디 있는가? 삼 년 전이었다면 그를 뭔가 대단한 사람이라고 생각했을지도 모른다. 그는 웨이터에게 사냥개처럼 으르렁댄다. 병들고 잠을 못 잔 한 마리 그레이트데인처럼 말이다. 그리고 매우 품위가 있다. 그는 거울에 비친 자기 모습을 좋아하지 않는다. 그는 벌써 꽤 오래 그렇게 살아왔다. 우리는 낯선 두 짐승처럼 서로 쳐다보고 있다.

안녕하세요. 잘 지내셨습니까?

야콥의 외투가 완전히 젖어 있다. 나는 "밖에 또 비가 옵니까?" 하고 말한다. 그는 거기서 두 손을 주머니에 넣고 서서 나를 쳐다보고 있다. 만일 내가 그에게 한잔하자고 하면 그는 의자에 앉아 있는 나를 때려서 넘어뜨릴 것이다. 그것 보라고, 술병을 들고서 얼마만큼 정중하게 기다릴 수 있는지. 이봐, 하인. "다시 오겠어." 하고 내가 말한다. 이것도 야콥의 마음에는 들지 않을 것이다. 야콥은 무척 호기심 어린 눈으로 나를 바라보고 있다. 마치 내가 변해 버리기라도 한 것처럼 말이다. 여기 내앞에 있는 사람은 책임감이 강한 국가 공무원이다. 그는 이 비오는 날 저녁에도 직무가 주는 불가피한 일들로 힘겨워하고 있다. 내가 몸을 돌려 바 모서리에 팔을 기대고 있는 동안, 그녀가 다시 내 시야에 들어오고, 나는 기억을 떠올린다. 그녀는 이곳에서 볼 것이라곤 내 의자 밖에 없는 것처럼 나를 향해 얼굴을 고정하고 있다. "저 여자분 좀 보십시오." 나는 야콥한테 말한다. "크레스팔의 딸이 저렇지 않을까 상상하고 있습니다. 내가 잘못 생각했습니까?" 내가 묻는다. 그녀는 커피 잔을 찻잔 받침 위로 들고서 깊은 생각에 잠겨 내 옆을 비스듬히 비껴서 바라본다. 조금 전에도 나를 바라본 게 아니었다. "아닌 것 같은데요." 느릿느릿하고 믿음직한 목소리로 야콥이 말하는 소리가 들린다.

나는 술집 의자를 잡고 버티며 내려간다. "전쟁에서 부상당했습니다." 하고 내가 말한다. 내가 뻐긴다고 생각하면 안 되는데. 우리는 스윙 도어를 지나 수위한테로 간다. 내가 엘리베이터라고 말한다. 그는 여유 있게 열쇠를 찾고, 뻣뻣한 걸음으로 다가와서, 23번, 내 번호를 준다. "나는 시간이 별로 없어요." 야콥이 말한다. 네네, 알겠습니다.

안녕, 야콥

말대구도 하지 않고 오빠 말을 따르는 건 이상하지 않나? 나는 다투지 않으려 하는 걸까? 야콥은 나와 다투지 않는다. 하지만 혹 이렇게 말할 수는 있다. 그리고 넌 또 네가 옳다고 하려고 했지? 그렇지?

——아니. 난 정신 말짱하게 잠자는 물고기처럼 조용히 있는걸.

——너 이쪽 봤지, 알겠지?

——응. 하지만 다시 와.

건너편 남자가 다시 조용히 그리고 가볍게 보드카 잔 위로 몸을 숙였고, 그 남자 옆에 야콥이 서 있었다. 나는 그때서야 비로소 야콥을 제대로 보았다. 그는 선 채로 외투 단추를 풀었고, 그때 나는 이렇게 생각했다. 오, 야콥, 저녁에 정말 멋지게 옷을 차려 입고, 네가 철도원이라고 생각하는 사람들을 우롱하고 있구나. 농부같이 생긴 야콥의 얼굴 그리고 뻣뻣한 옷깃과 그 아래로 눈에 띄는 넥타이가 고상해 보인다. 나는 하마터면 자리에서 일어나 일곱 발짝 앞으로 걸어가 그 앞에 서서 이렇게 말할 뻔했다.

——야콥!

──게지네, 잘 있었어?

이렇게 말하는 것이 벌써 들리는 것 같았다. 그의 얼굴에서 날 알아채는 눈빛이 보였다. 그는 주위를 둘러보고 그들 모두가 기다릴 수 있다는 걸 확인하고는 다시 나한테로 몸을 돌려, 이제는 입가에 웃음을 띠며 말한다.

──이제 네가 가고 싶은 곳에 데려다 줄게, 어때? 보고 싶었어.

그동안 나는 그의 앞에 서서 웃고 있을 것이다. 반가우니까 말이다. 하지만 난 꼼짝도 하지 않고 손에 커피를 든 채 의자에 앉아서 그가 내 건너편 남자한테 말하는 것을 지켜보았다. 그는 지금 나한테 어떻게 지내냐고 물으면 안 되는 거고, 우선 그와 볼일을 마쳐야 한다. 그 남자가 몸을 돌리고 앉아 있던 술집 의자에서 내려오려고 한다. 그러면서 그는 꿍꿍거리는 것 같았고, 갑자기 몸을 꼿꼿이 하고서 의자를 반쯤 붙들고 회색빛 거친 얼굴로 나를 공격적으로 바라보고, 의심과 동경에 찬 거만한 눈빛으로 나한테서 눈을 떼지 않은 채 뭐라 혼자 중얼거린다.(그러자 야콥이 나를 쳐다본다.) 그러는 동안 야콥은 나를 보고 눈썹을 꼭 한 번, 뚜렷이 미끄러지듯이 마치 속삭이듯이 움찔하면서

──너 움직이면 안 돼.

──움직이지 않을게.

──너 나가야 해. 그리고

그 으스대는 남자의 중얼거리는 소리에 대답을 하고 있다. 그의 눈빛은 우리가 서로 모르는 사이인 것처럼 낯설다. 이윽고 두 사람은 돌아섰고, 야콥은 그 남자의 길고 불규칙적인 발걸음을 따라 호텔 로비까지 갔다. 하지만 야콥은 재빨리 눈에 띄지 않게 뒤돌아보면서 작은 소리로 웃었다. 그러니까 그가 코너를 돌아

어두운 목재로 만든 홀 오브 더 리셉션*으로 사라지기 전에

—이따. 이따 봐. 알겠지?

—응. 하지만 다시 와야 해.

휘치 메이 해브 빈 더 로비 앳 더 세임 타임, 위드 더 스테어케이스.** 그들은 엘리베이터를 탔을 것이고, 그 남자는 정말 힘겹게 걸어갔다.

  "그동안 당신은 어째서 서쪽으로 가지 않았습니까?" 롤프스 씨가 물었다. 비스듬히 낮게 매달린 전등 아래, 시트가 덮인 침대 두 개 앞에 책상이 비스듬히 놓여 있었고 그는 책상 옆에 앉았다. 그리고 의자 등받이에 몸을 길게 기대고 누워서 발을 쭉 뻗었다. 그는 아직도 조심스럽게 숨을 쉬었지만, 얼굴은 다시 원래 자신의 생기발랄한 빛을 되찾았다. 천을 씌운 맞은편 의자에 야콥이 앉았다. 그는 두 손을 바지 주머니에 넣고 주변을 살펴보았다. 외투는 앞에 있는 책상에 놓여 있었고 방수 책상보 위에 작은 물방울이 떨어졌다. 이날 저녁 야콥은 평상시에는 거의 입을 일이 없던 짙은 청색 양복 차림이었다. 값싸게 빌릴 수 있는 호텔 다락방의 흔한 모습에서 그는 마치 저녁 축하 행사에 가는 길에 비록 불가피한 일이라고 해도 우연히 붙잡혀 온 그런 사람처럼 보였다. 사실 아무것도 모르는 것과 마찬가지였다. 이전에 이 방을 썼던 사람들은(롤프스 씨의

---

* '프런트가 있는 홀'(영어)

** '그곳은 호텔의 로비를 겸했던 것 같기도 하고 또 계단이 설치되어 있었다.'
(영어)

두 동료들은 이곳에서 첫 번째 회합을 위해 시의 인민 소유 미싱 공장에서 일하는 아가씨를 기다렸고, 그녀를 만나자마자 반복해서 확약하면서 그런 상황에서 통상적으로 가질 수 있는 경계심과 불안, 두려움을 진정시키기 위해 애를 썼다. "겁내실 필요 없습니다. 트윈 베드 때문이라면 말이죠. 당신과 잘 생각은 없습니다. 우리는 근무 중입니다.") 낡아서 해어졌지만 아주 깨끗한 천으로 전등을 덮어 놓았다. "내기 당신에게 충분한 이유를 제공해 드렸을 텐데요." 롤프스 씨와 파비안 씨가 말했다.

— 요나스, 만약 그 사람이 너한테 그렇게 질문했다면?
— 나는 이렇게 말할래. 나는 칠 년 전에도 갈 수 있었을 겁니다. 그 후로는 날마다 그렇고요. 아마 나는 너무 오래 기다린 것 같습니다.
— 하지만 야콥은.
— 야콥한테 '충분한 이유'가 있었다고 말하는 건, 그들이 그를 예리효의 공화국 탈주과로 불러서 어머니가 도대체 왜 떠나 버렸는지 묻게 했던 것과는 반대되는 이야기야.
— 그 점에 대해서 사과를 했어, 롤프스는.
— 아하.
— 그래. 롤프스는 그런 사람이야. 하지만 야콥은 그 의미를 스스로 생각해 봐야겠다고 말했어.
— 젠장, 그는 이렇게 생각했을지도 몰라. 사회주의가 전후 젊은이들한테는 좋은 새 출발인데, 팔 년 후에 이곳을 떠나야 하느냐고 말이야. 그리고 예를 들어 사회 진보라는 의

미에서 사회주의적 잉여 가치가 더 올바르고, 이러한 관점에서 베를린행 기차표는(나한테는 출국 허가서와 비행기 표지.) 역사적 퇴보라고 말이야. 그렇지 않을까?

— 하지만 롤프스는 야콥이 바로 그날 사회주의를 위해 특별한 일을 했다는 걸 알고 있었어. 그러니까 노동 생산성 향상, 크리보노프 방법*에 따른 고속 운행 말이야.

— 난 그게 이해가 안 돼.

— 내가 잘난 척한다고 생각하지 마. 나한테는 노동이 여덟 시간이라는 것도 그런대로 좋아. 그건 삶의 시간이지. 난 그게 그 이상 뭘 의미할 수 있는지 설명하려고 하지 않겠어. 너희 편에서는. 너희 편에서는 설명에만 집착하지.

— 그래. 그리고 야콥은

— 야콥은, 알겠어? 그는 아마 이렇게 생각했을 거야. 만약 지금까지 해 오던 것과 달라지면 (외혜를 예로 들어 보면) 외혜가 좀 더 일찍 제시간에 도착하게 된다. 그리고 석탄은 제시간에 저장고에 들어오고, 그렇게 새로운 날이 시작될 수 있을 것이다. 그리고 (너를 예로 들면) 네가 여행을 하면 정각에 도착하게 되고, 세 시간을 측선**에서 허비하고 연착하지 않아도 된다. 이렇게 말이야. 그건 그의 입장에서 보면 그가 외혜를 싫어하지 않았고, 그에게 자유 시간을 좀 더 갖게 해 주려고 했던 건지도 몰라. 만약 그들이 자기 손에 달려 있다면 그들한테도 친절하게 대해 주어야 했던

---

* 2장에서 야콥이 제안한 비추월 방식.
** 철도에서 열차의 운행에 쓰는 주 선로 이외의 선로. 열차 차량의 재편성 또는 화물의 적재나 하차 따위에 쓴다.

거지. 자, 봐. 누군가 무엇을 원하게 되면.

— 넌 내 말을 잘못 이해했어. 공공 조직의 기본적인 기능이 어떻게든 수행된다는 건 나도 잘 알아. 억지로 갖다 붙인 의미와 상관없이 말이야. 누군가의 여행이 얼마만큼 불가피한 것인지 야콥이 판단해야 하는 건 아니잖아. 그는 네 요청도 거절하지 못했어. 다만 그는 정말 단 한 순간도 자신이 떠날 수 있다고 생각하지 않았고, 그의 생각은 우리가 여기서 진보라 부르는 그것과는 관계가 없다는 거야. 그는 세계 어디에서나 필요한 사람일 수는 있지만, 여기서는 그 누구도 대신할 수 없는 그런 사람은 아니었어.

— 야콥의 생각은 그런 것하고는 관계없어. 그가 나한테 말해 주었거든. 그는 놀랐던 거야. "어떻게 그런 질문을 할 수 있어?" 그는 그걸 이상하게 생각했어. 그리고 이렇게 말했어. "만약 내가 사직하겠다는 뜻을 알리지 않고 그냥 며칠 동안 나오지 않으면, 페터 짠은 일 분 삼십 초 안에 자신을 대신할 사람을 어디서 끌어와야 할지 모른단 말이야. 나 때문에 그렇게 된다면 난 그에게 불친절하게 구는 셈이지. 그리고 오 분이면 사방 100킬로미터 구간에서 많은 일이 벌어져. 나는 그만둔다고 말할 수가 없었어." 그렇게 되면 그는 삼 주 더 근무를 해야 했을 거고, 그건 그에겐 아무런 득이 되지 않았기 때문이야. 우선 한 가지, 그는 일단 시작한 일은 끝을 내고, 자리를 단정하게 정리 정돈해 놓는 성격이야. 그런데 그런 질문을 받았던 거야. 그리고 그때 야콥은 대답을 가지고 갔어.

— 아니야.

— 그렇다니까. 공손하고 친절하고 믿음직하고 그렇게. 야콥이 "이 모든 사람은." 하고 말하는 게 들리는 것 같아. 야콥도 거기에 포함되는 사람이야. 그런 야콥하고 그는 하루저녁을 보냈어. 그리고 만약 야콥이 다른 견해를 가졌다고 해도, 결국은 같은 문제에 관련되어 있던 거지.

— 그래. 그는 네가 자유롭게 결정하고 방해받지 않고 다시 출국할 수 있도록 보장해 주기를 원했어. 그렇게 되면 넌 공개적으로 예리효를 방문해도 되니까 말이야. 한번 길을 건너 브 보엔누유 코만단투루*에 가기만 한다면 말이야.

— 그렇게 말하다니. 그래! 마치 내가 야콥한테 가 있던 게 악한 손길에라도 빠져 있었던 것처럼 말이야. 그리고 그는 절대로 나 때문에 (연약한 아이를 고려해서) "그녀가 방문하도록 초대하지는 않겠어요." 하고 말한 건 아니었어.

— 그 보장은 꼭 필요한 경우에만 유효했을 거야. 야콥은 네 아버지한테 곤란한 상황이 닥치길 원치 않았을 거야.

— 그래. 요나스. 그건 네 의심이기도 하고, 내 의심이기도 해. 그래. 하지만 우리가 야콥은 아니잖아. 내가 아는 건 그가 오 년, 팔 년, 십일 년 동안 어떤 모습이었는가, 그리고 그가 "사랑스러운 아이." 하고 말했을 때 내가 어떻게 느꼈는가 하는 것밖에 없어.

— 게지네.

— 그리고 그게 다야. 차라리 이렇게 말하는 게 낫겠어. 전후에 우리가 새 출발에 대한 희망이라고 부르려고 하는 바로

---

* '야전 사령부'(러시아어)

그것에 그는 개인적으로 관여했고, 혼자서 그것에 대해 그리고 그것에 담겨 있을지도 모를 결정에 대해 책임지려고 했다고 말이야. 하지만 그가 그날 밤 내내 여행을 하고 되도록이면 아침에 돌아오려고 했던 건, 마르틴센(그 사람도 디스패처야.)이 근무를 마치고 제대로 잠자리에 들고, 그의 일정이 틀어지지 않게 하기 위해서였는데, 이렇게 그는 누구한테도 그 일에 대한 결정을 강요하려고 하지 않았던 거야. 그 결정이 구체화될 수 있는 상황이 되자마자 말이야. 그래. 그들은 공화국 탈주자, 미(美) 제국주의의 끄나풀로 나를 곧장 붙잡아 둘 수도 있었을 거야. 그것도 하나의 결정이고 그 자체로도 적절한 일이지. 다만 그렇게 되면 야콥은 아마 내가 불행해질 거라고 생각했을 거야. 그래. 하지만 바로 여기에 의심스러운 점이 있어.
— 롤프스는 그 점에 대해 뭐라고 말했어?

그는 자리에서 일어나 창가로 갔다. 양손을 재킷 옆주머니에 넣고 몸을 꼿꼿이 한 채 서서 조용히 침묵을 지켰다. 시선은 망사르드 지붕*의 비스듬한 비탈면을 따라 내려가 밤거리를 향했다. 기차역 광장은 텅 비어 있었다. 매표창구의 차양 아래에 흐릿하고 작은 형체로 보이는 사람들이 밝은 벽에 기대고 있었다. 길모퉁이 가까운 곳에 직육면체의 공중전화 박스가 아직

---

* 프랑스의 건축가 망사르(François Mansart, 1598~1666)가 고안한 지붕으로, 경사가 완만하다가 급하게 꺾인다. 지붕 아래쪽에 채광창을 내어 다락방으로 쓰게 되어 있다.

도 지붕 아래로 비치는 빛을 받아 노란색으로 선명하게 빛났다. 지금 제만 씨의 운전기사가 책을 읽지 않고 있어서 그 차는 택시들 사이에서 구별되지 않았다. 유리창에는 비로 만들어진 물방울이 흘러내리며 남긴 흔적만이 뿌옇게 남아 있었다. 잠시 후 그가 말했다. "나는 당신 어머님을 완력으로 붙들어 둘 수는 없었습니다. 하지만 그분한테 그것이 유일한 길이 아니라는 점은 분명히 해 두고자 했습니다. 나는 차라리 그분을 이 역에서 내리게 해서 당신한테 보내고 싶었습니다. 하지만 보고가 다섯 시간이나 늦게 들어왔습니다. 이해해 주십시오."

야콥은 꼼짝도 하지 않았다. 그는 몸을 숙이고, 비에 젖어 단단해진 외투 위에 두 손을 굳게 올려 두었다. 그는 고개를 돌리지 않고 말했다. "네. 당신은 재미 삼아 다른 사람들의 삶을 다루는 건 아니라고 말하는 거군요." 그는 여전히 몸을 구부린 채 꼼짝 않고서 그렇게 뻐딱한 자세로 피가 돌고 있는 자기 손을 응시했다. "어떤 목적을 위해서 자기 자신을 소홀히 해야 하나요?"* 그의 목소리는 고집스러운 질문처럼 마지막 여운까지 끈질기게 말했다.

제만 씨는 고개를 들고서 귀 기울여 들으며 가만히 서 있었다. 그는 목덜미가 뻣뻣해지고 얼굴이 굳어졌으며, 얼굴 가운데쯤 입술을 단단히 무는 치아가 느껴졌다. 그는 거칠게 몸을 획 돌렸고 어스름한 곳에서 책상 앞 빛의 안개 속으로 성큼 걸어 나와 야콥 앞에 섰다. 야콥은 몸을 뒤로 기대고서 그의

---

* 독일의 시인이자 극작가 프리드리히 실러(Johann Christoph Friedrich von Schiller, 1759~1805)가 『인간의 미적 교육에 관한 편지』에서 총체성을 위해 개인을 희생해서는 안 된다고 주장하면서 한 말을 인용한 것.

시선이 자신의 생각 속으로 들어오는 것을 지켜보았다. 관자놀이가 씰룩거렸다.

"그렇지." 롤프스 씨가 거칠게 말했다.

"당신이나 그렇겠지." 야콥이 말했다. 그는 두 손을 뒤집었고, 손가락을 느슨하게 펼치고 있었다.

"야콥, 너도 마찬가지야."

"그래요." 야콥이 말했다. "하지만 요청받지 않은 사람은 그렇지 않지요." 그들의 시선이 서로 얽혔다. 그러다가 야콥은 상대방이 갑자기 눈을 감고서 고개를 끄덕이는 것을 알아채고 깜짝 놀랐다. 그는 자리에서 일어섰다. 그들은 작별 인사를 나누고 목요일에 만나기로 약속했다.

나는 마음이 상해서 나무 아래에 고개를 숙인 채 기다리고 있었다. 야콥은 내 옆에 서 있었다. 나는 꼼짝하지 않았다. 그의 손이 내 손목을 너무 꼭 붙들어서 고개를 들어 그를 보았다. 그는 전혀 나를 보려고 하지 않았다. 그리고 그는 고개를 갸웃이 하고 내 옆에서 약간 거리를 두고 혼자 어둠 속에 있었다. 마치 나를 확인할 수 있는 건 그 손 하나밖에 없다는 듯이 말이다. "만약에 내가 네 걸음걸이를 못 알아봤으면." 내가 말했다. 호텔 앞에서 자동차 문 하나가 닫혔다. 내가 나무 앞으로 돌아 나오자 라이트가 눈에 곧장 비쳤고, 내가 아직 눈부셔 하고 있을 때, 야콥은 나를 인도 너머 2미터 뒤에 있는 울타리로 잡아 끌었다. 그는 여전히 내 손목을 붙잡고 있었는데……

……그의 손가락에서 느낀 건 부드럽고 따뜻한 숲 속의 풀과 나

무 냄새, 소나무 껍질 냄새 그리고 우리에게 다가오던 러시아 사람들이었다. 야콥의 머리가 소리 없이 나를 향하고 그가 내 목덜미를 위압적으로 내려다보고 손으로 내 어깨를 눌러 바닥에 닿게 했다. 그는 앞쪽을 볼 수 있게 나뭇잎을 헤쳤다. 제복들, 달그락거리는 마구, 피곤해 보이는 말들의 머리, 사람들의 목소리 그리고 묵직한 말발굽 소리. 마치 땅이 텅 비어 버린 것 같았다. 우리 머리 위 나무 꼭대기 사이로 끝없이 이어지는 정적. 야콥은 손가락을 폈고, 우리는 팔을 느슨하게 나란히 늘어뜨렸다.

호텔 앞에서 자동차 문 하나가 닫혔다. 차는 무정하고 거친 고양이 눈을 하고서 우리 곁을 지나쳐 인적이 드물고 비에 젖은 널따란 차로를 요란스럽게 달려 나갔고, 황량한 기차역 광장에 웅크렸다가는 으르렁거리며 어둠 속으로 뛰어들어 갔다.

"언제 여기서 다시 떠날 수 있는데?"

"모레 아침 아우토반에서."

"슬퍼하지 마. 이쪽 사람들 모두가 네가 여기 있는 걸 탐탁지 않아 한다고 생각해?"

"응. 팔짱 껴도 돼?" 내가 말했다.

택시 기사는 이렇게 말했다.

"말씀드리겠습니다. 요금은 70마르크입니다. 삼십 분 전부터 야간 요금입니다. 그건 그들한테 문제가 아닙니다. 확실히 이건 흔치 않은 노선이지만, 저는 운전으로 돈을 받는 거지 토론으로 받는 게 아닙니다, 그렇지 않습니까? 만약 그들이 어느 한 역에서 다른 역으로 가려고 했다면, 그건 첫 번째 역이 마음에 들지 않았기 때문인 거죠. 좋습니다. 선생님. 전 이렇게 생각합니다. 그때 연결되는 기차 편이 끊겼던 거지요. 처음에는 제 털털거리는 낡은 차로 한밤중에 지방도를 달리는 게 내키지는 않았습니다. 미끄러져 가는 선생님 차하고는 비교도 할 수 없지요. 사실 저는 그네들을 봐서 그렇게 했습니다. 남자는 키가 크고 조용한 사람이었는데, 처음에는 여자가 아직 절반은 어린애라고 생각했습니다만 저와 모든 걸 처리한 건 그 여자였습니다. 그 여자가 돈을 갖고 있었습니다. 그들에게는 짐이 없었습니다. 맞습니다. 그는 아마도 그런 학생용 가방만 하나 갖고 있었을 겁니다. 두 사람은 춤추러 가거나 뭐 그럴 것 같은 옷차림이었습니다. 저는 출발했지요. 저는 한번 불을 끄면 뒤에 무슨 일이 있는지 관심이 없습니다. 술 취한 손님일 경우에만 조금 살펴봅니다. 그 사람들은 태우기가 무척 편했습니다. 그들은 아무 말도 하지 않았고 이름도 들을 수 없었습니다. 제 생각이 맞다면 여자는 삼십 분 뒤에 잠들었습니다. 이렇게 머리를 남자 어깨에 기대고서 말입니다. 하지만 남자는 움직이지 않았고 아주 조용히 앉아서 담배를 피웠습니다. 그리고 제게도 담배를 건넸습니다. 아주 평범한 이곳 제품이었지요. 추측해 보면 이렇습니다. 이들은 오래전부터 서로 아는 사이입니다. 만약 연인이라면 오래전에 결혼했을지도 모릅니다. 반지는 둘 다 끼지 않았습니다. 여자는 아주 젊었고, 멀리서 보면 거만하다고 생각할지도 모르겠습니다만 말은 붙여 볼 수 있을 겁니다. 비록 자신이 숙녀라는 것을 잊지 않게 해 주었지만 말입니다. 심지어 여자는 나한테, 그럼 이제 언제 잠자리에 들게 되느냐고 물었습니다. 만약 그 여자가 그냥 작별의 말을 하려고 했을 뿐이었다면, 다르게 말할 수도 있었을 텐데 말입니다. 저는 여자가 무척 상냥하다고 생각했습니다. 우리가 도착했을 때 잠이 덜 깬 상태여서 그렇게 말했을지도 모릅니다. 그다음에 두 사람은 기차역으로 갔습니다. 아니요, 아까처럼 팔짱을 끼지는 않았습니다. 여자는 두 손을 주머니에 넣고 걸어가면서 그 남자 어깨에 머리를 기댔습니다. 마치 그가 여자를 붙잡지 않고 데리고 가는 것 같았습니다. 정말 제가 말씀드린 대로입니다."

"오 분간 기다려 주신 대가로 야간 요금을 얼마 받으시면 됩니까? 저 때문에 얼마나 지체되셨죠? 별말씀을요. 또 봅시다. 그리고 그런 걸 또 한 건 해야지요, 네? 그 돈이면 아마 핸드브레이크 정도는 수리할 수 있을 겁니다." 파비안 씨가 말했다.

"라디오 꺼." 내가 말한다. 지금 나는 내 개인 운전기사 앞에서도 잘난 체해야 한다. 그는 라이트를 끈다. 우리는 한밤중에 불빛도 없이 이 빌어먹을 시커먼 숲 속 어딘가에 마치 어디로 갈지 모르는 것처럼 서 있다. "젠장!" 내가 말한다. 운전기사 놈이 미치광이처럼 클러치를 밟는 바람에 우리는 단번에 정신없이 뒤로 돌진해 도랑을 지나 나무 사이로 뛰어들었다. 그저 라이트 여러 개가 우리에게 다가왔기 때문이었다. 트레일러트럭이었다. 만약 그들이 주의를 기울였다면 우리를 보았을 것이다. "저기 사거리 뒤쪽에 길쭉한 낡은 러시아 자동차가 숲 속에 반쯤 들어간 채, 라이트도 켜지 않고 서 있는 걸 봤는데, 사고는 아니었어. 차창 뒤쪽에 사람들이 꼿꼿이 앉아 있었고, 우리 차 헤드라이트 불빛을 받았는데, 그 사람들은 실수로 잘못된 방송에 주파수를 맞췄던 모양이야."“대장.” 한스 녀석이 말한다. “그 이야기가 진짜라고 생각하세요?” 그건 문제가 아니다. 중요한 건 이 지역 사람들이 벌써 얼마동안이나 스피커 앞에 앉아서 그 이야기를 들었는지, 그리고 달력을 보고 오늘 보름달이 뜨는 것을 아는 것과 마찬가지로 그 이야기를 믿고 있는지 하는 점이다. 달은 보이지 않는다. “대장이 택시를 상대하고 있을 때, 저는 매점에서 그 사람들이 그 일에 대해 말하는 걸 들었어요. 하지만 그 사람들은 술에 취해 있었어요. 전 그저 확인해 보려고 한 것뿐이에요.” 그가 말한다. 그렇다면 좋다. 아직까지 야콥은 모를 것이다.

야콥이 그걸 알았을 수는 없다. 이건 다른 문제다. 대체 그는 그녀를 어디에 데려다 주려고 했을까. 그가 보기엔 바르치는 아마 너무 신경질적이고, 외혜는 멀리 떨어져 있고, 다른 사람들은 조용히 있어 주질 못할 것 같고, 자비네한테 다름 아닌 크레스팔의 딸을 받아 주고 나한테서 숨겨 달라고 부탁하고 싶지는 않았을 것이다. 그래서 그는 차라리 직접 하기로 한 것이다. 그리고 그는 나와는 별 상관없는 일인 것처럼 그녀를 예리효로 데리고 갈 것이다. 그러니까 그들이 택시에서 내려서 제대로 탔다면 지금 급행열차 안에 앉아 있을 그 모습을 상상해 보면, 아마 상냥하게 웃고 있을 것 같다. 이렇게 말하는 것처럼 말이다. 나는 이런 상황 속으로 들어가겠어요, 롤프스 씨. 하지만 나는 그걸 심각하게 받아들일 수가 없다. 야콥은 게임하듯 행동하고 있다. 그게 아니라면 그는 그녀가 정말 제 발로 그곳이 아닌 이곳에 와 있다는 걸 내가 파악하지 못했다고 생각하는 것이다. 나는 바로 이곳에서 훨씬 더 잘 파악하고 있는데 말이다. 그들은 곧장 예리효로 가지 않고 그 전에 내려서, 얼마쯤은 전혀 다른 방향으로 버스를 타고 가다가, 마지막에는 걸어갈 것이다. 내기를 해도 좋다. 그는 내가 손을 뻗기만 하면 그녀를 잡을 수 있다는 걸 아는 것이다. 비둘기는 더 이상 지붕 위에 있지 않다. 그는 내가 게임을 망치지 않기로 악수하고 약속이나 한 것처럼 나와 숨바꼭질 놀이를 하고 있다. 내가 그런 사람인가?

"이봐, 한스." 내가 말한다. "만약 저 사람들이 지금 어처구니없게도 우연히 우리를 알아채고(택시 기사는 결국 서쪽 최신 뉴스를 들을 거고, 내가 어떻게 생겼는지 기억하고 있어. 그리고 이 보기 드문 자동차 파볘다*를 말이야.) 차를 멈춰 세우면, 그럼? 그리고 한스 자네가 개인적으로 관리해 왔던 우리 차를 뒤집어엎고 결국 모두 불태워 버린다고 해 봐. 그러면 그 사람들은 환한 불빛을 얻게 될 거고, 나를 목매달아 죽이기에 적합한 나무를 찾을지도 몰라. 바지도 벗기고, 머리도 아래로 해서 거꾸로 말이야. 한스, 자네도 마찬가지고." 그는 아직도 서쪽 방송을 들은 것과 정신없이 후진했던 것 때문에 양심의 가책을 느끼고 있다. "신경이 예민해져서 그랬어요. 죄송해요. 대장." 그가 말한다. 마침내 다시 수다가 시작된다. "저는 당연히 제 마지막 피 한 방울이 남을 때까지 대장을 지킬 거예요." 서서히 어둠에 적응이 된다. 이제 그가 이를 드러내며 웃는 모습이 보인다. 그 밖에 또 뭐가 있나.

"그럼 다시 라이트 좀 켜 봐. 사랑스러운 우리 친척들한테로 가 보자고." 내가 말한다. "알겠습니다." 그가 말한다. 차는 곰처

---

* '승리'(러시아어)라는 뜻으로, 구소련 자동차 모델의 이름이다.

럼 도랑을 타고 넘어간다. 차의 힘이 가장 크게 느껴지는 순간은 밤에 라이트를 켜고서 조용히 떨면서 돌아가는 엔진 곁에 서서 튀어나가기를 기다릴 때이다. 이 차는 절대로 그렇게 쉽게 뒤집어지지 않을 것이다. 멈춰 있을 때는 그렇게 생각할 수 있다. 하지만 달리고 있을 때는 그렇지 않다.

— 내가 하고 싶은 말은 이거야. 그는 삼 년 전 옷깃에서 배지를 떼고 뒷문으로 빠져나갔던 그런 사람들하고는 확실히 달라. 그땐 노동자들이 길에 나와 있었고, 불량배들이 정치 선전을 하던 건물들에 불을 지르고, 상황이 어떻게 될지 아무도 모르던 때였지.* 난 그가 숨지 않고 평소와 다름없이 당당하게, 배지도 달고 다니면서, 누구라도 그를 잡으려고 하면 국가 권력으로서 얼굴을 한 대 갈겼을 거라고 믿고 싶어. 그는 긍지가 있는 사람이야.

— 그럼 넌 이번 화요일 저녁에 네가 급행열차로 떠나도록 그가 내버려 두었던 게 헝가리 폭동**에 대한 라디오 뉴스하고는 아무런 상관이 없다고 생각하는 거야? 하지만 그가 쓰는 전화선은 차단되었고, 너를 체포하는 데 필요한 남자 세 명은 어딘가 다른 곳을 지키고 있었어. 어쨌든 그건 국가 권력이 야콥과 개인적인 관계를 갖고 있었고, 그 사람 앞에 서서 존경을 받고 그에게 다정한 인사를 받기 원했다

---

* 1953년 노동 봉기를 가리킨다. 152쪽 각주 참조.
** 지금은 헝가리 봉기나 헝가리 혁명으로 불린다.

는 걸 의미하는 거야. 만약 경찰이 너한테 여권을 내주지 않는다면(이유가 무엇이던 간에) 그건 개별적인 얼굴을 갖는, 한 개인이 그런 거야. 하지만 그 사람은 네 불만에는 신경 쓰지 않아. 그 사람이 지나갈 때, 넌 조용히 손을 주머니에 넣고 외면할 수 있어. 하지만 그렇다고 해서 그들이 불안해하지는 않아. 그들에게는 정당성이 있기 때문이야. 그리고 이번 경우에 만약 임무에 성공하려면 너무 일찍 야콥을 화나게 하지 않는 편이 더 나았을 거라는 생각이 들어.
— 그래. 그런 것도 있을 거야. 요나스, 난 너희 나라 편을 들어 말할 수는 없어. 국경 건너편에서 보면, 그리고 나한테는 그건 모두 바람직한 거야. 게다가 난 너희 경찰 허가하고는 아무 상관이 없어. 내가 아는 건 한 사람의 얼굴을 보게 되었다는 것뿐이야. 난 두 사람이 악수하는 모습을 봤어. 만약 그가 야콥한테 여행 허가를 내주지 않았다면, 그 점에 대해서도 말하려고 했을 거야. 넌 그걸 이해하지 못할 거야.
— 난 그게 이해가 안 돼.
— 그리고 그들은 서로 친구가 되었을지도 몰라. 만약 그들이 서로 모순되는 처지에 있지 않았더라면, 그리고 고통스러운 의견 차이가 없었더라면 말이야. 넌 뭔가를 희망해. 그런데 그게 너한테 주어지지 않았지. 하지만 그는 그런 희망 같은 게 없어. 그리고 그가 야콥을 자신이 원하는 바람직한 존재로 바꾸려고 했을 때, 그는 국가 권력으로서 그에게 말했어. 개인적으로 말이야. 이제 이해하겠어?
— 그들은 서로 아주 기가 막히게 좋은 시간을 가졌을지도

모르는 일이군.

— 그런 걸 상상하는 게 근사하지 않아? 아마 그는 자기한테
필요한 세 남자 때문에 전화를 걸었을지도 몰라. 네 말처
럼 말이야. 하지만 그때 전화는 통화 중이었어.

아, 택시는 참 좋았다. 나는 아주 태연하게 야콥 곁에서 기차
역 대합실을 향해 갔다. 나는 그의 발걸음에 맞추어 걷다가 깜
짝 놀라 멈춰 섰다. 앞바퀴는 그 위에 얹힌 낡고 커다란 차체가
달리기 위해, 볼품없이 앞에 달린 전구는 빛을 비추기 위해, 뒤
쪽 폭이 넓고 주름진 가죽의자는 승객이 앉기 위해, 살이 다섯
개 붙은 핸들은 운전하기 위해 있었는데, 서로 다른 목적을 가진
이것들이 모두 이 단 하나의 차 안에 서툴고 천진난만하게, 나
란히 자리 잡고 있었다. "요금은 팔십오입니다." 운전기사가 말했
다. 그는 우리를 위해 실내등을 켜 주었지만, 활기 없고 결심이
서지 않는 듯 등받이에 비스듬히 기대고서 야콥을 바라보았다.
하지만 야콥은 계산을 해 보는 표정이 아니라 놀라는 표정을 지
었고, 마치 몇 시인지 물었는데 날씨 예보가 어떻다는 대답을
들은 사람처럼 턱을 추켜올렸다. 이건 절대 다른 사람은 알 수
없는 몸짓이었기 때문에 나는 웃음을 터뜨리며 이렇게 말했다.
"구십만 되지 않으면." 이제 실내등이 꺼졌다. 차는 곧게 뻗었던
다리를 아래로 모으고, 가슴팍에서 헛기침을 해서 목을 틔우다
가 기침을 해 대고, 덜커덩거리는 소리를 내며 우리가 들어왔던
도로 쪽으로 물러나 굴러갔다. 그리고 오만하고 민첩하며 노인처
럼 고집스럽게 반짝이는 신호등 아래로 박공집과 지지난 세기에

지어진 창고 사이의 출구 도로를 지나 미끄러져 갔다. 헤드라이트는 밤의 한 조각을 따 내었는데, 나는 거기서 햇불을 떠올렸다. 금속판의 덜거덕거리는 소리에서 빠른 말발굽 소리를 떼어내어 들었다. 그리고 그가 팔을 높이 쳐들어 주면 좋겠다고 생각했는데, 야콥의 팔이 내 머리 위를 넘어 올라가서 그 한쪽 어깨에 내가 기댈 자리가 생겼다. "날 지켜 줘, 야콥." 나는 이렇게 말하고 그의 가슴팍에서 속으로 웃는 가벼운 떨림을 느끼며 잠들었다. 그리고 허리에 흰색 앞치마를 두른 가로수가 창문을 두드리고 몸을 구부려 우리에게 인사하는 꿈을 꾸었다.

그리고 나는 여전히 잠에 취해 굳은 몸으로 야콥 곁에서 매표 창구에 기대 있었고, 급행열차 끝 부분에 서서 잠긴 문 손잡이를 꼭 붙잡았고, 울부짖으며 달려가는 우리 기차 뒤쪽으로 선로가 빠르게 일어서는 것을 보았다. 뒤에 남은 신호기들은 우리에게 적색, 적색, 하고 외치는 듯했고, 마치 숲에 눈이 생긴 것처럼 숲도 신호기와 함께 멀어지면서 사라졌다. 그다음에는 회색 달빛이 비치는 넓은 초원이 나왔고, 잠들어 있는 산울타리들이 밤이 깃든 대지의 완만한 비탈과 더불어 지평선 아래로 미끄러져 내렸다. 그리고 마침내 구름이 다시 한곳으로 모였고, 우리는 흑암(黑暗)을 지나 좁고 흔들리는 열차에 앉아 쫓기듯이 캄캄하게 달려갔다. 우리 둘레에 나무처럼 빽빽하게, 시커멓고 높다랗게 선 사람들은 말이 없었다. 나도 야콥도 말이 없었다. 찢어지는 듯한 소음의 고랑 너머로 대지는 우리 뒤편과 주위에서 조화롭게 정적으로 아물어 갔다. 하지만 야콥은 여전히 나를 자기 어깨에 꼭 붙들고 있었다.

"우리 왜 여기서 내려? 야콥, 그동안 노선이 달라졌어?" 내가 물었다. 그때 자정쯤 우리는 다른 사람들과 함께 움직이지 않는 거대한 섬 같은 승강장에 내렸고, 곧바로 등불에서 비치는 커다랗고 희미한 불빛과 스피커로 들리는 쉰 목소리가 외치는 소리에 휩싸였다. 모두 하차해 주십시오 이곳은 이 열차의 종착역입니다 다음 장거리 연결 열차는 다섯 시간 후 건너편 플랫폼에 있습니다 전동차는……. 그리고 난 말했다. "야콥, 여기는 서쪽인데, 예리효는 북쪽에 있잖아." 나는 내 머릿속에서 무언가를 생각해 내면 미소를 지으며 믿을 수 없다는 듯 놀라면서 나를 바라봐 주던 그런 사람들과 교제해 왔다. 그렇게 할 때면 그들은 그것이 재미있고 감동적이며 예의범절에 얽매이지 않는 여성스러운 매력이라고 생각했다. 야콥은 내 팔을 붙들고 철제 계단으로 데리고 올라가서 말했다. "어디에 있는 것 같아?" 그다음 마치 잘못 말한 것처럼 곧바로 이마를 가로질러 주름살이 잡혔다. 나는 그런 모습을 그때 처음 보았다. 그리고 두 번째로 본 것은 그다음 우리가 다시 플랫폼에 내리고, 그가 쇼크프루프* 시계를 찬 손목을 나에게 내밀며 "연착이야." 하고 말했을 때였다. 가늘게 뜬 무척 침착한 눈으로 조용히 서서……

……학교 다니는 아이처럼 말이다. 모든 아이들의 경멸과 조롱이 꼭 한 사람에게만 쏠리면, 나는 어떻게 이렇게 순전히 우연한 일이 일어날 수 있는지 전혀 알 수가 없었다. 그러니까 저 아이들은 왜 저기에 있는 빨간 눈은 내버려 두고 내 코만 가지고 놀려 대는지 말이다. 그래서 나는 그때 무척이나 예민해져서 사흘 동안 매일 오전에 황야로 쫓겨나 쥐 죽은 듯이 조용히 서 있었고,

---

* '충격 보호'(영어)

야콥이 뜰에 있는 나에게 다가올 때는 주먹을 쥐고 그에게 대들었는데, 그는 아무렇지 않게 "오늘은 네 연을 날려 볼까?" 하고 말했다. 그 말은 내 화를 돋우려고 한 것은 아니었다. 나는 눈먼 사람처럼 머리를 살짝 숙이고 잔뜩 화가 나서 그를 마구 때렸고, 이윽고 그는 아주 부드럽게 내 주먹을 저항할 수 없도록 붙잡아 펴고는 나를 바라보았다. 야콥은 내 오빠다.(그의 신발에는 징이 박혀 있다.) 우리 오늘 레베르크에 올라가서 연을 날려 볼까.

그리고 나는 오빠가 화가 난 것을 본다. 그리고 나는 '징 박힌 신발'을 신은 그를 도와줄 수가 없다. "그건 우리와 상관없어."라는 말밖엔 아무것도 모르겠다.

그리고 그것은 마치 내가 그의 어깨를 잡아 반대편으로 돌린 꼴이 되었는데, 아는 체하며 서 있는 나를 보고 그는 놀라면서 조용히 부드러운 눈웃음을 지었다. "우리가 상관할 일은 아니지." 그가 말했다.

— 자정이었어. 전동차 기관사는 매점 안에 있는 사무실에 앉아 있었을지도 몰라. 그들은 그때 그 뉴스를 두고 얘기하고 있었는데, 그쯤 되면 정시 출발은 더 이상 문제도 아니었지.
— 아무튼 그 구간은 텅 비어 있었어. 그리고 그들이 칠 분 동안 심각한 대화를 나눈 탓에 화물 열차 한 대는 큰 호숫가 분기점에서 우리 전동차를 기다려야만 했고, 그렇게 해서 새로운 하루의 운행 시간표는 첫 시작부터 차질을 빚게 되었어. 그건 우리한테는 별로 중요하지 않았어.(마침내 엔진 시동이 걸리고 열차가 앞으로 굴러가 출발하면서 뜨겁고 숨

막히는 공기가 시끄러운 소리를 내기 시작했을 때, 우리 둘은 이미 이야기에 빠져 있었고 연착에는 거의 관심을 갖지 않았어. 우리한테는 아직 하룻밤이 남아 있었어.) 하지만 그 전동차는 연극을 보고 나왔거나 야근을 마치고 부족한 잠을 자러 집에 가는 사람들로 가득 차 있었어. 난 야콥이 잘난 체하도록 부추겨서는 안 되었던 거야. 다시 말해서 그건 우리가 개선할 수 없는 상황이기 때문에 우리와는 상관없는 일이지.

── 그럼 네 말은, 야콥이 그때 처음으로 정확성과 배려의 원칙을 포기했다는 말이구나. 그게 시작이었을지도 모르지. 그는 갑자기 다른 사람들의 시간에 대해 엄격하게 책임지지 않을 수 있다는 점이 아무렇지도 않게 느껴진 거야.

── 아마도. 난 어느 누구도 일어나서 이렇게 말할 수 없다는 점만은 인정하겠어. 그건 이랬고, 저렇지는 않았다고. 이 사람한테 그리고 저 사람한테 책임이 있다고 말이야. 만약에 너한테 책임이 있다면 어떻게 하겠어, 요나스?

*

크레스팔의 고양이는 털이 희끄무레한 녹색이었다. 꼬리 끝에서 시작된 검은색 무늬가 점점 희미해져 가는 반점과 더불어 등을 지나 머리까지 뻗어 있었다. 하지만 코 밑에서부터 하얘지기 시작해서 가슴팍과 배, 꼬리 아랫부분까지는 흰색이었다. 일요일 낮 요나스가 방에 왔을 때 고양이는 책상 앞에 놓인, 움푹 들어간 녹색 쿠션 의자에 아주 품위 있게 꼿꼿이 앉아 있었고, 요나스는 깜짝 놀라 안녕하세요, 하고 말했다. 고양이는 대답하지 않았다.

식사 후에 요나스는 바싹 마른 자두나무에 앉아 끝이 좁다란 작은 톱으로 자잘한 가지들을 잘라 냈다. 아래쪽에는 크레스팔이 구스베리 덤불 사이에 서서 휴일에는 일하지 않는 법이라고 말했다. 하지만 요나스는 아주 만족스러웠다. 그다음 그들은 현관에서 커다란 사다리를 가져와서 가지가 갈라진 곳 위에 남은 것들을 모두 끄집어 내렸다. 크레스팔이 사다리를 단단히 붙들고, 요나스가 방금 잘라 낸 가지에 로프를 묶어 잡아당겼다. 가끔 길 가던 사람들이 뜰 울타리를 지나가다가 그들 옆에 조용히 서 있기도 했다. 그들이 그럴 만한 옷차림을 하고 있기 때문이었다. 다시 말해 그것은 그들이 일주일 내내 일했고 이제 일요일이 되었다는 뜻이었다. 그들은 행인들과 이런 대화를 나눴다. 아하, 그러면 마른 나뭇가지들이 치워지겠군요. 혹시 아예 나무를 통째로 땅에서 파낼 작정이신가요? 네, 하고 두 사람은 말했다. 요나스도 몸을 뒤로 기대고서 크레스팔이 대답하는 사이사이에 적당한 말을 했다. 네, 그런 상태입니다. 자두나무는 스무 해 이상은 살지 못하는 것 같습니다, 하고 그들이 말했고, 그런 다음 가던 길을 계속 갔다. 그들이 벽돌 공장 창고 모퉁이에 있어서 모습이 보이기는 해도 말소리는 들리지 않을 때쯤, 크레스팔은 이렇게 말했을지도 모른다. 저 사람은 게지네의 어린 시절 친구라네. 지금은 수의사지. 아하, 하고 요나스가 말했다. 그 사람은 차가 몇 대인가요? 두 대라네, 크레스팔이 말했다. 한 대는 집에서 쓰고, 또 한 대는 일할 때 쓰는 거지. 아, 그렇군요. 그래. 아버지는 교사였는데, 결국은 그 사람도 서쪽으로 갔지. 그러고는 그들은 계속해서 톱질을 했다. 그리고 나무 전체를 쓰러뜨린 다음 그것들을 쓰기 좋게 쪼개고 톱질을 하고, 작업장 앞에 있는 목재 창고로 옮겼다. 작업장은 집 오른편 구석진 곳에 마련되어 있었고, 커다란 창문은 먼지투성이였다. 야콥이 머물던 방은 창문이 깨끗했고 낮에는 사람이 사는 것처럼 보였다. 황혼 녘이 됐을 때 그들은 나무를 거의 다 파냈다. 길모퉁이를 돌지 않고 가로질러 가는 마지막 산책객들이 해변 쪽 길에서 넘어와 잠시 걸음을 멈추고 물어보았다. 여기서 땔감을 만드시는군요. 네, 하고 그들은 말했다. 겨울에 쓸 정도는 충분히 돼 보이는데요. 네, 그런 것 같습니다. 그러니까 뜰에다 땔감을 키우는 셈이군요. 안 그렇습니까? 그럴 수도 있겠네요. 크레스팔이 말했다. 요나스는 그 옆 도끼 자루에 기대서서 방문객들의 얼굴을 상냥하게 바라보았다. 다만 그는 아무도 야콥 어머니나 야콥에 대해서 물어보지 않는 점을 이상하게 생각했다. 그들이 그를 잘 모르기 때문일지도 모른다. 아니면 그런 일은 뜰에 있는 내가 생각하는 것보다 예리효에서는 그다지 큰 의미가 없기 때문일지도 모른다. 그것도 아니면 크레스팔이 그런 대화에는 잘 나서지 않으니까 아무도 그 점에 대해 묻지 못했을지도 모른다. 안녕히 주무세요, 하고 그들이 말했다. 안녕히 주무세요, 하고 요나스가 말했고, 그는 이 낯선 사람들이 오래전부터 알고 지낸 사이라고 상상을 해 보았다. 그들은 나무통을 건물 외벽으로 끌고 가서 뿌리가 있던 곳에 생긴 구덩이를 메웠고 그런 다음 저녁을 먹었다. 요나스는 노동을 해서 생긴 피로감과 작은 톱에 쏠려 손에서 벗겨진 엄지손가락만 한 피부 조각이 매우 만족스러웠다. 결국 그 부분의 피부는 분명 더 단단해질 것이다. 그도 남들처럼 한 주간 쓸모 있고, 내세울 만한 일을 해냈기를 바랄 뿐이었다. 그래야 그도 옷을 갖춰 입고 뜰 울타리를 따라 걸으면서 사람들과 얘기할 수 있을 것이다. 아니면 휴일에 하는 일을 잠시 한 다음, 저녁에 선술집에 가거나 아니면 그저 아무런 양심의 거리낌 없이 자리에 앉아서 집에서 있었던 일이나 다음 날 생길 일들을 얘기할 수 있을 것이다. 그는 저녁을 먹은 다음 곧바로 크레스팔이 내준 방으로 들어갔다.(부엌과 작업장 사이에 있는 작은 방이었는데, 방 안에는 옷장과 간이 침대 그리고 낮은 책상과 거기에 딸린 골풀로 만든 의자 몇 개가 있을 뿐이었다.) 크레스팔은 그가 방 안을 서성이고 창가에 섰다가 마침내 타자기로 글 쓰는 소리를 들었다. 잠시도 그치지 않고 열중해서 두드리는 소리가 났다.

크레스팔은 아직도 손님이 익숙하지 않았다. 그는 저녁 내내 혼자서 지나치게 넓은 탁자에 팔을 기대고 앉아 오래 뜸을 들이며 인내심 있게 파이프 담배를 피웠다. 라디오는 켜 놓지 않았다. 나지막이 들리는 타자기 소리에 편안한 느낌마저 들었다. 그는 그 소리를 들으면서 근면이라는 말이 떠올랐다. 대학을 다니던 게지네가 아직 주말이면 예리효에 돌아오곤 하던 시절, 압스 부인이 어떻게 게지네를 돌보아 주었는지 기억해 보려고 애썼다. 그 애는 미리 온다고 연락하는 일이 거의 없었기 때문에, 때맞춰 무얼 사 놓는다든지 미리 준비한 손님상을 내놓기는 힘들었다. 요컨대 야콥의 어머니라면 몰라도, 그는(크레스팔은) 아마 식품 저장실에 가서 접시에 사과와 배를 담아 와 요나스 방문 안쪽으로 넣어 주거나 하는 그런 일은 하기가 어려웠을 것이다. 그리고 요나스에게는 식품 저장실 문이 잠겨 있지 않다고 말해 주는 것도 여의치 않았다. 게지네는 이곳이 자기 집이었던 것이다. 야콥의 경우에는, 그는 물론 늘 잠깐 들를 뿐이었는데, 그때는 어땠는가? 야콥은 혼자서 하루하루를 아주 단순하게 살았다. 크레스팔은 때로 복도에 들려오는 말소리에 귀를 기울였는데, 그들은 곧 어디에서 만나기로 약속을 하거나, 저녁때는 업무상의 일이나, 정부 당국이 사취(詐取)당했다는 얘기, 시내에서 벌어졌던 일들에 대해 오래도록 떠들어 댔다. 그리고 한번은 야콥이 우편함 위에 걸터앉아서 신민(臣民)들에게 상감 세공에 대해서 늘어놓기 시작했다. 그 신민 중에는 외혜도 있었을 텐데, 하지만 외혜는 그 당시에는 이 이야기를 요즘처럼 그렇게 잘 받아 줄 수 없었다. 크레스팔이 상감 세공 장관으로서 야콥과 같은 무대에서 사랑하는 동료의 진심 어린 축사에 대해 대답을 하고서야 야콥은 우편함에서 내려왔다. 그 신민은 원래 브뤼스하퍼*였다. 하지만 브뤼스하퍼는 세상을 떠났다. 하마터면 두 사람은 아래로 떨어질 뻔했다. 크레스팔은 야콥을 떠올리면 그의 모습이 눈앞에 있는 것처럼 너무도 생생하게 그려져서 미소를 지었다. 그의 기억 속에서 야콥은 이별했을 때의 모습으로 굳어져 있는 것이 아니라, 미소 짓고 대답하고 농담하는 생활 전반의 실제로서 남아 있었기 때문이다. 하나의 몸짓처럼 말이다. 물론 요나스가 양팔로도 끙끙대던 나뭇가지를 야콥이라면 간단히 부러뜨렸을 것이라

---

* 예리효의 교회 목사. 자살한 게지네의 어머니 리스베트의 장례식을 교회 식으로 치러 주었고 반나치 발언 때문에 체포되었다. 후에 출간된 작가의 다른 소설 『기념일들』에 나온다.

는 사실은 그다지 중요하지 않았다. 요나스는 자신의 노고를 즐거워했는데, 그것은 결국 비교할 수 없는 일이기 때문이었다. 게지네도 도시에서 살았다. 하지만 아마 그 점은 완전히 도외시하는 편이 나을 것이다. 이제 그의 생각은 끝없이 이어졌다. 요나스는 세상이 그를 잠시 동안 기억하지 못하게 할 작정으로 온 것이다. 그는 이런 이유로 다른 곳으로 갈 수도 있었는데, 이곳 게지네의 집에 찾아온 것이다. 그런가? 그렇다. 그를 볼 때 수도에서 살면서 경험하는 환경과 그에 따른 습관은 배제하는 편이 나았다. 그는 정말로 책 한 권도 가져오지 않았다. 저 건너편에서 그가 쓰고 있는 것은 분명히 모두 다 자기 안에서, 자기 머릿속에서 끄집어낸 것이다. 그러니까 그 글은 바로 요나스 자신이었다. 볼 만한 것이 거기에 있었다. "제가 뜻을 같이하는 사람들을 모아서 세상을 바꾸려 한다고는 생각하지 마세요. 이건 저에게는 제 견해를 한번 말해 보는 기회일 뿐이에요." 그가 말했다. 하지만 이것은 결국 그가 세상에 참여하려 한다는 것과 같은 의미였다. 이제 그는 파렴치하게 말을 다루었다. 그의 입에서 말이 너무나 쉽게 그리고 주저함 없이 나왔기 때문에 크레스팔은 가끔 무슨 마술을 보는 것 같은 인상을 받았다. 마치 누군가가 계속해서 끊임없이 세상에 대해 새롭고 음흉한 도안을 만들어 내는 것 같았다. 그리고 도안은 과장되거나 사고를 압축해서 담고 있는데도 정말 정확히 계산되었고 뭐 하나 빠뜨린 것도 없는 것 같았다. 정당성은 낯설어 보였다. "우리는." 하고 그가 말했다. 그렇게 함으로써 솔직하게 친구들과 자기 자신을 말하려는 것으로 보였고, 또한 동시에 그렇게 말함으로써 대개 그렇게 고집 세고 모순되는 사람들이 모였다는 것을 반박할 수 있었다. "우리는 정말 완강하게 진보라는 대의에 헌신하고 있어요." 크레스팔은 아마 진보라는 대의에 대해 옹호할 만한 것을 하나도 찾지 못했을 것이다.(왜냐하면, 대체 그게 무엇이란 말인가?) 하지만 완강하게 헌신하고 있다는 것에 대해서는 미심쩍은 생각이 들었다. 완강하게라는 말은 사회주의 국가 권력이 적에 대하여 썼던 단어이고, '호전적인', '아는 체하는', '어리석은', '쓸모없는'과 같은 의미이기 때문이다. 하지만 헌신한다는 말은 사회주의 국가 권력이 다른 부분에 대하여, 그러니까 일단 사회주의로 들어선 길에 대하여 동요하지 않고 일할 의지를 갖고, 지칠 줄 모르게, 확신에 차서, 당 지도부의 지시를 따르는 주민들과 전 세계의 노동 계급에 대해 썼던 것이다. 그러면 (크레스팔은 생각했다.) 요나스가 완강하게 헌신한다라고 말한다면 그것은 대체 무슨 의미였을까? 명백히 그의 사고는 전체적으로 3분의 1의 독일 국가* 제도를 지향하고 있으며, 이 사람들, 저 사람들, 제3그룹, 제9그룹의 각 사람들이 서로 다른 사고방식과 의미를 가지고 사회주의라 부르는 그것을 끊임없이 다루었다. 그리고 요나스는 자신이 속한 나라의 정부밖에는 생각할 수 없기 때문에, 가끔 나무만 보고 숲은 보지 못했다. 그가 얼마나 똑똑한데, 그럴 수 있을까? 크레스팔은 이렇게 생각했다. 하지만 아직 그런 점은 그동안 눈에 띄지 않았을지도 모른다. 이제 요나스가 (장난으로, 장난 삼아) 어떤 이름 하나를 받아들이고 하지만 다른 이름도 유지하고 그러면서도 그 둘 사이에서 계속해

---

* 구 동독을 의미한다.

서 자신은 이름이 없다고 주장한다면, 그가 자신만의 견해를 고집할 수 있을까? 그는 이렇게 말했다. 그러니까 이데올로기적 광신을 시작 단계에서 저지하는 것은 정부를 위한 것이라고 말이다. 그는 이것을 아주 철저하고 사려 깊게 설명했기 때문에 사람들은 그가 예전에 갖고 있던 증오에 대해 놀랄 뿐이었다. 그리고 결국 더 이상 교과서의 규정이나 법칙에 따라 생각하지 않게 된 것은 완강하게 헌신하기 위해서이며, 이것은 이론의 여지없이 명백하기 때문에, 도대체 누가 옳은가 하는 문제만이 남는다고 말했다.(올바름에 대해서는 말하지 말자. 그것은 알 수 없게 되어 버렸다.) 크레스팔은 그런 식으로 생각하는 것은 부당하다고 느꼈다. 그는 요나스의 연설이 재미있었다고 결론 내렸다. 이제 그는 자리에 앉아 딸의 삶을 생각해 보았지만 딸이 어떻게 살고 있는지는 알기가 힘들었다. 그 애는 아침이면 대문을 나서 전차에 올라타고, 수위에게 영어로 인사말을 건네고 고개를 끄덕이고 타자기로 한 언어를 다른 언어로 바꾸고, 이쪽 편과 저쪽 편 대화자 사이에서 마치 그들이 직접 대화를 나누는 것처럼 말을 전해 줬다. 그러나 누구에 대해서도 그 정도는 말할 수 있지 않을까? 혹시 요나스가 그 애가 어떤 형편인지 상상할 수 있었다 해도, 그것은 편지를 주고받는 데에는 거의 도움이 되지 못했다. 그러니 한번 방문해 보려고 애쓰는 것도 놀랄 일은 아니었다. 그 애한테는 요나스의 바로 이런 재미있고 변화무쌍한 사유 방식이(그리고 그가 이렇게 아는 체하는 사람인데도, 올봄에 영화처럼 길에 멈춰 섰다는 것도) 마음에 들었을지도 모른다. 그리고 크레스팔은 요나스가 세 겹으로 엮어 낸 의미를 가지고서 인습적인 의사소통 방식을 포기하는 점 역시 마침내 익숙해졌다. 비록 그 자신이 그런 식의 의미를 생각해 낼 수는 없었지만 말이다. 사물은 명확하고 다루기 쉬워야 한다. 그렇지, 자네도 아마 그런 걸 원할 거야.

책상 뒤쪽에 누워 잠자기 전에, 크레스팔은 잠시 동안 식품 저장실 옆에 있는 부엌에 서서 사과 하나를 베어 먹었다. 그리고 그는 요나스가 피곤하고 멍한 상태로 방 밖으로 나와서 자신이 내민 접시에 담긴 사과를 무심결에 들고 먹기 시작하자 그 옆에 서서 반가움에 생긴 미소를 마치 사과를 먹느라 얼굴 표정이 그런 것처럼 보이려고 애썼다. 그는 "잘 자게." 하고 말하고서 두 손을 바지 주머니에 넣고 넓은 등을 보이며 배〔船〕처럼 흔들리는 모습으로 부엌을 나갔다. 그는 만족스러워 보였다. "네, 안녕히 주무세요." 하고 요나스가 말했다.

요나스가 돌아왔을 때, 고양이는 의자 위에 성벽처럼 누워 있었다. 볼록한 등을 더 높다랗게 하고 목과 머리 그리고 앞뒤 발 전부와 꼬리로 나지막한 반원을 만든 채로 말이다. 머리는 몸으로 거의 완전히 둘러싸여 있었다. 그는 고양이 앞에 서서 이렇게 생각했다. 고양이가 왜 깜짝 놀라지 않을까? 고양이는 나를 모르니까 무서워해야 맞는데……. 하지만 고양이는 움직이지 않았다. 그는 조심스럽게 재킷을 의자 등받이 위에 걸고 의자를 돌려서 열린 창문에서 들어오는 차가운 바람을 막았다. 그가 몸을 돌리려 할 때 고양이가 눈을 뜬 것을 알아챘다. 고양이 눈은 노란색이었고 매우 거만해 보였다. 당연한 일이다. 고양이한테는 크레스팔의 집이 자기 집인 것이다.

다음 날 아침 고양이는 없었다. 골풀 의자 위에는 흰 털이 셀 수 없이 많이 떨어져 있었는데, 그건 아마도 크레스팔이 요나스에게 그 방을 내주기 전에 솔질하여 털어 낸 것 같았다. 마치 오래전부터 이곳에 아무도 살지 않은 것 같았다.

요나스는 처음 몇 쪽만 다시 읽고도 자신이 기호(記號)로 이루어진 이 직물의 표피만 인지하고 있었다는 사실을 깨달았다. 이 기호 직물은 날실과 씨실로 짜여 있었지만 이러한 규칙성을 가지고서는 이해하기가 힘들었다. 그는 오타와 문장 구조를 주의해서 보았다. 내용을 다시 한 번 생각할 수는 없을 것 같았다. 그는 자신이 써 놓은 이 글이 마치 가지고는 왔지만 여행이 끝나도록 쓰지 않고 남아 있는 준비물 같다는 생각이 들었다. 그 방은 그에게 도움이 되지 않았다. 무겁고 낡은 가구들은 그를 자기들과 비교하는 것처럼 느껴졌고, 구상을 떠오르게 해 주지도 못했다. 그는 여전히 자기 구상을 기억하고 있었다. 그러니까 제2장은 개념의 조건으로 끝나는 것이었다. 하지만 그는 더 이상 하고 싶지가 않았다. 이날은 아직 특별히 피로하다거나 하지 않았다. 그는 타자기가 있는 책상을 밀쳐 두고 벽을 따라 걷다가 창가에서 멈춰 섰다. 그런 다음 다시 걷기 시작했다. 벽에는 그림이 하나도 걸려 있지 않았다. 문 옆, 흰색으로 특이하게 분리된 벽면 가장자리에는 뤼베크까지의 해안을 그린 17세기 지도 하나가 걸려 있었다. 그건 특별한 의미가 있는 것은 아니고, 그저 없어지지 않고 남아 있는 것이었다. 왜 크레스팔은 이 나라를 떠나지 않았을까. 그건 그에게 집이 있었기 때문이다. 집이란 무엇을 의미하는가. 그건 모르겠다, 요나스는 혼자 만족스럽게 말했다. 그는 다시 자리에 앉아 마지막 두 쪽을 다시 간추려 썼다. 이렇게 해서 열일곱 줄이 남았는데, 이제 그것은 무례해 보였다.

크레스팔은 아침부터 작업장에 앉아서 무늬목 조각에 윤을 내는 작업을 했다. 손을 세심하게 움직여야 하고 딴생각을 하면 안 되는 그런 일이었다. 그는 요나스에게 다가와 등 뒤에 섰고, 한쪽 손등으로 턱 밑을 문지르고 창밖 소택지에는 눈길도 주지 않고 먼 곳을 바라보았다. 그리고 마침내 꿈꾸는 듯한 목소리로 이렇게 말했다. 고기잡이도 정직한 직업이야 혹은 백합화를 보라*……. 뭐 대략 이런 식이었는데, 게지네라면 무슨 말인지 알지도 모를 일이다. 히죽 웃는 것은 틀린 답이라는 것을 요나스는 이미 눈치챘고, 그녀의 아버지를 쳐다보며 순진하게 고개를 끄덕였다. 그들은 점심을 먹으러 시내로 나갔다. 하지만 예리효 전체가 그들의 행진을 바라보기 위해 모여드는 일은 없었다. 요나스가 속으로 그렇게 기대했을지는 모르지만 말이다. 리스베트 파펜브로크**는 쇼윈도를 통해 무심히 그들을 바라보며, 크레스팔에게 눈인사를 건넬 수 있을 때까지 기다렸다가 상점에서 나왔지만 놀라는 기색은 없었다. 요나스가 구호가 적힌 현수막에 등장하는 공공 기관의 이름에 대해 뭐라고 말하자, 크레스팔은 수고스럽게도 멈춰 서서 친근하게 몸을 굽혀 가며 힘 있는 음성으로 이렇게 대답해 주었다. 아마 그게 그럴 게야. 그래서 많은 사람들이 뚜렷하게 기억하고 있을 게야. 크레스팔은 말없이 몸을 구부리고 있다가 크고 주름진 얼

---

* 마태복음 6장 28절 "들의 백합화가 어떻게 자라는가 생각하여 보라. 수고도 아니하고 길쌈도 아니하느니라."(『성경전서(개역개정판)』, 대한성서공회, 2007) 참조.

** 일제 파펜브로크를 가리킨다. 그녀의 본명은 엘리자베트 리스베트 파펜브로크로, 크레스팔의 아내 리스베트와 이름이 같아 스스로를 일제라고 부른다.

굴로 의미심장하게 요나스를 응시했고, 이윽고 몸을 돌려 요나스의 어깨 위로 묵직하게 기대면서 다 잊은 것처럼 다시 걸어 갔다. 말하면서 또 숨을 내쉬면서 말이다. 아마 그는 그렇게 생각하는가 보다, 하고 요나스는 생각했다. 하지만 그는 시장 모퉁이에서 크레스팔의 쿵쾅거리는 발걸음과 눈에 띄는 팔 동작 그리고 시끄럽게 떠드는 소리를 시 경찰들이 내버려 두었던 것처럼 그렇게 침착하게 참지는 못했다. "리스베트 파펜브로크의 아들놈이 또 브뤼스하퍼네 고양이를 괴롭혔어. 내가 고양이를 돌봐 줘야 하는데 말이야. 그 말썽꾸러기 녀석은 늘 이 불쌍한 짐승 뒤에다가 지독하게 하모니카를 불어 댄단 말이야. 브뤼스하퍼는 목을 씻을 때 늘 노래를 불렀기 때문에, 고양이도 예술적 감각이 생겼단 말이야. 그리고 나는 고양이를 돌보고 있지." 거기에다 무슨 말을 할 수 있겠는가? 그와 똑같은 걸음걸이로 걸으면서 그가 세게 누르더라도 어깨의 균형을 유지하고, 말없이 기쁘게 미소 짓는 것 말고는 달리 끼어들기 어려웠다. 그는 이렇듯 열을 올리며 죽은 브뤼스하퍼에 대해서, 유언으로 물려받은 고양이에 대해서 그리고 브뤼스하퍼의 마음고생과 훌륭했던 처신에 대해서 말했다. 이제는 그와 같은 사람이 없고 다죽어 버렸다고 하면서 마치 이 도시와 이 시대 그리고 미세하고 부드러운 비바람까지도 질책하는 것 같았다. "그리고 이제 이런 멍청한 놈을 보게. 그럼 잘 알게 될 거야. 저 버릇없는 놈 말이야." 그리고 시청 지하 식당의 한쪽 구석에 식탁 모서리를 꽉 붙들면서 힘겹고 육중하게 식탁 뒤편에 주저앉아, 한낮의 어스름한 빛 속에서 말없이 침울하게 누군가와 마주 앉아 있게 되자, 크레스팔의 답답하고 힘겨운 숨소리를 들으면서 요나스는 이상하게도 종교적인 감흥이 생겼다. 그는 언제 죽을까, 하고 나는 생각했다. 크레스팔은 종업원에게 자신이 주문한 술의 내력과 변천사를 상세하게 이야기했다. 그는 생선을 다 먹어 치우기 전에 그 술을 마시고 싶다고 말했다. 그리고 요나스에게는 어느 곳에서도 이와 같은 독(毒)을 마시지 못할 것이라는 점을 잘 알아 두어야 할 거라고 했다. 그는 멍한 시선을 하고서 맛에 대해 말했는데, 술이 퀴닌*처럼 써서 식도 입구에서 느껴지는 묵직한 압박감을 피할 수 없다고 했다. "자네가 지나쳐 버릴 수 있는 것도 있기 때문이야. 하지만 이건 진지하게 받아들여야 하네." 하지만 술이 나오자 그는 먼저 술잔 가장자리를 말없이 요나스에게 기울였고, 그다음엔 자기 입술에 기울여 술을 마시고 한숨을 크게 한번 쉬고는 식사를 마칠 때까지 더 이상 한마디도 하지 않았다. 그는 몸을 뒤쪽 의자 등받이에 기대고, 생각에 잠겨 손가락으로 나무에다 불규칙한 리듬을 두드렸고, 눈빛이 너무도 멍해서 아는 사람들이 인사를 하면서 식탁에 다가올 수 없게 했다. 그는 허리를 구부렸고, 바로 이렇게 적극적으로 사양함으로써 그들을 보내 버렸던 것이다. 나는 결코 어느 한 도시 전체를 거주지 삼아 살지는 못할 거야, 하고 나는 생각했다. 비록 내가 삼십 년 동안 한곳에 살아서 종업원과 담배 파는 사람이 내가 원하는 것에 익숙하고, 마치 기쁘게 주는 것처럼 그들에게 돈을 준다 하더라도 말이다. 나는 친구들을 생각해 보았고, 대체 어떤 점이 내 마음에 들었던 것

---

* 남미나 자바에서 생육하는 기나나무 속껍질을 말려 만든 것으로, 강한 쓴맛이 나며 말라리아 치료제나 해열제, 진통제로 쓰인다.

인지 떠올려 보려고 애썼다. 그러고는 그들도 내가 그런 것처럼 밖에서 멀리 거리를 둔 채 평가에 집착하면서 삶을 관망했으며, 고독과 사생활(소위 개인의 독립성)을 지키기 위해, 규정과 법적인 요구, 관습의 체계로 만들어진 공동 사회 생활에는 참여하지 않으려 했다는 사실을 깨달았다. 그냥 지나쳐 버릴 수 있는 것들이 있는 법이다. 나는 모든 것을 그냥 지나쳐 버릴 수 있었다. 나는 지금 기름지고 쓰고 묵직했던 음료의 맛을 기억하지만 그 맛을 잊게 될 것이다. 나는 도시를 떠날 것이고, 내가 떠난 도시들은 나를 그리워하지 않을 것이다. 이건 분명히 그 어딘가에서 시작되었을 것이다. 분명히 내가 죽음을 맞이할 때 이렇게 말하도록 누군가가 만들었을 것이다. 나는 그저 농담처럼 너희와 함께 있었으니 심각하게 생각하지 말라고 말이다. 그리고 그건 이렇게 고통스러운 위엄조차 되지 못할 것이다. 그런 고통스러운 위엄으로 크레스팔은 사소한 일에 큰 몸짓과 제스처를 썼다. 그건 귀중한 내용이 사라져 버렸기 때문이다. 내가 '완강하게 헌신한다'와 같은 말을 하면, 크레스팔은 의미심장하게 고개를 끄덕이고는 언젠가 제복 입은 두 사람이 나란히 있는 것을 보았던 이야기로 말을 받는다. 그는 얼핏 보고 민간인이 철도원과 무슨 관계가 있을 수 있는지 자문했다는 것이다.(그렇게 그는 외혜를 알게 되었다고 했다.) 말〔言〕을 정부에 충성스러운 부대와 반항적인 부대로 분류하고 구분한 다음 제복을 입혀 나란히 세워 본다면 이렇게 즐거운 의아함이 생겨난다는 것이다. 그건 다름 아닌 외혜였다는 것이다. 외혜를 아는가? 야콥, 외혜한테 한번 같이 가서, 이 사람은 철도원이 아니라고 설명을 해 주게. 네? 그게 야콥의 대답이었는데, 야콥이 벌써 자리에서 일어나, 잠자리에 들려고 할 때였다. 그리고 우리는 앉아서 내가 알아듣지도 못하는 그런 대화를 밤새도록 나누었다.

점심을 먹은 다음 요나스는 고양이가 다시 자기 의자에 앉아 있는 것을 보았다. 창밖에서 갑작스레 들려오는 나지막한 소리에 고양이가 눈과 귀를 움찔하고, 넓고 튼튼한 하체에서 아주 가늘고 우아하게 목을 쳐들었기 때문에, 요나스는 '위더스'*라는 말을 쓸 수 없는 것이 아쉬웠다. 그는 의자 위로 몸을 기대고서 고양이에게 여기에 머물 작정이냐고 물었다. 녀석은 하품을 하고 아주 유연하게 몸을 놀리며 흰색 앞발로 목과 귀를 문질렀다. 그는 다른 편 의자에서 종이를 치우고, 책상 건너편에 앉아 타자기를 돌려놓았다. 레버가 롤러에 부딪히며 탁탁거리는 날카로운 소리에 고양이가 불편해할까 봐 걱정했지만, 녀석은 조용히 두 앞발 위에 머리를 기대고 기분 좋은 듯 가르랑거렸고, 이런저런 쓸모없는 생각에 잠긴 것처럼 가끔 이쪽저쪽으로 머리를 돌렸다. 많은 생각을 하고 있었다. 녀석이 갑자기 아래로 뛰어내리더니 뻣뻣하고 큰 걸음으로 벽을 따라 걷다가 마침내 현관의 흙 터는 매트를 찾았다. 녀석은 그 위에다 발톱을 세워 단단히 고정한 다음 몸을 움직여 모든 관절을 쭉 뻗어 기지개를 켰다. 요나스는 조용히 두 손을 자판에 올려놓고 고양이를 바라보았다. 녀석은 머리를 옆으로 돌렸다. 그는 지체 없이 일어나 창문을 열었다. 녀석은 창문으로 뛰어올랐다. 그가 제대로 알아맞힌 것이다. 녀석을 이해한 것이다. 녀석은 다리를 뻣뻣하게 하고 약간 불만스러운 듯 비에 젖은 뜰을

* 말, 소, 개 따위의 어깨 갑골 상부와 제1가슴, 제2가슴과 등골이 접합되는 부분.

지나 안개 속으로 걸어 들어갔다.

저녁에 크레스팔이 그의 옆에 앉았다. 크레스팔은 원고의 완성된 부분을 보여 달라고 부탁했고, 어떤 단어가 정확히 어떤 뜻으로 쓰였는지 몇 차례 물어보았다. 그들은 불을 켜지 않았다. 대화를 나누다가 쉬고 있을 때, 요나스는 고양이가 오는 소리를 들었다. 털썩 내려서는 소리가 또렷이 들렸고 발을 내딛는 나지막한 소리도 들렸다. 그는 아주 만족스러웠다. 벌써 녀석을 약간 알게 된 것이다.

크레스팔은 자러 가면서, 의자 앞에 서서 오므린 손바닥을 녀석의 머리 앞에 내밀었다. 녀석은 온몸을 쭉 펴고, 이런 심술궂은 장난에 몸이 굳어서 움푹한 손바닥 위로 앞발 하나를 들어 올려 거친 피부를 부드럽게 건드렸다. 그 이상 인사는 나누지 않았다. 요나스가 문 쪽에서 돌아왔을 때 녀석은 마치 아무 일도 없었던 것처럼 조심스러우면서도 태연하게 웅크리고 있었다.

그는 고양이가 눈부시지 않도록 탁상 등을 천으로 가려 주었다. 그러고는 스위치를 켜고 다른 편 의자에 앉아 고양이 옆에서 글을 쓰기 시작했다. 고양이는 온몸을 닦아 낸 다음, 몸을 일으키고 희미하게 빛나는 가늘게 뜬 눈으로 꼼짝 않고 그를 관찰했다. 녀석은 수염이 스물세 개 있었다. 그리고 당신은 그걸 그렇게 재미 삼아 쓰고 있어요? 녀석이 말했다. 어떤 식으로든 살아 나가야 하지요. 누구나 최상의 사람이지요. 시토 루체 체보.* 혹시 우유 좀 없어요? ……내 수염이 떨리는 것 좀 보세요.

---

* '어떤 것이 어떤 것보다 더 나을까.'(러시아어)

내가 잠자리에 들려고 할 때 녀석은 옆으로 다리를 쭉 뻗고 누워 있었다. 나는 의자 옆에 웅크리고 앉아 있었다. 우리 둘은 머리를 같은 높이에 두었다. 녀석은 누운 자세에서 머리를 들어 활 모양을 만들고 앞발 하나를 내가 느낄 만큼 단단히 내 손목 위에 올려놓고는 꽉 매달렸다. 나는 손으로 녀석의 어깨 아래에서 강하고 단단한 목 위로 올라가 턱까지 쓰다듬었다. 그러다가 이윽고 녀석은 한 번 움찔해서 미끄러져 등을 대고 누웠고, 의자 가장자리 너머로 머리를 젖히고 몸을 꿈틀거리며 저항을 완전히 포기하지 않은 채 내 손 쪽으로 몸을 뒤집었다. 녀석은 느닷없이 정신이 들어 아주 냉랭하고 의식이 또렷해져서 우악스러운 발목 관절로 나를 밀쳐 내고 몸을 구부려 성벽처럼 만들더니만 곧 잠들어 버렸다. 나는 슬펐다. 내가 좀 더 일찍, 제때에 알아챘어야 했던 것이다. 일 초 동안 나는 녀석에게 귀찮게 느껴졌던 것이다. 고양이가 초 단위의 시간을 알지는 못하지만 말이다.

다음 날 아침(그날은 화요일이었다.) 크레스팔은 그가 잠옷 바람으로 마룻바닥에 쪼그리고 앉아 고양이와 노는 모습을 보았다. 녀석은 등을 둥그렇게 하고서 요나스 주위를 꼿꼿이 성큼성큼 돌았고 지나쳐 가면서 다리를 향해 격렬하면서도 유연하게 달려들었다. 녀석은 손을 피해 갔다. 커다란 곡선과 사선을 그리면서 갔다가는 되돌아왔다. 하지만 다시금 부지런히 그를 가볍게 스치고 지나가곤 했다. 요나스는 크레스팔에게 이게 무슨 뜻이냐고 물어보았다. 크레스팔은 "놈이 자넬 좋아하네." 하고 말했고, 고양이를 지켜보는 동안 한 번 더 그 말을 되풀이했다. 요나스는 그게 아니라 아침 졸음에 근육이 깨어났기 때문이거나 아니면 잠옷의 거친 소재가 마음에 들어서 그런 것일지도 모른다고 생각했다. 그렇지만 그는 고양이가 자기를 놓아줄 때까지 기다려 주었다.

아침을 먹은 다음 녀석은 뜰에서 돌아왔다. 요나스는 방금 자리에서 일어나 생각에 잠긴 채 자기 뒤통수를 쓰다듬고 있던 참이었다. 의식의 물질성과 주관성이라는 단락에서 막혀 있었기 때문이다. 녀석이 채 자리에 앉기도 전에 그는 녀석을 머리 위로 들어 올려서 비록 급하지만 조심스럽게 창턱 위로 미끄러져 내려가게 해 주었고 그러고 나서 미친 듯이 글을 쓰기 시작했다. 그다음 그는 깜짝 놀라 외진 구석 여기저기에서 녀석을 찾아보았다. 녀석은 아주 만족스럽게 유리 창가에 앉아서 자기 목덜미를 살짝 깨물면서 잠을 깨고 있었다. 요나스는 속으로 생각했다. 나는 어쨌든 적어도 의자 정도는 내 마음대로 할 수가 있다. 어째서 고양이가 다른 의자를 택하지 않는가. 우리는 서로 조정해야 한다.(한쪽 골풀 의자 위에는 쿠션이 하나 놓여 있었다.) 녀석이 잠시 기다릴 때 그는 자리에서 일어나 녀석을 들어 올려 원래 자리로 옮겨 두고 타자기를 책상 다른 편으로 밀어 놓고, 거기서 오후 늦게까지 계속해서 글을 썼다. 그가 고개를 들었을 때는 날이 어둑해지기 시작했고, 크레스팔이 집에 없었기 때문에 시내로 갈 때 녀석을 밖으로 데리고 나갔다.

그는 다시 시청 지하 식당에서 저녁을 먹었고, 비록 그의 옆 스피커에서 민주 독일 방송국에서 보내는 오후의 댄스 음악이 (티타임에 맞추어) 흘러나왔지만 한동안 거기에 앉아 있었다. 이 시간쯤에는 젊은 연인들이 맥주를 마시러 많이 와서 스피커에서 흘러나오는 음악을 즐겼고, 실내에 가득 찬 그들의 만족감이 그에게도 은밀하게 전해졌다. 하지만 그는 크레스팔의 딸을 생각했다. 그는 그녀를 그리워하는 감정과 격심한 초조감 사이에 공통점이 거의 없다는 것에 놀랐다. 예전에 그는 자기 앞으로 우편물이 왔냐고 하루에 세 번씩 묻거나 약속한 이별 기한을 제멋대로 줄이는 습관을 갖고 있었기 때문에 그런 초조함은 잘 알고 있었다. 기대감은 이제 더 이상 감당할 수 없을 만큼 크지 않았다. 거리감은 너무도 많은 측면에서 드러나고 있었다. 그러니까 제국 철도와 연방 철도*의 킬로미터당 요금에서, 외무 장관 회담(양적인 면에서)에서, 정당 이름과 그 밖의 다른 명백한 상황에서 말이다. 그리고 그는 그녀가 있는 곳에도 비가 내리고, 그녀가 목에 외투 깃을 올리고서 계단을 올라갈지도 모른다고 생각하고 싶지는 않았다. 노르트라인과 베스트팔렌 지역의 일기 예보는 믿을 만한 것이 못되기 때문이었다. 그가 보기에 그녀는 아버지를 닮은 것 같지 않았다. 그는 크레스팔과는 아주 진지한 협의는 할 수 없을 것이라고 느꼈다. 크레스팔이 늘 옹호하는, 하지만 이미 한물간 상감 세공은 아마도 그의 인생을 놓고 말하자면 희망과 환멸 사이의 부끄러운 간격을 비유한 것일지도 모른다. 크레스팔 스스로는 상감 세공을 심각하게 생각하지 않는 것 같았다. 그는 그동안 야콥의 텅 빈 방에 대해서 생각했던 바를 표현하지 않았다. 그리고 게지네는 크레스팔에게서 배우고 익힌 조심스러운 눈길과 냉소적인 말투, 과묵함을 간직하고 있을지도 모른다. 그런가?

---

* 구 동독의 '독일 제국 철도'와 구 서독의 '독일 연방 철도'. 이들은 1994년 1월 연방 철도청으로 통합되어 재조직되었다.

그것은 지금 그녀의 이야기에다 예리효와 그녀 아버지의 집을 가지고 보충해 넣을 수 있을 가능성만큼이나 막연한 추측이었다. 그의 기억 속에서 그녀는 독특한 방식으로 눈길을 돌리고, 계단을 오르고, 놀라고, 가만히 서 있는 느낌으로서 남아 있었다. 여기에 세부적인 것들은 제외할 수 있었는데, 그 독특함이라는 것은, 이 모든 것이 지켜보는 사람과 귀 기울여 듣는 사람 그리고 이상스럽게도 예리효 시청의 지하 식당에 앉아 그녀를 회상하는 한 사람과 관계없이, 그 자체로 실제 존재한다는 점에 달려 있었기 때문이다. 결국 이런 것이 세상에 존재한다는 것에 만족한다고 말할 수 있을 뿐이었고, 더 생각해 볼 것은 아니었다.

고양이는 저녁 시간 내내 나가 있었다. 녀석이 무엇을 하고 다니는지 짐작하기 어려웠다. 쥐를 잡으러 다닌다는 생각은 유용성이라는 인간의 관점에 따른 것이고, 녀석은 집안일을 하는 일꾼이 아닌 것이다. 녀석은 두 살쯤 되었을 것이다. 크레스팔은 어미도 이곳에 사는데(공증인은 죽은 브뤼스하퍼의 인사를 전하면서 어미도 데려 오지 않을 수 없었다.) 어미는 나이를 먹어 가면서 겁이 아주 많아졌다고 했다. 아버지는 세상에서 신망 있고 존경을 받는다. 고양이들도 아버지를 따른다. 어미는 고상하고 의심이 많아서 요나스가 아직 보지 못했다. 새끼는 그와 함께 방에 사는데, 그는 자신이 그 녀석의 손님이라고 말하고 싶지는 않았다. 크레스팔은 아직도 집에 돌아오지 않았다.

자정쯤 요나스는 잠을 이루지 못하고 책을 보기 위해서 다시 등을 켰는데, 녀석은 몸을 숙인 채 잠에서 깨어 아주 사납게 수염을 곤두세우고서(그에겐 녀석의 머리만 보였다.) 타자기 아래에 웅크리고 있었다. 너무 조용해서 낯선 느낌이 들었다. 그는 자신이 여태껏 누구에게도 편지를 쓰지 않았고 또 편지를 쓸 생각도 하지 않았다는 사실에 놀랐다. 야콥에게도 전할 말이 없다는 생각이 들었다. 요나스는 야콥이 거기에 앉아 있는 것을 보고 싶었고, 그가 조용히 거기에 앉아 자기처럼 끝없이 기다리는 상상을 해 보았다.

*

롤프스 씨의 특별한 서류 가방 안에는 회색으로 인쇄된 종이가 두둑이 담겨 있었다. 그 종이들은 가장자리가 구겨지고 얼룩지고 찢겨 있었는데, 예전 독일 제국 시절의 토지 측량도를 쓰기 좋게 조각으로 자른 것이었다. 아주 오래된 이 인쇄물은 하천을 회색 육지와 구별하기 좋게 파란색으로 만들지도 않았고, 지표면의 여러 가지 형태를 색으로 구분 지어 놓지도 않았다. 다만 작은 얼룩 같은 고풍스러운 필체로 촌락과 도서(島嶼)와 수목을 붉은색 잉크로 동그랗게 표시했고 또 지질학이나 선사 시대사에 나오는 내용을 적어 놓았다. 적어도 문외한인 구경꾼의 눈으로는 이렇게 상세한 교사용 지도가 현재 어떤 목적으로 쓰이는지 거의 짐작할 수 없었다. 롤프스 씨는 어떤 악의도 특정한 의도도 없이 아버지를 떠올려 보았다. 그가 원, 화살표, 감탄 부호 옆을 따라 도로와 다리, 은신처, 숲길, 매복 장소 따위를 찾아보며 자신이 가는 길을 짚어 볼 때 그의 관심 속에 나타난 지독한 조소는 아마도 이런 뜻이었을 것이다. 여기 있는 건 모두 선사 시대사적으로 그리고 지질학적으로도 관찰할 수 있구나. 그런 시대 역시 존재했구나. 그리고 그가 자신만의 메모를 (가령 검은색이나 녹색 잉크로) 적어 넣지 않았던 것은, 아마 자기 삶의 절반을 과오로 보는 바로 그 고집 때문이었을 것이다. 그것은 현재의 것을 온전하게 남기기 위해서였다. 또한 근무 규정을 도외시해서도 안 되는 것이었다.

롤프스 씨는 세 번째 역에서 그들이 나오는 것을 보지 못했다. 한스 녀석이 전동차보다 느리게 달린 탓이었다. 그는 전방 실내등을 약하게 켜고서 예리효 서쪽 외곽 지역이 그려진 지도를 끄집어냈다. 해변 위쪽 발트 해 가운데에 붉은색 잉크로 '개간·산림 마을'이라고 적혀 있었다. 예전에 스칸디나비아 산악의 빙하가 오늘날 유럽이 된 지역으로 몰려왔다. 빙하가 녹으면서 흙벽이 퇴적되고, 암석이 씻겨 넓은 지역에 물결 모양의 모래 평지가 만들어졌으며, 메클렌부르크 호수 지대의 끝부분에는 또 다른 빙하의 후퇴 단층이 북쪽 혹은 내륙의 종말 빙퇴석(終末氷堆石)을 쌓아 올렸다. 종말 빙퇴석은 빙하 주변부의 퇴적물을 말하고, 저빙퇴석(底氷堆石)은 빙하 표면의 퇴적물을 말한다. 그래서 종말 빙퇴석 벽의 북쪽에는 해안가에 이르기까지 (수천 년이 지나면서) 빙하가 녹아서 생긴 모래자갈과 표석 점토,* 자갈, 이회암, 황토, 호상 점토**로 이루어진 지층이 개천과 늪, 습지, 소택지의 남은 물과 함께 층층이 쌓였고, 그 위로 떡갈나무, 서양너도밤나무, 오리나무가 안으로 들어갈 수 없을 만큼 빽빽하게 전체를 뒤덮었고, 숲과 물에 사는

---

* 빙하에 의해 밀려 내려왔다가 빙하가 녹으면서 그대로 남게 된 점토나 자갈.
** 빙하호 바닥에 퇴적된 점토.

짐승들이 평화롭게 서식했고, 이 덧없는 존재들로부터 기름진 갈색빛 숲의 토양이 생겨났던 것이다. 무슨무슨 하겐으로 끝나는 마을 이름이 많은데, 그것은 11세기 초반에 이 숲을 개간한 독일 개척민들의 마지막 소식을 전해 주는 것이다. 하겐은 숲을 뜻한다. 하천에 대해 좀 더 말하자면, 호수 지대의 평균 고도는 발트 해 수위보다 약 40미터 정도 높게 측정된다. 그 결과 하천은 억지로 종말 빙퇴석 언덕을 뚫고 저빙퇴석 지대를 지나 바다로 흘러가는 길을 냈던 것이다. 가느다란 선으로 세분된 어두운 바탕에 각지고 뾰족한 꺾쇠 표시는 침엽수림을 뜻하고, 둥근 표시는 활엽수림을 뜻한다. 밝은 바탕에 나란히 찍힌 점은 목초지, 좀 더 가느다란 선은 개천, 바늘로 찌른 것 같은 구멍은 빙산이 회전하면서 파인 물웅덩이, 숫자가 적힌 잎이 무성한 예쁜 장미 그림은 고도가 적힌 물결 모양의 경작지, 간격을 두고 그린 평행선은 똑바른 직선이거나 아니면 바깥쪽에 톱니 모양이 그려져 있는데 각각 1급과 2급 인공 도로이고, 굵게 그려진 선은 제방 위의 도로이다. 흰색으로 비어 있는 지역에 그려진 검은색 직육면체는 숲을 잠식해 가는 개간지이다. 거대한 산악 지역이나 조망해 볼 만한 평원이 없는 지대에서 하늘 아래 눈앞에 펼쳐진 풍경을 뭐라고 불러야 할지 모를 때, 이렇게 우아하게 흔들리는 풍경을 지나쳐 가는 사람으로서는 무엇이 일반교양을 넓혀 주는 것이고 또 무엇이 향토 서적이나 도보 여행용 지도의 형태로 해수욕객 혹은 휴가철 여행객의 손에 쥐어지는 것인지 알 수 없을 것이다.

그렇다. 게르만족이 정착했던 흔적이나 로마 시대 화폐의 발굴, 민족 이동, 슬라브인의 정착, 성벽들, 독일 민족의 진출, 그리고 또 원형 무덤, 장형(長形) 무덤, 원추형 무덤 등을 이제 와서 바꿀 수는 없다. 이 지대를 밤 시간에 재미 삼아, 또 소위 말해 휴양 삼아(일로서가 아니고, 일터에서 집으로 돌아가는 길이 아니고, 어떤 공공의 이익을 위해서도 아니고, 그저 다만 우리가 들은 대로 저 멀리서 빛나는 땅*을 찾기 위해) 스쳐 지나가는 사람은, 어쨌든 간에 우리가 빙하 시대 이 지역의 지표 구조에 대해서나 기억 속의 고향에 대해서는 물어보지 않을 것이고, 인간 생활에서 두드러진 개선과 관련하여 혹시 다른 생각을 갖고 있는지 물어볼 것이라는 점을 알게 될 것이다. 자본주의가 농업으로 되돌아가야 하는가?(쫓겨난 대지주의 토지는 일용 근로자와 난민들에게 분배되었고, 문서는 효력을 잃었고, 성(城)은 양로원과 학교, 문화관, 휴가용 호텔로 바뀌었다.) 그렇다면 여전히 발트 해에서 수영 허가를 받아야 하는 사람은 누구인가? 한밤의 숲에서 솟아올라 있고, 공원 가로수 길을 따라 구경꾼의 눈길을 끄는, 희미하게 빛나는 조화로운 성 건축물은 단순한 건축물이나 멈춰진 역사가 아니라 착취의 기념비인 것이다. 우리에게 찬성하지 않는 자는 우리에게 반대하는 자이며 진보라는 관점에서 불의이다. 지금 우리가 던지는 질문은 우리에게 찬성하는 자가 누구인가 하는 것이지, 짙은 안개 낀 하늘 아래 지면 습곡(褶曲) 사이 어둠에 싸인 마을에 깃든 이 밤이 네 마음에 드는가 하는 것이 아니다.

왜냐하면 이러한 질문과 대답에 대한 지식을 가진 사람만

---

* 독일 시인 에두아르트 뫼리케(Eduard Friedrich Mörike, 1804~1875)의 시 「바일라의 노래」에 나오는 구절. "당신은 오플리드, 나의 땅! 멀리서 빛나네……"를 참조한 것.

이, 역 앞 광장에서 전동차 승객들을 기다리고 있는 막차 버스에 대해 적절히 대응할 수 있기 때문이다. 파베다 한 대가 진입로로 돌아 들어와 버스 시간표가 붙어 있는 기둥 앞에 멈춰 섰다. 한스 녀석이 손전등 불빛 속에서 글씨를 제대로 읽었다면, 그리고 기둥에 여름 휴가철 운행 시간표가 붙어 있는 것이 아니라면, 그들은 불과 몇 분 전 이곳에서 버스에 올라타서 지금쯤 앞좌석 등받이에다 무릎을 붙이고, 양손으로 손잡이 기둥을 잡고서, 어둠으로 밖이 보이지 않는 습기 낀 유리창에 비쳐 흔들리는 자신의 모습을 보며, 피곤해하는 승객들과 나란히, 아주 어색하게 말없이, 닳아 해어진 의자에 앉아 있을 것이었다. 그렇게 하면 그들은 7킬로미터를 걷지 않을 수 있기 때문이다. 하지만 한스 녀석은 자동차 문 밖에 다시 내려섰고, 손전등을 들고서 시간표가 여러 겹 붙어 있는 녹슨 양철 상자 쪽으로 되돌아갔다. 그리고 다시 차로 달려 와서, 뒤로 기대 앉아 있는 롤프스 씨의 희미한 모습 앞에 턱을 받친 채 배를 깔고 엎드린 자세로 이렇게 말했다. "대장…… 그런데 버스가 딱 국경선까지 가네요. 아시다시피, 호수 기슭까지는 우리 땅이지만 물 있는 데부터는 서독 땅이에요……." 그리고 야콥은 아직 닫혀 있는 버스 승강구 앞에 줄을 서서 기다리고 있는 사람들 곁을 무심코 지나쳐 갔다. 그때 운전기사는 역내 식당에서 검문 경찰 두 사람과 함께 계단을 비추는 하나짜리 전등 불빛 아래까지 돌아왔다. 게지네는 기다리고 있는 버스를 거들떠 보지도 않았다. 시내로 이어지는 좁고 나지막한 건물로 둘러싸인 도로에서 느리고 고른 야콥의 발소리와 함께 빠르고 불규칙적인 게지네의 발소리가 들려왔는데, 뒤에 남은 사람들은 그 소리를 듣고 그들이 벌써 집으로 돌아가기 시작했다고 생각했다. 그들은 관할 경찰서에 가지 않았기 때문이다.(롤프스 씨는 이렇게 생각했다.) 야콥은 창구에서 게지네 앞에 서 있었을 것이다. 그녀는 문 옆 벤치 위에서 아마 신문을 읽으면서 기다리거나 아니면 어린아이 같은 호기심으로 못으로 박아 둔 벽보의 그림이며 글씨 들을 살펴보면서 두 손으로 뒷짐을 지고 벽을 따라 배회했을 것이다. 국경선 통제 구역에 대한 입국 허가를 신청하고 싶습니다. 신분증 좀 보여 주세요. 본인 혼자이신가요? 신청 사유는요? 네, 사실 저희는 두 번째 정거장까지만 버스를 타려고 합니다. 그런데 현재 당신과 우리 국가 권력의 관계를 생각해 볼 때 당신은 대체 그런 신청을 할 권리가 있는가? 게다가 그 사무소는 평소 화요일 어둠이 내린 후에는 절대 문을 열어 두지 않았다. 이런 이유 때문에 다른 기관들을 믿을 수밖에 없는 것이었다. 롤프스 씨는 버스를 뒤따라간 다음 또 다른 관할 부서에 속한 국경 검문소에 가서 체포된 두 사람을 넘겨받을 생각은 정말 한 번도 하지 않았다. 그건 전화상으로도 처리할 수 있고, 또 그들이 이미 바람 불고 달도 없는 밤길 23킬로미터를 걸어서 여기를 떠나 버렸을지도 모르기 때문이었다. 한스 녀석이 역내 식당에서 겨자를 곁들인 따뜻한 소시지를 종이 접시에 담아 가지고 돌아왔을 때, 롤프스 씨는 전방 실내등을 껐다. 먹는 동안 그는 놀랄 만큼 완고한 어투로, 이 계절에는 서독 쪽 물도 수영하기에는 너무 차다는 말밖에는 아무 말도 하지 않았다.

──그리고 오늘 너한테 말해 줄 수 있는 건, 우리가 어떻게 걸어갔고 그동안 또 어떤 마을 이름을 잊어버렸는가 하는 것밖에는 없어. 게다가 우리가 무언가 보았다 해도, 난 그걸 말할 수가 없어. 우리는 방위나 길, 우리가 보았던 불빛에 대해 말했기 때문이야. 그날 밤에는 별을 따라 갈 수도 없었어. 한동안 우리는 바람을 따라 걸었어.

아니다. 그들은 손 안에 든 참새 얘기는 하지 않았을 것이다. 그런 참새는 털이 뽑히고 구워진다는 걸 그녀도 안다. 그리고 포장도로에서 차를 타고 가지 않고 걸어간다는 건 흔치 않은 일이었고, 밤인 데다 안개가 끼고 이슬비까지 내린 탓에 주택가로 들어서기 전에는 그들 눈앞에 어떤 마을도 보이지 않았다. 그래서 그녀는 예기치 않게 눈앞에 나무가 나타날 때마다 머릿속으로 루키 베르흐!* 하고 소리쳤다. 저쪽보다 먼저 소리쳐야 하는 법이니까 말이다. 그들은 길을 잘 알지 못했고, 두 사람 모두한 번도 이곳에 와 본 적이 없었다. 나는 늘 농부들이 외딴 이웃마을로 가는 길을 어떻게 아는지 이상하게 생각해 왔다. 그들은 한 번도 그곳에 가 본 적이 없고, 농가나 토질(土質)이나 체포소식이나 사내아이들의 못된 장난에 대해 이야기하는 것을 들었을 뿐인데도, 어느 날 마차를 준비하고는 중간에 한 번도 멈추지 않고 곧장 그곳으로 달려간다. 마치 그 이야기들 속에 버드나무 제방 도로나 휴경지, 숲 모퉁이가 나오고, 그 모퉁이를 돌아가지 않고 시간을 단축할 수 있는 지름길도 나왔던 것처럼 말

----

* '손 들어!'(러시아어)

이다. 그녀는 역 앞에서 시칠리아를 찾아온 외국인처럼 굴며, 어리둥절해하고 호기심을 보이며 이렇게 물어볼 수는 없었을 것이다. 훼어 이즈 더 버스 리빙 포 타오르미나 우드 유 해브 더 카인드니스 오브.* 그녀는 야콥과 함께 걸어갔을 것이다. 마치 자갈 채취장 옆 포장도로의 커브에 대해, 철거된 마을을 지나 무너진 곡식 창고로 이어지는 막다른 길에 대해, 거기서 바로 북동쪽 앞에 있는 한 무더기의 숲에 대해, 그들이 오래전부터 들어서 아는 것처럼 말이다. 그때는 자정을 넘어 2시 30분쯤이었던 게 분명하다. 멈춰 봐, 야콥이 말했다. 밭길이 도랑 앞에서 끊겨서 시냇물 위 어디쯤에 통나무가 놓여 있을 것 같다고 그들이 막 깨달았을 때였다. 그래서 게지네는 그렇게 야콥보다 반걸음 앞에 서서 기다리고, 이윽고 어깨 너머로 그를 보려고 했다. 그 역시 움직이지 않고, 물가의 덤불 사이 그 갈라진 사이로 앞서 나가지도 않고, 그녀만 바라보았기 때문이다. 그녀는 어깨를 흔들어 한기를 떨어내려 했고 그의 옆으로 보이는 포장도로 쪽을 응시했다. 그녀는 안개 너머로 비쳤다 가려졌다를 계속하는 탐조등 불빛의 움직임을 따라 눈길을 옮기다가 이렇게 말했다. 야콥, 나 기분이 나빠. 이 낯선 곳이 모두 속수무책이고 실망스럽고 확실히 나아질 수 없을 것 같아──버려진 농가들, 갈가리 뜯기고 검고 앙상하게 뼈대만 남은 갈대 지붕, 새로 지은 소비조합 상점들, 하얗게 수리한 성, 농업 협동조합 학교, 등록·구매 조합을 위해 지은 타르 종이 지붕을 얹은 창고, 농가의 뜰 안, 쓰레기 더미 속에 버려진 녹슨 기계들, 망할 놈의 전몰자 기념비

---

* '타오르미나로 가는 버스는 어디 있나요?'(영어)

들——그리고 온 세상이 옥신각신 하는 문제인데, 게지네는 그것
이 뭐가 문제인지도 모르고 있다. 그러니까 벌써 자정을 세 시간
이나 지났는데도 집에 가는 일은 아무것도 아닌 것처럼 여겼던
것이다. 그 시각 나는 정신 말짱하게 눈을 뜨고 크레스팔의 어
두운 방에 누워서, 자유에 대한 견해가 젠장, 이렇게도 많은가,
하는 생각을 했다. 세상이 나만을 기다리는 것도 아닌데, 마치
내가 아무도 모르는 그런 말을 해 줄 수 있는 것처럼, 내 머릿속
에서 새로운 것이 나오지 않으면 모두 파멸할 것처럼 행동하고
있다. 나는 그렇게 없어서는 안 될 존재가 되고자 하는가? 이건
불쏘시개로도 쓸 수가 없다. 그리고 야콥은 게지네가 끈적거리
고 미끄러운 옹이투성이 통나무 위에서 미끄러지지 않도록 건너
편 물가에서 그녀의 손을 잡아 주었고, 그녀는 몸을 앞으로 숙
이고 발가락 끝으로 균형을 잡으면서 그렇게 말했다. 야콥은 아
니야, 하고 말했다. 그들이 그때 무언가를 보았다고 하더라도 그
걸 얘기해 줄 수는 없었을 것이다.

— 아니야. 하지만 난 너한테 묻지 않았어. 너를 아우토반에서
   예리효로 오게 한 건 야콥이 아니라 나일지도 모른다고 상
   상할 수 있도록 말이야.
— 그런데 왜 물어봤어?

우리는 농장 대장간 앞 현관에 멈춰 섰다. 그는 문기둥에 기
대 담배를 피웠고, 그의 주위로 바람이 변덕스럽게 불어와서 담
배 불빛이 얼굴에 어른거렸다. 나는 틈이 벌어지고 짓밟힌 마룻
바닥 위를 맨발로 이리저리 걸었고 신발을 맞두드려 흙을 털었

다. 그는 내가 흠뻑 젖은 스카프를 머리에서 풀어 내고 고리에 묶는 모습을 바라보았다. 예전에 그가 말에 편자를 박기 위해서 나를 데리고 여기에 왔을 때, 우리는 그 고리에다 말을 맸다. 그리고 그건 단순히 "기억나? 우리가 그 밤색 말의 발굽을 다듬어 줄 때, 넌 발을 동동 굴렀지. 넌 말이 아플 거라고 생각했던 거야."라고 하는 것 이상이었다. 내게 남은 건 야콥이었다. 그가 내 팔을 잡았고 그때 모든 것이 현실로 돌아왔다.(나는 그 말들이 죽었다는 걸 알고 있다.) 우리 이제 아버지가 계신 마을로 가서 그곳이 내 기억과 얼마나 달라졌는지 보기로 하자. 하지만 나는 즐거웠다. 나는 외투 단추를 다시 목까지 채우고 그의 앞에 멈춰 섰다. 예전에 그는 수요일 밤이면 백작의 대장간에서 생각에 잠긴 채 부러진 세 갈래 쟁기를 지켜보곤 했는데, 지금 그는 그때 처럼 건장한 모습으로 거기에 앉아 있었다. 나는 두 손을 허리에 받치고 그를 뚫어지게 바라보았고, 이윽고 그가 "그럼 우리 우산 없이 나가 봐야겠어." 하고 말했다. 그렇게 말한 건, 내가 그에 게 타오르미나에서는 늘 고객 서비스와 팁 때문에 우산을 씌워 주더라고 얘기했기 때문이었다. 나는 다시 신발을 신으면서 그의 어깨에 몸을 의지했다. 그는 내가 발이 아프다는 것을 알았지 만 아무 말도 하지 않았다. 그가 준 담배를 끝까지 피우고 나서 우리는 백작 부인의 숲으로 들어갔다. 그때가 새벽 3시쯤이었는 데, 예리효에 다 와서 포장도로에서 누군가와 마주치고 싶지는 않기 때문이었다. 나는 북극성조차도 찾지 못하는 사람이었고, 혼자였다면 그 수많은 길에서 틀림없이 길을 잃었을 테고, 전쟁 이 끝난 다음 여름에 그랬던 것처럼 메우지 않은 구덩이들 옆에 있는, 장티푸스로 죽은 사람들이 묻힌 공동묘지로 갔을지도 모른다. 그때는 오후가 되면 늘 예리효에서 야콥을 보러 마을로 달려갔다. 그가 세 번째로 나를 가운데 길로 데리고 갔을 때 나한테 묘포와 개미 둑에 대해 물어보았기 때문에 그때부터는 내가 그 길을 기억하게 되었고, 두려움이 여전히 가까이에 있기는 했지만 더 이상 나에게 달려들지는 않았다. 하지만 구덩이들은 메워지지 않은 상태였고, 텃밭에서는 닭들이 계속해서 몰려나왔고, 육중하고 거칠고 차가운 정육면체 같은 성에는 곰팡이가 줄무늬처럼 피어 있었고, 시체들은 손수레에 곡물 다발처럼 실려 있었다. 나는 얼룩진 천막 밑으로 뻣뻣해진 소녀의 맨발이 삐져나온 것을 보았고, 눈을 감고서 털썩 하고 묵직하게 떨어지는 소리를 들었고, 눈꺼풀이 떨리는 것을 느꼈다. 나는 더위를 먹어서 갈색 풀숲 소나무 그늘 아래에 상반신을 뉘었고, 야콥은 곡식을 막 베고 남은 그루터기 위로 영원을 떠올릴 만큼 일정한 속도로 말들을 몰고 왔고, 우리는 흙이 살짝 묻은 쟁기 보습 옆에 나란히 앉아서 오후 새참을 먹었다. 나는 느닷없이 물어보고 싶은 말이 떠올랐다. 야콥, 강제 수용소라는 게 정말 있는 거야? 내가 결코 상상도 할 수 없을 만큼 시간이 지나 버렸다. 그러니까 그건 어제였는데 내일이면 벌써 그저께가 되어 버린다. 아니면 그건 십 년 전의 일이 되어 버린 것이다. 그동안 나는 제국주의 독점 자본주의에 대해 훨씬 더 잘 알게 되었고, 지난 일을 오늘의 눈으로 바라볼 수 있다. 지난 세월은 사라져 버리지 않는다. 나는 야콥의 움직임 없는 널찍한 얼굴과 반쯤 감은 눈앞에서는 매 순간 열세 살 소녀가 되어, 그래, 그건 정말이야, 하는 그의 말을 듣고 있다. 지난 세월을 가지고 살 수는 없다. 그건 쓸모가 없다. 그것을 어떻게 보증할 수 있겠는가. 그것이 어떻게 우리 발밑에서 눅눅하게 바스락거리는 너도밤나무의 잎 소리와, 우리 머리 위 잿빛 밤하늘을 배경으로 흔들리며 빙 돌고 있는 소나무 꼭대기와, 엉망이 된 내 삶과 그리고 야콥과 조화가 될 수 있겠는가. 폭이 좁고 캄캄하고 높은 절벽 사이로 난 길에서 야콥이 보이지 않는다. 그는 그렇게 빨리 가면 안 된다. 내가 그걸 원했던가? 내가 그걸 원했다. 바람직한 일은 다 그렇다. 그건 예리효와 무슨 관계가 있을까. 예리효는 우리 앞 소택지에 있었다. 그때 우리는 높은 산에서 덤불 속 좁은 오솔길을 따라 내려왔고, 야콥은 한마디도 없이 조용히 내 곁에 서 있었다──분지(盆地) 속에 있는 어두운 덩어리 가운데 교회의 뾰족탑과 아버지 집의 불빛이 보였다──내가 아버지 집에서 원했던 것은 무엇이었을까?

── 우리 그만 전화 끊을까? 넌 요금 내고 집에 가.
── 그럼 넌 어디로 갈 거야, 게지네?

그 후에 그들이 길을 가로질러 건너 둑 아래 오리나무 뒤로 달려가 통나무가 깔려 있는 소택지 길에 서 있을 때, 도로에서 육중한 무엇인가가 아주 빨리 돌진해 왔고, 커브길에서 헤드라이트가 정확히 그들을 비춘 것 같았다. 야콥은 한번 움찔하며 그대로 멈춰 섰고, 불빛은 그들의 얼굴을 꼼꼼하게 살피며 자세히 비추었다. 그러자 그녀는 깜짝 놀라 그에게로 뛰어들어 얼굴을 그의 어깨에 파묻고 꼼짝하지 않았고, 야콥의 손은 그녀의 목덜미를 영원이라 할 만큼 천천히, 불빛을 피해 자꾸만 아래로 눌렀다. 이윽고 포장도로 위에서 자동차 헤드라이트가 꺼지고 차는 나무들 뒤로 사라졌고, 그들은 몇 년 만에 키스했다. 십일 년 만이었다. 아마 그럴 것이다. 그렇지 않다. 그녀는 불빛 아래에서 그의 얼굴을 바라보면서, 입술을 깨물었다. 불빛은 그의 눈과 이마에서 나뭇가지들의 그림자를 옆으로 몰아냈고 예리효로 여행한 것이 얼마나 가치 있었는지를 그녀에게 보여 주었다. 여기서는 서독인 방문객에게 열차 편과 체류 허가증, 추가 식량 배급표를 제공한다. 그녀는 자유라는 것이 다르게 할 수 있음*이 아니라, 다르게 해야만 함을 뜻한다는 걸 이미 알고 있었기 때문에, 이제 야콥이 그 시절과 다름없는 오빠로 남아 있을 수 없음을 이해했다. 전적으로 믿을 수 있으며 도움이 필요하다면 어떤 일이든 대처할 능력이 있는 그런 오빠로서는 말이다. 그가 문에 서 있다가 다시 움직이려고 할 때야 비로소 그녀는 그를 껴안았다. 우리는 그걸 우리 눈으로 볼 수 있었고, 그녀는 이제 누구한테도 변한 게 있다고 말할 필요가 없었다.(그건 말로 할 수 없는 것이기 때문이다.) 그리고 내가 부엌에 들어와서 야콥이 막무슨 말을 시작하려고 하자, 그녀는 입술을 깨문 자국 바로 거기에 이를 갖다 댔다. 그러니까 크레스팔이나 내가 그녀를 알아채기 전이었다. 그리고 야콥은? 야콥은?

요나스가 부엌에 들어왔을 때, 야콥은 식탁 옆에 있는 게지네 앞에 서서 양손을 뒤로 하고 차가운 채색 타일에 몸을 기

---

* 폴란드 태생의 독일 혁명가 로자 룩셈부르크(Rosa Luxemburg, 1871~1919)의 "자유는 늘 달리 생각하는 사람들의 것이다."라는 말을 인용한 것이다.

대고 있었다. 야콥이 다시 그녀의 얼굴을 보았을 때, 그녀는 누가 들어오는지도 거의 알아채지 못했다. 그녀의 입술은 움직이지 않았다. 요나스가 "부다페스트에서 폭동이⋯⋯." 하고 시작한 말을 어떻게 마무리할지 모르는 것처럼 점점 더 주저하면서 두 사람을 번갈아 바라보았다. 그는 맨발이었고 아마도 이제껏 잠을 자지 않은 것 같았다. 셔츠 목 부분이 풀어 헤쳐져 있었다. 새로운 생각에 미소가 흩어져 버렸고, 그는 다시 한번 "부다페스트, 폭동⋯⋯." 하고 말했다. 이번에는 어떻게 말을 시작해야 할지 모르는 것처럼, 듣는 사람에게 더 큰 놀라움을 전해 주려는 것처럼 말했다. 갑자기 게지네는 눈부신 전등 불빛 밖으로 걸어 나와 팔꿈치를 들어 올리고 손등으로 눈을 비볐다. 그녀는 피곤한 나머지 비틀거렸다. 야콥은 몸을 반쯤 요나스에게로 돌렸고, 그의 얼굴은 너무 흥미로워서 눈을 제대로 뜰 수도 없다는 듯이 환하게 밝아지기 시작했다. "말도 안돼, 무슨⋯⋯?" 하고 그가 말했다.

　유일하게 든 생각은 이게 대체 무슨 일이야, 하는 것이었다. 내 방이 싸구려 호텔 방이야? 저놈은 뭐라고 떠드는 거야? 완전히 술에 취한 버릇없는 저 애송이 놈 말이야. "연대장이 스탈린 동지에게 보고를 하고 있어. 연대 차렷. 느닷없이──에취. 재채기를 한 거지. 스탈린 동지가 물었어. 누구야? 나왓! 대답이 없는 거야. 제1분대──총살! 겨눠 총, 쏴. 재채기한 놈 누구야? 대답이 없는 거야. 제2분대──총살! 겨눠 총. 재채기한 놈 누구야? 아무도 없나? 겨눠 총. 제3분대──총살! 총살! 이렇게 세 분

대가 사살되어 바닥에 쓰러졌어. 제4분대는 아직 우뚝 서 있고 말이야. 스탈린 동지가 몸을 돌려 제4분대가 아직 우뚝 서 있는 걸 본 거야. 자, 재채기한 놈 누구야? 향도병*이 세 걸음 앞으로 나와서, 기념비처럼 차렷 자세를 하는 거야. 네! 재채기한 건, 아빠, 저예요. 스탈린은 격정적으로 고개를 끄덕이고는 다정하게 말했어——나 스다로비예, 타바리시!** 건강하세요, 동지!" 하고 그놈이 말하고 있다. "여러분, 관등 성명을 대 주십시오." 내가 말한다. 그들은 체포된 사람처럼 벌떡 자리에서 일어난다. 얼굴들이 일그러졌다. 저기 구석에 있는 뚱보는 내 목을 얼싸안지 못하도록 옆에서 슬쩍 팔꿈치로 때려 줘야 할 지경이다. "당직." 하고 내가 말한다. 이런 버릇없는 놈. 이런 장래가 촉망되는 젊은 녀석이. 이놈한테 내가 두 시간을 썼다. 그런 그가 지금 저기 앉아서 내가 했던 우스갯소리를 떠들면서 근무를 서고 있는 것이다. "작은 모임이 있었습니다." 그가 말을 더듬으며 나머지 사람들을 보지만 모두들 고참이고 아무도 그를 거들어 주지 않는다. 그는 그들을 하나하나 나에게 소개한다. 그들은 자기 차례가 되면 차렷 자세를 취하지만 아주 똑바로 하지는 못한다. 아, 이런. 상상이 된다. 밤이 절반쯤 새도록 놈들은 여기 앉아서 라디오를 들었던 것이다. 아메리칸 포어시즈 네트워크와 레이디오 리버레이션과 북서독 방송, 여러분께 뉴스를 전해 드리겠습니다. 그리고 그들은 새벽녘에 술을 마시기 시작한 것이다. 제복을 입고서. 그래, 좋다. "그럼 우리 국가의 품위는?" 내가 묻는다. "적절한

---

* 군대에서 행진할 때 대오의 선두에서 방향과 속도를 조정하는 사람.
** '건강하세요, 동지!'(러시아어) 상대방이 재채기할 때 건네는 말이다.

상황에서 적절한 우스갯소리를 해야 한다는 것조차도 모른단 말입니까? 우리가 서커스 단원입니까?" 대답이 없다. 재채기한 놈 누구야? "여러분은 해당 부서를 통해 내 의견을 전달받게 될 겁니다." 나는 그들을 동지라 부를 수는 없다. "방을 나가 주십시오. 타자기 가져와." 그때 한스 녀석이 문에 나타났다. 그는 난처해하는 사람들의 뒷모습을 보며 히죽 웃는다. "넵, 대장님." 그가 말한다. 그들 모두 뒤돌아보았지만 이미 그의 모습은 보이지 않았다. 나는 그들에게 나가라고 간단히 손짓했다. 당직 근무자는. "비상 대기해. 열쇠 내놔." 그는 이제 제대로 설 수 있다. "자네의 그 싸구려 술은 책상에서 치우게." 언제나 제일 값싼 보드카다. 이놈들은 봉급을 받아서 어디에 쓰는 거야. 그는 한 팔 가득 술병을 안고 다른 쪽 손에는 술잔을 들고 돌아온다. 자, 이제 거수경례를 해 봐. 지금 왜 이 놈은 제발 용서해 주십시오, 하고 말하지 않지? 내가 이제 그런 말은 들어주지 않을 거라는 걸 어떻게 알지? 한스 녀석은 우리 물건을 들고 그놈 뒤에 서서, 내가 옳지 않으며 다른 사람한테 화풀이를 한다고 생각하고 있다. 그렇다. 나는 옳지 않다. 이건 자부심 때문이다. 거의 울기 직전이 된 이 젊은 녀석은 흐느끼고 얼굴을 붉히고 격앙되어 몸을 떨더니만 몇 번의 시도 끝에 측은하고 자신 없는 목소리로 말했다. 우리는 그 녀석 앞에 잠자코 서서 기다렸고, 이윽고 그의 말이 튀어 나왔다. "왜 그들은 대체 이 폭도들을 한꺼번에 쏴 죽이지 않습니까? 왜 붉은 군대는 이 폭도들을 쏴 죽이지 않습니까?" 나는 몸을 돌려 찬찬히 책상을 보았다. 모든 게 다시 다 잘 정리되어 있었다. 깔개에 얼룩이 하나 있었고 펜대 하나가 꽃병에 꽂혀 있었다. 나 역시 그 문제를 자문해 보았다. 파기브십사 체스치 이 슬라바 나셰이 로지느이.* 나도 모른다.

"아니, 이게 누구야." 하고 요나스가 말했다. 이제야 깜짝 놀
란 눈치였다. 그는 야콥의 충고를 솔직하게 받아들인 다음 잊
어버렸던 것이다. "이제 다 알겠어. 네 아버지 집이 마음에 들
어." 그가 말했다. 그녀는 고개를 갸우뚱하고서 호기심과 기대
를 가지고 그를 아래에서부터 관찰했다. 그녀는 별로 할 말이
없는 것 같았다. 야콥은 책상 모서리를 밀치며 나왔다. 그의
얼굴에 자기도 모르게 경련이 일어났다. 그는 두 사람을 주의
깊게 바라보았고, 그렇게 바라보면서 (잠시 대화를 중단하고 이
쪽 사무실에서 저쪽 사무실로 옮겨 가는 것처럼) 요나스가 나왔
던 방으로 들어갔다. 야콥과 게지네는 그가 더 머물 것임을 알
았다. "안녕, 요나스." 그녀가 말했다. 그녀는 다시 머리에서 스
카프를 풀었고, 한 손으로 머리카락을 관자놀이 쪽으로 밀어
올렸다. 머리가 아주 많이 젖어 있지는 않았다.

아니, 이럴 수가! 이게 어떻게 된 일이지? 하고 나는 생각했
다. 내가 무얼 잊어버렸나? 기다려 봐──도로에는 보슬비와 먼
지와 내 피곤함의 냄새가 났고, 바로 내 앞, 뜰 울타리에는 대
기 중인 자동차가 보였는데, 이러한 광경을 보자 나는 호텔 방
과 마지막 담배가 떠올랐고, 의심스럽지 않게 꼿꼿한 자세로 숙

---

* '우리 조국의 명예와 명성을 위해 쓰러져 간 병사들.'(러시아어)

녀답게 계단을 올라간다면 잠자리에 들 수 있겠구나 하는 생각도 들었다. 이제 아홉 걸음만 걸어가면 되었다——그런데 누군가 반쯤 잠들어 있는 나를 흔들어 깨웠는데 그게 누군지는 전혀 알 수 없었다. 그는 뭔가 무례한 말을 거칠게 내뱉었고, 나는 그의 시끄러운 목소리를 기억하고 내가 착각했다는 걸 깨닫고는 하마터면 이렇게 말할 뻔했다, 뭘 원하시죠, 아이 앰 어 스트레인저 히어 마이셀프.* 그때 나는 아직도 인도 위에 있었다. 나는 세 블록 너머에 대학교가 있다는 것을 알고 있었고 그의 얼굴에서 대학교의 흔적을 찾아보았다. 하지만 그 낯선 남자는 보이고 싶은 대로 얼굴 표정을 짓는 걸 잊은 게 확실했다. 그가 나를 바라보는 눈길이 사람을 보는 것 같지가 않았다. 그에게는 경계선이 사라져 있었고 나는 봄을 느꼈다. 나는 봄을 인식하고 달과 별을 찾아보았고, 우리가 대체 무슨 영화를 찍고 있는 거냐고 그 남자에게 물었다. 그 이상은 모르겠다. 그는 내 말을 이해했다. 그렇지 않았나? 그리고 이처럼 능숙하고 노련하고 뻔뻔하게 이해한다는 태도가 내 몽유병 같은 걸(영화를) 완성했다. 그 몽유병이 내 맘에 들었는지도 모르겠다. 내가 뭘 알겠나. 나는 잊어버렸다. 나는 내가 영어로 말했던 게 기억났고 그 장난이 재미있게 느껴지기 시작했다. 그건 아마도 가정 잡지에 실린 유머를 볼 때 갖는 기대와 같았다. 그리고 재치 있게 생각해 낸 유머가 끝나면 맥 빠진 실망이 오리라는 걸 예견하는 것과 같았다. 나는 영국 표준 영어로 말했다. 아버지가 그런 내 모습을 보았으면 아주 즐거워하셨을 거다. 만약 내가 지금 네 시간이나 걸린 프로버빌

* '저도 이곳을 잘 모르는데요.'(영어)

러티 컨퍼런스*를 마쳤으니 그래도 된다는 듯이 입을 벌려 하품하고 몸을 돌려 잠자러 가 버린다면, 아마 그는 그걸 두고두고 잊지 못할 거다. 그때 내가 통역했던 건 대체 어떤 접속법이었더라? 그는 대답을 했고 나는 그게 기억난다──나는 그가 한 말의 의미를 잃지 않기 위해서 그가 한 말을 즉시 잊었다. 그때도 다른 경우와 마찬가지로 바라는 것을 꿈꿀 때 나타나는 끈질긴 목표 지향이 있었다. 하지만 그것으로는 무언가 부족하다. 바라는 게 완전한 건 아니다. 내 속에 있는 무언가가 현실에 저항하고, 마치 지우개가 칠판 위의 백묵을 지우듯이 현실을 지우고, 그러면 다음 꿈은 처음부터 다시 시작되고, 마치 비행기가 음속 장벽 앞에서 2차 스퍼트를 하는 것처럼 만족감이 증가하다가, 자신의 무능력 앞에서 다시 줄어든다. 그리고 세 번째에는 점점 더 진부해지면서 몽유병이 계단을 오르듯이 시작된다. 어떤 목소리가 리슨, 유** 하고 말하고, 내 목소리는 휘치 피처 이즈 잇*** 하고 말했다.(기억난다──조금 전 여기에는 느슨한 두 손가락 사이로 빠져나가는 모래알처럼 사소한 무언가가 부족했다.) 그리고 그 목소리는 아이 셸 네버 리브 댓 다운**** 하고 말했고 그 꿈은 한 가닥 유리실과 같이 감정의 경련 같은 떨림과 함께 끊겨 버렸다. 나는 교육용 영화에서 그런 떨림을 본 기억이 나는데, 제트기 모형이 풍동***** 속에서 음속 장벽을 돌파할 때 격렬하게 세 번 덜커덕

* '개연성을 주제로 한 회의'(영어)
** '이봐요.'(영어)
*** '이건 무슨 영화죠?'(영어)
**** '거절하시면 두고두고 잊지 못할 겁니다.'(영어)
***** 항공기의 모형이나 부품을 시험하는 통 모양의 장치.

거렸다. 이제 그 꿈은 새벽녘이 되어서 비몽사몽 중에 완전해졌다. 자기기만의 의도를 뚜렷이 알게 되는 건 잠에서 깰 때이다. 우리 이제 그만두지요──나는 그렇게 생각했다. 하지만 나는 끼어들어 있었고 이제 중단할 수가 없었다. 어떤 사람이 먼저 네임 콘*이라고 말했기 때문인데──제가 소개할게요 이분은, 그렇게 되니까 모든 게 저절로 굴러갔다. 시민다운 행동이라는 레일 위로 말이다. 그다음엔 차를 함께 마시자는 초대가 있었고, 그다음엔 공연을 보고 식사를 하고, 그다음엔 이것 그다음엔 저것. 그리고 생각해 낸 모든 일은, 우리는 외롭지 않다, 그리고──자세히 관찰해 보고 이제 좀 이성적으로 생각해서 분명한 것은 인정해라──우리는 공통점이 많다, 슈든트 위 레이즈 어 패밀리**라고 스스로 설득할 수 있도록 하기 위한 것이었다. 그는 내 앞, 아버지의 집 안에 서 있고 내 옆에 있는 야콥과 마찬가지로 현실이다. 나는 무슨 말을 해야 할지 몰라 안녕 하고 말하고 부끄러워졌고, 나 자신에게 기억을 떠올려 보라고 명령했다──이 사람은 나를 사랑하는 요나스다. 됐다.

야콥은 난로의 연료 투입구를 열고 나무를 한 토막씩 양손에 들고 난로 앞 바닥에 앉아서 남은 불씨에다 입으로 바람을 불어 넣었다. 그는 이미 한 번(갑자기 생긴 재는 자정쯤에) 석탄재를 치웠고, 열기에 빨개진 석탄은 다시 가장자리가 하얗

---

* '제 이름은 콘입니다.'(영어)
** '우리가 자식을 낳아야 하는 것 아닌가.'(영어)

게 되었다가는 회색빛으로 희미해졌다. 그는 다시 석탄 표면에다 바람을 불었다. 그런 다음 석탄 위로 작업장에서 가져온 대팻밥을 던져 넣었다. 대팻밥이 흩어지면서 연기가 자욱하게 올라왔다. 탁탁하고 쉭쉭하는 소리를 내며 불꽃이 터졌다. 그는 첫 번째 나무토막을 불 속에 넣었고 난로의 연료 투입구 앞에서 나무토막을 하나씩 넣을 때마다 틈 사이로 손 모양이 비쳐 보였다. 난로의 통풍구를 닫자 타닥타닥 튀는 소리가 나지막해지고 묵직해졌다. 바람이 드나들기 시작했다. 그는 집 안에 들어와 있는 요나스에게 "땔감이 더 있어야겠어." 하고 말했다. "물 좀 올려놔." 그들은 서로 다른 방향으로 방을 나섰다. 야콥은 이미 뜰로 나간 뒤였지만 요나스는 기분 좋게 고개를 끄덕였고, 그렇게 조용하게 흐뭇한 기분으로 부엌 창가에 서서 야콥이 부엌 불빛을 받으며 창고에서 꺼낸 장작을 한 아름 모으는 모습을 지켜보았다. 그는 바닥에 드리워진 격자 모양의 고정된 창살 그림자 사이로 이리저리 미끄러지듯 움직였다. 요나스가 돌아왔다. "게지네는 크레스팔하고 같이 있어." 그가 말했다. 야콥은 난로 아궁이 앞에서 몸을 일으켰다. 그의 눈빛은 예상 밖으로 즐거워 보여서 지금에야 비로소 요나스는 그가 도착했을 때 꼼짝 않고 가만히 서 있었던 것이 생각났다. 하지만 야콥은 타자기 앞 의자에 앉아서 곧추세운 턱 밑으로 다시 넥타이를 맬 때 기분이 좋아 보였다. 그는 마치 좋아서 그러는 것처럼 가볍게 타자기 자판을 쓰다듬었다. "문장 중간에서 멈췄네." 그가 말했다. 요나스는 고개를 끄덕였다. 자정 때와 마찬가지로 종이에는 몇 마디 말만 쓰여 있었다. 그때 크레스팔은 집에 와서 "여기 앉아서 쓰는구나." 하고 말했다. 하지만 지금은 사정이 달라졌다. 야콥은 몸을 굽히지도 않고서 쌓여 있는 종이를 슬쩍 보며 이렇게 말했다. "아, 여기서 글을 쓰는구나, 그렇지? 우린 멀리서부터 네 불빛을 봤어." 그들은 서로 미소를 지었다. 야콥은 편안하게 요나스를 보려고 어깨를 의자 등받이보다 높이 밀쳐 올렸다. "자, 그럼 얘기 좀 해 봐." 하고 야콥이 말했다.

게지네는 크레스팔 앞에 놓인 책상 모서리에 앉아서 크레스팔의 눈앞에다 젖은 스카프를 흔들었다. "오늘은 스카프가 더 필요했겠구나, 얘야." 그가 말했다. 그는 한밤중에 옷을 다 갖춰 입고 안락의자에 앉아서 못마땅한 표정으로 그녀를 곁눈질했다. 그녀는 스카프를 던졌다. "그분도 분명히 무슨 이유가 있었겠죠." 그녀가 격하게 말했다. 라디오는 꺼져 있었다. 책상 위에는 찌그러진 회중시계만 남고 다 비워져 있었다. 게지네가 말할 때는 시계 소리가 들리지 않았다. "집에 파출부를 두세요. 이러실 순 없어요. 여기 의자에 혼자 앉아서……" ─ 그녀는 주저하면서 말을 뚝 그쳤다. 깜짝 놀라지는 않았다. 크레스팔은 주름진 얼굴로 정답게 그녀를 바라보았고 째깍째깍하는 시계 소리를 배경으로 끝까지 주저하지 않고 천천히 말했다 ─"어느 날 밤 내가 여기서 죽을 거라는 말이지. 그리고 내가 앉아 있는 걸 아무도 보지 못할 거라고." "네." 그녀는 깜짝 놀라며 말했다.

야콥은 손을 펼치고 허공을 쳤고 아무 말도 하지 않았다. 크레스팔 방문 안쪽은 완전히 조용해졌다. 둥근 전등갓 아래에서 실처럼 피어나는 연기를 속박하고 있는 전구 불빛 덩어리만이 이 집에서 유일하게 깨어 있는 것 같았다. 새벽 여명은 아직 보이지 않았다. "우리가 확실히 아는 건 한 가지밖에 없어." 야콥이 말했다. 그는 요나스 쪽을 올려다보았다. "그래." 요나스가 말했다. 걱정스러워진 요나스는 창턱에서 내려와 서성거리기 시작했다. "만약 그들이 지금 게지네를 붙잡으면, 게지네는 여기 예리효에서 폭동을 준비한 게 되는 거야. 그녀는 집 밖에 나가선 안 돼, 그렇지, 요나스?" 야콥은 이제 의자 팔걸이 사이로 완전히 누워서 두 발을 그네처럼 흔들었다. 바지는 비에 젖은 길 때문에 더럽고 망쳐져 있었다. "게지네가 카메라를 가져왔나? 아주 작고 손가락 길이 정도 되는 건데, 장난감처럼 말이야." 요나스가 물었다. "빌어먹을!" 야콥이 말했다. 그러자 요나스는 근심스럽게 생각에 빠져들어 벌써 다른 생각에 몰두하는 것처럼 보였는데, 그때 야콥이 불현듯 물었다. "운전할 수 있어?" 요나스는 고개를 가로저었다. "게지네는 할 수 있어. 아, 넌 지금 근무하러 돌아가야 하지?" 야콥은 깜짝 놀라 뒤로 물러섰다. 그는 요나스를 빤히 쳐다보더니 다시 골똘히 생각에 빠져들었다. "빌어먹을, 그렇지……." 그는 생각에 잠긴 채 투덜댔다. 야콥의 시선이 문 옆에 있는 거울 속에서 의자에 쭉 뻗고 누운 제 모습을 다시 알아보는 것을 요나스는 지켜보았다. 야콥의 입가에 회의적인 미소가 번지더니, 이윽고 그가 조용히 입을 벌리며 웃었다. 요나스는 그들이 서로를 이해하지 못했음을 깨달았다.

크레스팔은 난로 곁에 서서 럼주와 끓인 물을 섞었다. 그는 입에 담배 파이프를 물고 꼼짝하지 않았다. 요나스는 야콥의 어머니에 대해서 물었다. 크레스팔은 술잔을 불빛에 비춰 보았고 그로그*가 넘쳐흐르기 직전까지 술병을 기울였다. 그녀는 아직 임시 수용소에 도착하지 않았다고 했다. 게지네는 그녀에게 돈을 송금했지만 삼 주간은 격리된 채 지내야 한다고 했다.

타자기가 있는 방은 문이 세 개 있었다. 하나는 부엌 쪽, 또하나는 크레스팔 쪽, 세 번째는 아주 작은 골방을 지나 작업장으로 이어졌다. 그것은 게지네의 방이었다. 그들은 요나스의 침구를 타자기, 종이와 함께 작업장으로 옮기고, 골방에서 찾은 깃털 누비이불로 요나스의 잠자리를 마련해 주었다. 그곳에는 야콥의 어머니가 우편으로 보내도록 끈으로 묶어 둔 종이 상자가 남아 있었다.

야콥은 문이 열린 옷장 앞에 서서 이불 하나를 꺼내 새 시트를 씌웠다. 게지네는 천천히 외투를 벗었고 탁자 앞에 놓인 의자 위치를 바꿔 놓았다. 하지만 곧 그만두고 야콥 곁으로 가서 섰다. 그녀는 야콥의 미간 주름이 다시 잡히는 것을 보았는데, 그는 자기 일만 신경 쓰고 있었다. 그는 시트커버를 앞으로 들어 올리고 양팔로 이불을 흔들어 아래쪽 모서리까지 펴지게 했다. 그는 시트 전체를 어깨 위로 느슨하게 던져 올려 이불 단추를 끼우기 시작했다. 마지막으로 나무 침상에 이불을 올리고, 다시 한 번 반반하게 침대 시트 주름을 폈고, 다 된 작업은 쳐다보지도 않고 돌아섰다. 그는 그녀의 어깨를 잡았다. 게지네의 얼굴은 피곤해서 핼쑥해졌지만, 광대뼈 위로 스치는 바람 때문인지 눈은 시원하고 맑았다. "꼭 가야 해?" 그녀가 말했다. 그는 눈을 가늘게 뜨고 곁눈질하는 듯한 눈길로 고개를 끄덕였다. 그는 그녀를 놓아주고 가방을 집어 들어 그

---

* 럼과 물을 절반씩 섞은 술.

녀에게 건넸다. "다 털어놔 봐." 그가 말했다.

"아직도 비가 오나?" 크레스팔이 물었다. 그는 요나스의 손목을 잡고 시계를 들여다보았다. 야콥은 이십 분 내로 역에 도착해야 한다. 요나스는 창가로 가서 들창을 열었다. 크레스팔은 난롯가에 앉아서 차갑게 불어오는 공기를 맛보는 것처럼 입술을 움직였다. "지금은 조용하네요." 요나스가 말했다.

그녀의 물건이 이불 위로 흩어져 놓였다. 야콥은 그것을 하나하나 집어 들었다. "너 미쳤구나!" 그가 나지막이 외쳤다. 그는 몸을 일으키고 그녀에게 손을 내밀었다. 작고 번쩍이는 정교한 금속 물체 두 개가 세로로 나란히 놓여 있었고, 그가 그 위로 손을 덮자 그 안에서 조그맣게 달그락거리는 소리가 났다. 그는 그것들을 재킷 호주머니에 밀어 넣었다가, 다시 꺼내 놓고 카메라만 다른 곳에 감췄다. "안전장치 어떻게 푸는지 좀 가르쳐 줘." 그가 말했다. 그녀는 손을 뻗어 집게손가락으로 총신의 한 부분에서 아래로 짚어 가다가 마침내 방아쇠 위에서 멈추었다. 야콥은 이제 모든 것을 안주머니에 찔러 넣었다. 그는 기분이 좋아져서 머리를 가로저으며 거울 아래 놓인 수납함 쪽으로 갔다. "물에 빠진 생쥐 같아." 그녀에게 스웨터와 겉옷을 던져 주면서 야콥이 말했다. 그는 난로로 가서 타일을 짚어 보았다. 그녀는 그가 가볍게 고개를 숙이는 것을 보고 타일이 따뜻해진 것을 알았다. 그녀는 받아 든 옷가지를 팔에 걸치고 아직도 침대 앞에 서 있었다. 그는 그녀의 머리를 매만져 주고서 진지하게 물었다. "됐어?" 그녀는 그에게 재킷을 벗겨 달라고 했다. 그런 다음 그녀가 말했다. "됐어." 그는 그녀의 얼굴이 보일 때까지 기다렸다. 그리고는 부엌으로 갔다.

"이제 바다로 가 보거라." 그녀가 야콥의 옷을 입고 문간에 서 있을 때 크레스팔이 말했다. 그녀는 두 사람을 기분 좋게 차례대로 바라보았는데 불빛에 눈이 부셨다. 그녀는 끓는 물 속에서 유리잔을 꺼냈다. "우리 아버진 말씀하실 권리가 있지." 그녀가 특유의 목소리로 말했다. 그녀는 식탁에 앉았다. 그리고 우리는 말하지 않았다. 우리가 나이 들어서도 잘 지내면 좋겠다고 말이다. 그들은 모두 야콥이 일어날 때 같이 일어났다. 게지네는 의자를 넘고 식탁을 빙 돌아서 야콥 앞에 와서 멈춰 섰다. 그녀는 그의 목에 두 팔을 올렸고 그의 두 손은 그녀의 어깨로 왔다. 두 사람의 입술이 닿았다. 그들이 그렇게 하지 않았다면 내가 놀랐을 것이다. "다시 와." 그녀가 말했다. 요나스는 그녀 뒤에 서 있었다. 그는 고개를 끄덕였다. 크레스팔은 담배 연기가 방해받지 않고 피어 올라가도록 고개를 한쪽으로 기울였다. 그는 감았던 눈을 떴다. "나도 그럴까 해." 야콥이 말했다. 그가 돌아섰다. 현관문이 찰칵하고 닫히는 소리가 들렸다.

이 숨바꼭질 놀이에 책임이 있는 건 바로 나 자신이다. 국가 권력은 지금이 중대한 시기라고 암울하게 말하며, 국민들이 무언가 알아듣기를 바라고 있다. 국민들은 이미 무슨 뜻인지 알고 있기는 하지만, 어쩐지 좀 그렇다 하고 생각하고 있다. 그 일을 가지고 지구 관할 경찰의 면담 시간에 가는 건 어쩐지 분별없는 일이다. 만일 내 뜻대로 되었다면 우리는 여전히 맴돌고 서로 비껴가고 결코 만나지 못할 것이다. 여기 내 앞에 앉아 있는 사람이 야콥 맞는가? 그가 한가한 사람처럼 이렇게 몸을 뒤로 기댄 채 잠들어 버려도 나는 놀라선 안 된다. 그는 초과 근무도 많이 한다. 그렇다. 이 사람은 야콥이다. 야콥, 어째서 자넨 화주를 마시지 않지?(나는 그걸 도무지 모르겠다.) 그가 내 말을 믿도록 늦지 않게 길들여 놓았더라면 좋았을 텐데. 지금 나는 그에게 내 신분증과 근무용 권총 그리고 내 영혼의 구원을 동시에 담보물로 제공할 수 있지만, 그는 여전히 내가 그런 걸 두 개씩 갖고 있으며 하나는 감춰 놓고 있다고 생각할 것이다. 하긴 내게 보충할 수 없는 건 하나도 없다. 그는 곧 재킷도 다림질하도록 내줄 수 있을 것이다. 그 안에 무언가 갖고 있다. 재킷 안에 아무것도 넣지 않는 사람이 어디 있는가. 이제 우리 둘 중에 한 사람이 무언가 말해야 한다. 지금.

"약속해 주세요." 야콥이 말했다. 나는 기습당한 기분이 들었다. 그건 가장 간단한 것이었다. 상호 이익의 원칙에 따라 신뢰하는 분위기에서는 말이다. 한스 녀석이 말리고 다림질한 야콥의 옷가지를 가지고 올라왔을 때, 나는 공식적으로 녀석에게 이번 임무는 끝났다고 말해 주었다. 한스 녀석은 깜짝 놀라 야콥 쪽으로 몸을 돌렸다. 마치 자신이 그를 잘못 평가했다는 듯이, 혹은 그에게 다시 볼 점이 있다는 듯이 말이다. 야콥은 의자 뒤에 서서 다시 옷을 입었다. 한스 녀석은 이해를 하지 못했다. "4시 40분부로 자네는 야콥의 지휘를 받게." 내가 말했다. 벌써 5시였다. 한스 녀석은 두 손을 바지 솔기에 대고 모욕감을 느끼면서도 차렷 자세를 취할 수밖에 없었다. "네, 알겠습니다, 대장." 그가 말했다. 그는 내가 나중에 이야기를 해 주겠지 하는 기대조차도 하지 않았다. 나 역시 그럴 생각은 없었다. "아, 그렇지. 이쪽은 한스. 이쪽은 야콥." 내가 말했다. 그들은 악수를 나누었다. "많이 피곤하지?" 야콥이 그에게 물었다. 아니다. 우리는 모두 피곤하지 않았다. "명령을 하나 하지. 마실 것 좀 가져와." 야콥, 시작이 좋군──나는 생각했다. 한 가지 대답만 가능하다. 아마 한스 녀석은 네, 알겠습니다 하고 말해야 할 것이다. 야콥은 그를 보내 버리지 않는다. 어째서 그가, 젠장, 한 번 더 그래야 하겠는가.

새벽 어스름은 하얗게 바뀌었다. 고양이는 야콥의 수납함 위로 뛰어올랐고 희미하게 털썩하는 소리가 났다. 녀석은 몸을 뻗으면서 거울에 비친 자기 모습을 쳐다보았다. 거울 속에는 게지네의 머리칼 아래로 어깨가 보였다. 그녀가 움직였다. 고양이는 그 모습을 보고 야옹거렸다. 그런 다음 녀석은 다시 하품을 하며 몸을 떨었다. 녀석은 뻣뻣한 자세로 생각에 잠겨 창가로 걸어가다가 위로 뛰어올랐다. 녀석의 녹색 털이 창문 틈에서 조금씩 안개 속으로 미끄러져 갔고, 이윽고 꼬리 끝이 한번 움찔하더니 밑으로 떨어졌다.

게지네는 부엌에 들어오면서 야콥이 식탁에 앉아 있는 것을 보았다. 그는 쭉 뻗은 두 팔 위로 머리를 비스듬히 기대고 있었다. 그는 한 마리 동물처럼 참을성 있게 소리 없이 잠들어 있었다. 그녀는 되돌아갔다.

그녀의 옷은 말랐는데, 구겨지고 비에 더러워진 채로 굳어 있었다. 그녀는 야콥의 검은색 조차 작업복을 입고 올라가서 침대를 정리하기 시작했다. 크레스팔의 방은 아직 조용했다.

그녀는 몸을 일으켜 귀를 기울여 보았다. 안개가 와삭거리는 소리를 냈다. 그녀는 창가로 가서 여닫이창을 바깥으로 밀어 열었다. 고양이는 비에 젖고 서리가 내린 풀 줄기 아래에서 등을 구부리고 불쾌한 듯 서서 한 발 한 발 걸음을 옮겼다. 녀석은 등을 펴지 않은 채 몇 걸음을 걷다가 다시 망설이며 멈춰 섰다.

야콥은 천천히 몸을 일으켰다. 그는 누군가의 시선을 느꼈다. "배고파?" 게지네가 속삭였다. 그는 고개를 저었다. "내 침대를 써." 그녀가 말했다. 그는 일어났다. 그리고 주머니에서 담뱃갑을 반쯤 꺼냈다가 이미 담배 맛이 입안에 가득한 것처럼 입술을 비죽이고는 담뱃갑을 꺼내지 않았다. 그는 고개를 숙이고 고르지 못한 걸음걸이로 그녀 곁을 지나갔다. 그는 문 앞에서 주머니에 넣었던 손을 빼지 않고 등으로 문을 밀면서 열고 들어갔다. 게지네는 식탁을 치우기 시작했다.

야콥은 이불 밑에 몸을 쭉 펴고, 마치 그때까지 움직이고 싶지 않았다는 듯이 누워 있었다. 그는 문으로 눈을 돌리지 않았다. 게지네는 그의 곁에 와서 침대 모서리에 앉았다. 질문하는 눈으로 그를 바라보았다. "점심때." 그가 말했다. 하지만 그의 시선은 눈에 보이지 않는 머나먼 어떤 것을 향해 고정되어 있었고, 그걸 바라만 볼 뿐 더 이상 생각하지는 않았다.(그의 시선이 움직이지 않았다.) 이윽고 그는 한쪽 팔을 뻗어서 그녀의 머리를 자기 옆으로 당기고는 눈을 감았다. 그녀는 그가 잠들 때까지 곁에서 꼼짝하지 않고 조용히 눈을 뜬 채 누워 있었다.

고양이는 작업장으로 이어지는 낡고 매끄러운 계단 널빤지에 앉아 있었다. 고양이가 작고 가느다란 실눈을 불쾌한 듯 이리저리 돌렸다. 게지네는 그 앞에 서 있었지만 아직 우유 접시를 놓아 주지 않았다. 축축하고 이끼 긴 지붕의 골 너머로 하늘이 환하게 빛나기 시작했고 하얀 빛은 점점 더 강해졌다. 서릿발이 벌써 반짝이고 있었다. "그렇게 투덜대지 마." 내가 말했다. 녀석은 불만스럽게 눈을 깜박였고 한 발 한 발 계단을 내려갔다. 나는 몸을 굽혀 녀석에게 우유 접시를 주었다. 녀석은 핥아 먹기 전에 머리를 목덜미로 당겨서 나를 눈여겨보았다. 나는 녀석 옆에 쪼그리고 앉아서 지켜보았다. 공기에서 한낮의 온기가 느껴졌다. 나는 마침내 집에 왔구나, 하는 느낌이 들었다.

요나스는 대문에 서서, 그물 가방에 빵을 담은 채 시내에서 돌아오는 크레스팔을 바라보았다. 그는 몸을 흔들며 웅덩이를 뛰어넘어 왔는데 팔을 흔들면서도 머리는 목덜미에서부터 꼿꼿했다. 그는 일부러 입술을 비죽이고 요나스를 응시하면서 리스베트 파펜브로크가 이런 식으로 자신을 보았다면서 그녀의 의심스러운 얼굴 표정을 과장해서 흉내 내 보였다. 그녀는 얼이 빠진 채 빵 개수를 세느라 크레스팔에게 아무것도 묻지도 못했다고 했다는 것이다. 그녀는 대고모(大姑母)라고 했다. 그녀를 데리고 왔더라면 소식을 좀 들을 수 있었을 것이라고 했다. "자네가 신문만 들여다보고 있는 걸 보았네. 거기엔 아무것도 실리지 않아. 하지만 리스베트라면 얘기해 줄 수 있을 텐데. 폭동에 가담한 사람들이 벌써 예리효 역을 점령했다고 말이야!" 요나스는 머리를 가로저었다. 자신은 전혀 신문을 들여다보고 싶지 않다고 했다. 크레스팔은 눈썹을 치켜들고 그를 관찰했다. 그다음 그는 말없이 놀라며 부엌에 앞장서서 들어갔다. "딸아……." 그는 큰 몸짓과 함께 말을 시작했다.

아침을 먹으면서 게지네는 여행 이야기를 했다. 인 투토 일 몬도 팔몰리베 인 투토 일 몬도 팔몰* 하고 그녀가 말했다. 하지만 뮌헨의 호프브로이**도 지하철역 입구에 있는 중앙난방 쇠뚜껑 위에서 밤을 지내기 위해 자리를 잡은 여자에게 자신을 추천하고 있었고, 노숙자들은 말없이 누워 있더라고 했다. 염치없이 임페리얼 팰리스 호텔(일 누오보 그란데 알베르고***)에서 사회 개혁주의적 이론에 대한 비판을 깊이 생각해 보았고, 그 호텔의 네온사인 역시 지하철역에 있는 사람들 얼굴 위로 깜박였다고 했다. 크레스팔은 그릇을 밀어 놓고는 골똘히 암울한 생각을 했다. 요나스는 주의 깊게 한 손을 턱에 괴고 앉아서 질문했다. 그래서 그녀는 비를 맞고 서 있던 당나귀 이야기와 로마 테르미니에서 빌라 산 조반니까지 프러포즈를 열여덟 번이나 받았던 이야기를 했다. 메이 아이 캐리 유어 슈트케이스,**** 여주인은 돈을 받지 않으면 안 해 줘요, 레이 코무니스타……? 시시.***** 크레스팔은 의자 등받이에 기대 몸을 뒤척였다. 혹시 그라파******를 마셔 보았느냐고 묻기도 했다. 아니요. 그건 또 다른 사람이었어요. 벗 아이 네버 드랭크 애니싱 쏘 쿨 앤드 클린 라이크 마티니 드라이 알테차 수 리벨로 델 마레 메트리 신퀘센토 신콴타.******* 하지만 비가 올 때 그곳은 레베르크와 똑같더

* '온 세상이 야자 올리브야, 온 세상이 야자 올리브.'(이탈리아어)
** 뮌헨의 유명한 맥주 집.
*** '최신 대규모 호텔'(이탈리아어)
**** '여행 가방 들어 드릴까요?'(영어)
***** '당신은 공산주의자입니까? 네네.'(이탈리아어)
****** 이탈리아산 포도주의 일종.
******* '하지만 나는 해발 550미터의 높이에서 마신 마티니 드라이만큼 시원

라고 했다. 만약 아버지가 그 사내를 상관하지 않는다면 말이다. 사내는 엄청나게 큰 우산을 씌워서 그녀를 숙소까지 데려다 주었고, 마주 오는 아이들이 "우나 잉글레제?"* 하고 비웃듯이 질문하자 경멸조로 중얼거리면서 대답했을 뿐이다. 자기도 정확하게는 몰랐기 때문이었다. 그리고 마지막으로 팁을 주고 남은 25리라는 요나스를 주려고 가져왔지만, 이것도 나이 많고 존경스러운 아버지께 드리는 게 좋겠다고 했다. 아버지는 언제나 성냥개비 하나도 아껴야 하는 분이니까. 아직 성냥은 여분이 있지만 다만 필립 모리스가 지금 동났다고 했다. 비코우즈 디스 필립 모리스 해즈 잇. 스쿠지.** 그녀는 이틀 동안만 머물 수 있다고 했지만, 그런 변명은 아무런 도움이 되지 않았다. 크레스팔은 담배를 채운 파이프를 주머니에 찔러 넣고 밖으로 나갔다. 그들은 그가 뜰에 서 있는 것을 보았다. 그는 불붙인 성냥 위로 몸을 구부렸다가 계단을 올라가서, 문간에서 몸을 숙였다가는 사라졌다. "도대체 거기엔 왜 갔어?" 요나스가 물었다. 그것은 야콥이 묻지 못한 것이었다. "난 행복하지 못했어, 요나스." 그녀의 미소는 조소의 빛이 짙어졌고 마침내 요나스는 잠시 시선을 돌리기 위해 야콥의 담배를 한 개비 집었다. 그는 그녀와 함께 그 지역에서 보냈던 지난 봄 일주일을 회상했다. 그는 깨달았다 ─ 그녀는 그 일주일이 자기 마음을 여전히 붙들어 주고 있는지 확인해 보려고 했던 것이다. 하지만 그건 바랄 수 없는 일이었다.

___

하고 깨끗한 걸 마셔 본 적이 없어요.'(영어, 이탈리아어)

* '영국 여자예요?'(이탈리아어)

** '이 필립 모리스가 그렇잖아요. 미안합니다.'(영어, 이탈리아어)

— 넌 그 얘기를 해서 우리한테 뭔가 이해시키려는 것 같았
   어. 그래서 난 네가 말할 수 있게 질문을 했던 거야. 하지
   만 넌 말하려고 하지 않았어.
— 그래. 우리가 오늘처럼 솔직하지 못한 적은 없었던 것 같아.
— 그래.

   게지네가 작업장에 들어왔을 때, 크레스팔은 그녀를 쳐다보
지 않았다. 그녀는 그의 등 뒤에 머물러 서서 그의 두 손을 바
라보았다. 그는 베니어판을 앞에 세워 두고 거기에 홈을 촘촘
하게 나란히 파냈는데, 그녀는 그렇게 하는 것이 어떤 의미가
있는지 몰랐다. 그는 꾸지람 들을 짓을 한 사람처럼 그렇게 서
있을 필요는 없다고 불만스럽게 말했다. "돌아보지도 않으셨잖
아요." 그는 등으로 느낄 수 있다고 했다. 그리고 이렇게 말했
다. "네가 그렇게 사는 게 옳지 않다고 말할 수밖에 없구나. 내
딸을 도와줄 수도, 돌봐 줄 수도 없잖니. 그건 집 때문이 아니
다. 다만 지금 네가 너무 멀리 떨어져 있으니 어떻게 할 수가
없구나, 게-지네! 부엉이는 부엉이 알을 까는 법이고 그건 절
대로 개똥지빠귀가 되지 않는다고 다들 말하지만, 너-의 대-
고-모가 지금 네 모습을 볼 수 있으면 좋을 텐데. 네가 얼마나
네 뜻을 적절하게 표현하는지. 그리고 몇몇 중요한 일에 대해
너의 그 잘 배운 머리를 굴려서 그렇게 꼼꼼하게 글을 써 주는
건 나한테는 정말 남-모-르-는 기-쁨이란다. 항상 그렇게 솔
직하면서도 엉뚱하게 말이다. 그때 내가 금방 알아채지 못하는
점이 유-감스러울 뿐이지. 누구나 자기 마음대로 생각할 수가
있고, 부엉이가 있었는데* 하고 생각할 수 있어. 그럴 수도 있

겠지. 그리고 나는 별로 할 말이 없구나. 내가 말할 수 있는 건 그저 브뤼스하퍼네 고양이가 어떻다는 얘기나 저녁엔 하늘이 무척이나 파랗다는 얘기 아니면 지금 하루 종일 이렇게 한결같이 빗방울이 떨어지고, 그러고 나면 아스팔트에 희미하게 파란빛이 돈다는 얘기뿐이지. 하지만 나도 안다. 해질 무렵 아스팔트는 검은색이고 불빛은 노랗다는 걸 말이야. 그런 쓸데없는 말들을 너한테 써 보낸다. 그래도 여전히 너는 내가 지금 어떻게 사는지 모른다. 또 너는 이렇게 써 보내지. "모든 게 선명해요. 공원 나뭇가지들은 드넓은 파란 하늘을 배경으로 또렷하게 도드라지고, 뒤편으로 시내의 박공지붕들은 마치 도려낸 듯 검게 보이고, 그리고 앞쪽에는 잿빛 전차가 노란색 불빛 속으로 달려가고, 성냥개비 같은 구조물들은 가늘고 우아해요. 그리고 그 파란 하늘은 조금씩 점점 더 어두워져 가고, 이윽고 결국에는 모든 불빛이 하얗게 보이고 안개가 걷히죠." 하지만 그건 아마 같은 안개일지도 모른다. 한참 뒤에 내가 한밤중에 창문을 열면 끼어 있는 안개하고 말이다. 나는 자작나무가 보이지 않아서 놀랐단다. 그럴 때는 안개가 낀 거고 자작나무도 있는 거야. 다만 안개 때문에 보이지 않을 뿐이지. 너를 사랑하는 아버지로부터. 이건 우리가 말다툼할 필요도, 다른 사람한테 설명할 필요도 없는 사실들이야. 다른 말은 하지 않으마. 그 밖의 다른 일에 대해서 너는 이제 외지인이니 말이다. 그러니 네가 그렇게 사는 게 옳지 않다고 말한다고 해서 놀랄 필요는 없다. 예리효는 널 도와줄 수가 없구나." 그리고 크레스팔은

---

* 독일 북부 지역에서 쓰이는 관용구로, 기대했던 것과는 다르다는 의미.

그녀가 그런 이유로 온 것이 아니기를 바란다고 했다. 그녀에게 드넓은 파란 하늘과 빛나는 나뭇가지들과 함께 하루가 어떻게 지나가는지도 주목해 보라고 말했다. 그러면 작업장 창문을 다시 한 번 닦지 않으면 안 된다는 점을 아주 분명히 알 수 있을 것이라고 했다. 그는 이런 날씨에는 늘 그녀가 여기 없다는 게 유달리 유감스러웠다고 했다. 크레스팔은 말을 시작했을 때처럼 갑작스럽게 입을 다물었다. 그는 이제 아주 작은 나뭇조각들을 맞대어 맞추었고, 조각들을 눈앞에 바싹 대 보았다가 울퉁불퉁한 것들을 사포로 갈아 냈다. 그는 그녀가 계속해서 등 뒤에 서 있다고 느꼈지만, 뒤돌아보았을 때 그녀는 이미 가 버리고 없었다. 요나스는 그녀가 바깥 계단에 서 있는 것을 보았다. 그녀는 한 손을 눈 위로 올려서 햇빛을 가리고 해를 쳐다보려고 하는 것 같았다. 요나스는 그녀의 신발 한 짝을 닦기 시작했다. 그가 부엌 창문 밖으로 몸을 굽히고서 얼룩은 지워졌지만 윤기는 없는 가죽 신발을 햇빛에 내놓았을 때, 그녀가 계단에 웅크리고 앉아 있는 것이 보였다. 그녀는 야콥의 스웨터를 턱까지 올려 입었는데, 통이 넓고 무릎이 나온 바지 안에 다리가 매달려 있었고, 매끄럽게 다듬고 부드럽게 사포질한 나막신이 볼이 좁은 발에 걸린 채 흔들렸다. 그렇게 그녀는 유쾌하게 눈을 깜박이며 햇빛을 쳐다보는 것 같았다.

그리고 우리 셋은 문직물(紋織物)로 된 테이블보를 찾느라 옷장 전부를 샅샅이 뒤졌다. 우리 집에 하나 있었는데, 하고 야콥이 말했다. 크레스팔은 어찌된 일인지 고개만 절레절레 흔들 뿐,

테이블보가 어디에 있는지는 몰랐다. 그는 자기 방에 다녀와서 아주 난처한 얼굴로 그 애가 잔다, 하고 말했다. 우리는 당황해서 서로를 쳐다보았고 그를 따라 발끝을 세우고 그 양지바른 방에서 나와 냉기가 뚜렷하게 느껴지는 크레스팔의 회색빛 방으로 올라갔다. 거기에서 그녀는 책 몇 권을 앞에 놓고 긴 소파에 누워서 노란색 이불을 덮고 잠들어 있었다. 옆으로 누우려고 움직이다가 잠든 것처럼 한쪽 어깨가 더 높은 자세였는데, 어깨 위로 머리카락이 풀어져 있었다. 숨을 쉴 때마다 고집 센 얼굴 윤곽이 움직였다. 영원히 누워 있을 것처럼 두 팔을 머리 위로 쭉 뻗고 있었다. 크레스팔이 조심스럽게 다가가서 발 위에 이불을 덮어 주고 도로 나왔다. 그들 두 사람은 나를 바라보고 미소를 지었다. 내가 꼼짝하지 않았기 때문이다. 이윽고 그들의 얼굴에는 또다시 걱정스러운 표정이 떠올랐고 잠시 어찌할 바를 모르더니, 그다음엔 내 곁에 있던 야콥이 다가가서 앞으로 몸을 굽히고 두 손으로 세워진 어깨와 목덜미 아래를 붙들어 조심스럽게 들어 올렸다. 그래서 그녀가 눈을 떴을 때에는 야콥밖에는 아무도 보이지 않았고, 그의 목을 단단히 붙들고는 혼자만의 생각에 빠진 목소리로 꿈결처럼 놀라서 이렇게 말했던 것이다. "야콥, 정말 어깨가 딱 벌어졌어." 그리고 야콥은 눈가에 미소를 띠며, 우리가 진심으로 그를 조롱하지는 않는지 보려고 뒤돌아보았다. 그녀는 다시 눕고, 나하고 크레스팔을 쳐다보며 미소를 짓더니 다시 야콥한테로 눈길을 돌리고 진지하게 바라보았다. "일어나자." 그가 말했다.

그리고 오후에 그녀는 자기 방에서 무릎 위에 타자기를 올려놓고 내 앞에 앉아서 마지막 종이를 뽑아서 나한테 건네주었다.

그녀는 블라인드의 살 사이로 부서지는 햇빛을 받으며 두 손을 자판에 올려 두고 정면을 응시하다가, 타자기를 밀쳐 내고 타이핑한 에세이를 가지런히 모아서 묶고 난 다음, 거울 쪽으로 한 번 갔다가 돌아와서 내 앞에 섰다. "요나스, 나 할 말이 있어. 내 영혼이 야콥을 사랑해.*" 하고 그녀가 말할 때, 그 목소리에서 그녀가 기분 좋은 생각에 빠져서 명랑하게 나를 바라보고 있다는 걸 알 수 있었다. 그녀는 내 앞에 있는 탁자 모서리에 앉아, 명랑한 기분으로 내가 도달할 수 없는 먼 곳에 떨어져 있었다. 그녀는 깊은 생각과 조롱, 호기심으로 눈을 아주 가늘게 뜨고 있었다. 창가 구석에는 햇빛이 비치고 하늘을 덮은 구름 때문에 빛이 점점 흐려지고 있었는데, 그녀가 그쪽으로 고개를 돌릴 때면 그녀의 신중하고 과묵한 얼굴은 다른 얼굴로 변했다.

야콥은 방을 지나갔지만 아무 말도 하지 않고 있는 우리 앞에 멈추지 않았고, 햇볕으로 따뜻한 방에, 조용하게 나란히 앉아서 열심히 일하는 우리 모습을 보고 같은 마음이라는 듯 즐거운 표정으로 단 한 번 우리를 돌아보았다. 그는 스쳐 지나가면서 이렇게 말했다. "둘이 지금 해변에 나갈 수 있겠어. 곧 어두워질 거야. 그리고 저녁때 와." 그러고는 크레스팔의 방 안쪽으로 사라졌다. 우리는 크레스팔이 마룻바닥 위로 다가오는 소리를 들었고, 단단하고 오래된 나무 문짝에 붙어 있는 가늘고 굽은 모양의 청동 손잡이가 돌아가는 것을 보았고, 나지막하고도 날카롭게 벽으로 미끄러져 들어가는 잠금쇠 밑으로 문이 닫히는 것을 느꼈다.

---

* 아가 1장 7절 "내 영혼이 사랑하는 이여……."(『성경』, 한국천주교중앙협의회, 2005) 참조.

—난 네가 일어나서 젊은 남자들이 가볍게 마음에 상처 입었을 때 그러는 것처럼 황망하면서도 품위를 보이면서 문 밖으로 나갈 거라고 생각했어. 그리고 너한테 지금 이 문제로 도와 달라고 부탁했던 게 부끄러웠지. 하지만 그는 내 앞에서 꼼짝도 하지 않았다. 그는 마치 내 낯선 껍질들을 한 겹 한 겹 벗겨 내려는 것처럼 나를 응시했다. 이윽고 그는 어깨를 으쓱하며 뒤돌아서서 두 손을 바지 주머니에 넣은 채 생각에 잠겨 안락의자로 비스듬히, 미끄러지듯 앉았다. 이번에는 호기심이 가신 그의 눈길이 곧장 되돌아왔다. "내가 어떻게 행동해야 할지 고민해 봤는데, 모르겠어." 그가 당황한 얼굴로 크게 웃으면서 말했다.

—너도 알겠지만, 분별 있는 행동에 대한 일반적인 규칙이라는 게…… 경우에 따라 그때그때 새로 생각해 내야 한단 말이야. 그리고 만약 내가 한순간이라도 그녀에게서 눈을 뗄 수만 있었다면 나는 곧장 베를린으로 돌아갔을 텐데, 그건 그곳에 남아 있을 수 있는 가능성만큼이나 상상하기 힘든 일이었다. 나는 "모르겠어. 어떻게 해야 할지 네가 나한테 말해 줘." 하고 말했다. "가자. 우리 해변에 가." 그녀가 말했다. 나는 그 문이 잠겨 있던 것이 생각났지만, 저녁이 될 때까지는 잊고 있었다. 우리가 집 밖으로 나왔을 때 하늘이 다시 완전히 환해져 있었던 게 기억난다. 곧 비가 오기 시작했고 하늘은 점점 더 육중하게, 가깝게 내리누르며 대지의 좁다란 지평선으로 내려왔다. 거친 바람이 생각난다. 그 바람은 바다에서 밀려 올라와 우리 눈을 때리고 그녀가 내 어깨

에 꽉 매달리게 했으며, 그녀는 내 곁에서 비에 젖은 머리를 꼼짝도 하지 않은 채 파도에 부서지는 거품을 내려다보았다. 파도는 우리 발아래 철제 방파제를 넘어와서 부딪혀 굴렀고, 무너져 내리기 전에 물보라를 튀기면서 거품을 냈고, 뒤집히고 나란히 늘어선 묵직한 말뚝 사이로 비스듬히 흘러나왔고, 막을 길도 없이 느릿느릿 길고 반듯하게 모래 위로 밀려왔다. "온 더 크레스트 오브 더 웨이브스."* 하고 그녀의 목소리가 말했다. 그래. 파도가 뒤집히기 전 물마루의 거품 위에서라는 말이지.

*

— 그러니까 넌 어떤 식으로든 국경선을 넘었던 걸 자책하고 있어. 그건 다시 말해서, 돌아와서는 안 된다는 뜻이지. 그렇다면 그건 나한테는 반대 방향으로 넘어가는 것도 허용할 수 없다는 걸 뜻하는 거야.
— 네가 와 주면 좋겠어.
— 난 왜 여기에 남아 있는지 모르겠어. 난 뭔가를 시작했고 그게 어떻게 되는지 지켜보려고 하는지도 모르지. 네 아버지라면 이렇게 말씀하시겠지. 자기 자신의 삶에서 벗어날 수는 없는 일이네, 하고 말이야. 그러니까 넌 해가 지고 세 시간 뒤에 우리가 비를 맞으며 네 아버지 집으로 돌아왔던 일이며, 자신을 롤프스라고 소개한 사내가 야콥 옆에

---

* '물마루에.'(영어)

앉아서 몸을 굽혀 인사하고 손을 내밀며 만나서 아주 반
갑다고 하는 걸 들었던 일을 없던 걸로 하고 싶단 말이지?
그리고 맞은편에는 우리한테 자신을 자동차 정비공이라고
소개한 젊은 남자가 있었던 일도. 넌 그 사람한테 다가갔
고 그가 맘에 든다고 생각했지. 그리고 어떻게 그들 사이에
있는 널 빼내서 다시 집 밖으로 내보낼 수 있을지는 크레
스팔도 야콥도 알 수 없었어.
— 하지만 그 일은 나한테 달린 게 아니었어. 내가 그렇게 했
던 게 아니야. 그건 그전에 이미 진행되었던 거야. 야콥은
나를 어떻게 아우토반으로 데리고 갈지 알았을지도 몰라.
그게 그렇지 않아. 그게 전부가 아니야.

"이 사람은 야콥의 친구입니다." 크레스팔이 말했다. 그는 일
어섰고 게지네에게 자기 안락의자를 내주었다. 그는 등받이에
기댄 채 그녀 뒤에 서 있었다. 탁자 반대편 창가에는 야콥이
앉아 있었고 그 옆으로 다른 안락의자에는 롤프스 씨가 앉아
있었다. 그날 저녁 그의 얼굴은 창백한 빛이 덜했다. 하루 종일
잠을 잤던 까닭이었다. 그는 선량해 보였고 빳빳하게 세운 금
발 머리에 완전히 잠에서 깬 표정이었다. 그리고 게지네를 향
해 무거운 눈꺼풀을 추켜올렸을 때는 상냥한 미소를 지어 보
였다. 안녕하세요. 그녀 역시 입술을 찌푸림으로써 전날 저녁
엘베 호텔에서 만났던 기억을 넌지시 비쳐 보였다. 그리고 그
것으로 끝이었다. 그의 얼굴은 굳어졌고 관자놀이 언저리는 경
직되었으며, 눈빛에 감돌던 부드럽고 막연하던 빛은 사라지고
대신 확신이 가득 찼다. 그는 여간해서는 움직이지 않았고 다

만 야콥을 향해 간간이 고개를 돌리곤 했다. 한스 녀석은 요나스 옆 긴 소파에 앉아 있었다. 하지만 요나스가 베개 위로 반쯤 누워 있었던 반면, 한스 녀석은 그저 소파 모서리에서 두 손을 무릎 사이에 끼운 채 몸을 앞으로 구부리고 있었다. 그는 크레스팔의 입술 움직임을 지켜보았다. 창의 덧문은 닫혀 있지 않았다. 거리에는 비가 내리고 있었지만 따뜻한 느낌을 주는 노란색 불빛 아래로 보이는 그들의 숫자 정도는 셀 수 있었을 것이다.

"우리 다시 한 번 시작하는 것이 좋겠습니다." 롤프스 씨가 망설이듯 중얼거렸다. 야콥은 어깨를 뒤로 젖혔다. 그는 애정 어린 마음으로 걱정스럽게 크레스팔을 지켜보는 것 같았다. 크레스팔은 머리를 가로저었고 게지네는 얼굴을 갸웃이 치켜들었다. 하지만 그녀의 아버지가 가만히 서 있었기 때문에 그녀의 눈길은 야콥에게 되돌아갔다. 밤이 되어 유리창이 검게 비쳤다. 바람에 밀려 계속 흘러내리지 못하고 있는 가느다란 물줄기까지만 불빛이 닿았다.

"네 아버지는 이렇게 말씀하셨어. 그들이 사람을 어떻게 다루느냐 말이다. 한 개인이 무슨 일을 당하는지, 앞으로 어떻게 되는지 보라고. 아무것도 믿을 수가 없어. 어떤 사람은 그들이 어떤 비밀도 허용하지 않는다고 하고 또 어떤 사람은 그들이 말하는 걸 허용하지 않는다고 불평하는데, 그건 그럴 수도 있어. 그 멍청한 인권이라는 건 말이야. 누구나 품위나 인간적인 요구, 세상의 질서에 대해서 말할 수는 없어. 나도 아니고, 자네도 아니야. 브뤼스하퍼 목사라면 모를까, 아무나 말할 수는 없어. 하지만 그들이 사람을 어떻게 다루느냐 말이다." 야콥이 말했다.

"당신 부친께서는 국가를 말씀하시는 겁니다. 우리의 논의는 인간이란 공동생활을 할 수밖에 없다는 자명한 사실에서 출발했습니다. 저는 개별적인 이해관계를 이성적이고 정당하게 조정할 수 있는가 하는 것과 이기심을 충족시킬 수 있는가 하는 것으로 국가 공동체의 진보를 판단할 수 있다고 주장했습니다. 한 개인이 다른 사람들을 만족스럽게 살도록 하는 것 ― 당신 아버님께서는 그렇게 표현하셨습니다. 사회적 생산이 지속적으로 개선되고 확장되면서 삶은 장차 더욱 더 안락해질 겁니다. 이건 필연적인 거죠. 그러한 논리를 위한 기본 전제는……." 롤프스 씨가 설명했다.

자본주의의 제거와 프롤레타리아 국가 권력의 수립, 사회주의 경제의 건설이다. 한 개인이 다른 사람들을 만족스럽게 살도록 하는 것이다. 그녀는 얼굴을 치켜들고 턱을 갸웃이 돌렸다. 그녀의 눈길이 야콥에게로 향했다가 창문으로 미끄러져 갔다.

"그건 우리한테 달려 있는 게 아니라 사회주의적 잉여 가치를 관리하는 무리에게 달려 있어요. 우리 삶은 그들이 진보 가능성을 어떻게 이용하느냐에 달려 있어요." 요나스가 말했다. 한스 녀석은 이로 윗입술을 깨물었다. 그는 손가락을 깍지 끼어 두 손을 맞잡고 있었다.

―너흰 굉장했어. 둘 다.

— 정말 굉장했지.

— 진보 가능성이란 무엇인가요. 철도는 안락한 여행을 위한 것이죠. 철도로 사회주의 무장 병력을 동원할 수도 있지요. 열차 한 량에 얼마나 많은 사람 또는 말이 탈 수 있습니까? 철도는 일반적인 기술이고, 조종할 수 있는 보조 수단이고, 아주 강력한 마술이에요. 신뢰할 수 없는 주술사들. 믿을 만한 전문가들. 확실한 미래. 불확실한 미래. 자연 과학을 응용할 때 나타날 수 있는 도덕적인 결과. 인간의 행복 추구. 이것들은 자동화된 생활을 위해 기계를 자유롭게 쓰려고 하지요. 서독에서는 파업을 해요. 파업이요. 국가, 지난 세기의 자본주의가 자유주의적인 국가를 세웠지요. 이제는 그다지 자유주의적이지 않지만요. 기계를 이용하는 새로운 목적이 생겼지만, 그건 그 기본 구조를 하나도 바꿀 수 없었어요. 그 목적은 프롤레타리아가 권력을 획득하면서 근본적으로 달라졌어요. 그러한 정부도 여전히 이기적일까요? 아니죠. 정부 관료들이 자신의 전인격으로서 국가의 대의에 몰두한다는 의미에서는 아마 그렇지 않을 테지만, 그들이 그 대의와 함께 일어서고 쓰러질까요? 그런 투로 말하지 마십시오! 아하. 여기서 보수적인 사람이 누구지요? 당신은 인간의 도덕적 가능성을 믿나요? 이기심이 형제애 같은 인류애로 바뀔 수 있다고 생각하세요? 나는 이렇게 말하고 싶군요. 내게는 철도의 가능성이 우선이라고 말이죠. 지금 그걸 누구한테 말하는 겁니까! 하지만 소련은 헝가리를 파시즘에서 해방시켰습니다. 그런 다음 그들이 돌아갔더라면 그들은 해방자로만 남았을 거예요. 폭

동은 역사적인 과오입니다. 그것은 현실이에요. 개인적인 경험에 불과한 것으로 현실을 해석해선 안 돼요, 지속적인 발전의 길을 찾아내야 합니다. 그러니까 현재 일 분 일 분에 있어서 진보에 대한 해부학을 말입니다. 진보라는 게 무엇이죠? 지적인 것이고, 사회적인 것이에요. 독일식 가구테제*로군요. 그러니까, 내 책상에 앉아야만 맞는 자리에 앉은 것이라는.

— 우리가 정말 두 시간이나 토론했어? 그건 우리가 십 년 전부터 내내 얘기해 오던 것과 다르지 않았어.

— 정말 두 시간이었어. 너희는 서로 보자마자 알았어. 합의에 이를 수 없다는 바로 그 점에만 의견이 일치했지. 그제야 너희는 서로 통성명을 했어. 그러고 난 다음 너희는 우리가 너희 얘기에 귀 기울이고 있다는 걸 알아채고 깜짝 놀랐지. 그때 크레스팔은 내 뒤에 서 있었고, 한스는 벌써부터 뒤로 기대 누워서 잠자코 있었어. 야콥은 한마디도 없었지. 그리고 난 그 갑작스러운 정적 속에서 그 사이에도 지구 곳곳을 달리고 있을 모든 기차를 생각해 봤어.

"그걸 어느 한 사람한테 요구할 수는 없어요……." 마침내 야콥이 말했다. 그는 미소를 짓지 않았다. 올려다보지도 않았다. 그는 일할 때 두 손을 계속 놀려야 했기 때문에 담배를 입가에 물고 있는 버릇이 있었다. 그 때문에 고개를 숙이고 앉아서 담배를 피울 때면 오른쪽 눈은 늘 반쯤 감겨 있었다.

---

* 내 생각과 같아야만 옳다, 다시 말해서 나만 옳다는 뜻.

"지금 요구되는 게 바로 그겁니다." 롤프스 씨가 말했다. 요나스는 담배를 잡으려고 몸을 숙였고, 손은 담배를 잡으려고 뻗은 상태에서 그대로 굳었다.

　　나는 비를 사랑하는 것처럼 너를 사랑해

—그 순간 난 깨달았어. 난 일어서려고 했지. 막 일어나려고 하다가 그게 그 방에서 유일한 움직임이라는 걸 알아챘어. 내가 움직이려 한다는 걸 모두들 느낌으로 알았어. 비록 아무도 쳐다보지는 않았지만 말이야. 야콥조차도.

"앉아 있어." 야콥이 말했다. 요나스는 머리를 들고서 야콥의 시선을 찾았다.

　　비처럼 말이야

　야콥이 어깨를 으쓱한 것과 동시에 롤프스 씨는 불쾌한 듯 고개를 끄덕였는데, 이것은 야콥이 요나스를 쳐다보지도 않고 그에게로 고개를 절반쯤 돌리면서 말한 것과 같은 뜻이었다. 그 순간 야콥은 이 상황이 크레스팔에게 어떻게 비칠지 깨달았을 것이기 때문이었다. 대화가 이루어지는 동안 크레스팔은 딸이 머리를 기대고 있는 의자 등받이에 팔꿈치를 대고서 앞으로 몸을 숙인 채 꼼짝 않고 서 있었다. 그는 한 손으로 다른 편 손목을 걸쇠 모양으로 특이하게 감싸 쥐었다. 그러니까 넓게 뻗은 두 손가락을 옷소매 위에 올려놓는데, 마치 구부리기만 하면 무언가 길쭉한 것이 소맷부리 아래로 밀려와 주먹 안쪽의 움푹한 곳으로 들어올 것 같았다. 그는 고개를 숙이고 게지네의 무릎에 있는 두 손을 쳐다보는 듯했다. 하지만 야콥은 크레스팔이 단 한 번이라도 고개를 들어 다름 아닌 롤프스 씨를 보기를 기다렸다. 크레스팔에게는 그렇게 보였다.(야콥은 어째서 게지네를 요나스와 함께 해변가로 보냈고, 그들이 나간 다음 크레스팔에게 문을 잠그게 했고, 그런 다음 곧장 크레스팔 앞에서 "저, 크레스팔……." 하고 말을 시작하면서 지난 목요일 이후의 일에 대해 이야기했을까? 혹시 그는 아무 말도 하지 않았을지도 모른다. 그는 연발 권총을 탁자 위에 올려놓고 크레스팔에게 보여 주고, 상황이('시절'이) 이제 프랑스 정밀 기계 공학의 걸작인 이 값비싼 강철 물건으로까지 진행되었다고 설명했다. 이 물건이 나온 이상 더 나아갈 곳도 벗어날 방도도 없는 것이었다. 하지만 그때 야콥은 롤프스 씨가 그에게 손을 내밀어 주었다고 설명해야만 했다. 결국 그는 비밀을 털어놓을 사람을 원했고 더 이상 모든 걸 자기 혼자만의 판단으로는 감당할 수 없었던 것일까? 아니면 자신의 견해가 적절하지 않다고 여겼던 것일까?) 크레스팔은 그의 곁에서 육중한 몸을 뒤척이면서 옆으로 누워 있었고, 그 물건을 엄지와 검지 사이로 돌리고 감고 흔들었다. 야콥이 설명을 마쳤을 때, 그는 "그래." 하고 말했다. 여기서 "그래."라는 말은 신중하고도 복잡한 것이었는데, 다시 말해 새로운 소식 하나하나를 여러 각도에서 바라보고 타당성을 검토해 보고 해당되는 곳에 옮겨 놓는 식이었다. 마치 들은 내용을 서랍이 일곱 개 달린 서랍장 속에 하나씩 하나씩 정리하는 것처럼 말이다. 하지만 야콥이 말을 계속하자 크레스팔은 머리를 들고서 생기 없고 우울한 눈빛으로 그를 바라보았다. 그리고 생각에 잠겨 갑자기 끙 하는 신음 소리를 내며 한마디 덧붙이고는 소파에 몸을 기댔다. "그들이 사람을 어떻게 다루느냔 말이다."
야콥은 눈을 들었다. 크레스팔은 손을 가슴 위로 엇갈려 얹고
누워서 머리를 탑처럼 쳐들고 천장을 응시했고, 혼자 격분해
서 씩씩거렸다. 창밖은 벌써 어두워져 있었다. 그들은 아무 말
도 하지 않았다. 여기에 응답하는 말은 없었다. 그러니까 롤프
스 씨가 안전하게 호위해 주고 자유롭게 결정하도록 해 주겠다
고 약속했을 때, 야콥의 대답은 그저 그들을 대접하는 것에 관
한 질문뿐이었다.("당신들은 저녁을 먹을 수도 있는데, 어떤 술을
제일 좋아하세요?") 두 사람에게 그 말에는 이런 것이 포함되
어 있었다. 그러니까 크레스팔의 집 모퉁이를 담당하는 일에는
무장한 산책객 일곱 명이면 충분하다는 것과 롤프스 씨가 단
한 번만 손을 뻗으면 전등을 끌 수 있다는 것, 탁자며 의자며
발판이 뒤집어지는 소리가 나자마자 몸을 던져 둔탁하게 부딪
혀서 문의 자물쇠를 딱 하고 부러뜨리고 경첩을 부술 것이라
는 것, 소비에트 사령부 정문 기둥에 설치된 탐조등이 큰 길을
넘어 문 옆으로 지금 막 불이 꺼진 창문 두 개가 있는 나지막
하고 길쭉한 건물 정면을 비출 수 있다는 것이 말이다. 롤프스
씨는 거울 앞에 서서 갖춰 입은 양복에 넥타이를 맸고, 근심
스러운 자기 얼굴을 보고는 입술을 일그러뜨렸다. 자유란 필연
성에 대한 통찰이다. "그건 도움이 안 돼요." 야콥이 말했다.(요
나스라도 그렇게 말했을 것이다. 요나스는 탁자에서 리볼버를 집
어 들지 않았을 것이다. 그렇기 때문에 그는 야콥의 곁을 지나가
서 게지네를 그의 앞쪽 모서리에 앉히고, 어안이 벙벙하여 선량
한 미소를 지었는데, 그것은 다른 사람들의 안전에 동의한다는
뜻이었지만 그로서는 그 안전에 관여할 수 없었다.) "도움이 돼."

크레스팔이 말했다. "그는 자신이 원하는 걸 갖고 있어요." 야콥이 말했다. "나도 롤프스 씨를 말하는 거야." 크레스팔이 말했다. 그리고 이것은 야콥이 자정 직전에 이해했을지도 모르는 것이다. 그러니까 만약 누군가 이 세상에서 엄청난 힘을 갖고서 경멸과 호의의 저편에서 살 수 있을 만큼 큰 영향력을 발휘하고 변화를 가져왔다 해도 — 롤프스 씨처럼 말이다 — 크레스팔은 여전히 "당신은 나쁜 인간이야."라는 말로 그에게 잠자리와 협조, 식사 제공을 거절해 버릴 수 있을 것이다. 비록 이성적인 국민이라면 이런 식의 판단을 어리석다고 생각할 게 분명하지만 말이다. 처음에 야콥은 크레스팔의 계획이, 잘못에 대한 명백한 증거에 대해서는 고민도 하지 않는 옛날 책*에나 나오는 복수라고 이해했다. 하지만 사실 크레스팔은 의미 있는 미래를 위해 누구나 희생을 해야만 하는 그런 사회주의의 대의와, 자신의 집까지 쳐들어와서 갖은 애를 쓰면서, 자기 사람을 거침없이 투입하면서까지 그 일을 수행해 온 한 사람, 이 둘 사이를 구분하려고 했던 것이다.(크레스팔은 격렬하게 머리를 가로젓고 눈을 가늘게 뜬 채 이 점을 확고하게 주장했다. 그는 자리에서 일어나 헝클어지고 백발이 성성한 머리에 거친 표정으로 야콥을 응시했고, 이윽고 야콥은 "그래요. 그는 그걸 자기 일로 만들었어요." 하고 말했다.) 이 한 사람이 그 일을 시작했고, 그 일이 가져다줄 유리한 결과에 관심이 있었다.(그것을 순전히 노력의 성과물로 파악할 수 있는 사람은 그 사람 말고는 아무도 없었다.) 그리고 크레스팔은 성공을 예감하고 있는 완전히 개인적

---

* 구약 성경을 뜻한다.

인 그 감정을 망치고 싶었다. 그는 현실을 바라보지 않고, 그 노력을 '나쁘다'고 보았기 때문이다.(또 다른 현실은 게지네, 바로 자기 딸이었기 때문이다. 크레스팔은 그녀가 인간적인 처벌이라는 불빛 앞으로 끌려오는 것을 막을 수는 없었지만, 그 불빛 뒤 안락한 그늘에 이것을 자신의 자랑스러운 성과물이라고 생각하는 자를 앉혀서는 안 되었던 것이다.) 야콥이 동의의 뜻으로 어깨를 으쓱한 것도 결국 이런 느낌을 의미하는 것일지도 모른다. 그러니까 고대의 건축물을 보고 그것의 이해할 수 없는 아름다움을 인정하는 느낌, 일요일에 교회를 가는 사람들에 대해 너그러운 마음을 갖는 느낌 말이다. 그들은 찬송가와 근거 없는 말들과 성스러운 오르간 소리가 만들어 내는 이해할 수 없는 분위기 속에서 삶을 고양하는데, 이것은 늦은 밤 담벼락에서 볼 수 있는 사랑의 포옹만큼이나 현실적인 것이다. 지나가는 사람은 당혹스러운 미소를 지으며 지나가는데, 그들에게 그것은 도달할 수 없으며 희망조차 할 수 없는 것이기 때문이다. 야콥 자신은 리볼버 위에 구부리고 있는 크레스팔의 손가락에서 눈을 돌려 동요하는 기색 없이 침착하게 롤프스 씨에게 말했다.

— 그는 이렇게 말했지. 네놈을 미친개처럼 죽여 버리겠어, 만약에…… 그리고 기억해 봐. 그들은 바로 그다음에 막역한 사이가 되어 술잔을 기울였어.
— 그리고 그들이 너한테 그 이야기를 꺼낸 건 언제였어? 너희가 떠나고 나서 바로? 내가 그들을 마지막으로 본 건 소비에트 사령부의 탐조등 불빛 아래에서였다. 그녀는 내게 고개를 끄덕여 주었고, 한 발짝 뒤로 물러나 물안개를 맞으며 찻

길에 우뚝 서 있는 크레스팔 옆으로 갔다. "목에 스카프를 하렴." 그가 말했다. 밤비에 바람을 맞고 있는 시커먼 나무들, 탐조등의 강한 불빛. 너무 크게 틀어 놓은 스피커에서는 국가 '사유스 네루시므이'가 쉰 목소리로 흘러나왔는데 바람에 흩날려 간간이 들리지 않았다. 그녀에게 문을 열어 주는 운전기사의 활기 없고 과묵한 얼굴, 쐐기 모양의 불빛이 그녀의 눈 위로(그녀는 더 이상 뒤돌아보지 않고, 어둠 속을 똑바로 응시했다.) 그러니까 차갑고 가늘게 뜬 그녀의 눈 위로 비쳤다. 그리고 기다랗고 민첩한 짐승 같은 자동차는 덜커덩거리며 빗속으로 미끄러져 나갔고, 비는 곧장 엔진 소리와 미등(尾燈)의 빨간 불빛 그리고 차의 그림자를 집어삼켰다. 넌 그가 아무 일 없이 너를 아우토반으로 도로 데려다주리라고는 생각하지 않았을 텐데.

— 아무 일도 없었어. 난 뒤쪽에서 야콥이 그 사람하고 얘기하는 걸 듣다가 바로 잠들었어. 그런 다음 우리는 어느 주유소에서 멈췄어. 거기서 우리는 자리를 바꿔 앉았어. 야콥은 몸을 뒤로 기대서 등받이 너머로 나한테 이야기를 하기 시작했는데, 그건 몇 마디 말이면 되는 거였어. 난 사람들이 보통 말하는 것처럼, 한번 생각해 볼게, 하고 말했어. 그리고 우리는 11월 10일에 베를린에서 만나기로 약속했지. 그게 전부야. 흥정하는 상황을 두려워하는 사람이 어디 있겠어. 그들은 나머지 50킬로미터는 내가 운전하게 해 줬어. 이제 난 러시아 싱크로* 기어에 대해 확실히 알게 됐

---

* 기계적으로 연결할 수 없는 두 개의 축을 동기적(同期的)으로 회전시키는 장치.

어, 믿어져? 달리는 차 안에서 치고받고 싸우거나 사나운 총질 따위가 벌어질 거라고 예상했어? 하지만 이건 알아 둬 ― 난 그의 제안을 정말 진지하게 고려했어.

― 내일이네.

― 응, 내일이야. 난 상황이 그렇지 않았다는 걸 너한테 말하는 거야. 우리는 십칠 분 동안 주차장에 서 있었어. 너도 아는, 나무가 일렬로 서 있는 뒤편의 갈림길 커브에서 말이야. 그땐 이른 아침이었어. 비는 밝은 회색빛이 되었지. 그때 야콥은 이미 그들이 오는 걸 봤어. 노란색 표찰*을 보고 그들을 알아봤지. 난 그들이 브레이크를 채 다 밟기 전에 차에 올라타고는 그곳을 떠나왔어. 영화 같은 건 아니었어. 한동안 난 내가 타고 왔던 차를 돌아봤어. 난 생각했지. 저 안에 지금 야콥이 앉아 있다고. 우리가 어떻게 작별했는지는 기억나지 않아. 차는 아우토반 출구를 지나 엘베 강 뒤편으로 사라졌지. 그렇게 방문은 끝이 났어. 다만 한 가지 ― 우리는 모두 마음 편하게 그것을 견뎌 냈고 그저 그렇게 계속 살고 있어. 마치 우리한테는 야콥한테 닥친 것과 똑같은 일이 닥치지 않을 것처럼 말이야. 그 운전기사 한스는 나하고 같이 밖으로 나와서 나를 멈춰 세웠는데, 걸어가면서 이렇게 말했지. "아시겠지만, 그는 벌써 괜찮아졌어요." 그는 야콥을 말하는 거였어. "하지만 그렇게 잘 지내지는 못할 거예요." 난 이렇게 답했어. 그리고 넌 내일이면 알게 될 거야……

---

* 제재를 받지 않고 구 동독을 통과할 수 있는 미국 군용차의 표지.

아직 통화 중이십니까?

— 연결해 주세요.

양해해 주십시오. 기술적인 장애가 있습니다. 자세한 내용은 저희도 알 수 없습니다. 통화를 계속할 수 없습니다.

교환국에 연결해 주세요. 여기는 신청 회선 7, 리스트 번호 51, 통화 번호 17. 통화료 부탁드립니다.

4

아침 일찍 블라흐 박사는 예리효발(發) 첫 기차로 두 개의 도시인 베를린으로 돌아왔다.

크레스팔의 딸은 국경선 저편 첫 번째 우체국에 서서 전보 용지에 아버지에게 보내는 말을 적었다.

롤프스 씨는 아우토반에서 대교를 건너 남쪽 교외를 지나 되돌아와서 지난 이틀간의 보고서를 앞에 두고 앉아 있었다. 야콥이 화요일 저녁부터 시내에서 사라졌다는 보고였다. 잠시 후에 전화 보고가 들어왔다. 이십 분 전 그의 집 옆 큰길 모퉁이에서 야콥이 파베다 모델의 자동차에서 내리는 것을 목격했다는 내용이었다. 제복 차림이 아니었다고 했다. 예리효 지부에서는 블라흐 박사가 첫 기차를 이용했으며 차표는 베를린으로 가는 것이었다고 보고했다. 그다음에는 전보가 들어왔다.

영문학과의 사무원 여자는 이렇게 말했다.

"학과장 선생님이 시내로 오지는 않았지만 전화를 하셨어. 조교들은 세미나가 휴강되는 거냐고 물어봤어. 내가 벌써 문에 쪽지를 붙여 놓았거든. 구내전화가 두 번 걸려 왔고, 외부전화는 더 자주 왔어. 하지만 늘 같은 곳이었어. 나는 이렇게 말했어. 박사님께서는 출장 중이십니다. 자세한 건 나도 몰랐으니까. 나라도 정확히 알고 있었다면 좋았을걸! 그리고 점심시간 직후에 그가 문 앞에 나타났을 때, 나는 여행 잘 다녀오셨어요? 하는 말밖에 하지 못했어. 그는 기차역에서 곧장 온 거였는데, 그 사람 알지? 그는 앞쪽에 서 있다가 이렇게 말했어. 아, 당신이었군요! 그는 늘 그렇게 말하지. 하지만 오늘은 정말 놀란 것 같은 목소리였어. 그는 오랫동안 멍해 있었어. 그리고 외투를 입은 채 내 옆에 앉았어. 마치 그렇게 있다가 가려는 것처럼, 여기가 자기 사무실이 아닌 것처럼 말이야. 그는 아무 생각도 하지 않고 멍하니 앞만 바라봤어. 그런 건 이삼 년만 지나면 알 수 있어. 평소 같으면 아주 잠깐 동안 눈길을 돌리고는 무언가 곰곰이 생각하곤 했고, 이를 드러내며 웃고 난 다음에 그렇게 말했지. 하지만 지금은 그가 마치 생각지도 못한 일을 당한 것처럼 빤히 앞만 바라보고 있었어. 오히려 감정적인 문제인 것 같았어. 담배를 쳐다보면서도 담배인 줄 몰랐거든. 나는 끈기 있게 담배를 그에게 내밀었고, 그는 한 개비를 집어 들고 주머니에 손을 넣어 10페니히짜리 동전 하나를 꺼내서 타자기 옆에 있는 상자에 넣었어. 하지만 나는 그 동전을 다시 찾아 꺼내고는 그에게 말했어. 우리는 오랜 친구가 아니냐고 말이야. 이해 안 돼, 응? 그가 은근히 거만하다고 말해서

그래? 그건 이젠 모든 게 어떻게 되든 상관없게 되었기 때문
도 아니고 또 동정 때문도 아니라(그건 그에게 무슨 일이 생겼
기 때문이고, 나는 그게 어떤 일일까 상상해 봤어.) 인간에게 닥
칠 수 있는 그런 일이 그에게도 닥칠 수 있기 때문이었어. 거만
한 사람들은 모든 일에 거리를 둘 수 있지만 이번 일만은 그도
그렇게 할 수 없었던 거야. 나는 학과장에게 전화해 보라고 했
어. 그리고 그는 이런 일을 너무 일찍 경험하는구나, 하고 생각
했어. 나는 그에게 온 전화들에 대해서 얘기했고 그중에는 재
미있는 이름을 가진 사람도 있었다고 말했어. 그러자 그는 시
계를 올려다봤어. 그러니까 그 이름이 맞았던 거지.(자기한테는
그 이름을 말하지 않는 게 낫겠어. 자기가 잊을 필요도 없게 말이
야.) 오늘 하나쯤은 좀 맞는 게 있어야 하지 않겠어? 그는 거
기에 있던 다른 사람들한테는 매달 내는 노동조합 회비를 잊
었다고만 말했어. 그건 전과 다름없이 거만해 보이기는 했지만
아주 얌전하게 말한 거였고, 그는 거기에 별로 마음을 쓰지도
않았어. 이제 그는 학과장실로 들어가 전화를 할 수도 있었을
거야, 알겠어? 그런데 그는 내 전화기를 끌어당기고 전화를 걸
었어. 저쪽이 전화를 받지 않았어. 전화를 안 받는 거야. 신호
가 일곱 번 울리는 걸 들었는데, 나 같으면 화를 불끈 냈을 거
야. 학과장이 하루 종일 집에서 기다린다고 했는데, 지금 없는
거잖아. 블라흐는 여기 왜 아무도 없죠? 하고 묻고서 방을 둘
러봤어. 여느 때 같으면 사람들이 거기에 떼를 지어 앉아서 최
신 뉴스를 들으려고 하고 또 학과장을 기다리면서 나에게서
담배를 사는데, 그때는 벌써 육 분간이나 우리를 방해하는 사
람이 아무도 없었거든. 그는 이런 일을 너무 일찍 경험하는 거

야. 그래, 그리고 그때, 내가 좀 전에 말한 것처럼, 그때 학과장이 왔어, 그분 알지? 얼마 전에 봤잖아? 고슴도치같이 생긴 분 말이야. 키가 작고 몸집도 작고 측은한 생각이 드는 그분이 이제 머리를 뒤로 젖히고 블라흐한테 양손을 앞으로 내밀면서 다가왔어 — 자네 왔는가. 그건 그런 뜻이지. 그가 빈손으로 오는 경우는 아주 드물었어. 여느 때 같으면 어김없이 택시 기사가 책으로 가득 차 무거워진 큰 가방 두 개를 들고 뒤따라오고, 그는 노상 뒤를 돌아보곤 하거든. 고슴도치, 우린 그를 그렇게 불러. 아무리 면도를 해도, 고슴도치처럼 보이거든. 이제 그는 집게손가락으로 셔츠의 깃 뒤쪽을 문지르면서 블라흐를 바라보고, 그가 온 걸 반기는 거야. 나는 자네를…… 나는 자네를……. 상상할 수 있겠지? 그들은 내 방에서 얘기를 나눴어. 블라흐는 학과장보다 너무 커 보이지 않게 어깨를 추슬렀어. 난 여태까지 전혀 눈치채지 못했는데, 그는 늘 그렇게 했던 거야. 그는 나한테 고개를 끄덕이고는 학과장을 뒤따라갔어. 나는 너무 불안해서 그가 놓아두었던 담배를 집어 들고 방을 이리저리 뛰어다니다가 문을 닫았지. 그들이 고함을 칠 거라고 생각했기 때문이야. 난 그 소리를 듣는 것만으로도 충분해. 그런데 완전히 조용한 거야. 제일 바깥쪽 문은 열려 있었는데 말이야. 나는 가서 문을 닫았어. 그때 따르릉 소리가 났어. 가서 수화기를 들었는데, 학과장이었지. 그는 아주 친절하고 침착하게 말했어 — 아, 받아 적을 게 있으니 좀 와 줘요. 나는 숨을 깊이 들이마시고 들어갔어. 마치 모든 일을 몇 마디 말로 끝낸 것 같았어. 학과장은 안락의자에, 블라흐는 창가에 있었는데, 셔츠는 그가 직접 빨래한 것 같았어. 어쨌든 하루 종일 기차를 타고, 잠도 충분히 못 잤을 텐데 말이야. 그는 이제 깨어 있었는데, 내 말은, 그가 방금 전의 문제에서 잠시 벗어난 것처럼 보였다는 거야. 그는 잘난 체하거나 불안해하지 않고, 학과장 곁에 서 있을 뿐이었어. 나는 그들이 그렇게 나란히 서 있는 걸 본 게 몇 번이나 되나 생각해 봤어. 그리고 블라흐가 영문학과에 온 다음부터는 일하기가 편했다는 생각도 했어. 그는 학과장을 다룰 줄 알았고, 학과장은 그를 좋아했어. 그런데 말이야, 정말 귀찮은 일이 생겼을 때, 그땐 정말 내 차례가 절대 오지 않았지. 블라흐는 자기가 일을 처리해 버리고 나한테 받아 적게 했고, 나는 그걸 학과장께 드렸지. 그는 눈썹을 아주 높이 치켜세우고는 블라흐를 찾았어. 블라흐도 그를 똑같이 놀란 듯 바라보고, 서명했어. 그런 다음 그들은 그렇게 나란히 서 있었어. 그들은 또 한 가지 일을 잘 해냈던 거지.(마치 무슨 일이 생길지 내가 알고 있었던 것 같았어.) 학과장이 말하기 시작했어 — 이런 점을 고려해 보면……. 하지만 나는 그걸 벌써 내 메모장에 적어 놓았어. 그는 옆으로 몸을 기울여 블라흐 손목을 잡고 힘없이 고개를 가로저었어. 블라흐는 어깨를 으쓱했는데, 그건 정말 무슨 말을 하기 힘든 상황이었어. 그들은 다시 한 번 시작했어. 교수님, 하고 블라흐가 말했어. 내가 그 이상은 정확히 기억하지 못해서 유감이야. 그러니까 대략 이랬어 — 학과장이 그를 아껴 준 건 정말 고마운 일이지만, 그가 어떤 조수는 써도 되고 어떤 조수는 쓰면 안 된다는 지시는 거절하는 게 좋겠다, 뭐 그런 말이었어. 그래. 학과장이 말했어. 그건 간섭이다. 정치적 사용 가치에 따라 학문적인 발언을 판단하는 건 전적으로 어리석은 일이다…….

다시 말하지만, 더 이상은 기억이 안 나. 하지만 이런 생각을 하기는 했지. 만약 내가 메모장을 들고 국경선을 넘어갔다면, 우리는 지금쯤 라디오에서 그 내용을 들을 수 있을지도 모르고, 서독 돈 200마르크를 받고 새 외투를 살 수 있을지도 모른다고. 그냥 그렇다는 말이야. 블라흐는 그걸 아주 정중하게, 그리고 행정적으로 말했어. 사실 그 방식이 더 나았지. 노동법에 따르면 그들에게는 결코 사직이 허락되지 않았고, 더군다나 한꺼번에 두 사람이 그럴 수는 없었어. 우리는 누구도, 어떤 잘못도 찾아낼 수 없으리라 확신했어. 그리고 그들은 그저 서로를 위해서 그렇게 한 거야. 잘은 모르지만 그런 거야. 난 거기에 혼자 남겨진 사람처럼 앉아 있을 수는 없었어. 그러면 영문학과 사람들은 내가 그들을 밀고했느니 어쩌니 할 거야. 아, 더 이상은 그럴 수 없었어. 그래서 난 그들이 나간 다음에 그 자리에 앉아서 내 사직서도 마저 썼어. 지금 욕을 해도 좋아. 하지만 오 분 이상은 하지 마. 나도 잘 알아. 지금 생각해 보면 어리석은 짓이지. 정말 쓸데없는 예절과 의협심이었어. 하지만 그 삼십 분 동안은, 그때는 그게 맞는 거였어. 나는 그들을 외롭게 내버려 두고 싶지 않았어. 어떤 사람이 전화를 걸어와서 블라흐를 찾았어. 내가 블라흐를 쳐다봤는데, 그는 거만하게(거만하게, 이제 난 그게 좋아.) 재미있어 하면서 머리를 절레절레 흔들었어. 나는 말했어. 박사님께서는 이곳에 안 계십니다. 그게 끝이었어. 그들은 서로 팔을 붙잡고 밖으로 나갔어. 다만 내가 알고 싶은 건 이거야. 학과장이야 은행 계좌며 많은 걸 갖고 있어. 지금쯤 집에 누워서 음악을 듣고 있겠지. 하지만 블라흐는 지금 무얼 하고 있을까? 난 그게 궁금해." 사직서를 책상 위에 두고 왔다고? 응. 그럼 내일 아침에 청소 아주머니가 오기 전에 가서 치워 버려. 싫어. 그렇게 하라니까. 그렇게 까다롭게 굴면 이젠 어디서도 일할 수 없어. 그럼 어디서 돈이 들어와?

　이봐, 거기 지금 읽는 것 좀 보여 주게. 관심이 가는군. 구상(構想)과 결론, 문체와 표현에 대한 문제들 말이야.(나는 그 부분에서 좋은 점수를 받았지. 어쩌면 내가 자네한테 도움이 될지도 몰라.) 그리고 크레스팔 집에 있을 때도 그랬지만, 입술 모양을 보고 무얼 읽는지 알아챌 수 있도록 자네가 그렇게 입을 열고 있는지 보도록 하지.(크레스팔은 바로 나 자신의 삶이었던 것처럼 기억이 난다. 하지만 그는 수없이 많은 아는 사람들 가운데 한 사람일 뿐이다.) 자네가 이 타자 용지에 쓴 게 야콥 같은 사람들을 위한 거라고 하기는 힘들지, 그렇지 않나? 자네 생각은 어떤가? 나는 이렇게 말했지——우리는 이런 소문이 퍼지도록 해야만 한다고. 그러니까 누군가 일어나서 생각나는 대로 말할 수는 없다고 말이야. 그들이 텅 빈 학과 사무실을 보고 무서워하고 약한 모습을 보인다면, 나는 이렇게 말하지. 관대하게 대하지 말라고. 그렇지 않으면 우리는 지하 보일러실에 숨게 될 거라고. 우리는 그 노인을 다시 데려올 것이다. 만약 그의 조수가 우리의 학문적 가능성을 회피하고 국경선을 넘어가 버린다면 말이다. 그는 아직 40마르크 정도는 가지고 있을지도 모른다. 그는 내일 어디로 가야 할지 모르고 있다. 마치 자신이 이미 서쪽에 가 있는 것처럼 바깥에 서 있다. 한번 좀 생각해 봐라. 그것이 전부가 아니다. 자네가 해고된 뒤에, 자네가 앉아 있는 커피숍 테이블에서 두 자리 떨어진 곳에서 내가 웨이터를 기다리는 일도 충분히 있을 수 있는 일이다. 내가 어제 저녁보다 더 접근할 거라고 생각할 수도 있다. 그렇단 말이다. 하지만 그는(자네는) 지금 자기가 썼던 것을 읽고 또 읽는다. 마치 자기 원고에 놀란 것처럼 말이다. 좀 보여 주게. "거기에 놓아 주세요. 곧 계산하겠습니다." 너무 뜨겁다.(우리 언제 한번 본 적이 있지 않나요? 그렇군요. 그래요. 그분 아니신가요?) 그는 그것을 외투 주머니에 집어넣고는 커피를 다 마시고 담배를 다 피울 때까지 기다릴 것이다. 다들 그렇게 하니까. 나는 일어나 복도를 지나서 옷을 입으면서 그의 외투를 입어야 할 것이다. 그의 옷걸이에다 내 외투를 걸어놓고 빠져나와 거리로 사라져 버리는 거다. 웨이터. 계산은 이미 했어. 그러면 그는 무슨 말인지 알아들을 것이다. 하지만 내가 서류에다 지갑마저 가져가거나 아니면 돈을 약간 가져간다 해도 그는 알지 못할 것이다. 돈이라. 이해할 만한 동기다. 서류는 본의 아니게 훔친 것이 되는 셈이다. 하지만 그가 새 외투를 살 수는 없겠지. 외투는 유실물 보관소에 맡겨야겠다. 그가 그리로 가서 말하겠지——제 외투는 회색 포플린 소재인데요. 이건가요? 네. 뭐가 없어졌나요? 돈만 없어졌네요. 그것이 다음 날 신문에 아량 있는 범죄자의 도덕이니 뭐니 하면서 실릴 것이다. 도둑이 돈을 나눠 갖고 도주하고, 외투는 유실물 보관소에 맡겼다고. 요즘 신문에는 별의별 내용이 다 실린다.

나는 이해가 되질 않는다. 그는 왜 여기에 계속 남아 있을 것처럼 앉아 있는 것인가. 그에게 충분한 동기를 주었는데도 말이다. 그가 자기 원고를 원하는 곳으로 가져가더라도 이제 더 이

상은 나와 상관없다. 그건 다른 부처의 소관이다. 나는 소매치기
일은 하지 않는다.

— 그럼 그때 꼭두각시 실을 놓친 것 같은 생각이 들었겠네요.
— 내가 꼭두각시를 부리는 사람이라고는 생각하지 않습니다.
  결과가 내 예상과 달랐다는 점은 인정합니다. 내가 너무 오
  랫동안 다른 상황에서 일했던 겁니다. 당신은 그걸 예리효
  의 분위기가 미친 영향이라 하겠지요.
— 하지만 그렇다고 해서 모든 게 그대로 흘러가도록 내버려
  둘 수는 없었죠? 당신은 블라흐 박사가 그동안 무슨 일을
  했는지 나한테 물어봤어야 했어요. 나는 야콥한테서 들은
  걸 당신한테 모두 말했으니까요. 지금 당신은 당신이 벌인
  일의 결과에 신경을 쓰는 대신······.
— 그래요. 나는 텔레비전 프로그램에 무기 기술에 관해 자문
  을 했습니다. 웃어도 좋습니다.
— 어째서 당신은 야콥과 대화하려고 하지 않았나요?
— 대체 뭐에 대해서 말입니까? 그는 한동안 그렇게 살았습니다.

  "아, 너 그거 알아?" 열일곱 살 먹은 야콥의 사무원이 말했
다. 그녀는 여자 친구와 함께 시험 대기실에 앉아서 시험이 아
닌 다른 이야기를 하고 싶어 했다. "그 남자 말인데, 재미있는
사람이야. 안 그럴 것 같지? 꼭 그렇다고 말할 수는 없지만. 들
어오는 방식부터가 말이야. 그는 악수를 하고, 무언가 기억나

지 않는다는 듯이 주위를 둘러보고, 거기에 그렇게 한 손으로
목덜미를 잡고 서 있다가는 이윽고 자리에 앉아서, 우리 시작
해 볼까요? 하고 말하거든. 거기서 해야 할 일이 그렇게도 많
고, 그리고 그 일을 빠르고 정확하게 해야 하는데도, 그게 아
무것도 아닌 것처럼, 마치 산책하면서 꽃이나 꺾는 일인 것처
럼 그렇게 말이야. 통행량이 많지 않을 때는 스피커를 하나씩
하나씩 켜서 말을 붙여. 그는 그 사람들을 다 알거든. 그러면
이런 얘기들을 듣게 돼. 어제 저녁에 그들이 어디에 갔고, 누
가 집에서 말다툼을 했고, 그리고 마리아가 임신을 했는데 아
직도 누구의 아이인지 모른다는 그런 얘기들…… 아니야. 하
지만 당연히 나는 그걸 얘기해 줄 수는 없어. 난 우연히 거기
에 교육받으러 갔을 뿐이니까. 그들은 나하고 대화한 게 아니
거든. 그런 다음 시작하는 거야. 나는 필기를 시작하고. 그리고
이런 일도 있어. 모든 전화선이 통화 중인데 우리는 회선 하나
가 더 필요한 경우가 생겨. 그런데 두 사람이 전화를 끊지 않
는 거야. 우리 못 만난 지 오래되었잖아. 오늘 저녁에 와 — 그
런 일을 겪으면 나는 얼굴이 빨개져. 그러면 그가 일어나서 내
손에서 수화기를 집어 들고 잠깐 동안 친절하게 귀를 기울이고
는 작별 인사할 때까지 기다려 줘. 하지만 그들이 처음부터 다
시 시작하게 내버려 두지는 않고 회선을 전환하지. 그러면 우
리는 그 회선을 얻는 거야. 내 말은, 그가 나를 놀려 댈 수도
있었다는 거야. 하지만 그가 너무도 진지한 표정으로 되돌아가
서 하던 일을 계속하니까 내 얼굴에 웃음이 터져 나오고, 그러
면 그는 눈을 가늘게 뜨고 고개를 끄덕이며 동감을 표시하는
거야. 내 말 알겠니? 그 사람한테 갔을 때 난 그가 정말 아주

대단하다고 생각했어. 거기 제국 철도 지방청의 그 여자 때문에 말이야. 너도 알잖아, 그 여자는 아주 진보적이거든. 그런데 그가 그 여자를 그냥 차 버렸다는 거야. 사람들이 그러더라고. 그리고 그 밖에도 많은 얘기를 들었어. 린덴크루크라는 술집에서 있었던 일인데, 거기서 여차장들이 자정쯤에 테이블 위에서 춤추고 그리고…… 뭐 그랬다고. 얘깃거리가 정말 많아. 내 말은, 그와 만나면서 알게 된 건, 그가 아주 친절하고 침착하다는 거야. 침착하다는 건 — 우리가 전철 부장실에서 업무 회의를 할 때면, 어떤 사람들은 끔찍하게 흥분해서는 일이 예상한 대로 되지 않는다며 매사에 다른 사람들을 욕하는데, 그는 간단하게 처리해 버리는 거야. 그리고 만약 일이 제대로 되지 않았을 경우에 그는 내가 무슨 말을 할까 하며 나를 쳐다보는데, 그 눈빛에는 조용한 미소가 담겨 있지. 그럼 우리는 흥분하지 않고 대화를 시작하고 각자의 권리를 보장받는 거야. 배울 점이 많아. 혹 어떤 친구가 와서 결혼 문제에 대해서 이야기하면, 그는 농담 같은 걸 하지 않아. 비록 내가 오랫동안 나가 있더라도, 그는 여전히 거기에 반듯이 앉아서 기껏해야 돈은 얼마나 드느냐고 묻는 거야. 알겠니? 그런데 그는 내가 시험 때문에 불안해한다는 걸 금방 알아채고는, 나와 함께 시험과 관련된 주제를 전부 연습하게 해 줬어. 게다가 그걸 내가 눈치채지 못하도록 했지. 말이 나온 김에 하는 것처럼 해서 말이야. 그가 열차가 들어온다고 알리면, 나는 열차가 진입하고 교차한 시각 따위의 이런저런 것을 기록하고, 우리는 전화를 걸어서 운행 감독(F-d-l)을 설득하지. 그는 하려고 하지 않지만 할 수밖에 없어. 연동 폐색 장치가 뭐죠? 그가 이렇게 물어보는 거야. 운행선의 지렛대와 신호기의 빗장을 지르는 전기 잠금장치예요. 맞나요? 그래요. 그러고 나서 그는 도면을 보여 주지. 여기에 선로가 세 개 있어요. 만약 운행 감독이 1번 선로를 열어 놓으려고 한다면…… 하고 나한테 설명하게 하는 거야. 운행 감독은 자신의 송신 패널 A^2를 폐쇄합니다. 그래서 신호소 A^2(수신 패널)이 열리고, 폐색 신호는 흰색이 됩니다. 이제 운행 감독이 반대쪽 송신 패널을 모두 차단했습니다. 신호소 사람들이 선로 전환기를 움직이고 그 운행선을 전동 폐색으로, 고정 패널 $a^{1, 2}$로 고정합니다. 이렇게 해서 운행 감독의 해제 패널 $a^{1, 2}$는 차단이 풀리고, 이제 신호소 사람들이 신호기 A^2를 당길 수 있게 됩니다. 열차 진입합니다. 물론 그는 중간 중간 말을 하지. 만약에 네가 이 상황을 떠올려 본다면, 수업 시간이나 책에서는 그렇게 명확하게 배울 수 없다는 걸 깨달을 거야. 하지만 나는 여기서 그걸 본 거야. 열차가 어떻게 움직이는지, 여기저기에 누가 앉아 있고 일이 어떻게 진행되는지를 말이야. 그리고 그는 늘 거기에다 사소한 것까지도 덧붙여서 알려 주거든. 그렇게 해서 기차가 어떻게 들어올 수 있는지를 내가 잘 이해하고 나면, 그때 그는 이렇게 질문해. 그러면 이제 열차가 왜 들어오지 않는지 설명을 해 봐요. 어때, 알겠니? 그건 설명하기가 힘든 거야. 그냥 웃게 되지. 하지만 내가 운행 매뉴얼을 찾아본 건 정말 잘한 일이었어. 거기엔 이렇게 쓰여 있었거든. 모든 열차에 해당. 이유 — 선로 전환기는 신호기에 의존하지 않는다. 그는 처음부터 시작하면서 끈질기게 설득을 해. 운행 책임자가 그렇게 행동해서 되겠느냐고 말이야……. 나는 그게 재미있다는 거야. 많은 걸 배울 수가 있으니까. 사실 마이크 앞에 앉아서 지시만 내리는 그런 디스패처도 있거든. 그런 사람들한테 선로의 전기 설비에 대해 물어보면 자신과 아무 관계 없는 분야라 자세히는 몰라. 하지만 그는 막히는 것 없이 모든 게 머릿속에 있어. 내가 손으로 탁자 위에 있는 규정집 더미의 높이를 보여 주면서 한탄한 적이 있었는데, 그는 그저 그 높이를 확인해 보고는 고개를 끄덕이면서 이렇게 말하는 거야. '의사도 공부를 많이 해야 하지요.' 내 생각도 그렇거든."

— 하지만 당신은 그들이 그동안 만났다는 걸 알고 있죠, 그렇지 않은가요?

— 물론입니다. 말하자면 나는 모든 걸 알고 있습니다. 하지만 그게 나한테는 아무 도움이 되지 않습니다. 왜냐하면 기계는 계속해서 돌아가고, 나는 보고를 멈추게 할 수 없었습니다. 나한테 자료가 부족했을지도 모르는 일이고……. 아니면 내가 더 이상 전체 과정을 조망할 수 없다고 생각했을지도 모릅니다. 거기엔 삼 분이라는 아주 작은 부분이 빠져 있기 때문입니다. 그때 무슨 일이 생겼는지 나는 감시하지 못했습니다. 그래요, 나는 블라흐 박사가 그다음 화요일에 야콥을 방문했던 걸 알고 있습니다. 10월 30일이었습니다. 그다음 날 야콥은 서쪽으로 떠났습니다. 그들은 저녁 시간을 같이 보냈습니다. ……이런 정보로 내가 무슨 일을 시작할 수 있겠습니까? 정확히는 15시 20분이군요.

— 그는 여객역에서 11번 전차를 타고 시내를 지나와서, 여차장한테 제국 철도 지방청의 위치를 물었어요. 문 앞에는

철도원 견습생이 두 사람 서 있었는데, 그는 견습생들에게 압스 씨에 대해 물어봤어요. 그들도 제복을 입고 있었기 때문에 야콥을 알지도 모른다고 생각했던 거지요. 하지만 그들은 그 이름을 한 번도 들어 본 적이 없었어요. 그들은 이 낯선 민간인의 얼굴을 의심스러운 눈길로 쳐다보았고, 그것을 본 요나스는 곧장 폭동 그리고 붉은색 현수막에 적힌 간첩을 조심하라라는 표어 글귀를 떠올렸지요. 하지만 그건 잘못 생각한 거였어요. 그 젊은이들은 이렇게 생각했을 뿐이었거든요 ─ 낯선 사람이 방문하면 적어도 외모는 기억해 둬야겠다고. 그들은 이 사람이 침착하면서도 낙관적으로 안내와 도움을 기대하고 있음을 알아챘고(요나스는 여전히 모든 일이 제대로 돌아가는 상황에 익숙했어요.) 그래서 그들은 수위를 불러냈어요. 다만 그는 목이 잠기고 충혈되어 친절한 목소리를 낼 수가 없는 것 같았어요. 사실 그는 말이 막힌 게 기뻤고, 우선 막연히 안개 속을 가리켰어요. 거기에서는 증기에 싸인 커다란 물체 옆으로 기적 소리가 솟아 올라왔어요. 수위가 요나스에게 말하기 전에, 아니면 수위가 그에게 말할 수 없었을지도 모르는데, 아무튼 그때 자비네가 왔어요.

─ 여기까지는 모든 게 맞습니다. 하지만 자비네는 오지 않았습니다. 그들이 서로 알게 된 건 맞습니다. 하지만 그걸 목격한 사람은 없고, 그렇게 입구에서 만났다는 것도 어쨌든 믿을 수가 없습니다. 자비네는 그를 전혀 몰랐기 때문입니다. 전혀 모르는 남자를 육 분이라는 시간을 내서 안내해 줄까요? 자비네라면 그러지 않았을 겁니다. 그렇게 긴 시간

이라면 야콥이 그 행동을 의도적인 것이라고 오해할 수도 있기 때문입니다. 하지만 그녀는 그렇게 되기를 원치 않았습니다.

—그럼 요나스가 격자문 앞 수위들이 있는 곳까지 혼자서 길을 찾았다는 말이네요.

—수위들이 있는 곳까지 말입니다.

—그는 명민하게도 낯선 곳에 있으면서도 그들에게 안내를 요청하지 않았어요. 오히려 그 장소가 아주 익숙하고 서류 가방에는 업무에 관계된 것이 들어 있는 것처럼 행동하면서 그들 곁을 지나갔지요. 그리고 입구 앞에서 깨끗하게 정돈된 붉은색 외벽을 올려다보았고, 천장이 낮은 수위실 앞 홀에서는 맨 아래층 위로 솟아 있는 거대한 상부 구조물 때문에 마치 지하실에 들어온 것 같은 느낌을 받았어요. 그는 안녕하세요, 하고 말했고 베를린에서만 익힐 수있는 그런 당연한 일이라는 태도로 양복 안주머니에 손을 집어넣었고 신분증을 펼쳐서 창턱 위에 올려놓고 말했어요 — 압스 씨 부탁합니다. 문 앞의 수위들이 치레와 장식에 지나지 않는다는 점이 참 재미있네요.

—아닙니다. 꼭 그렇지는 않습니다. 책임 범위라는 것이 정확히 구분되어 있지 않거든요. 한동안은 경찰 초소에서 수위 업무를 맡았습니다. 다시 말해서 그들은 아무도 들여보내지 않았습니다. 그것이 이론적으로는 정상이지요. 하지만 그들은 당연히 복잡한 작업 구조와 업무 관할에 대해 세세한 부분까지는 알지 못했기 때문에, 제국 철도 스스로가 규정을 너무 엄격하게 지키려고 하자 업무에 지장을 받게

되었던 겁니다. 그래서 이제 누가 예외적으로 들어가도 되는지 나름대로 판단할 수 있는 사람 하나를 수위실 안에 두고, 밖에 있는 수위들은 경찰처럼 사전 통제를 했습니다. 그리고 비록 블라흐가 그들에게 신분증을 제시해야 했지만 (내 추측으로는) 마음속으로는 들어가세요, 하는 느낌을 더 많이 받았을 겁니다.

— 네, 마치 아무것도 모르는 산책객이 부지중에 인도(人道)에서 벗어나 지하에 설치된 참모부에 마술처럼 도달하게 된 듯이 말이죠. 밖에는 해가 비치고 있었지만 사실은 전쟁인 거죠. 예닝이라면(만약에 그가 맞다면) 신분증은 보지도 않고 주저 없이 안 됩니다, 하고 말했을 거예요. 그리고 그 낯선 사람한테 어째서 민간인이 6층에 들어갈 수 없는지 신이 나서 설명했을 거예요. 어떤 이유로도 안 된다고 말이죠. 아시겠어요? 보고를 한 가지라도 듣지 못하게 되면 선로에 있는 폐색 담당이 차장한테 잘못된 신호판을 내밀게 되는 겁니다.(예닝은 폐색을 담당한 적이 있기 때문에 그런 말을 할 수 있었어요. 물론 그건 통행증 규정과는 다른 얘기이기는 했지만, 수위들 마음에는 들었어요.) 요나스가 그렇게 합리적이고 중요한 폐색 담당의 항변을 지나칠 수 있었다고는 생각하지 않아요. 그렇다면 결국

— 그러니까 말하자면

— 자비네가 엘리베이터에서 나와 낯선 젊은이가 야콥을 찾는 (그리고 압스 씨의 근무가 언제 끝나느냐는) 말소리를 들었고, 그래서 자기 사무실로 통하는 큰길로 나가는 대신 그를 데리고 엘리베이터로 되돌아간 거예요. 그리고 그녀가

신호 패널 앞에서 엘리베이터를 기다리는 동안 그들은 통성명을 했어요. 그러는 동안 예닝은

— 불만스럽게 입을 비죽이며 뒤돌아서 수화기를 집어 들고 야콥에게 전화를 걸었습니다. 누군가가 방문했다고 알려 주면서, 말하자면 미안하다는 뜻을 전하려고 했습니다. 자비네가 무척 예뻤던 겁니다.

— 그리고 블라흐는 올라가는 좁은 엘리베이터 안에서 쾌활하고 활발하게 그녀에게 이렇게 설명했을지도 몰라요. 이렇게 심한 경계를 받으니 보이 스카우트같이, 아니면 기계 속에 끼어들어 온 짜증 나는 모래알같이, 아니면 완전히 쓸모없는 사람같이 느껴진다고 말이죠. 이 일이 그에게 사회적으로 어떤 의미가 있는지는 내색하지 않고서 말이에요. 그는 일자리도 없고, 미래에 대한 전망도 없고, 아무것도 없이 쫓겨난 처지였어요. 다시 말해 그는 가진 것 없는 젊은이였던 거죠. 지난번에 받은 마지막 봉급도 몇 마르크 남지 않았어요. 그 정도 돈이면 춤이나 추러 갈 수 있을 뿐이죠.

— 나는 다른 가능성도 있다고 봅니다. 우선 당신이 말하는 것처럼 자비네가 그를 데리고 위로 갔습니다. 그녀는 요나스와 낯설고 세련되고 그리고 정말로 교양 있는 대화를 나누는 동안 다시 한 번 자신과 야콥 사이의 거리가 얼마나 멀어졌는지 깨달았을 가능성이 있습니다. 야콥의 친구라고 하는데도 그녀는 그를 알지 못할뿐더러 본 적도 없었고 어떤 관계인지도 몰랐기 때문입니다. 만약 야콥이 이런 사람들과 만나고 다닌다면 그는 너무나도 많이 변한 것이 분명

했습니다. 다른 가능성 하나는 그녀가 요나스를 내가 보낸 사람으로 여겼을지도 모른다는 겁니다. 그는 그렇게 보이지 않기 위해서 무척이나 친절하게 굴었을 것이기 때문입니다. 그가 야콥한테(아니면 그녀한테) 전할 소식이나 명령, 혹은 추천장을 가지고 있을지도 모르기 때문에, 그녀는 그를 야콥의 방문 앞까지 데려다 주지 않고 문화 코너*에서 기다리게 했던 겁니다. 그곳에는 철도 신문과 노동조합 기관지가 놓인 탁자 옆으로 안락의자 두 개가 놓여 있었고, 벽에는 깃발 하나가 압정으로 고정되어 있었는데, 그것은 국가 원수들의 초상을 지지하는 모양새였습니다.(내 말은, 그것이 블라흐한테는 틀림없이 그렇게 보였을 거라는 말입니다. 이런 문화 코너들은 대부분 비슷하게 생겼습니다. 그의 학과 사무실에도 비슷한 것이 있었을 겁니다.) 당연히 그는 책장을 넘겨 보기 시작했고, 야콥의 사무원 여자가 안락의자 앞으로 와서 이름을 물었을 때는 자비네가 그의 곁을 지나 엘리베이터로 가 버린 것도 몰랐습니다. 그녀는 고맙다는 인사를 받고 싶지 않았고, 요나스가 자기는 누구라고 넌지시 일러주지 않은 것이 못마땅했던 겁니다. 하지만 요나스는 어제 아침까지 정말 아무것도 모르는 단 한 사람이었습니다.

── 그러면 대체 어떻게 된 거죠?

── 제가 말씀드리겠습니다.

── 그녀한테는 틀림없이 야콥의 문을 두드리는 둘만의 신호가 있었을 거예요. 그리고 그녀는 그저 문틈으로 요나스라는

---

* 신문, 잡지 등을 구비해서 쉴 수 있도록 한 공간.

이름을 말하고는 되돌아가 버렸어요. 만약 이 낯선 젊은이가 롤프스 씨가 보낸 사람이라면, 야콥이 이제 그녀와 이야기할지도 모르겠다는 생각이 들었기 때문이었죠. 하지만 그건 몇 가지 이유 때문에 그녀가 직접 입 밖에 낼 수는 없었어요. 나는 이 부분에 대해서는 단언하지 않겠어요. 나는 어제 아무도 그녀를 이해하지 못한 게 우연이 아니었다는 걸 말해 두고 싶을 뿐이에요. 당신은 주저할 필요가 없어요. 여기까지는 당신도 동의할 수 있을 거예요.

— 그렇다면 좋습니다. 어느 누구도 자신을 둘러싼 의견들로 구성되지 않는다는 점에 우리는 일치를 본 겁니다. 하지만 나는 그때 블라흐가 야콥한테 들러서 대체 무엇을 하려고 했는지 묻고 싶습니다. 이 대목은 당신도 잘 모를 수도 있겠군요. ……그는 그 초고를 이미 편집부에 넘겼습니다. 그것은 앞으로 며칠간의 정치적 사건들로 인해 출판을 못하게 될 수도 있다는 유보 조건을 달고서 인쇄하도록 넘겨졌던 겁니다. 그 점에서는 그들이 옳았습니다.

— 하지만 여전히 당신 운전기사는 텔레비전 방송국 앞에 당신 차를 세워 두고 날마다 서베를린으로 갔어요. 그리고 최신 잡지들을 들고 돌아왔어요. 그 잡지의 화보에는 부다페스트의 현장* 보도 사진이 평상시 왕가의 결혼식과 똑같은 정도로 비중 있게 실려 있었어요. 그걸 부인하고 싶은 생각은 전혀 없지요? 하지만 적어도 그는 그걸 당신 코앞에 내밀지는 않았어요. 그렇죠?

---

* 헝가리 혁명 현장을 가리킨다. 부다페스트는 헝가리의 수도이다.

― 그렇습니다. 그러니까 블라흐는 개인적인 일 말고는 더 이상 할 일이 없었습니다. 그는 그저 재미 삼아 그 초고를 책으로 만들어 보려고 했을지도 모릅니다. 며칠 동안 그는 그저 무심하면서도 조심스럽게 판코우 교회 옆에 있는 자기 방에 앉아 있었습니다. 방세는 지불한 상태였습니다. 내 감시 아래에서 새로운 일자리에 대해 쓸모 있는 정보를 얻을 수 있는 곳은 친구들밖에는 없었을 겁니다. 친구들은 그를 다시 취직시키려 애썼을 테니까요. 하지만 그는 야콥한테 갔습니다. 드레스덴*도 역시 아름다운 도시입니다. 그는 야콥에게서 무얼 원했던 걸까요?

― 우리는 이들이 그날 저녁 뭘 계획했는지 상세히 알고 있어요. 하지만 세부적으로 요나스가 원했던 게 무엇이었는지, 그가 여행하면서 무엇을 기대했던 것인지는 몰라요.

― 그리고 야콥이 특별히 준비하고 실행에 옮긴 것이 무엇이고 우연히 생겨난 일은 무엇인지 모릅니다. 그러니까 우리가 추측하는 것은

― 첫 번째로 우리가 짐작하는 건 요나스가 이성적이고 책임 있고 실제적인 삶을 방문했다는 거예요.

---

* 야콥이 근무하는 엘베 강변의 도시를 가리킨다. 그러나 롤프스가 예리효까지 자동차로 150킬로미터를 달렸고(45쪽) 야콥의 어머니가 서독으로 가면서 경유했으며(63쪽) 게지네가 아우토반을 거쳐서 도착한 점(174쪽)을 종합해 볼 때, 야콥의 근무지는 드레스덴이 아니라 마그데부르크 근방의 가상 도시라는 주장이 제기되었다. 작가도 이점을 고려하여 『기념일들』에서는 마그데부르크로 묘사하고 있다.

열린 문 사이로 야콥의 등이 보였다. 그는 비뚜름히 놓인 책상 앞에서 두 손을 무릎 사이에 넣고 스피커 쪽을 올려다보았다. 스피커에서는 이런 소리가 흘러나왔다. "4-5-1 열차 받는다. 반복한다. 4-5-1 받는다." 그리고 대답이 들렸다. "1-3-1 진입하면 4-5-1 열차 받는다. 반복한다." 야콥은 목덜미를 앞으로 숙이고 마이크로 전환하고는 말했다. "4-5-1 즉시 1번 선로에서 받는다. 1-3-1은 2번 선로에서 통과." 스피커가 반복해 말하는 동안 사무원은 벌써 다시 앉아서 보고 용지를 앞에 놓고 기록을 했다. 야콥은 돌아보지도 않은 채 오른손을 어깨 위로 들어 올렸는데, 이러한 몸짓은 무척 호감이 가고 공손해 보였고, 요나스는 이곳 사람들이 악수에 인색하지 않다는 것을 깨달았다. 요나스가 그 손을 놓았을 때 야콥의 얼굴이 어깨 너머로 어슷하게 보였다. 그는 방문객을 호의적인 시선으로 바라보았지만 왼손으로는 벌써 스위치를 눌렀기 때문에 방문객을 쳐다볼 수 있을 뿐 방문객에게 신경을 쓸 수는 없는 것 같았다. 하지만 그것은 야콥의 특성일지도 몰랐다. "이십 분만." 야콥이 말했다. 요나스는 창가에 놓인 보조 의자 쪽으로 갔다. 창문 한쪽이 열려 있었고, 머리 위에 가벼운 이슬비가 사선으로 비껴 들이쳤다. 거리 쪽에서 보면 10월의 하늘은 몹시도 파란 빛을 띠었다. 이제 서쪽은 하얗고 단단하게 빛났다. 내리는 비 사이로 구름 사이에서 새어 나온 햇빛이 비쳐 들어왔기 때문에 빗방울 하나하나가 두드러져 보였다. 저녁에는 뭉게구름이 낄 것 같았다. 갑자기 야콥이 창가로 왔다. 그는 비누 갑을 창턱에 놓고 담배를 남겨 둔 채 조용히 되돌아갔다. 그러면서 그는 입술을 쭉 내밀면서 눈으로 사무원을 가리켰다 ─ 아주 싹

싹하고 아주 어리지, 보다시피 말이야…… 나중에 얘기하자고. 그가 체념한 듯 회전의자의 탄력 있는 등받이에 몸을 기대고 두 손을 무릎 사이에 넣은 채 앉아서 대화하는 모습은, 마치 세 들어 사는 집 계단에서 이웃집 사람에게 붙잡혀서 그날의 새로운 소식을 별 관심도, 조급함도 없이 듣는 것 같았다. 그냥 그렇게 앉아 있었다. "우선 그렇게 생각해야 해." 그가 말했다. "정말이야. 한번 생각해 보라고. 아니야, 이건 경쟁이 아니란 말이야. 그러니까 삼 분 간격으로, 입차 안내는 내가 하지. 됐어. 열차 진입. 열차 진입." 그리고 요나스는 이런 일을 하고 싶다는 참을 수 없는 욕구가 생겼다. 여기 일은 고정적이고 지속적이며, 차량과 기관차, 기계를 다룬다. 모든 움직임은 서로 보충하고 상응하며 함께 얽혀서 단 하나의 조망 속에 묶인다. 야콥의 머릿속에서 일어나는 일, 그것은 현실 속에 대응물이 존재하고 실제로 일어나는 일이었다. 그러면 여기서 일하는 사람은 이 반나절의 시간 동안 조그마한 제후국과도 같은 이 지역을 마치 혼자서 세계적인 사건들로 채운 것 같은 느낌이 들지 않을까? "여기에 버튼이 세 개 있어." 야콥이 몸을 굽혀 무언가를 쓰면서 말했고, 요나스는 그에게로 몸을 돌렸다. "상호 통신 장치야, 알지? 하나는 수신용, 하나는 송신용, 또 하나는 나도 모르게 나를 차단하는 거야." 그는 뒤를 돌아보았다. 요나스가 미소를 지었나? 그랬다. "하지만 언젠가는." 그는 의자에 몸을 뒤로 기대고, 탁자 옆에 있는 아가씨를 점잖게 응시하면서 말했다. 그녀도 야콥처럼 점잖은 태도로 고개를 들고 그가 예상하는 화려한 미래를 들었다. 그녀는 정말 즐거운 눈빛을 하고 있었다. 그리고 야콥이 이어 말했다. "이 성가신 113킬로미터 구간을 자동화하게 될 거야. 그렇게 되면 이 선로들은 색색이 빛나는 유리 막대가 되어 내 앞에 설치되겠지. 그러면 그건 아주 작은 불빛을 내는 딱정벌레처럼, 내가 길을 비켜 주거나 혹은 막는 대로 앞으로 움직여 갈 거야. 모든 게 중앙에서 전기 장치로 조정되겠지. 기관사 없는 열차, 계전기에 의한 조정, 초음파 같은 거 말이야. 상상해 봐. 그러면 종업원 인력이 얼마나 많이 절약되고 이득이 될지……." 요나스는 다시 뒤로 몸을 기대었다. 그는 다시 한 번 잘 이해하지 못한 것 같은 느낌이 들었고, 자신이 예의상 미소를 짓는 것이 부끄러웠다. "만약에 퓨즈가 타 버리기라도 하면 어떻게 해?" 그가 물어보았다. "그래-아니지." 야콥이 말했다. "그렇게 되면 나는 전기 공이나 접촉 검사원이 되겠지." 그는 자리에서 일어나 불안하게 방 안을 이리저리 걸어 다녔다. 그러다가 자신이 조금 전에 기분 좋았던 것이 기억났고 상냥하게 요나스 옆 창턱에 기대고는 그렇게 요나스를 내려다보았다. 그의 손은 크고 단단했고 손가락은 길었지만 요나스처럼 반듯하게 펴지는 못했다. 그 손마디에는 전쟁 후에 했던 노동의 흔적이 남아 있었던 것이다.

"하지만 그건 기술의 진보니까 조금 다른 얘기지." 요나스가 말했다. 전화기 두 대가 울렸다. 야콥은 자리에 돌아가서 아가씨의 수화기를 집어 들었다. 그가 통화 소리에 귀를 기울이는 동안 다른 통화가 끝이 났다. 요나스는 이 얌전한 아이가 할 말을 잘 준비했다는 것을 알게 되었다. 이 아이는 몇 살쯤 되었을까? 열일곱 살 정도. 그리고 아주 예의 바르다. 야콥은 뭔가를 달라고 요구하듯이 손을 높이 들었고, 던져 준 담배를 잡고 빙빙 돌려서 입가에 물고는 아무렇게나 불을 붙였다. 입술에 문 담배가 이리저리 구르는 것처럼 그의 눈길이 리놀륨 바닥 위를 이리저리 지나갔다. 그리고 그는 스피커를 켰다. "발차. 반복한다. 너희는 대체 거기서 뭐하는 거야?" 어떤 목소리가 물었다. 야콥은 눈을 가늘게 뜨고서 사선 모양의 받침목을 댄, 강 위의 교량을 응시했다. "온다." 그가 말했다. 하지만 이제 바르치가 교대하러 온다 해도 소용없어 보였다.

그들은 집에 가려면 아직 멀었기 때문이다. 바르치가 문을 열었을 때, 야콥은 막 열차 다이아에서 상당량의 밤 시간을 경량 및 중량 급행 화물 운수, 전철, 장거리 연결 노선 들로 잘라 내던 참이었는데, 이것들은 결국 다음 날까지 무더기로 뒤엉킨 채 남게 되었다. 이건 한데 싸서 단정하게 끈으로 묶어 던져 버릴 수밖에 없어, 하고 그가 말했다. 그는 대각선으로 선을 하나 그렸고, 그 선이 지나간 곳은 전부 운행이 중단되어야 했다. 그래서 스피커에서 아까부터 벌써 그렇게 고함을 쳤던 것이다. 이것을 어떻게 하라는 말이냐, 대피 선로가 그렇게 끝없이 있는 게 아니지 않느냐, 도대체 얼마나 오랫동안 운행선을 비워 두어야 하느냐, 이 급행선이 빨리 지나갈 수는 없느냐, 우리도 여기서 해야 할 일이 있는데 제발 이번 급행열차 한 대만 좀 보내 달라, 부탁이다, 이렇게들 말이다. 하지만 지시는 달랐다. 운행선은 비워 두어야 했다. 대체 뭐에 쓰려고 그러는 거야? 곧 알게 되겠지. 물론 야콥은 이미 아까부터 계속해서 북부 구간 디스패처와 연결된 수화기를 귀에 대고 있었다. 수화기에서 아무 소리도 나지 않는다는 것은 누구나 들을 수 있었다. 그리고 그때 바르치가 왔다. 그는 방 가운데 서서 못마땅하다는 듯이 말했다. "이런 멍청이들. 이런." 그리고 그제야 야콥은 창가로 돌아서서 쳐다보지도 않은 채 말했다. "이건 업무 기밀이야, 이해하지? 만약 나가고 싶으면……." 하지만 요나스는 고개를 가로저었다. 비록 야콥은 전화와 열차 다이아에서 눈을 떼지 않고 있었지만 말이다. 네 사람 모두 아무 말도 하지 않고 기다렸다. 그 방은 시끄러운 목소리들과 전등 불빛으로 점점 더 부풀어 갔고, 황혼의 넓은 초원 어딘가에는 탱크와 지프차와 경량포(輕量砲)를 실은 화물 열차가 꼼짝 않는 완목식 신호기* 앞에 서 있었다. 그것이 첫 번째 열차였는데, 병사들은 진작부터 열차에서 뛰어내려 몇 명씩 모여서 담배를 피웠고, 자신들이 기다리는 중에도 많은 민간 열차들이 제지 없이 그들 곁으로 지나가는 것에 놀랐다. 야콥이 송화구 위로 헛기침을 할 때면 저쪽 편 디스패처가 말했다. "그들이 내 쪽으로 보내 주지 않아." 야콥은 말없이 담배를 피우며 점점 더 앞으로 몸을 숙이다가, 이윽고 갑자기 팔을 들어 올려서 책상을 내리치며 고함쳤다. "나한테 그놈 이름을 적어 줘! 그놈은 러시아 사람에 대해 나름대로 무슨 생각이 있어서 열차를 막고 있는 거야. 그래, 그놈은 지금 우리가 아무 생각도 없다고 생각하는 거야! 나도 그들이 어디로 가는지 안다고. 그놈은 그걸 저지하고 있고. 십 분간 그렇게 질질 끄는 게 무슨 큰 도움이라도 되는 것처럼 말이야. 그놈한테 그 빌어먹을 고결함이 여기 우리를 곤란하게 한다고 일러 줘. 우리도 계속 비워 놓을 수는 없으니까. 여기 우리한테는 기차가 멈춰 서 있어. 사람들은 집에 가고 싶

---

* 완목의 위치에 따라 열차의 운전 조건을 지시하는 기계식 신호기. 낮에는 완목의 위치나 상태, 색깔에 따라 신호를 보내고, 밤에는 완목에 달려 있는 신호기등(燈), 유리의 색채에 따라 신호를 보낸다.

어 한단 말이야. 그들도 러시아 사람들에 대해 나름대로 견해를 갖고 있어. 하지만 그렇다고 해서 그들이 다른 사람한테 피해를 주지는 않잖아." 이 분 후 북쪽에서 전달 사항이 왔다. 군용 열차가 아래로 움직이고 있고, 이십 분 후면 지나갈 것이며, 공명심에 찬 그놈의 이름은 밝혀 낼 수 없었다고 했다. "좋아." 야콥이 말했다. 그들은 지금 비어 있는 통과선을 옆에 두고 어째서 야간 통근 열차와 급행열차용 기관차, 각종 화물 열차가 2번 선로에 꼼짝 않고 서 있어야 하는지도 모르는 채 계속 기다리고 있었다. 통과선에서는 아무것도 움직이지 않았다. 아무것도. 기차역 대합실의 역무원들은 게시판 옆으로 걸어가 숫자를 지우고 더 큰 숫자를 적었다 — 예상 도착 시간 삼십 분 후. 사십 분. 육십 분. 미정. 왜냐하면 그제야 비로소 탑 아래쪽 안개를 뚫고 바람에 노랫소리를 흩날리며 빠르게 지나가는 묵직한 열차 소리가 들려왔기 때문이다. 열차는 불을 켜지 않았고, 위에서 보면 빨간 눈을 가진 거대한 벌레가 뒤로 기어가는 것처럼 보였다. 열차는 다리에서 천둥 같은 소리를 내고 사라져 갔다. 하지만 — 하지만 (각각 마흔 명씩 태우고 문이 닫힌 화물 열차로 편성된) 두 번째 열차는 어디엔가 잡혀 있었고, 이 연락이 도착한 직후 볼프강의 전화 교환원은(나이가 지긋하고 몽상에 잠긴, 다정한 얼굴을 한 여자였는데, 이날 밤에 손자에게 줄 스웨터를 마무리하려고 했다.) 뜨개질감을 옆으로 치우지 않을 수 없었다. 야콥이 자리에서 일어나 마치 이런 상황에는 서로 보호해 줘야 한다는 듯이 바르치 옆에 앉았고, 그때 주먹으로 문을 두드리는 소리가 들리기 시작했기 때문이다. 야콥은 몸을 옆으로 굽히고 요란하게 울리는 수화기를 하나하나 집어

들었다. 나란히 내려놓은 수화기가 부질없이 앵앵거리는 동안 스피커에서는 군수 물자가 통과하고 있다는 소식이 요란하게 울렸고, 민간 열차의 신청이 셀 수 없이 들어왔지만 야콥은 받아들이지 않았다. 그는 바르치보다는 조바심을 덜 내면서 바르치와 똑같이 믿음직스럽게 "안 돼." 하고 말했고, 우리 쪽도 몹시 힘들다는 설명은 더 이상 하지 않았다. 이제 그들은 북쪽의 디스패처와 역의 디스패처, 차량 담당, 트라포(중앙 사령부)와 계속 연락을 취했고, 트라포는 매우 급박하게 화물역의 진입로 앞에 도착했으며, 기차역에서 보내는 명령에 따라 시내 도처에 있던 무선 순찰차는 차를 멈추고 방향을 바꾸어 좌우로 건물이 없고 비에 젖은 키 큰 나무들이 서 있는 기다란 도로 위로 나란히 늘어섰다. 당시의 상황은 그랬다. 북쪽에서 병력 수송 열차가 온다고 알려 왔지만 역에서는 듣지 못했다. 아래쪽 어둠 속에서 조차용 무선 방송이 아직도 불확실한 소리를 내고 있었기 때문이었다. 얼마쯤 시간이 지난 뒤에야 비로소 스피커들이 독선적이고 경계하는 소리를 떠들어 댔다. 긴 줄로 열차가 편성되어 옆으로 옮겨졌고, 차량 감독은 자기 전화를 내버려 둔 채 차량을 어디에서 조달하느냐며 방으로 달려들어 왔다. 바르치는(이제는 아주 편안하게 담배를 피우면서, 몸을 앞으로 숙이고 손으로 이마를 짚은 채) 대형 화물 열차도 필요할 것 같고, 비어 있는 열차 한 대를 남쪽에서 이십 분이면 끌어올 수 있을 거라고 말해 주었다. 하지만 그러려면 저 아래에 서로 뒤얽혀 있는 걸 치워 줘야 한다고 했다. 그렇다면 좋아요! 그리고 그때 북쪽에서 두 번째 열차가 들어와, 여객역 플랫폼 사이에 멈춰 서서 급하게 숨을 내쉬었다. 병사들은 즐

겁고 유쾌하게, 열린 문과 문 사이의 차단 막대 위로 몸을 기
대어 밖으로 내밀고는, 기진맥진하고 잔뜩 화가 난 사람들과
대화를 해 보려고 했다. 그 사람들은 여행 가방을 들고 북적거
리는 미트로파* 매점 옆에 서서 열차를 기다리고 있었다. 움직
이지 못하는 것은 화물 열차들도 마찬가지였는데, 남쪽 방향
의 운행선뿐만 아니라 모든 운행선에서 조차 작업이 진행되고
있었기 때문이었다. 그리고 화물용 플랫폼도 아직 치워지지 않
은 상태였다. 그러는 동안 시내 주둔지에서는 정문이 열리고,
군용 트럭이 헤드라이트로 밤거리를 비추며 달렸고, 적색 발
광 신호로 서로 연락을 취했으며, 오토바이들이 앞서서 교차
로 쪽으로 질주해 차도에 뛰어들어 가로막고서, 팔을 엑스 자
모양으로 교차했다가 펴는 수신호로 전차와 화물 트럭, 승용
차, 보행자 들을 멈춰 세웠다. 병력 수송차들이 기다리는 사람
들의 눈총을 받으며 급하게 커브를 틀면서 도시의 불빛 아래
로 꼬리에 꼬리를 물고 미끄러져 갔다. 그들은 수수께끼 같은
흰색 원이 규칙적으로 반복되어 나타나는 것을 보았는데, 그
뒤편에는 키릴 문자로 우체브나야(자동차 학원)라고 적혀 있
었다. 빈 열차가 다리를 넘어 왔을 때, 조차 작업반은 역 구내
로 들어오는 입구 앞에 열차를 세웠다. 그들은 열차로 달려들
어서 필요한 부분들을 꺾어서 떼어 냈고(여전히 병사들은 플랫
폼 위로 몸을 내밀고 있었고, 대기하고 있는 남북 방향의 열차들
은 움직이지 않았으며, 비워 놓은 통과선들은 고요했다.) 마침내
화물용 플랫폼에 열차가 쿵쾅 소리를 내며 들어왔고 운행선이

* MITROPA. 중앙 유럽 침대차·식당차 주식회사.

정리되었다. 두 번째 군용 열차가 발차하고 우리는 여기서 벗어나는가 싶었다. 그런데 이번에는 세 번째 열차가 또 들어왔다 ― 상체를 해치 밖으로 내민 탱크 지휘관들이 팔을 빙빙 돌리면서 동료들의 진행 방향을 조정했다. 이 괴물들은 묵직하고도 솜씨 좋게 경사면을 기어오르기 시작했고, 조차원들은 열차 밑에서 이리저리 기어다니며 브레이크 파이프*를 잠갔으며, 부대 병력은 차례차례 트럭에서 나와 좁은 계단을 지나 화물 열차로 몰려들었다. 확성기가 떠들었고, 엔진이 윙윙거렸다. 목재는 무한궤도 아래에서 미세하게 쪼개졌다. 조차용 기관차는 쉭쉭거리며 빠져나갔다. 이제 기관차 사무소와 대화하기만 하면 되는데, S는 아직도 나오지 않았다. 너희는 대체 거기서 뭘 하는 거야? 열차가 준비되면 운행 감독에게 보고해야 한다. 운행 감독은 발차할 수 있느냐고 묻는다. 발차해도 됩니다. 그러면 이제 우리가 그동안 해 놓은 걸 좀 보자. 열차 다이아의 시간과 장소 사이를 보니 평상시라면 세밀하고 빽빽하고 능숙한 마크라메 레이스** 세공품이 있던 곳에 지금은 커다란 공백이 자리 잡고 있다. 이 빈 공간을 사선으로 가로지르는 것은 무엇인가? 선 세 개와 절반짜리 선 하나. 우리 이제 갈게. 그리고 만약 그동안 때려 넣어 둔 교통이 엉키지 않는다면, 지금까지 밀린 연착을 자정쯤이면 풀어낼 수 있을 거야. 물론 그때는 새로운 연착이 생기겠지만 말이야. 러

---

* 압축 공기를 브레이크에 전달하는 관.
** 수예의 하나. 명주실이나 끈 따위를 재료로 매듭을 지어 여러 가지 모양의 무늬를 만드는데, 책상보, 전등 커버, 손가방, 넥타이 따위를 만들거나 장식하는 데 쓴다.

시아 사람들? 군부대? 안부나 전해 줘. 말차이트. 말차이트, 야콥. 말차이트. 이봐, 야콥.

"그래." 야콥이 대답했다.

"그런데 만약 우리도 같이 저지했더라면?" 볼프강이 물었다. 야콥은 더 이상 묻지 않았다. 그들은 그자의 이름을 알고 있었다. 만약 그들이 북쪽에서 한 것처럼 열차 통과를 저지했더라면. 만약 그들이 병력 수송을 어딘가에서 끊었다면, 그리고 일상적인 운행을 방해하지 않고 진행했더라면.

"그래도 내일 아침이면 결국 도착할 거야. 내 말은 우리 셋 다 그놈 말대로 공명심에 찬 사람들은 아니라는 거야. 아마도 그놈은 그저 모욕이나 당했을 거라고! 그리고 너하고 나는 체포될지도 몰라. 난 그게 우리가 재미 삼아, 장난 삼아 어리석은 짓을 한 것처럼 되었을 거라고 생각해." 야콥이 말했다.

블라흐 박사는 자리에서 일어나 불빛이 있는 곳으로 왔다. 사무원 여자는 기다렸다. 요나스는 헛기침을 하고 말했다. "그리고 너희는 자기 생각대로 행동한 셈이 되었을 테지."

"그게 어리석은 짓이라는 거야." 야콥이 미소를 지으며 말했다. 그는 옆에 있는 여자 쪽으로 몸을 굽히고 악수를 했다. "힘내세요, 압스 씨." 그녀가 말했다. "난 힘들지 않아요." 그가 말했다. 그들 모두 미소를 지었다.

그리고 오늘 바르치는 이렇게 말한다. 그때 그가 힘들어 보였다고 말이다. 야콥이 팔에 외투를 걸치고, 이제 어디로 가야 할지 모르는 것처럼 그렇게 서 있던 모습이 말이다.

─ 두 번째로 우리가 짐작하려고 하는 것은, 원고를 어떻게 안

전하게 보관했는가 하는 문제입니다. 블라흐는 엘베 호텔에 방을 하나 잡았지요.

그리고 그는 저녁 늦게 야콥과 함께 앉아 있었는데, 그 자리는 며칠 전 크레스팔의 딸이 이곳의 서비스에 대해 부정적인 견해를 갖게 되었던 바로 그 테이블 옆이었다. 그리고 웨이터가 식기를 치우는 동안 야콥이 말을 했는데, 그의 어투에서 지금처럼 포메른 사투리가 살아 있었던 적은 한 번도 없었다. "끔찍하지 않아?" 그것은 질문이 아니었다. 그는 요나스 쪽으로 몸을 돌리지 않은 상태였고, 힘들고 피로에 지친 얼굴은 외롭게 매달리듯 갸웃이 손에 기대고 있었고, 눈은 반쯤 감겨서 보이지가 않았다. 그리고 요나스는 도대체 어떻게 야콥을 이해할 수 있을지 다시 한 번 자문해 보았다. 먼 곳에 있는 크레스팔, 사라져 버린 어머니 그리고 게지네의 무모한 방문, 이 모든 게 전혀 도움이 되지 않았고, 서로 설명되지 않는 나름대로의 행동을 각자 취했기 때문이다. 야콥의 그 말이 대학 정책의 특정 부분을 염두에 둔 것인지는 도무지 알 수 없었다. 아마도 피로감에서 그 말이 입 밖으로 나왔을 것이다. 오랫동안 바다에 가라앉아 있던, 어린 시절에 쓰던 정겨운 말투가 강물 위로 떠오르듯이 말이다. 야콥은 아무 변화 없이 숨도 고르지 않고, 얼굴 표정도 바꾸지 않고 몸을 돌려서 웨이터에게 손짓을 하고는 손가락 두 개를 치켜들고 "스토 그람."* 하고 말했는데, 그때 야콥의 행동은 웨이터의 내심 즐거워하는 표정과도 어울렸다. 야콥은 몸을 앞

***

* '100그램.'(러시아어)

으로 숙이고 차분하고도 진지하게 말하기 시작했다. "요나스."

그는 조차원이 되어 보지 않겠느냐고 물었다. (어느 지역, 어느 구간이나 조차원이 부족하기 때문에) 여기서는 누구나 취직할 수 있을 거라고 말했다.

여기에 대해서 요나스는 그 이유가 무엇인지 진지하게 물어보았다. 왜 아무도 이 일을 하려고 하지 않는지.

그래, 그래. 야콥이 말했다. 이 일은 보수가 나쁘거든. 일은 정말 간단해 보여. 제동기를 들고 이리저리 뛰어다니고, 열차 디딤대 위에 올라타고, 경계 표시를 지켜보고, 차량 연결기를 걸고, 브레이크 파이프를 연결하기만 하면 돼. 하지만 벌써 이것만 해도 일이 한 무더기야. 그리고 위험한 일이기도 해. 이리저리 계속 뛰어다니는 걸 좀 봐. 미끄럽고 끈적끈적한 곳에서는 넘어지고 차에 깔리기도 하는 거야. 일하는 걸 험프에서 한번 본 적 있지? 그리고 이 일은 아주 힘이 들어. 예전에 선로 두 개를 처리했다면 요즘은 가끔 네 개를 처리할 때도 있어. 그렇게 되면 열차와 열차 사이에서 다음 선로로 기어올라가야 하는 경우가 아주 빈번한데, 그러면 벌써 또 뭔가가 굴러 오지. 대개 신호기는 수직으로, 똑바로 서 있어서 빨리 당겨야 해. 그리고 요나스는 생각했다 — 노동력은 정말 어디에서나 부족하다. 사람들은 서쪽 아니면 군대로 가 버렸다. 남은 사람들은 당연히 더 유리한 일을 찾기 마련이다. 하지만 나는 그 일에 흥미를 느낄 것이다. 새로운 것도 많고, 항상 움직이고, 신선한 공기를 마시고.

그리고 많은 사람들과 끊임없이 접촉하고 — 요나스는 이렇게 생각했다. "그래, 그래." 그가 말했다. 그는 생각해 보겠다고 말했지만 곧바로 덧붙여 말했다. "아니야, 절대 아니야."

"항상 자신이 원하는 걸 선택할 수 있고 책임지는 것, 너는 그걸 자유라고 하지?" 야콥이 물었다. 요나스는 그의 진지함 속에 냉소적인 뜻은 없는지 살펴보았다. "다 즈드라스트부예트 트바야 슬라바."* 야콥이 진지하게 말했다.

다 즈드라스트부예트 트바야 슬라바. 그리고 건강을. 그리고 장수를 위하여. 그렇고말고.

"그러니까 난 그게 이해가 안 돼." 야콥은 다시 말을 시작했다. "넌 왜 서쪽으로 안 가? 거기엔 게지네도 있고 학계에서도 다시 일하게 해 줄 텐데……?"

"그건 공화국을 탈주할 이유가 안 돼. 그건 기차역에 마중 나와서 안녕하세요, 오셨군요, 하고 말한 다음에 적당하게 대접을 해 주고 새 출발을 지원해 주는 데 불과한 거야. 하지만 나는 그곳에서 살아 나가야 한단 말이야." 요나스가 정중하게 말했다. 그는 야콥이 자신의 대답을 이해하지 못했으며 또한 즉각 다시 생각해 볼 의향도 전혀 없다는 걸 알아챘다. 그는 대답을 듣기 원했을 뿐이었던 것이다. 피로와 권태가 주는 끝없는 공허로 인해 자기 안에서 더 이상 아무것도 만들어 낼 수 없고, 다른 사람이 말하는 현실을 살아갈 수밖에 없으며, 그 현실을 여과 없이 그대로 받아들이는 것이다. 그러니까 난 그게 이해가 안 돼. 요나스는 고개를 저었고 그가 했던 말을 취소했다. "그녀의 마음은 딴 곳에 가 버렸어."

"내 여동생이?" 놀란 야콥은 의외라는 듯이 미소를 지었다.

---

* '너의 명예를 위하여.'(러시아어)

"첼로벡! 스토 그람!"* 야콥이 소리쳤다. 그는 기분 좋게 몸을 뒤로 기댔고 뭔가를 무겁게 끄는 듯이 늘어지는 러시아어로 말했다. "이번에는 그 애의 행복을 위해 마시자."

  그녀는 그에게 말하지 않은 것이다. 나는 이렇게 생각했다. 그녀는 절대로 그에게 말하지 않을 것이다. 나는 이렇게 생각했다. 나는 거리를 두면서, 나에게 어떤 역할을 부여할 외적인 안전장치를 찾았다. 그러니까 나는 나무랄 데 없는 옷차림을 했고, 머리 위 어딘가에 있는 호텔 방에 가방 두 개를 놓아두었다. 아직은 이곳에 앉아 눈에 띄지 않게 행동하고 있다. 하지만 내일은 떠나 버릴 것이다. 나는 여행 중이었다. 나는 기한이 명확하게 정해진 방문자가 그러듯이 기꺼이 응하는 자세로 공손하게 그렇게 그의 건너편에 앉아 있으려고 했다. 하지만 그러는 동안 내 마음속에서 지금처럼 자꾸 이런 생각이 솟아올라 왔다. 그들이 포기했다는 사실을 이해해 봐. 그리고 그녀가 열세 살이었고 그가 열여덟 살이었다는 것도. 그때 그는 알 수 없는 타향에서 뜻밖의 선물처럼 등장했다. 그는 분명히 자신의 연애 사건들 때문에 그녀를 피했을 것이다. 그 연애 사건들이란 모두 궁색한 임시변통이었다. 여동생이란 그렇게 내밀한 이야기를 하기엔 언제나 너무 어린 법이다. 그러다가 그녀가 열여덟 살이 되고, 이제 그런 비밀도 그에게 감출 수 없었다. 그들은 침착하면서도 신중하게 관심을 보이며 오누이로서 조언을 하면서 모든 것을 이야

---

* '이봐! 100그램!'(러시아어)

기했다. 그들은 견딜 수만 있다면 서로에게 오누이로 남아야 했던 것이다. 나는 그것이 내게 어떤 의미였는지 알고 있다. 하지만 그 두 사람한테 어떤 의미였는지는 누구도 결코 알지 못할 것이다. 나는 오랜 시간이 흐른 뒤에 그녀를 다시 보게 될지도 모른다.(육 년, 팔 년, 십 년 후에, 이것조차도 내게 달려 있는 일은 아니다.) 그리고 영리하고 조심스러운 눈의 움직임을 보면 그녀를 다시 알아볼 것이고, 깍지 낀 두 손으로 턱 밑을 받쳐 표현하고 있는 냉소적인 태도와 또 사람들 사이에 앉아 말없이 몸을 뒤로 기댄 채 멀리 거리를 두는, 가까이 하기 어려운 그 태도를 보면 그녀를 알아볼 것이다. 사람들은 모두 그녀와 매우 진지하게 대화를 나누면서도 나와 마찬가지로 그녀 특유의 삶이 어떤 것인지는 알지 못할 것이다. 나 역시도 그때쯤이면 이러저러한 외형들로 거의 채워져 있을 것이다. 그러니까 빠르고 힘세고 숙련된 조차원의 움직임이 몸에 배어 있을 것이다. 차량 완충기들이 쾅하고 부딪치기 전에 열차 바퀴 사이를 뛰어넘어 가고, 몸을 일으켜 세운 채 아무렇지도 않게 몇 번 만에 연결기 레버를 조이고, 젖어 있고 미끌미끌한 선로들과 묵직하게 굴러오는 화물 차량 사이로 등을 굽힌 채 연무 속의 그림자처럼 사라지며, 바퀴 받침을 손에 들고 화물 차량을 기다리다가, 일 초도 틀리지 않게 몸을 굽혀서 그 열차 바퀴가 미끄러지고 삐걱거리는 소리를 내면서 멈춰 서도록 할 것이다. 이것은 평상시 조차장 위로 난 보행자용 다리 위에서 볼 수 있는 것이다. 하지만 이러한 삶의 중요하고 구체적인 내용과 활동, 표현들은 모두, 여전히 아주 세부적인 것까지 두려움과 조급함으로 자신을 관찰하고 "젖어 있고 미끌미끌한 선로와 선로 사이 연무 속의 희미한 그림자가 되어"

달리는 자신을 바라보는 나를 바꾸지는 못할 것이다. 나는 결코 그들처럼 사는 법을 배우지 못할 것이다. 나는 아마 이렇게 말할 것이다. 그다음은 어떻게 되지? 그리고 내 행동에 대해 사회는 어떻게 판단할까? 나를 안전한 습관에서 벗어나게 하고 내 삶을 이렇게 바꾸게 한 것은 무엇이었나? 나는 나 자신의 말을 한마디도 믿지 못할 것이다. 반면에 그녀는 후딱 외투를 걸쳐 입고 확신에 찬 태도로 단 한 순간의 의심도 없이 떠나갈 것이다. 처음으로 고삐를 맨 망아지처럼 당당하게 말이다. 말은 앞발로 고삐 끈을 머리에서 벗겨 내려고 한다. 그렇게 할 수 있는 놈도 몇 마리는 있다. 스쳐 지나가며 달리는 급행열차의 창문 너머로 날씬하고 민첩한 망아지가 목초지 안에서 햇볕을 쬐는 것을 보지 못한 사람이 있을까. 그건 그렇고 이 급행열차는 무선 통신과 식당이 갖춰져 있고, 종업원은 커피 쟁반을 들고 내 앞으로 와 몸을 굽혀서 주목하게 한다. 비록 내가 우연히 창밖을 보고 있었다 해도 말이다—내일 아침이면 나는 떠난다. 그리고 나는 회상할 것이다. 선술집 웨이터와의 초라한 친밀감, 술병들 위로 벽에 걸린, 이차원적으로 손질된 국가 원수들의 사진, 또 낯선 대화의 토막들, 끔찍한 음악과 시끄러운 스피커 소리가 울리는 가운데 댄스 플로어 위에서 흥분해 있는 정열적인 육체의 무리를 말이다. 뜨겁고도 뜨거운 사막의 모래여*—멀고 먼 내 고향 땅이여. 수년간의 힘든 노역, 고된 일, 빠듯한 봉급, 날이 가고 날이 와도, 행복은 없고, 집도 없네. 모두 다 너무도 멀고 먼 곳에

---

* 오스트리아의 가수이자 배우인 프레디 퀸(Freddy Quinn, 1931~)이 부른 1950년대 후반의 유행가 「타는 듯이 뜨거운 사막의 모래」의 가사.

있네. 그 음악에 맞추어 춤추는 사람들은 틀림없이 어떤 생각을 할 것이다. 이 점은 이번에도 내 생각이 맞을 것이다. 이건 나무랄 데 없는 과학적 추정이다.

10월의 날씨는 대개 오전에만 매우 한정된 공간(시내 포장도로 구간, 창문 밖으로 보이는 전망, 각 건물 정면, 높게 울타리를 두른 정원들)에 아주 거칠고 짙은 햇빛을 비추기 때문에, 거리에 나오면 10시가 되어도 6월 이른 아침 같다는 생각이 들 정도이다. 날이 늘 맑은 것은 아니다. 때로는 태양이 잿빛 뭉게구름 속에서 그저 새하얀 눈(眼)처럼 밀고 나와서, 뜨겁고 밝은 여름처럼 빛을 비춘다. 하지만 창문을 열고 깨끗하고 따뜻한 햇살을 받는 포장도로 위로 몸을 굽혀 보면, 선선한 공기가 집 곁으로 스쳐 지나가는 것을 느낄 수 있다. 집과 집 사이의 좁은 공간들을 벗어나 시골로 들어서면, 숲의 가장자리, 철도 건널목, 작은 언덕들과의 간격이 회청색으로 변해서 보는 사람을 강하게 압박해 온다. 그리고 금색 목재로 된 기다란 전차에 몸을 싣고서 엘베 다리를 건너가고, 강렬한 햇빛에 눈을 깜박이지 않을 수 없을 때조차도 추위가 느껴질 수 있다. (이제 모든 게 준비됐나? 승차권 보여 주세요. 야콥은 제복과 근무자 신분증이 없는 것이 몹시 낯설게 느껴졌고 그래서 잊지 않으려고 전차에 탈 때부터 벌써 20페니히를 손에 쥐고 있었다.) 이제 창문을 열어 두고 스치는 바람을 들어오게 할 필요는 없다. 나중에 날이 흐려질 수도 있을 뿐만 아니라, 창문 너머로도 물속의 아주 세세한 것까지 잘 보인다. 물이 차가워 보인다.

외혜는 찢어지고 시커메진 마른걸레에 두 손의 물기를 닦고, 걸레를 레버의 핸들 위로 던졌다. 걸레는 레버에 걸린 채 앞뒤로 흔들리다가 멈췄다. 외혜는 뭐라고 중얼거리고는 기관차 쪽으로 등을 대고 손잡이를 잡고서 좁고 가파른 계단을 내려갔다. 그는 멈춰 서서 한 손을 이마에 대고 머리 위로 모자를 더 비스듬히 밀어 올렸다. 그는 날씨를 살폈다. 이제는 하늘이 새파랗지는 않았지만 그래도 여전히 밝았다. 외혜는 화가 나서 단단하고 수척하며 모난 머리를 말없이 가로저었고, 선로를 따라서 높은 신호주 아래를 지나 여객역으로 돌아갔다. 그는 그렇게 혼자서 갈 때면 늘 눈을 내리깔고 걸었다. 그는 높은 경사면을 올라갔고 자신이 담당하는 플랫폼을 둘러보았다. 그는 꼿꼿이 선 자세로 걸어갔는데, 흔들거리는 기다란 팔과 살짝 숙인 목덜미 때문에 그 모습이 더 눈에 띄었다.

그는 처음에 야콥을 찾을 수가 없었다. 그러다가 미트로파 매점 창문의 시계 아래에서 한 젊은 남자의 옆모습을 보았다. 그 남자는 격식을 차린 짙은 청색 양복을 입었는데, 거기에다 넓게 퍼지고 끝이 뾰족한 깃이 달린 셔츠, 검은 넥타이 그리고 그 밖에도 할 수 있는 것은 전부 하고 있었고, 외국인처럼 팔에 가볍고 짧은 외투도 들었고, 그리고 짧은 머리카락 밑에 보이는 무거운 머리를 갸웃이 기울이고 생각에 잠겨 있었다. 옆에서 아주 간단한 윤곽만 보면 백과사전에 실린, 머나먼 옛날 주화의 표면에 새겨진 사람의 옆모습이 떠올랐다. 외혜는 생각했다. 우습다.(이것이 그가 떠올린 단어였다.) 그는 지금 누군가를 쳐다보는지도, 그렇지 않은지도 모른다. 분명히 누군가를 쳐다보고 있다. 스스로 구경꾼처럼 느끼고 있다. 우습다. 야콥

은 잔돈을 챙기고 나서, 놀란 기색도 없이 올려다보며 외혜 쪽
으로 걸어왔다. 그들은 서로 인사했다. 외혜는 야콥의 옷차림
이 고상하다고 말했다. 야콥의 대답은 눈을 깜박이는 게 전부
였다. 그는 외혜에게 담배 한 대를 권했다. 그가 가진 건 외투
와 한 팔로 끼고 갈 수 있을 만큼 자그마한 여행용 가방밖에
없었다. 안에는 셔츠 세 벌과 손수건 하나가 담겨 있을 것이다.
플랫폼은 별로 붐비지 않았고, 가끔 여행객 한두 명이 처마 아
래로 비껴 부딪히는 눈부신 햇살을 받으며 서 있었다. 이따금
서늘한 바람이 스쳐 지나갔다.

"아무것도 할 수 없다는 게……" 외혜가 씁쓸하게 말했다.
야콥은 어제 있었던 연착에 대해 물어보았다. 외혜가 한 말은
그런 뜻이 아니었다. "나라면 그 열차를 몰았을지 모르겠어."
외혜가 골똘히 생각하면서 회의적으로 말했다. 그는 이빨로 입
가를 꽉 깨물었다. 눈은 아주 밝은 갈색이었고, 그 눈길은 그
의 성격처럼 폭이 좁고 단단하고 구부러지지 않는, 우정과 추
억과 신뢰로 만들어진 다리 같았다. 야콥은 두 손가락 사이에
서 담배를 돌리다가 눈을 들었다. 그는 정말 언제나 눈을 가
늘게 뜨고 있었다. 하지만 오늘은 마치 눈썹 사이의 주름만으
로도 그렇게 할 수 있는 것처럼 보였고, 그것은 주름이 아니라
눈과 눈 사이의 근육이 튀어나온 것처럼 보였는데, 움직이지도
변하지도 줄어들지도 않았다. 나는 그에게 그 말을 할 필요도
없었다. 물론 나는 그 열차를 몰았을 것이다. 불쾌했을지는 모
르지만 말이다. "그런데 너는 왜, 내 말은, 뭐에 대해서 뭘 어떻
게 한다는 거야?" 야콥이 물었다. 그는 어깨 위로 외투를 걸치
고 꼿꼿이 서서 외혜를 주의 깊게 쳐다보았는데, 미소는 짓지

않았다. "그놈들이 거짓말 집단이니까 그렇지. 그놈들은 네가 한 말을 입에서 끄집어내서 자기들 뒤를 닦는단 말이야." 하지만 외혜의 목소리가 격정적으로 변한 주된 이유는 그가 놀랐기 때문이었다. 그들은 그 문제에 대해서 더 이상 말하지 않았다. 야콥은 시선을 한곳에 고정하고 있었고, 그의 오른쪽 입가가 자기도 모르게 한 번 실룩거렸다가 진정되었다.

"그러니까 너도 가는구나, 이 친구야." 외혜는 미소를 지은 채 말하며 플랫폼 위의 사람들이 오가는 모습을 흥미롭게 관찰했다. 차량 안내판이 벌써 걸려 있었다. 급행열차를 뜻하는 빨간색이었는데 서독의 지명이 여러 개 적혀 있었고, 그것에서 상실이나 거리감 같은 걸 떠올릴 수 있었다. 철도 감독은 몇 명 안 되는 여행객을 위해 차량 순서를 방송으로 알려 주는 수고를 하고 있었다. "떠들어 대는 것 하고는." 외혜가 격하게 말했다. 그는 담배로 스피커를 가리켰다. "그리고 식당차도 있어." 그는 진지하고도 걱정스러운 눈길로 야콥을 바라보았다. "다시 돌아와." 그가 말했다.

야콥은 미소를 지으며 대답했다. "나는 크레스팔의 딸한테 가는 거야." 둘은 웃음을 터뜨렸다. 그건 대답이 아니었던 것이다. 외혜는 이제 확실하지 않은 일이 생기면 크레스팔에게 물어봐야 한다는 것을 알게 되었다. 그렇게밖에는 알 수 없었다. 그때는 여권 사진과 신분증을 들고 거주지의 파출소로 가서 탁자 앞에 있는 칸막이 위에 놓고 정해진 서식도 없는 짤막한 신청서를 냈기 때문이다. 십 분이 지나면 출국 허가서를 들고 그곳을 나서서, 급하면 곧장 기차역으로 갈 수도 있었다.(그렇게 급한 사람들이 점점 건너편 플랫폼에 모여들었고, 그곳에서 베를린행 급행열차를 기다렸다.) 만약 롤프스 씨와 제국 철도 지방청 간부 사이에 아주 짧은 대화가 있고 난 다음 인쇄 전신을 통해 베를린에서 지시가 내려오지 않았더라면 야콥의 출국 허가서는 발급이 거부되었을 것이라는 점을 외헤는 알지 못했다. 그런 자세한 내막은 야콥도 자비네를 통해서 들었을 뿐이었다.

"난 서명을 했어." 야콥이 말했다. 선서! 나는 오늘 다음과 같은 안내를 받았다. 직장 상사의 특별 허가 없이는 서독 및 베를린 서부 점령 지구에 들어가거나 그곳을 통과해서는 안 된다./ 그곳으로 여행을 허가받은 경우, 나는 어떤 종류의 업무상 자료도 지참해서는 안 된다./ 위 사항은 업무 시간 외의 사적인 여행에도 적용된다./ 장소, 날짜, 서명./ II/15/52-C 324/55 16. 그래, 그렇다니까. 거기서 그들은 잘못된 서식을 주었다. 다른 것이 없었기 때문이었다. 사실 이것으로 그는 다시 돌아온다고 서약해야 했던 것이다. 그들은 근무자 신분증만 가져갔고 그에게 업무상 아는 많은 비밀에 대해 주의를 주었다. 그는 심지어 무임승차권도 한 장 받았다. 서독 여행 때 더 이상 발급되지 않는 것인데도 말이다. 롤프스 씨의 기억은 정확했던 것이다. "그래, 네가 서명했다면. 어머니께 안부 전해 줘." 외헤가 말했다.

이제 그들은 남은 삼 분 동안 블라흐 박사에 대해 마저 이야기했고, 그래서 외헤는 그날 오후 야콥의 집주인 여자가 문을 열어 준 방 안에 들어가서 탁자 위에 놓인 제법 큰 편지 봉투를 가져왔다. 야콥은 그것을 크레스팔에게 넘겨주거나, 만약에 자신이 묘사해 준 대로 알아볼 수 있거나 신분증으로 확인할 수 있으면 요나스에게 넘겨주라고 했다. 그리고 눈에 띌 테니 그것을 서가에 놓지 말라고 했다.

"생각해 보면 말이야." 외혜는 당황스러워하며 조용히 말했다. "이 기차가 오늘 저녁 게지네가 있는 곳에 도착하고, 그리고 또 날마다 여기를 지나간다고 생각해 보면……." 야콥은 고개만 끄덕였을 뿐이었고, 그것은 작별 인사 같지는 않았다. 둘은 기차 후미를 보았다. 거기에서는 차장이 두 팔을 머리 위로 포개고 있었다. 차량 바닥 아래쪽 튜브들이 빳빳해져 경련을 일으켰다. "갈게." 외혜가 말했다. 그는 뒤로 물러서다가 플랫폼 너머로 뛰어가 버렸다. 야콥이 기관차과 옆을 지나갈 때 어떤 기관차에서 갑자기 요란한 소리가 났고, 야콥은 의자에서 벌떡 일어나 창문 손잡이를 끌어당기고 다른 쪽 손을 흔들었다. 하지만 외혜는 보이지 않았다. 외혜는 이미 지나가 버린 뒤였다.

정오쯤 눅눅한 바람이 기차로 거세게 불어 닥쳤다. 그리고 납처럼 하얀 하늘빛은 황혼이 드리울 때까지 계속됐다.

*

─ 당신은 그때 야콥을 시켜서 내가 나를 둘러싼 세계를 어떻게 생각해야 하는지 설명하게 했어요.
─ 당신한테 과외 수업이 필요하다는 의미에서 그런 건 아니었습니다. 나는 당신이 민주 공화국 고등학교에서 계급 투쟁 이론에 대해 배웠다는 점을 믿고 있었습니다. 불의의 원인과 역사에 대해, 다시 말해서 자본주의 경제와, 혁명이라는 불가피한 목표에 대해 말입니다. 그리고 적어도 그런 수

업 또는 강의가 진행되는 동안(몇 분이면 충분합니다.) 당신은 틀림없이 이런 지식을 현실에 적용하고 점검하려고 시도했을 것이고, 그러면 어느 순간 도로 교통이나 아니면 총격 흔적이 있는 건물 외벽조차도 독일 역사상 유례가 없었던 노동자와 농민의 국가로 보이게 될 겁니다. 그런 흔적들과 그 시간의 전후 관계는 파시즘과 착취와 비인간성을 제거하는 일로 눈길을 돌리게 하고, 이렇게 급작스럽고 예상 밖이며 본의 아닌 인식 속에서 학습한 것은 곧 현실이 되는 겁니다. 그것이 실제로 존재하는 것과 완전히 일치할 필요는 전혀 없습니다. 그리고 그것은 교사들과도 아무 상관 없는 일입니다.

— 당신은 청소년기에 대해 독특한 견해를 갖고 계시네요. 그건 적어도 당신 자신의 경험에서 온 것이고, 주로 당신한테만 해당될 것 같네요.

— 가치 법칙은 이미 학교 과제나 마르크스주의와 레닌주의에 대한 필수 과목으로는 낯설게 됐고, 틀림없이 그렇게 재량 과목으로 남아 있었을 겁니다. 하지만 당신은 그걸 극복하거나 논박하지도 않고서 내버렸습니다. 그래서 그것은 정의에 대한 추억이 되었습니다.

— 당신은 야콥을 정의로운 사람으로 보셨군요. 하지만 그건 당신이 말하는 정의는 아니었어요.

나는 아주 만족스러웠고, 내가 원하는 일이(그리고 물론 야콥을 잃을지 모른다는 두려움도) 시작됐다는 사실 하나만은 알 수 있었다. "여보세요, 크레스팔입니다." 내가 말했다. 나는 긴 소파에서 다리를 내리지 않고 소파를 가로질러 전화기 쪽으로 급하게 기어가다가, 한쪽 무릎으로 다른 쪽 복사뼈를 짓눌렀다. 원피스는 이제 더 이상 원피스가 아니라 구속복(拘束服)처럼 되어서 어깨 위로 미끄러져 내리고 밀렸다. 나는 수화기에 손과 입과 머리만 대고 있었다. 수위실에서 전화를 돌려 주었다. 전화 교환국이 아니었다. 장거리 전화가 아니었던 것이다. "나한테 말하는 태도가 그게 뭐야." 야콥의 목소리였다. 야콥이 전화를 할 때면 우묵하게 오므린 손 안에 든 수화기는 관자놀이 위로 쭉 뻗은 손가락에 걸려 있곤 했다. 모든 것이 그렇게 그와 밀착된다. "어떻게 지내?" 내가 물었다. 어디에 있느냐고 묻기가 두려웠다. 나는 희망이 내가 견딜 수 있을 만큼만 커지거나 작아지기를 원했다. "귀머거리에 벙어리 노릇을 하고 있어." 그의 목소리가 이어졌다. "전부 크레스팔이 말해 준 대로 했어. 전차를 타고 여행가방도 직접 들었는데, 그 사람들이 그걸 내버려 두질 않고 시중들어 주더라고. 혹시 그 밖에 더 필요하신 건 없으신가요? 나는 신발 벗을 때 도움이 필요하면 부르겠다고 말해 줬지. 그들은 신분증을 보고 내가 어디서 왔는지 알게 됐어. 그러니까 그렇게 시중들어 줄 필요가 없다는 걸 알게 된 거지. 그들은 나를 건물 여기저기로 데리고 돌아다니려고 했어. 내 생각에는 귀머거리에 벙어리 노릇을 하는 게 그래도 제일 품위 있는 것 같아." 나는 전화기를 팔오금에 끼고 수화기를 귀에다 대고 소파에서 창가 쪽으로 기어갔다. 호텔 입구의 파란색 네온사인 글씨 아래, 눅눅한 운무와 값비싼 휘발유 냄새 속에서 택시 주차등이 희미하게 빛났다. 내 발아래 보이는 저 건너편의 흐릿하고 따뜻하게 빛나는 창문 안에서 야콥은 실내 전화기 위에 엎드려 여러 가지 차이점들에 대해 보고했던 것이다. 나는 이 통화가 나를 재미있게 해 주려는 것임을 깨달았다. 그건 플랫폼에서 기다리거나 실망하고 상처 받고 남몰래 집으로 돌아가는 것처럼 그렇게 단순한 게 더 이상 아니었다. 비록 내가 그를 이해하지 못했을 뿐이지만 말이다. 내 앞 책상 위에는 지난번에 그가 보낸 편지들이 놓여 있고, 교량 건설에 대한 편지도 있었다. 내가 그 편지에서 확실하게 이해한 건 야콥이 콘크리트공 두 사람과 열정적인 엔지니어 한 사람에 대해서 무언가 설명하고 바라보고 이해하는 방식뿐이었다.("정말 그 사람한테서 눈을 뗄 수가 없었어. 우리는 그 공사 구역을 승인하지 않았지. 그 사람이 돈을 아끼려고 했거든. 우리는 그곳을 헐라고 했고, 그는 자기가 초과 근무한 걸 은밀하게 고백할 수밖에 없었지.") 그리고 사회주의라 부를 만한 것은 거의 없었다. 거기서 내가 본 것은 노동력을 한 번 투입한 것과, 야콥이 제방 경사면의 높은 강둑 위에서 삽에 기대 다른 사람들과 대화하는 모습뿐이었다. 그가 서독 호텔이 손님을 맞이하는 방식을 못마땅해하며 짜증 내는 걸 보고서야 비로소 나는 내 삶의 변화를 준비하게 되었다. 내가 별생각 없이 지나쳐 가는 것을 그는 지켜보고 그냥 내버려 두지는 않을 것이다. 그는 서비스에 대해서 화를 낸다. 나도 마찬가지이지만, 누구든지 기꺼이 서비스를 받았을 텐데 말이다. 나는 도로를 따라 올라가 습한 냉기에서 벗어나 회전문을 지나서, 돈을 써 가며 난방해 놓은 보송보송한 호텔 로비 공기 속으로 들어섰고, 기다리고 있던 짐꾼은 나를 옷 보관소에서 안락의자까지 안내해 주었다. 그곳에서는 야콥이 귀머거리에 벙어리 노릇을 하고서 전혀 이해할 수 없다는 표정으로 품위 있게 앉아 있었다. 나는 앞으로 만나게 될 결벽에 대한 두려움을 다시 잊어버렸다.

── 하지만 한 가지 점에서는 당신이 옳아요. 당연히 우리는 저녁을 먹을 때 아주 완전히 타락한 이 영국 놈들 이야기*밖에는 하지 않았어요. 그것보다 중요하다는 느낌을 주는 얘기는 전혀 없었어요.

*

블라흐 박사는 친구 집을 방문했다.

아침에 그는 잠에서 깨어, 정신적인 생활을 영위하기에 적합하도록 갖춰 놓은 가구들이며 서가로 채워진 벽에 둘러싸인, 밝고 쾌적한 방에 누워 있었다. 그는 대화와 우정으로 보냈던 셀 수 없이 많은 저녁 시간의 기억에서 그 가구들을 모두 묘사할 수 있을 것 같았지만, 무언가 해 보고 싶은 마음이 들기에는 이곳이 너무 낯설었다. 블라인드 창살 사이로 서늘하고 쾌청한 햇살이 들어왔고, 집 밖 쌀쌀한 뜰은 짙은 안개로 휘감겨 있는 듯했다. 커다란 가능성으로서의 하루가 그를 기다렸지만, 그는 아무것도 계획할 수 없었다. 혀에는 알코올의 맑고도 쓴맛이 되살아났고, 머릿속에서는 지나간 대화가 제멋대로 되풀이되었다. 어제 저녁은 오늘 저녁 다가올 새로운 어둠

---

* 이날(1956년 10월 31일) 영국군과 프랑스군이 이집트를 침공했다. 그 이틀 전인 10월 29일 이스라엘이 이집트의 시나이 반도를 침공하면서 시작된 제2차 중동 전쟁은 1957년 5월까지 계속되었다.

에 대한 약속이었다. 그는 어둠이 자연스럽고 만족스럽게 다가오는 것에 동참하는 대신 하루의 끝을 일과 함께 마무리하는 생활에 오랫동안 익숙해져 있었다. 이 계절에는 어둠이 다가오면 불빛이 환해질 뿐만 아니라 유달리 따뜻한 느낌을 주기까지 했다.

우편함 덮개가 닫히고 두꺼운 종이 소포가 바닥에 떨어져 부딪히고 난 다음 곧이어 두 친구가 욕실로 들어가는 소리가 들렸다. 그들은 발뒤꿈치를 들고 걸으며 뭔가를 소곤거렸다. 그들은 그를 깨우지 않았다. 그는 손님이었던 것이다. 그는 만프레트가 근무하러 나간 다음 조금 있다가 자리에서 일어났다. 리제는 몸을 씻은 후 손님을 배려하느라 머리에서 발끝까지 아주 예쁘게 차려입은 채 기분 좋게 아이 옷을 입히고 아침을 준비했다. 뜨거운 차와 신선한 빵, 알뜰하게 차려진 아침 식탁을 보니 세상이 이 집 문 앞에 멈춰 있는 듯했다. 어떤 의미에서는 그녀가 옳았고, 세상을 사는 방법을 더 잘 알고 있던 것이다. 그녀는 아이를 자기 옆에 앉혀 놓고 자상하게 음식을 먹였다. 이것을 문제 삼을 수는 없었다. 그들은 대학 때부터 서로 알고 지냈다. 그리고 그는 그녀가 좋았다. 그녀가 행복해졌기 때문이었다. 하지만 나는 작업장 앞에 있던, 남향이고 햇볕이 따뜻하고 밝은 크레스팔의 방에서 시간이 멈춰 주기를 바랐다. 게지네의 손가락은 전혀 훈련받지 않은 듯 거칠지만 사랑스럽고 정확하게 타자기 자판 위를 넘나들었다. 다음 문장을 기다릴 때 그녀는 고개를 천천히 비스듬하게 기울였고, 말하기 전에는 생각하는 것처럼 눈을 가늘게 뜨고 미소를 지으며 입꼬리를 올렸다. 그걸 눈치채기 전, 나는 그녀를, 나를 그리고 우리를

(언제부터? 벌써 얼마나 오랫동안?) 바라던 대로 조화 속에서 영원히 함께 사는 모습으로 돌처럼 굳어진 채 제3자처럼 바라보고 있었다. 또 나는 닮았다는 것에 대해서도 잘못 생각하고 있었다. 오늘까지도 나는 그녀의 모습이 떠오른다. 버스 아니면 전차에서였던 것 같은데, 그녀는 빛으로 얼룩덜룩하고 흔들리는 좌석 등받이에다 신문을 찔러 놓고, 정면을 응시하다가 자그마한 소리로 격하게 혼잣말했다. "이런 아주 완전히 타락한 영국 놈들 같으니." 그녀는 나처럼 특성을 서술하기만 하는 것이 아니라, 크레스팔의 딸로서 비난을 하는 것인가? 고개를 가로저으면서 완고하게 이해를 거부하는 것인가? 나는 정말 그것이 이해가 된다. 지금은. 그러니까 내가 그녀한테 날마다 아침상을 차려 달라고 요구하지 않기로 한 다음부터 말이다. 그는 시내에 일이 있다고 고집했다. 곤란한 상황 때문에 찾아왔을 뿐이라고 말할 수는 없었다. 그래서(비록 신문이 찻잔 옆에 보기 좋게 펼쳐져 있고, 서재는 특별히 난방을 해 두었고, 요나스가 볼 수 있도록 만프레트의 책상 위에 최신 학술 서적과 잡지 들이 놓여 있었지만) 그는 그녀가 그릇을 부엌으로 들고 가는 것을 도와주었고, 장갑 말고는 아무것도 들고 나가지 않았으며, 하루 종일 저녁을 기다리기 위해서 차갑고 딸그락거리는 전차를 타고 교외에서 도심 구역으로 삼십 분 동안 여행했다. 그가 구경에 빠져드는 것은 이상한 일이 아니었다.

그는 때때로 점심을 먹은 다음 도서관에 갔는데, 바람에 지저분하게 잎이 떨어져 나간 보리수 아래로 전찻길과 나란히 놓인 기다란 인도를 이용했다. 바람이 불어 발 주변에 낙엽이 소용돌이쳤다. 하지만 그는 스스로 조심했기 때문에 적어도 가을날 가로수 길을 걷는 것에 대해 노래한 시* 속으로 빠져들지 않은 점은 만족스러웠다. 그는 책을 주문할 수 없었다. 그렇게 하면 책을 기다리고 다음날을 준비해야 하기 때문이었다. 그래서 잡지 열람실 끝에 앉아 있었다. 당국의 출판물을 보려면 대기해야 했지만, 서유럽 공산주의 정당들의 기관지는 얼마 전에 들어와 있었다. 그는 도시의 언어를 이해하고 있었다. 그는 이 방인처럼 눈에 띄거나 하지 않았고, 특히 밤에는 중심가의 분주하고 시끄럽고 환하게 불 밝혀진 거리에서 텅 빈 평지와 높고 음침한 폐허와 수많은 인파를 비교해 보곤 했고, 단절된 사회적 관계를 다시 받아들이고 이 도시에서 살아 보면 어떨까 하는 생각을 해 보았다. 하지만 그러다가도 사는 도시를 바꿨을 때의 새로움이나 매력이 새로운 시작을 할 만큼 충분하지 않다는 생각이 다시 들었다. 그는 이렇게 말하고 이렇게 기억해 둘 뿐이었다 — 이 도시의 교외에는 사방이 넓은 공원이 있는데 시 행정 구역에서 분리되어 있었고, 이곳 당국이 설치한 안내판은 모든 길에 대해서 말을 타도 되는지, 또 어떻게 운전해야 하는지 지시하고 있었다. 버드나무는 아직도 초록빛이 완연했다. 거대한 곡선 모양의 교량 아래로 강바닥이 끝없이 뻗어 있었고, 거대한 기둥 주변에는 물이 무릎 깊이로 차 있었다. 그리고 산책객들이 그 아래로 빵을 던지면 갈매기들이 얌전하게 날아와 먹이 위로 스쳐 지나갔다. 하지만 아무것도 집어먹지 못하고 조용히 가 버렸다. 저녁 안개에서 굴뚝 연기의 맛이

---

* 독일의 시인 라이너 마리아 릴케(Rainer Maria Rilke, 1875~1926)의 시 「가을 날」을 가리킨다. 시의 마지막 부분은 다음과 같다. "지금 고독한 사람은/ (중략) 바람에 나뭇잎이 날릴 때/ 불안스레 이리저리 가로수 길을 헤맬 것입니다"

났다 — 어느 도시에나 있는 것만을 본 건 그의 탓만은 아니었다. 하지만 그때 그는 그렇게 했다.

베시거 씨는 그를 위해 여기저기에 전화를 걸어 주었고 베를린에서 온 이 블라흐 박사는 틀림없이 학문적 능력에 대한 자부심을 갖고서 몇 번이나 대기실에서 기다렸을 것이다. 게다가 그는 학과장의 안부 인사를 전해야 했고 또한 제3차 세계 대전이 일어날지도 모른다는 것을 제외하고 당분간 아무것도 예상할 수 없다는 의견에 기꺼이 동의하는 한 사교적이며 편안한 방문객이기도 했다.

블라흐 박사는 전공 과목의 연습 강의에 오라는 초대에 응했다. 그날 오후 그는 폭이 좁고 천장이 높은 세미나실에 들어서자마자 기분이 좋아지기 시작했다. 세미나실 사방에는 검은색으로 제본된 책등에 흰색 라벨이 가지런히 붙은 책들이 사람 키보다 높이 꽂혀 있었다. 책은 그 양만으로도 학문적 연구와 통찰이 얼마나 명확한 것인지를 웅변하고 있었다. 전등불에는 저녁 빛이 돌고, 동굴 같은 건물 폐허에서 불안하게 구구거리며 우는 비둘기 소리가 임시변통으로 막아 놓은 네 번째 벽을 통해 들어왔다. 대학생들은 젖은 외투를 입고서 바람을 맞아 다소 생기를 띠며 어두운 바깥에서 따뜻한 안쪽으로 들어왔고, 요나스는 만프레트가 자신의 어깨에 팔을 두르고 끊임없이 말하면서 안으로 데리고 들어온 뒤 세미나실 뒤쪽으로 가서 상세하고 정답고 허물없는 대화를 나누느라 헤어지지 못하는 것이 만족스러웠다. 그렇게 해서 그는 많은 사람들 앞에서 한 가지 역할을 부여받았기 때문이다. 그러니까 블라흐 박사는 베를린에서 방문차 와 있다고 말이다.(그리고 그런 다음 그들은 나가서 리제와 함께 저녁을 먹고, 밤에 난방이 되는 조용한 집에서 자정까지 셋이서 대화를 나눌 것이다. 마치 그들이 하루 종일 근무 시간 이후에 이와 같이 아무런 방해도 받지 않고 모이거나 만나거나 토론하기를 기다렸던 것처럼 말이다.) 그들은 담배를 피울 수 있었다. 비둘기 소리가 스며드는 벽 쪽에 놓인 라디에이터 탓에 공기가 건조했다. 그들이 앉아 있는 그늘진 자리에서는 대학생들을 관찰할 수 있었고 또 학습이라는 독특하고 조화로운 작업에 대해 회상할 수 있었다. 새로운 내용이 분배되었고 강의 주제에 대한 지식을 습득하는 데 진척이 있었다. 이것은 빛의 운동과 비슷한 점이 많았다.(물리학적인 비교지만, 아침 햇살의 쇄도를 완전히 포기하고 싶지는 않다.) 교수가 바라보자 그는 대답을 했고 모두들 강의실 뒤쪽으로 몸을 돌려 그가 하는 말에 귀를 기울였으며 그를 대화에 끌어들였다. 적어도 청강생 역할에 대해서는 아무도 문제 삼지 않았다. 그제야 그는 자신이 받아들여지고 대접받는다는 느낌이 들었다. 교수는 노쇠하여 지친 모습으로 기진맥진한 채 안락의자에 앉아 있었지만 정신이 아주 말짱해서 고개를 들고 부단히 주의 깊게 사방을 둘러보면서 말했는데, 그가 하는 말은 몹시 진부하고 빈약했으며, 요나스는 그가 증명되었거나 추측할 수 있는 사실을 지나칠 정도로 혼란스럽게 표현하는 것이 불만스러웠다. 그는 한번 시작한 문장을 지칠 줄 모르고 확장해 가다가 일단 적당한 새 출발점에 이르렀다 싶으면 가차 없이 중단해 버렸다. 그리고 현재라는 시간을 완전히 떠나서 자신의 정신을 가득 채운 과거의 공간과 시간 속에서만 움직였다. 그런 교수의 모습은 블라흐 박사를 과거의 어느 시점으로 이끌어 갔고, 그는 학과장 노인의 가늘고 마른 팔이 다시 느껴지는 것 같았다. 그는 학과장을 높은 천장의 대리석 복도를 지나 강의실로 모시고 갔고, 이번에는 학과장이 강단 앞에 사선으로 놓인 자리에 앉아서, 반점이 있는 노란색 피부의 두 팔을 격의 없이 무심코 강의안 위로 펼치고 있는 모습을 관찰했다. 긴장되고 또렷한 목소리는 기억을 통해 재건된 과거의 정교한 구조물을 지었고, 그렇게 해서 앵글로색슨의 서정시는 처음으로 주관적 표현의 가능성에 도달하고 주목을 받게 되었다. 주관적 표현이 오늘날과 같이 변화한 것은 사회 구조의 계층이 변화했다는 사실만으로는 이해할 수 없는 것이었다. 한편 16시와 17시 사이의 강의는 하나도 중요하지 않았다. 그는 아무것도 필기하지 않았다. 그가 수업이 끝나기만을 기다린 것은 단지 조급함 때문이었다. 다른 어떤 것을 원한 것은 아니었다. 그는 더 나아가 지금 심기가 불편해진 것이 그저 자신의 처지 때문이지 별다른 의미는 없다고 생각했다. 당연히 그는 깔끔하고 사변적인 메모를 할 수도 있고, 발언하겠다고 손을 들 수도 있고, 베시거 씨처럼(그러니까 그의 생각은 곁길로 빠지지 않는다.) 세미나 자료에 대해서 오랫동안 준비한 보충 자료를 제안할 수도 있었기 때문이었다. 집에 돌아온 베시거 씨도 세부적인 사항을 따져 볼 수는 있어도 연관 관계를 이해하기는 힘든, 비교라는 엄청난 긴장 상태에 몰두했다. 우선 7월 26일은 이집트 혁명 4주년이 되는 날이었다. 나 같아도 수에즈 운하를 아무 화요일에나 국유화하지는 않았을 것이다.* 그들은 아스완 댐을

---

* 1956년 7월 26일 이집트의 나세르 대통령은 혁명 4주년 기념 연설을 하면서

건설해야만 한다. 독일 민주 공화국이 자신의 복지와 명성이 위협당하는데도 중공업 없이는 살아갈 수 없었던 것처럼 말이다. 그들은 차관이 필요했지만, 독점 자본주의에 물든 제국주의 서방 측은 차관 제공을 거부했다. 그래서 그들은 수에즈 운하를 빼앗았다. 우리는 여기서 도덕의 문제는 도외시할 수 있다. 1955년 운하의 한 해 수익은 1억 달러에 달했는데, 그중에서 이집트는 300만 달러를 받았다. 영국 정부처럼 주식의 절반 정도를 소유하지 못한 측에서는 누구나 이렇게 말할 것이다. 그것은 비난할 수 없는 행동이며, 우리는 당장 비자를 신청하러 가야 한다고 말이다. 하지만 이 비난받을 수 없다는 사람들이 이집트 공산당을 금지했다는 걸 알게 되자 우리가 즉각 이 계획을 포기하는 건 대체 어찌된 일인가? 그들은 정권을 차지하지 않는 한 진정한 진보 세력이어야 하는데 말이다. 이론을 단 한 번만 침범해도 우리는 쫓겨난다. 하지만 그것은 피할 수 없는 일인지도 모른다. 그래서 이집트 상공에 나타난 영국과 프랑스 자본의 폭격기 편대는 정치 물리학 안에서 명백한 반동으로 볼 수 있다. 그리고 헝가리 폭동에 대한 붉은 군대의 진격은 물리 실험실 안에서 성공한 실습일 뿐이라고 평가할 수 있다. 현실은 눈앞에서 진행되는데 우리가 그 순간에 과학적 규정을 충족하는지 혹은 어기는지에 따라 현실을 평가하는 것이 가능한 일인가? 여하튼 자신이 처한 상황에 대해서는 결정을 내려야만 한다. 너는 왜 서쪽으로 가지 않느냐는 질

수에즈 운하의 국유화를 선언했고 이는 제2차 중동 전쟁이 발발하는 계기가 되었다.

문은 이렇게 고치는 것이 적절하다. 너는 왜 여기 남아 있느냐.

"가치 법칙은 옳고, 또 사회주의는 현재 상태에 머물러 있지 않을 거니까." 리제가 말했다.

우리는 그렇게 배웠다. 우리는 그렇게 알고 자라 왔다. 그러나 우리가 나선의 출발점에서 절대로 잊으면 안 되는 것은, 몇 번이고 반복해 측정하면서 안전하게 도약을 거듭해서 올라가다가 나선의 어떤 지점에 이르러서 그 위에다 자기 인생을 세우려고 하는 순간 그 지점에서 추락할지도 모른다는 점이다. 확실한 것도 확실하지 않고, 지금 이대로 계속되지 않는다. 그리고 결코 안 될 일이 이루어지기도 하는 것이다. 바로 오늘 중에라도.* 나는 이 점이 이해가 안 된다. 마치 내가 비를 느낄 수 없는 것처럼 말이다. 하지만 비는 보인다.

"시내 어디에 묵고 계십니까?" 요나스가 작별 인사를 하자 교수가 물었다. 그는 블라흐 박사가 대학 시절 친구 집에 머문다는 말을 듣고서는 고개를 끄덕였다. 어쨌든 안심하는 것 같았다.

*

— 하지만 당신은 그에게 왜 여행을 떠나려고 하는지 물어볼 수 있었을 텐데요.
— 그는 아마 공식적인 전달 경로를 통해 규정대로 제국 철도

---

* 이 부분은 브레히트의 시 「변증법을 찬양함」의 일부분을 인용한 것이다. "확실한 것도 확실하지 않으며,/ 지금 이대로 유지되지는 않는다. (중략) 결코 안 될 일도 이루어지는 것이기에 — 바로 오늘 중에라도!"

지방청에 보낸 신청서에 이미 썼던 대로 말했을 겁니다. 모친 방문을 희망함, 이렇게 말입니다. 그는 신청서가 자신이 제출한 곳에 그대로 있으리라고는 생각하지 않았을 겁니다. 하지만 그는 국가 권력과 개인적으로 말하고 싶은 것이 하나도 없었을 겁니다. 그리고 더 말을 들었다 해도 결국 아무것도 얻어 내지 못했을 겁니다.

— 그러니까 흙이 튀어 더러워진 암적색 파볘다가 길을 건너 기어오는 걸 볼 때마다…… 야콥은 그럴 때마다 롤프스 씨를 떠올렸고 자신이 언제나 그의 손바닥 안에 있다는 걸 깨달았어요.

— 그리고 나는 저녁때 구름다리 아래 철도 노반 옆길로 차를 운전해서 집에 갈 때마다, 급행열차가 불 밝혀진 창문의 시원하고 선명한 윤곽을 내비치며 어둠 속에서 도로 위를 가로질러 지나가면 달려가는 객차 안에 빠르게 움직여 가는 밝고 따뜻한 공간이 있다는 걸 짐작할 수 있었습니다. 그는 그런 열차를 타고 떠났습니다. 또 우리가 전혀 다른 일로 플랫폼에 내려간 경우에는 그다지 낯익지 않은, 작은 것 하나로도 충분했습니다. 가령 무거운 가죽 상자로 된 차장의 가방 같은 것이 달리는 기차 후미에서 붉은빛을 내는, 그을음으로 뒤덮인 등잔 옆으로 기둥에 나란히 기대 놓여 있거나 하면 말입니다. …… 그럴 때마다 나는 그를 회상하는 지금 이 순간까지, 내가 알지 못했던 야콥의 시간을 살아 보려고 애썼습니다. 그리고 내가 우연히 알게 된 바로는 그 급행열차가 서독 모델이었기 때문에, 나는 야콥이 그런 낮고 둥근 모양의 창문 곁에 앉아서 서독 기차

역의 플랫폼에 들어가는 모습을 끊임없이 그려 보았고, 광고에 나타난 세계적인 수준의 물건들을 볼 때면 이렇게 생각했습니다. 하지만 지켜보게, 야콥. 잘 지켜보게.

— 그래요, 만약 당신이라면 말이죠. 당신이었다면 틀림없이 국경선 너머에 있는 우리 모두한테 우리가 잘못 살고 있다고 말하기 위해 왔을 거예요.

— 압니다. 야콥은 어머니를 방문하려고 했을 뿐이었습니다.

— 왜 차이를 인정하지 않으세요? 당신은 그걸 자본주의를 방문한 거라고 말하겠지요. 하지만 그런 것은 없어요. 그러니까 호경기가 계속되는 이상 그렇다고 덧붙여 두죠. 우선 프롤레타리아가 상대적으로 궁핍해지거나 또는 불가피한 위기가 발생한다는 분명한 결과가 나타나고, 그다음에 계급 투쟁이 발생하고, 그리고 결국 그게 경제 법칙이었다고 하겠지요. 하지만 그건 한 단계씩 지날 때마다 현실성이 줄어들어요.

— 일어날 가능성이 말입니다.

— 일어날 가능성이 말이에요. 잉여 가치율은 사회주의가 필연적으로 승리한다는 이론과 마찬가지로 실제 사람과 실제 상황에는 거의 적용할 수 없는 학문적이고 추상적인 개념인데, 그것보다는 아마도 사회주의가 훨씬 더 추상적일 거예요. 사회주의는 아직 실재하지 않고 겨우 도입을 준비하는 중이니까, 다시 말해서 추론할 수밖에 없는 상태니까요. 나는 미래에 대한 (증명되지도 않았고 현재 존재하지도 않는 희망에 대한) 어떤 확신을 가지고 헝가리 폭동과 사회주의가 그것을 억압하고 있다는 현실을 넘어설 수 있을 만

큼 그렇게 추상적으로는 생각할 수가 없어요. 당신이나 블라흐 박사는 그럴 수 있을지 몰라도 말이에요. 모든 진보에는 반동이 나타날 수밖에 없고 그 역도 성립하겠지만, 나는 이 두 말이 무슨 뜻인지조차도 모르겠어요.

— 야콥이 서쪽에서 시청 관할 부서를 방문했을 경우를 생각해 봅시다.(그가 그곳에 갔는지는 모릅니다만.) 주(州)와 도시에 따라 다르지만 대강 말하면 이렇습니다. 동쪽에서 온 방문객은 그 도시에 자신이 실제로 와 있다는 걸 어떻게든 증명해야 합니다. 그러면 그들은 환영한다고 말하면서, 아마 그에게 서독 돈 10마르크와 영화 관람권 한 장, 버스 승차권 한 묶음, 시립 수영장 무료 입장권을 건네줄 겁니다.

— 그건 우리도 알고 있었어요. 크레스팔이 한번 해 보았거든요. 그래서 야콥은 그렇게 하려고 하지 않았어요. 전에 그런 얘기를 한 적이 있었는데, 그때 그는 분명히 고개를 가로저었어요.(어떻게 말하면 좋을까요. 그래요, 고상함. 그러니까 그런 고상한 태도로 그는 동쪽에서 온 방문객을 대하는 호텔 종업원의 태도를 나무랐던 거예요. 그저 아무것에도 응하지 않고, 말하자면 아무런 '행동'을 하지 않는 방식으로요. 그리고 그가 그곳에서 숙박하고 돈을 내는 사람 이상으로 보이고 싶지 않았다면, 그는 업무와 관련된 것만이 고려할 가치가 있다고 보았던 거예요.) 실제로 그가 고개를 가로젓는 건 이해할 수 없다는 뜻으로 보여서(조롱을 하거나 아니면 화를 내는 게 더 나았을 거예요.) 다른 사람한테는 정말 아주 낯설어하는 것처럼 보였을 거예요. 당혹스러워하는 걸로 말이죠.

— 그 정도면 당신한테 충분하지 않습니까?

— 그렇지 않아요. 그는 정말로 방문하러 온 거지, 몰래 살펴보러 온 게 아니었으니까요. 그리고 나는 하루 종일 저녁이 오기를 기다렸고, 숲에서 출발해 라인 강을 따라 간선 도로를 60킬로미터 이상 달려서(내가 지리를 구체적으로 말하긴 했지만, 그게 당신한테 어떤 실마리가 되지는 않았으면 좋겠어요.) 독일인 직원들을 시내로 데리고 올 버스를 기다리고 있었기 때문에, 그가 어떻게 하루를 보냈는지는 미처 상상해 보지 못했어요. 저녁때가 돼서야 비로소 중앙역 앞에 있는 교통 안전 지대에서 그를 다시 봤어요. 그는 기다리느라 아무것도 못 한 것처럼 보이지는 않았어요. 다만 서 있는 모습이 볼일이 있고 계획이 있는 여기 이 나라 젊은이 같지는 않았어요. 이곳 사람들은 단 십 분의 시간도 쓸모 있고 고상하게 신문을 보거나 담배를 피우면서 지루함을 잊으려고 하지요. 야콥은 멍하니 뒷짐을 지고 꼼짝하지 않고 있었는데, 오래 서 있을 수 있는 자세 같았어요. 낮에 뭘 했냐고 묻자 그는 입술을 오므리고 생각해 보더니 이윽고 재미있다는 듯이 말했어요. 아무것도 안 했어. 그러고는 여러 가지 이야기를 시작했는데, 재밌고 놀라운 일들이었어요. 모든 게 정말 그가 처음 호텔에서 전화했을 때처럼 느껴졌어요. 그 전화도 나를 재미있게 해 주려는 거였죠. 아침에 야콥이 전화해서 아침을 먹자고 했어요. 식당까지 가는 데는 적어도 삼 분이 걸리지만 말이에요.

현관 안내인은 그녀가 신발 털이 판에 신발을 터는 소리를 듣자마자 자리에서 일어나 카운터에서 나와서 문을 열어 그녀를 맞아들였다. 안내인에게는 그녀가 안개처럼 희미한 스카프를 두르고 잿빛 아침에서 빠져나온 것처럼 보였다. 그녀는 아직 옷 보관소 옆에 고개를 숙인 채 서 있었는데, 이곳에 오면서 젖어 있는 매끈매끈한 도로 포석 사이의 검은 틈새를 뚫어지게 들여다보면서 그 위로 발걸음을 옮겼을지도 모른다. 계획대로 침착하게 도착해서, 이른 아침 기운으로 서늘하고 말끔하게 정돈된 텅 빈 식당에서 야콥과 아침을 같이 먹는 그녀의 모습에는 어떤 의미와 흥미로운 비밀이 부여되었고, 여기에 호텔 직원의 예상이 더해졌다. 언젠가는 이 방문객이 식당에 와서 앉아 있는 일은 없어질 거야. 그렇게 되면 그녀는 이 시간에 타지에서 온 방문객이 임시로 머물고 있는 이 식당에 오지 않을 거고, 그러면 누구도 현관 안내인인 자기처럼 정중하게 예의를 갖추어 배려하는 마음으로 그녀에게 "안녕하세요." 하며 아침 인사를 건네지 못할 거야. 지금 같은 모습일 때는 그래도 되지만 말이야. 그는 종업원들과 대화하면서 이런 견해를 밝혔다. 그녀는 동쪽 출신처럼 보이지 않아. "하지만 만약 부모나 동쪽에서 온 저 사람 같은 방문객 없이 살 수 없다면, 이곳에서 잘 살 수는 없을 거야. 이것 아니면 저것이지, 둘 다일 수는 없거든."

— 그가 은색 견장과 별 계급장과 옷깃에 기장이 달린 제복 재킷을 입지 않고 어떤 계획이나 확실한 일을 할 기색이 전혀 없는 걸 볼 때마다 나는 깜짝 놀랐어요. 나는 그에게 방 열쇠를 줬어요. 하지만 내가 근무하러 집을 나설 때 보

면, 그는 마치 이제 정오까지 담배를 입에 문 채 생각에 빠져 꼼짝도 하지 않을 것처럼 자리에 앉아 있었어요. 그의 이런 모습은 종업원들이 보기에도 몸에 밴 것처럼 자연스러워 보이지는 않았을 거예요.

이 부분은 그녀에게 맡겨 두자. 그것을 그녀한테서 빼앗지 말자. 분명히 그는 가끔 그녀의 집에 갔을 것이다. 거기서 무슨 할 일은 없을까 살펴보았을 것이다. 크레스팔은 아마 그녀에게 낡은 안락의자라도 하나 사라고 권했을 거고, 그리고 때론 무언가 고장이 나는 법이다. 야콥이 어떻게 했을지 상상이 된다. 그는 손상된 부분을 두 손가락으로 가늠해 볼 것이다. 어쩌면 목재 부분이 부스러져 경첩이 떨어졌을지도 모른다. 그는 다시 외투를 입고 상점에 내려가서 사포와 목재용 보수재, 아교, 드라이버를 산다. 저녁때 그녀는 의자 등받이에 외투를 걸면서 뭔가 달라진 느낌을 받고는 안락의자를 살펴본다. 만약 그렇다면 야콥은 아마도 오전에 한 시간쯤 바닥에 무릎을 꿇고서 파손된 부분을 오목하게 갈아 내고, 보수재로 메우고, 말린 다음 경첩을 알맞게 구부리고, 오므린 손으로 조심스럽게 드라이버를 돌리면서 나사를 조여 넣고, 이제 그 부분이 다시 멀쩡해졌는지 손가락으로 만져 보았을 것이다…… 혹은 이 망할 놈의 나토 버스에서 내리는 그녀를 마중 나가기 전에 저녁거리 장을 보러 가서는, 판매대 앞에 서서 아주 꼼꼼하고 조심스럽게 물건을 고르고, 어떻게 그녀를 깜짝 놀라게 해 줄 수 있을지, 그녀가 특별히 잘 먹는 것은 무엇인지 생각해 보고, 그리고 그는 남을 잘 보살피는 사람이었기 때문에 점점 더 무거워지는 장바구니를 만족스러워하며 들고 돌아와서 끼니를 준비했을 것이다……. 혹은 그녀가 집에 돌아와서, 누군가가 읽기 시작한 책이 펼쳐진 채 서가에 놓인 걸 발견했을 수도 있다. 그러니까 그는 그곳, 그녀의 방에서 식사를 했고, 그녀의 집을 이용했고, 가끔 비에 젖은 창밖 풍경을 바라보았던 것이다……. 그때 그가 제집처럼 있던 곳이 어디였는지 다시 한 번 따지지 말자. 그를 가게 한 건 나였으니까.

— 지금 생각해 보면, 내가 그를 가게 해 준 건 어떤 목적이 있어서가 아니라 그가 원했기 때문이었습니다. 그 점에 대해서는 또 얘기하지요.

— 네. 그런데 그건 무슨 담배예요? 제 것도 한번 피워 보세요. 필립 모리스는 아니에요. 당신이 그를 보내 준 건 전혀 걱정할 필요가 없었기 때문이지요. 당신 편에서 얻어 낼 수 있는 정의 때문만은 아니고요.

— 철저한 기질 때문이기도 합니다. 당신은 그걸 다르게 말하겠지만, 내 설명을 들어 보십시오. 당신 편에는…….

— 자본주의에서는 말이죠.

— 겉으로 드러나는 생활에는 어떤 기만적인 안락함이 있습니다. 그러니까 나는 제약 없는 사적 이니셔티브, 다시 말해서 자유 경쟁이 낳은 일정한 성과를 말하는 겁니다. 확실히 소비자는 여러 면에서 더 나은 대접을 받습니다. 내가 이미 말한 것처럼 우리 편에서는, 그러니까 현재의 사회주의에서는 어떤 사람이 교외 지역에서 나오는 길마다 자리를 잡고서 온종일 그곳에서 매일매일 시내로 들어가는 사람 수를 세고 있는 모습은 상상할 수도 없습니다. 그는

출근하러, 근무하러, 쇼핑하러 가는 길을 헤아려 보고, 점심을 먹기 위해 귀가하는 사람들, 영화를 보러 가는 사람들, 저녁 시간을 즐기러 나가는 사람들의 수를 세어 봅니다. 저녁때가 되면 담뱃갑에는 일정한 수의 선이 남고 그는 그걸 합산합니다. 만약 해 볼 만하다고 판단하면, 그는 버스 열 대를 할부로 구입해서 그곳에 정기 노선을 하나 만들고, 삼 주가 지나면 자신이 들인 비용을 회수하고 그 비용의 일곱 배를 벌어들일 수 있다고 예상하기도 하는 겁니다. 이십 분을 걷는 대신 버스를 타고 시내로 가는 건 매우 편리합니다. 하지만 이것은 절대로 승객을 위한 것이 아닙니다. 이것은 고객에 대한 서비스처럼 보이고 동쪽에서 온 방문객의 눈에는 굉장히 놀라운 일이기 때문에 야콥이 거기에 속아 넘어가서 자유 경쟁이라는 원칙이 과잉 생산 위기나 대량 해고, 군비 확장, 전쟁과 같이 썩 유쾌하지 못한 결과를 가져올 수도 있다는 사실을 망각할 가능성이 있습니다. 비록 야콥은 이런 이론적인 지식은 몰랐지만, 종업원의 신경질적인 불안을 보고 무척 당황했을 겁니다. 손님이 아무것도 사지 않고 갈지도 모른다는 불안 말입니다. 그리고 분명히 이런 '철저한' 기질 때문에 그는 당신한테도 몇 가지 사소한 점을 꼼꼼하게 지적했을 겁니다. 그건 그것으로 충분하고, 그것을 곧장 자본주의 체제의 비인간성에 대한 증거로 삼을 필요는 없습니다. 결론적으로 그는 서독 연방 철도의 설비와 소위 쾌적한 승차감이 마음에 들었지만 질투심을 가지고서 이걸 비교했다는 겁니다.

— 그리고 그는 "그들은 급행열차 운행을 한 사람한테 맡기고

있어." 하고 경악했어요. 그는 다시 한 번 이해를 하지 못했고 이것을 비난했어요. 물론 나는 그가 설명을 해 준 다음에야 비로소 이해했지요. 그러니까 400에서 600킬로미터 구간에 여덟 대에서 열 대의 차량을 맡아 열차를 준비하고, 열차 행선지 판을 바꾸고, 차량 제동기를 점검하고, 검표원과 차장 일을 동시에 하는 건 한 사람이 하기에는 조금 많은 일이고, 뿐만 아니라 그런 업무에 대한 보수가 너무 적다는 거예요. 하지만 그건 내가 버스나 철도를 이용하는 기분을 망쳐 놓으려고 한 말은 아니었어요. 게다가

"보여 줄 게 있어." 내가 말했다. 나는 그의 팔을 잡고 기차역 홀을 지나 계단 난간이 굽어진 곳으로 데리고 갔다. 그곳에서는 감독용 창문이 잘 보였다. "저 사람 좀 봐." 내가 말했다. 그것을 보여 주려고 했던 건 나였지만 오히려 내가 창문 안에 있는 사람의 머리에서 눈을 뗄 수가 없었다. 그 사람은 '안내'라는 노란색 글씨가 새겨진 제복 모자를 쓰고 있었는데, 몹시 사무적인 시선으로 자기 앞에 걸려 있는 운행 시간표 게시판을 기계적으로 더듬었고, 뇌는 그 시각적 신호들을 정확하고 비인간적인 입술의 발성 운동으로 번역했다. 우리 편에서는 소리가 들리지 않고 모습만 보였는데, 어느 플랫폼의 스피커에서는 방금 도착한 승객들 위로 숨 쉴 틈도 없이 인사말이나 약간의 상냥함도 없는 목소리가 쏟아져 내렸다. "프랑크푸르트 암 마인행 급행열차 19시 7분 4번 플랫폼, 쾰른행 급행열차 19시 12분 3번 플랫폼, 바젤행 19시 21분 10번, 19시 30분 6번, 20시 5분 4번." 그래서 나는 야콥을 제대로 살펴보지 못했다. 돌아보니 그는 내 옆 난간에 기

댄 채 손을 오므리고 몸을 굽혀서 담뱃불을 붙이고 있었다. 내가 지금 그가 무슨 말이라도 해 주기를 바라고 있다는 걸 그는 즉각 알아채지 못했다. 이윽고 그는 전혀 놀란 기색 없이 그 남자 쪽을 올려다보면서 이렇게 말할 뿐이었다. "내가 저기에 앉아 있다면 어떨까? 이제 갈까?" 그가 자신의 대답을 그렇게 침묵으로 대신하지 않았더라면. 우리가 그에게 적절한 질문을 던졌더라면.

— 하지만 야콥이라면 당신이 말하는 태도는 방문 첫날에만 보였을 거라고 생각합니다. 그는 그렇게 마음 약한 사람이 아니기 때문입니다. 모든 사람이 그에게 관심을 보였을 겁니다. 그는 분명히 오래지 않아 아주 많은 사람을 알게 되었을 것이고, 하루 종일 사람들을 만나면서 돌아다녔을 겁니다. 그렇게 하면서 알아내려고 했던 겁니다. 그러니까 이곳 서쪽은 대체 형편이 어떤가, 무슨 일을 할 수 있을까……?

— 지금 당신이 생각하는 건 자기 임무를 마치고 돌아갈 동독 선동가의 태도예요. 그렇지 않으면 이곳에 정착하려고 준비하는 당신네 공화국에서 온 탈주자의 불안이에요. 그가 언제 돌아가기로 결심했는지는 모르겠지만, 그는 처음부터 이쪽에 머물 계획이 없었어요. 전혀요.

— 당신은 내가 당신을 심문할 수 없다는 걸 알고 있습니다.

— 그렇다면 그가 교외의 식당에서 나를 기다렸던 이야기를 해 드리죠. 마침 그곳에서 남성 합창단 모임이 있었어요. 어쨌든 그들은 시가와 맥주잔을 들고 피아노 옆에 빙 둘러앉아서 지휘자의 지휘에 맞춰 조심스럽게 허밍으로 멜로디

를 흥얼거렸고, 일부는 홀에 있다가 종종 식사하는 곳으로 나왔는데, 그곳 바에는 야콥이 앉아 있었어요. 거기서 그는 주인하고 그동안 비가 많이 내렸다는 얘기를 했는데, 잠시 후 대화는 서유럽 방어 체계가 가진 깊숙한 의미 한가운데까지 이르렀어요. 노래하던 사람들은 그 대화를 듣고서, 동독에서 온 지 얼마 안 된 탈주자한테서 당장 공산주의에 대한 설명을 직접 들어 보려고 했어요. 대체 그는 언제 넘어왔는지

맥주 하나, 맥주 하나 주세요. 동쪽에서 온 동포한테요. 여기, 시가도 받고

난 동쪽에서 온 동포가 아니오

아, 이곳에서 살 작정이군, 그렇죠?

아니요, 난 돌아갈 거요

어째서 그렇죠? 이것 봐요, 대체 어떻게 거기서 살 수가 있단 말이오? 그게 아니면, 가족이 있는 모양이군

여기가 맘에 안 들어서 그래요

뭐라고!

말 좀 해 봐요, 대체 뭐가 그렇다는 건지

그거야 어렵지 않소. 예를 들어 완전 자동인 주크박스가 있는데, 어떤 사람이 잔돈을 가지고 가서 음반 번호를 누르고 동전을 집어넣었어요. 빨간색, 초록색, 파란색으로 환하게 빛나는 박스 안에서는 집게 팔이 앞쪽으로 레일 위를 달려가서 선택된 음반 앞에 서고, 앞으로 꺾이고, 음반을 집었어요. 집게 팔은 그걸 자기 머리 위로 높이 들어 올려, 돌아가기 시작한 턴테이블에 가

져다 놓고 제자리로 돌아갔어요. 그러는 사이 톤 암*이 가장 바깥쪽 소리 골에 놓이고, 바덴바일러 행진곡**이 좁고 더운 실내에 쏟아져 나와 울리기 시작했어요

왜 그 곡을 좋아하지 않는 거죠?

총통***이 제일 좋아하던 행진곡이니까요

그야 그렇죠

하지만 그는 죽었단 말이오

그런데 당신들이 다시 그를 살려 내고 있단 말이오

원 별소리를, 아름다운 음악이잖아요

아-니

아, 그러니까 당신 간첩이지?

빨갱이, 빨갱이들은 전부 민족 반역자야

야콥은 일어서면서 테이블을 뒤집어엎었고 그 매끈하고 만족스러워하고 건망증이 있는 얼굴에 조심스럽게 주먹을 겨냥하고는 낯짝을 갈겼다

— 그러면 당신은 그가 그들하고 대화를 시도했으면(설득을 했으면) 하고 바라는 거네요. 하지만 그건 대화가 아니었어요. 그들은 야콥이 하는 말을 이해하지 못했어요. 나는 조금 늦게 갔는데, 그가 보이지 않는 거예요. 이윽고 그가 분명 커다란 테이블에 있을 거라는 생각이 들었어요. 거기에

---

* 레코드플레이어의 한 부분.
** 독일 작곡가 게오르크 퓌르스트(Georg Fürst, 1870~1936)가 작곡한 바이에른 군 행진곡.
*** 아돌프 히틀러를 가리킨다.

선 많은 사람들이 술잔을 연거푸 채우면서 소란스럽고 정
겨운 분위기를 만들어 냈어요. 그 옆에 서서 들어 보니까,
야콥은 어떤 친절한 젊은 남자한테(잘난 체하지도, 유복하
지도, 건방지지도 않고, 쾌활한 성격의 굴뚝 청소부였는데, 그
가 노래를 불렀던 건 정말 멜로디를 사랑하기 때문이었어요.)
설명하려고 애썼어요. 그러니까 사람들이 그를 먹여 살리
는 건 그가 눈이 파랗기 때문이 아니라 자기네 굴뚝을 청
소해 주기를 바라기 때문이라고 말이죠. 다시 말해 그는 사
회 속에서 사는 거라고 말이에요. 그들은 모두 그 이야기
를 아주 흥미롭게 생각했고 나도 그들하고 한 잔 더 마실
수밖에 없었어요. 야콥은 다음 며칠 동안 점심을 먹자, 작
업장에 방문해 달라, 드라이브를 함께 하자, 이런 초대를
잔뜩 받았어요.

— 하지만 그는 가지 않았습니다.

— 야콥이 경멸과 적대감을 느껴서 그랬다는 건가요? 그보다
는 당황스러웠기 때문이에요.

— 그렇게 생각할 수는 없습니다. 그는 전쟁에 반대하는 것이
이성적인 생각이라는 걸 잊었을 리가 없습니다.

— 그래요. 그는 '사회주의의 길로 접어든 독일'에서 배웠던 신
념 가운데 단 하나도 잊지 않았어요. 그곳에서는 무엇이나,
누구나 그러한 신념을 확고하게 해 주었고 그래서 그 신념
들은 절대적인 게 되었고 마치 생명과도 같이 이치에 맞는
거였죠. 그는 그런 신념을 가진 채 방문했고, 서쪽 사람들
을 이해하지 못했어요. 서쪽 사람들은 그런 것에 대해 아
무것도 들어 보지 못했으니까요. 그리고 더군다나(당신이

내 말을 끊었어요.) 우리가 비 내리는 저녁에 사람들로 가득 찬, 밝게 빛나는 거리를 지나 집으로 갈 때, 버스나 호텔에서 사람들과 만날 때, 혹은 횡단보도 앞, 그들 사이에 서서 신호등이 바뀌기를 기다릴 때, 그리고 그들의 목소리를 들을 때, 아니면 우리가 그들이 차를 타고 나란히 비좁게 앉아서 거만하고 고집스러운 표정으로 움직여 가는 걸보거나 그들을 계단에서 만나 저녁 인사를 할 때, 그럴 때 그는 그들의 삶을 '나쁘다'라고 평가할 수는 없었어요. 그에게는 이 일이 모두 아주 현실적인 거라고 생각되었기 때문이에요. 당신은 내가 믿을 수 없는 증인이라고, 내 판단은 매수된 거라고 생각하시겠죠. 예전 같았으면 당신도 정중하게 행동했을 텐데요.

— 그건 정중함이 아닙니다. 하지만 나는 당신 말을 편견 없이 들을 수가 없습니다. 그렇게 되면 나는 야콥을 잃게 되고, 또 당신이 말하는 야콥은 내 기억과도 일치하지 않기 때문입니다. 그가 서독 연방군 호송 차량에 대해서는 뭐라고 말했습니까? 강력한 무장 권력으로서 통행 최우선권을 가진 차량이 일반 시민들이 이용하는 도로에 갑자기 나타났을 때 말입니다. 나는 압니다. 지금 당신은 그럴 수밖에 없습니다. 그가 우리 군대를 떠올렸다고 말할 겁니다. 상상할 수 있어요. 하지만 나는 그렇게 말하는 게 마음에 들지 않습니다.

— 그래요. 예전에는 상황이 달라서 그건 그다지 중요하지 않았어요. 그리고 그 토대는 독일 민주 공화국의 합법성 내부에 있었어요. 지금 여기는 국경선에서 가깝기는 하지만

여전히 서베를린의 와인 주점이에요. 당신은 전철을 타고 칠 분이면 동독으로 돌아갈 수 있어요.(나는 전철이 이미 치외 법권 지위를 얻었다고 생각해요.) 그리고 기차역까지는 십 분만 걸어가면 돼요, 그러니까 십칠 분이면 헤아릴 수 없을 만큼 거리가 멀어지는 거지요.

— 당신은 어째서 자신이 그렇게 영리한지 잘 알고 있습니다.

— 내가 양심이 없기 때문이죠. 그러니까 난 진보적인 공화국을 오래전에 떠나 버렸고 이곳에 자리를 잡았어요. 이제 나는 더 이상 예리효로 여행 갈 이유도 없어요. 당신은 자기 마음에도 들지 않는 그런 사실들을 가지고 대체 무슨 일을 하는 거죠? 야콥이 호텔 비용을 어떻게 냈다고 생각하세요?

"이 형편없는 호텔에서 잘 잤어?" 내가 물었다. 나는 웨이터가 뜨거운 커피를 들고 우리 사이로 와서 몸을 굽히고 두 잔을 모두 채울 때까지 기다렸다. 도무지 정신이 없었다. 웨이터가 호텔 종업원이라는 것도 잊었으니 말이다. 그는 앞에서 내 얼굴로 향하는 사람들의 시선을 가려 주기만 하면 되었기 때문이다. 내가 올려다보니 야콥은 고개를 끄덕이며 생각에 잠긴 채 눈을 가늘게 뜨고서 "응." 하고 말했다. 마치 어떻게 잤는지 회상해 보려고 하는 듯이 말이다. 그리고 만약 그게 아니었다면, 생각이 어딘가 다른 곳으로 가 버린 것이었다. 그곳은 바로 내 고향이었는데, 거기서 그는 가끔 느닷없이 사라질 때가 있었다. 내가 버릇없이 한 말을 그가 건성으로 들은 건 잘한 일이었다——그건 두렵고도 끔찍한 낯섦이었고, 그는 나를 그 이상 이해하지 못했다.

이제 이곳에서 나는 그에게 분명히 '서쪽' 사람일 것이기 때문이었다. 예리효에서였다면 그는 뭐라고 했을까. 네가 잘 잤기를 바란다고? 그게 무슨 소용이 있는가? 그리고 세 집 건너에 있는 그 형편없는 단칸방에서 대체 내가 어떻게 잘 잤겠는가.

— 알고 있습니다. 그건 명백한 거래 원칙이라고 생각합니다. 첫째, 우리 인민 소유 카메라 산업의 생산품들은 헐값으로 처분하기에는 너무도 우수합니다. 둘째, 우리 쪽 경제 상황에서는 외화를 포기할 수 없습니다. 하지만 모든 구매자는 신분증 번호를 기재하게 되어 있습니다. 야콥이 여행을 떠나기 전날 카메라를 하나 구입했다는 기록이 남아 있습니다. 그리고 가택 수색에서 그 카메라가 발견되지 않은 것을 보면, 그는 그걸 가지고 국경선을 넘어 가서 연방 공화국에서 500마르크 정도를 받고 팔았을 겁니다. 그 정도면 호텔 비용을 대기에 충분했고, 분명 조금 남았을 텐데, 그건 아마 환전했을 겁니다.

— 그건 곧바로 두 가지 범죄가 되겠네요. 우선 밀수에 해당되고, 거기에 더해 독일 내 화폐 유통에 관한 당신네 법률을 위반한 거죠. 아마 그렇게 표현하시겠죠? 야콥은 외환을 암거래했고 인민 소유 경제에 해악을 끼치는 사람이라고요.

— 그렇게 부르지 않을 이유는 없다고 봅니다. 그가 특별히 국경 검사를 준비하거나 침착하게, 의심받지 않을 행동을 하려고 애쓰지 않았다는 건 확실합니다. 그리고 스피커에서 신분증과 소지한 현금, 귀중품을 검사할 수 있도록 준비

하라는(모든 것을 기록하여 귀국할 때 확인할 수 있도록) 안내 방송이 흘러나왔을 때, 그는 틀림없이 여행 가방을 그물 선반에서 꺼내지 않았습니다. 그 안에는 맨 위에 카메라가 놓여 있었습니다. 검사만 했다면 즉각 적발되었을 겁니다. 담배를 피우며 기다릴 때 심지어 미소를 짓고 있었을지도 모르지요. 그리고 그는 입가에 남은 그 미소를 재빨리 감추려고 애쓰지도 않았을 겁니다. 내가 말하고자 하는 것은, 그의 행동이 범죄자처럼 보이지 않았다는 겁니다. 이런 경우 죄의식을 느끼는 기색을 보고서 범죄자를 찾아낼 수 있다고 생각한다면 모르지만 말입니다. 그건 그렇고 야콥의 이름과 카메라 번호가 적힌 신고 용지를 보고 나는 당신이 예리효에 다녀갔던 여행이 떠올랐습니다.

— 그런 일이 가능했다고 하더라도 어떻게 그가 끝까지 당신을 속였겠어요. 그리고 당신이 우리보다 삼십 초 늦게 도로에 도착해서, 아래쪽 소택지에 있는 우리한테 탐조등으로 당신이 모든 것을 알고 있다고 신호를 보냈을 때, 그때부터 당신을 속이는 건 더 이상 가능하지 않았어요.

— 그가 그렇게 말했습니까?

— 아니요. 내 생각일 뿐이에요. 그리고 당신은 마치 그 자체가 목표인 듯한 어떤 완고함으로 불신을 자초했다는 점을 참작해야 해요.

— 그가 나를 속이려고 했다는 점은 참작하겠습니다.

— 하지만 당신이 현실을 황폐하게 한다는 건 왜 모르세요? 제국 철도에서 일한 것과 카메라를 밀매(密賣)한 게 야콥 인생의 전부인가요? 만약 그렇다면 야콥에 대해 정말 중요

한 이야기는 빼고 말하는 거예요. 이곳에서 대체 누가 야
콥한테 탈주민 수용소로 가는 승차권 살 돈을 줬겠어요?
그가 어머니를 방문하려고 했다는 걸 모르겠어요? 그게
전부였어요. 그걸 출발점으로 봐야만 해요.

— 그건 우리가 물어볼 수 없는 문제입니다.

— 자신을 둘러싼 견해들로만 이루어지는 사람은 없어요. 그
가 어떤 모습이었는지 기억하시죠?

— 그렇습니다. 하지만 이건 당신이 11월 10일을 위해 골라 놓
은 사진들입니다. 야콥한테 주려고 골라 놓은 것도 있었
습니다. 몇 장은 야콥 어머니 겁니다, 그렇죠? 당신이 어떻
게 생각할지 모르겠습니다만(야콥이라면 이렇게 말할 겁니
다 — 그냥 둬. 그래야 적어도 그때의 것이 뭔가 남을 거 아
냐.) 만약 당신이 야콥이 떠날 거라고 예상했다면 이 사진
들은 마치 그가 당시에 자신이 떠날 것을 이미 알고 있었
던 것처럼 보일 겁니다. 이렇게 되고 나면 저렇게 된다고 말
입니다. 하지만 그건 절대 사실이 아닙니다. 우리는 순차적
인 사건을 현재의 관점에서 들여다보는 것이고, 야콥한테
는 그냥 토요일일 뿐이었기 때문입니다. 이 점은 꼭 말해
두고 싶습니다.

— 우리는 지금 놓치고 지나갔던 걸 메우고 있어요. 오늘 한
얘기도 틀릴 수 있어요. 이건 그 사진들 중에서 몇 장 골라
낸 거예요. 우리는 주말에 그녀한테 갔어요. 그리고 이 사
진은 토요일 늦게 찍은 거예요. 날이 벌써 거의 어두워졌
을 때였어요. 눈치채지 못하게 찍어서 그녀를 깜짝 놀라게
해 주려고 했거든요. 이게 처음 찍은 사진이에요. 버스 정

거장 쪽에서요. 언덕 위에 서서 수용소를 내려다보고 있어요. 그곳은 황무지라 땅이 거칠고 풀 한 포기 자라지 않아요. 전쟁 중에 파헤쳐지고 불탔던 곳이죠. 쓰레기 더미도 있었어요. 거기서 멀지 않은 곳에 소규모 주말 농장과 여름 별장 그리고 고급 저택이 몇 채 있는 교외 지역이 있고, 상점가도 있어요. 불빛이 보이죠? 하지만 그때는 하늘이 흐려서 불빛이 훨씬 희미했어요. 상점 건물도 단층에 지붕은 타르 종이로 만든 거였는데, 다른 건물들처럼 임시로 쓰도록 만든 것처럼 보여요. 그리고 수용소, 그건 평범한 가건물이에요.

— 노동 봉사단*과 외국인 전쟁 포로, 강제 노동 수형자, 위수병원, 독일인 전쟁 포로, 노숙자 들이 썼고 지금은 피난민들이 씁니다. 작은 화단을 꾸민 곳도 있군요. 가을꽃이 아주 예쁩니다.

"기다려." 그가 말했다. 그리고 내 팔을 놓았다. 그가 가서 선곳은 골목 안으로 반쯤 들어가 있는 과일 수레 옆, 조명갓도 없는 맨 백열등 불빛 아래였다. 위로는 나무로 만든 지붕이 있었지만 옆으로는 바람이 스쳐 지나갔다. 과일을 파는 아주머니는 사과, 배, 레몬, 오렌지, 귤, 자몽을 담은, 높이 쌓아 둔 갖가지 색깔의 상자들을 가리켰다. 나는 그가 고개를 가로젓는 것을 보았다. "여기." 그가 말했다. 나는 그에게 가방을 건네고 꽃을 받아 들었다. 그것은 꽃이 담긴 콘 모양의 두꺼운 흰색 봉지였다. 나

---

* 나치 집권 시절에 있었던 국가를 위한 근로 봉사 기구.

는 잠시 멈춰 서서 접혀 있는 봉지 윗부분을 열어 보았다. 어디서나 볼 수 있는 과꽃이었다. 그리고 꽃의 색깔이 요란한 네온사인 불빛과 섞였다. "고마워." 내가 말했다. "나 아니면 누가 사주겠어?" 그가 말했다.

— 여기에는 없었던 것 같습니다. 문 앞에 보이는 것은…… 수
용소 전체에 울타리가 쳐져있습니까? 가시 철조망으로요?
— 아니요. 일반 철조망이에요. 그리고 정문을 지나려면 통행
증이 필요해요. 자주 있는 일은 아니지만 수용소 수감자들
은 제한적으로 외출을 해요. 그들은 결코 우리를 들여보내
주려 하지 않았어요.
— 그래서 당신은 수위한테 NATO H.Q. 라는 글자가 찍힌 근
무자 신분증을 보여 주었습니다. 하지만 야콥은…….
— 야콥은 내 뒤에 서서 두 손을 외투 주머니에 넣고 옷깃에
얼굴을 파묻고는, 아주 중요한 사람처럼 보이려고 했어요.
그리고 그가 물었지요. "홧 이즈 잇?"* 그건 나를 흉내 낸
거였는데, 아주 잘 했어요. 그는 이 모든 게 정말 우스운
일이라고 생각했어요.
— 하지만 탈주자들은 실제로 미군의 심문을 받습니다.
— 그러니까 우리가 들어갈 수 있었던 거예요. 그가 다른 사
람들한테 했던 말에 대해 왜 그렇게 신경을 쓰시죠? 이건
다음 사진이에요.
— 그는 외투를 벗지 않았군요……. 방에는 사람들이 많았습

---

* '무슨 일이지?'(영어)

니다. 그렇지 않습니까? 나 같으면 금방 그녀를 알아보았을 텐데요. 이건 여행 가방인데, 짐을 풀지 않았군요. 거기 앉아서 기다렸군요. 무릎 안쪽에 손을 넣은 채 말입니다. 당신은 일부러 이렇게 찍었습니까? 그러니까 전면에 있는 야콥의 옆모습은 어스름하게 나왔고, 그녀의 얼굴은 주름살까지 아주 선명하고 밝게 나왔습니다. 그리고 여기 찡그린 눈꺼풀. 이건 마치 모든 것이 멈춰 버린 것 같습니다.

— 그들은 거의 아무 말도 하지 않았어요. 여기 이 사진은 다시 밖이에요. 그녀와 함께 우리가 시내에 갔을 때지요.

— 바람 부는 것이 제대로 보입니다. 외투가 날리는군요. 그리고 그녀는 정말 몸집이 작으시네요. 덩치 큰 야콥이 그녀 곁에서 뒷짐을 지고 있고…… 하지만 그건 당신이 그렇게 찍은 겁니다. 그러니까 그들은 뒤쪽을 향해 가고, 멀리 갈수록 낮아지는 철조망 라인과 함께 점점 어두워집니다. 확실히 거기에는 울타리가 있었군요. 지금 한 장만 더 골라 주시겠습니까?

— 이거요. 그녀는 큰 식당에는 들어가지 않으려고 했어요. 그래서 여기는 약간 어두워요. 그녀는 끈질기게 그를 설득했어요. 하지만 그는 그때마다 그녀의 말에 귀 기울이지 않았어요. 이게 유일하게 그녀를 쳐다보고 대답하는 모습이에요. 무척 조심스럽고 난처해하는 것 같았어요. 당연히 그녀는 그를 이해하지 못했어요. 하지만 야콥은 끝내 이곳에 머물 수 있다는 걸 깨닫지 못했어요. 그녀는 입을 반쯤 벌리고 눈을 가늘게 뜨고 멍하니 있었는데, 자기도 모르게 줄곧 말없이 고개를 가로저었던 것 같아요. 뚜렷하게 나오

지 않은 것 같아요. 사진이 너무 밝게 인화됐네요. 그녀가
참 나이 들어 보여요.

— 그렇습니다.

그건 그렇고, 그때는 주의하지 않았던 점입니다만, 지금 생
각해 보니 당신은 이 카메라를 예리효에 가져왔고 아우토반
으로 돌아가는 길에 사진을 한 장 찍었던 것 같습니다. 만
년필처럼 길쭉한 직육면체 막대기 모양 아닙니까? 소리도
전혀 안 나는?

— 장난으로 그랬을 뿐이에요.

그리고 야콥이 도착했을 때, 사진은 이미 게지네의 방 한쪽
벽을 가로질러 걸려 있었다. 사진은 1.5제곱미터 크기로 확대
되어 있어서 산업용 사진이나 광고 사진 혹은 정치적으로 중요
한 기회가 있을 때마다 독일 민주 공화국 도로변에 설치되는
선전 광고판을 떠오르게 했다. 윤곽이 약간 희미하게 지워지고
흐릿해진 것으로 보아 필름의 크기가 새끼손가락 손톱보다 크
지 않음을 알 수 있었다. 그 사진은 원래 빛이 없는 곳에서 찍
혔고, 빛은 눈에 보이지 않는 배경에서 비쳐 들어오는 밝은 빛
이 전부였다. 그것은 주유소의 네온사인으로 생긴 뾰족한 빛
줄기들이었고 주유소는 사진에 나오지 않았다. 사진의 오른쪽
가장자리 부분은 부드러운 그림자로 채워져 있는데, 그것은 운
전기사의 등과 등받이 때문에 생긴 것이었다. 그 옆은 자동차
창문 구석이라는 것을 알 수 있었다. 어둠 속에서 타고 있는
담뱃불이 위로 비추는 얼굴 가장자리를 보고서야 롤프스 씨라

고 짐작할 수 있었다. 특히 생생해 보이는 것은 이마의 주름이 었는데, 그 주름이 젖어 있었고, 아주 빠르게 움직이는 한순간 이 포착된 것처럼 보였기 때문이다. 반면 반쯤 벌린 입은 담배를 물고 있는 것만으로 생각에 잠긴 자세를 유지하는 듯했다. 때마침 담뱃불이 타오르면서 야콥의 얼굴을 비추었고, 그림자속에서 얼굴 표면은 훨씬 더 회색빛으로 빛났다. 그는 고개를 기울여 뒤로 기댔다. 특히 선명하게 두드러진 곳은(물론 파베 다의 뒤 유리창은 지붕 높이에 있었다.) 눈 주위 전체였고, 사진을 자연스러운 수치보다 더 확대했기 때문에, 보는 사람의 시선은 밀려 올라간 아래쪽 눈꺼풀에 머물게 되었다. 그 위로는 눈동자가 카메라 렌즈가 주시하는 방향으로 아주 잠깐 지나 갔고 이제는 무관심하게 관찰하는 표정에 고정되어 있었다. 하지만 사진은 카메라가 보았던 대로가 아니라 아래에서 보도록 걸려 있었다. 오른쪽과 아래쪽 가장자리는 어둠 속에서 분간 할 수 없는 자동차의 실내 장치들이 차지했다. 다음 날 저녁을 먹으러 그녀에게 갔을 때 야콥은 그 사진 앞에 서 있었다. 회 상할 필요도 없었을 것이다. 그는 아무것도 묻지 않았다. 게지 네는 그가 결국 말없이 고개를 가로젓는 걸 본 것 같았다. 하 지만 그의 옆에 갔을 때는 그가 눈썹을 치올린 것밖에 보이지 않았다. "이건 옳지 않다고 생각해⋯⋯. 이렇게 사진 찍는 거 말이야⋯⋯. 모두 똑같아 보여, 알겠어? 롤프스가 너희 편 정보 기관에서 일하는 것처럼 보인단 말이야⋯⋯." 야콥이 말했다. 게지네는 그의 주위를 돌았고 그림을 다른 쪽에서 쳐다보았다. 그녀의 눈길은 천천히 야콥을 향했고 사진을 여러 번 그와 비 교했다. 마침내 그녀 역시 고개를 가로저었다. 하지만 그러면서 그녀는 입술을 삐죽 내밀었다. 야콥은 조용히 미소를 지으며 말리는 듯 손을 내저었고 탁자 쪽으로 몸을 돌렸다. "그냥 걸 어 둬." 그가 말했다.

개백정 놈들 방식으로 시작했어야 했나? 그렇게 했더라면 그 는 내가 옳다고 인정하지 않았을 테지만, 나는 아마 옳았을 것 이다. 그리고 결국 야콥도 시대의 과업을 그르치거나 소홀히 한 정도에 따라 처벌받는 게 정당하다는 걸 깨달았을 것이다. 나는 모두에게 무엇을 해야 하는지 말해 주었다. 사회주의의 중요성 을 의심하는 것은 절대 용인하지 않았다. 적에게 해를 입히는 자 는 우리를 이롭게 하는 것이고, 우리에게 해를 입히는 자는 적 을 이롭게 하는 것이다. 아무것도 하지 않는 자는 그 가능성만 큼 우리에게 해를 입히는 것이고, 적에게 다른 가능성의 여지를 주는 것이다. 좋은 의도를 갖고 잘못된 일을 하는 자는 가장 어 리석은 자이다. 쿠이 보노. 이것은 누구에게 이로운가. 개백정 들처럼 크레스팔이 패를 지어서 노래한다는 혐의로 고소했다면. 게지네가 이해하지 못했을 것이다. 모반 혐의로 요나스를 고소한 다면. 그녀는 그 일에 대해서는 아무것도 모른다. 야콥이 철도 운행을 방해하고 피해를 끼쳤다고 소문을 낼 수 있다면, 그렇다 면 그녀는 그 소식을 듣고서 찾아왔을 것이다. 루체 갈루브키 나 크리시예. 야콥의 어머니가 일요일에 교회에 갔다든가, 블라흐 가 이 년짜리 정부 연구 과제를(바보들!) 맡았다든가, 미스 크레 스팔이 탁자 모서리에 웅크리고 쪼그려 혹은 누워서 아버지한테 보낼 글을 썼다든가, 여행을 위해 그녀가 자동차를 한 대 빌려

서 네가 나를 추월하면 나도 다시 너를 추월한다는 멋진 아우토
반 게임을 야콥한테 보여 주었다든가, 크레스팔이 교회에 다니
지 않았다든가 하는 것들은 사회주의와는 아무 관계가 없다. 여
기에는 이론의 여지가 없다. 그런 점에서 그들은 무엇을 해야 하
는지 들은 적 없는 것처럼 그렇게 삶을 이어 갔던 것이다. 인도
(人道)를 불법으로 사용하는 것에 국가 권력이 관심을 가진다
고 해서 권력의 격이 떨어지는 건 아니다. 그리고 나는 손을 놔
버렸다고 말할 수도 없다. 그런 생각이 든 적도 없으니까 말이다.
나는 내 사진을 찍게 내버려 두었다. 그건 자명한 일이었다. 내
모습이 이렇다네. 들여다보게, 야콥. 중요한 건 내가 하는 말이
야. 그 말 뒤에 다른 건 없어. 자네한테 묻겠네. 자네한테 심사숙
고할 시간을 주지. 나는 탈세 혐의로 크레스팔을 체포하지는 않
겠어. 그리고 그녀는 말한다. 자신에게 중요했던 건 결코 자유
가 아니었고 국가 권력에 대한 야콥의 존경과 우정이었다고 말
이다. 그 국가 권력은 바로 나였고 지금도 여전히 나다. 그건 이
런 말과 같다. 그러니까 강요된 결정은 결정이 아니라고. 의도
같은 건 상관없다. 의도라는 것도 주어진 환경에 대한 인식과 참
작에 불과하다. 하지만 인간은 언제나 변할 수 있고, 믿을 만한
건 결정을 내린 사람들뿐이다. 자기 자신에 대해 결정할 수 있
는 사람은 이런저런 일에 대해서도 결정할 수 있다. 어느 날 비
둘기가 더 이상은 손으로 날아오지 않기로 결정했다면, 나는 개
백정이 되고 그저 그렇고 그런 놈이 되었을 것이다. 의도 같은 것
이 상관없지는 않다. 그러니까 나는 누구한테도 서쪽으로 가라
고 말하지 않았다. 야콥에게, 이건 자네의 생명이 위태로워지는
문제야, 하고 말하지 않았다. 나는 답이 하나뿐이라고 생각했다.

그리고 그 답을 내 일에 관심이 없는 사람들한테서 기대했던 것이다. 대화는 실수다. "당신은 그런 민주적이고 호의적인 태도를 포기하는 편이, 그러니까 두 개의 부조리 가운데서 무엇을 선택할지 물어보지 않는 편이 차라리 나았을 거예요. 다시 말해서 더 큰 악(惡)과 더 작은 악 둘 중에서 말이에요." 그때 나는 그에게 현실은 부조리하지 않다고 말했다.

일요일 오후 그들은 탈주민 수용소 방문을 마치고 돌아왔다. 차에는 라디오가 달려 있었고, 그들은 뉴스에서 헝가리 폭동이 진압되었다는 소식을 들었다. 그들이 막 아우토반을 벗어나 나들이에서 돌아오는 차량들로 꽉 막힌 국도 진입로에 들어섰을 때였다. 그들은 제법 큰 첫 번째 교차로 앞에서 꼼짝 못하고 오랫동안 기다려야 했다. 게지네는 그들 앞과 옆에 움직이지 못하고 서 있는 근사한 차들을 향해 노골적인 표현을 써 가며 욕을 했지만 큰 소리를 내지는 않았다. 그녀는 핸들 위로 몸을 굽혀 기대고 창밖에 가늘게 내리는 잿빛 비를 바라보면서 고개를 갸웃한 채 아나운서의 목소리에 귀를 기울였다. 아나운서는 영국과 프랑스 군의 이집트 상륙이 임박한 것 같다는 최신 뉴스를 전했다. "상륙할 거야." 그녀는 화를 내며 말했다. 야콥은 올려다보지 않고 다만 어깨를 으쓱했다. 일전에 그녀는 그렇게 되면 더 이상 사령부에서 일하지 않겠다고 선언했었다. 그녀는 도로 상황에는 주의를 기울이지 않았다. 이제 그녀는 핸들을 잡고 있는 오른손 위에 머리를 완전히 옆으로 기대고, 걱정스럽고도 우울하게 자기 생각에 빠져들었다. 야콥이 그녀의 팔꿈치를 건드렸다. 차가 움직일 수 있게 되었던 것이다. 그녀가 너무 빨리 출발해서 하마터면 길모퉁이에서 마주 오는 자동차와 충돌할 뻔했기 때문에, 교차로에는 벌써 사람들이 모여들었다. 아스팔트 위로 미끄러지는 날카로운 타이어 소리는 사고를 알리는 신호였던 것이다. 하지만 그들은 벌써 그곳을 빠져나와 다시 달리고 있었다. 그리고 그들이 월요일 마지막 뉴스에서 영국과 프랑스가 이집트에 상륙한 것이 확실하다는 소식을 들었을 때, 게지네는 나지막이 웃음을 터뜨리며 말했다. "그 남자도 브레이크를 밟고 나도 브레이크를 밟고…… 우리는 낯선 짐승 두 마리가 예기치 않게 마주친 것처럼 서로 깜짝 놀라 멈춰 섰지……." "그렇게 불끈 화를 내면 안 돼, 알겠지?" 야콥이 말했다. 그녀는 그의 곁 긴 소파 가장자리에 두 손을 모아 베고서 옆으로 누워 있었다. 그러면서 눈을 뜨고 비스듬히 그를 올려다보았다. 그녀는 입을 삐죽이 내밀고 진지하고도 사려 깊게 그를 지켜보았다. 야콥은 고개를 가로저었다. 그리고 미소를 지었다. 그녀는 눈길을 돌리고 이불을 덮은 다음 몸을 쭉 뻗고 누웠다. "알면서 그래." 그녀가 웅얼거렸다. 그 말소리는 또렷하지 않았고 그녀는 벌써 잠기운이 든 것 같았다. 야콥은 돌아누운 채 잠든 게지네의 높이 솟은 어깨 위로 헝클어진 머리카락을 지켜보았다. 그는 다정하게, 나지막이 웃었다. 잠시 후 그는 일어나서 전등을 끄고 안락의자로 돌아가 앉았고, 거기서 밤거리의 회색 불빛을 받으며 두 시간쯤 그렇게 있었다. 그녀의 숨소리는 규칙적이었고, 네온사인에서 반사된 불빛이 얼굴 위로 번개처럼 깜박였다. 그녀는 곁에 아무도 없는 것처럼 자고 있었다.

그가 일어나 습기 찬 잿빛 공기를 맞으며 열려 있는 창가에 서 있을 때, 그녀가 몸을 뒤척이는 소리가 들렸다. "야콥!" 그녀가 잠에서 덜 깬 목소리로 말했다. 그는 급히 뒤돌아보았다. 그녀 곁에 왔을 때 그녀는 이미 잠에서 깨어 있었다. "왜 그래?" 그가 물었다. 그녀는 그가 자기 옆에 앉을 수 있게 약간 옆으로 비켜 주고 이불을 끌어당겼다. "꿈을 꿨는데, 출구를 못 찾았어." 그녀가 말했다. "예리효 집에서 문을 못 찾았다고?" 야콥이 물었다. 그녀는 고개를 저었다. 마치 몸을 움직일 수 없는 것처럼 말이다. "여기서 말이야." 그녀가 말했다. 야콥은 그녀의 어깨를 붙잡고 똑바로 일으키며 말했다. "회색 보이지. 왼쪽에. 왼쪽이 어딘지 알지? 그게 문이야. 그다음엔 복도가 나와. 그리고 계단실 전등 스위치는 찾기 좋게 빨간색 빛이 나." 그동안 그녀는 일어나 앉았고, 전등불을 켜기 위해 뻗은 그의 손을 꼭 붙들었다. 그녀는 뒤로 누웠다. 그녀는 눈을 뜨고 있었다. "어디 갔다 왔어?" 그녀가 물었다. 예전에 그들은 그렇게 서로 생각을 묻곤 했다. "응. 레베르크에 갔어. 연을 날리러. 너도 같이 갔지." 야콥이 말했다. 그건 사실이었다. 희미한 불빛 속에서 그녀가 눈을 뜨고 있는 모습을 보고 야콥은 레베르크에서 연을 날리던 일이 떠올랐던 것이다. 그녀가 열네 살 때였는데, 일주일 동안 크레스팔 작업장에서 연을 만들었다. 그때 그녀는 연을 날려서 그들 머리 위 갈가리 찢긴 거대한 하늘에서 춤추게 했다. 연은 무척 높이 떠 있었다. 노란색 꼬리 하나를 단 마름모꼴 연이었다. 해가 나오고 연 때문에 하늘 전체가 번쩍이자 그녀의 눈에는 불안한 기색이 보였다. 그다음엔 완전히 하얀 구름 산맥이 나타났다. 구름 산마루의 가장자리가 솜씨 좋게 빚어져 있었는데, 넓은 데다 그 위로 걸을 수도 있을 것 같았다.

"여기 남아 줘." 그녀가 말했다.

"같이 가자." 그가 말했다. 그는 그녀의 말투를 흉내 냈다. 하지만 그녀를 놀리려고 그랬던 건 아니었다.

나는 저 구름 위로 가고 싶다고 말하고 싶었다

야콥은 역으로 같이 가겠다는 그녀를 말릴 수 없었다. 그녀는 피곤한 듯 멍하니 기차 앞에 서 있었다. 기차가 한번 깊숙이 덜컹하면서 조용하게 미끄러지며 출발하자 비로소 그녀는 고개를 들었고 경악 속으로 휩쓸려 들어갔다. 야콥은 손을 흔들지 않는 그녀의 모습을 보았다. 그녀는 꼼짝 않고 서서 멀어져 가는 그를 그저 바라보며 보낼 뿐이었다. 거리가 멀어지면서 그녀는 점점 작아졌고, 불이 밝혀진 역 플랫폼에서 기차가 빠져나가고 첫 번째 선로 전환기를 지나며 덜컹거리는 소리를 내기 시작할 때는 두 손에 잡힐 만큼 작아졌다. 그다음 그녀는 완전히 뒤에 남겨졌고 더 이상 보이지 않았다.

*

그 보고들은 다시 롤프스 씨에게 수합되었다. 그는 매일 밤 엘베 강변에 있는 임시 사무실에 앉아서 위임받은 지붕 위의 비둘기 건에 대해 서류를 준비했다. 하지만 실은 야콥이 돌아오는 순간을 놓치지 않으려고 미리 와 있는 것이었다. 그리고 가끔 그는 여객역으로 직접 운전해 가서 동서독 간 열차의 도착 시간을 살펴보았고, 개찰구에 서서 도착하는 여행객들 가운데 야콥이 있나 찾아보았다. 감시인들을 충분히 세워 놓았고 그들이 야콥을 발견하면 지체 없이 보고할 것이었지만 말이다. "이렇게 마냥 기다리는 건 견디기 힘든데요." 한번은 한스 녀석이 이렇게 말했다. 그렇게 말함으로써 그들이 적어도 사흘씩이나 미리 기다리기 시작했다는 것을 표현하려고 했던 것이다.

아침 무렵 야콥이 이미 엘베 강가로 가까이 다가왔을 때쯤 (아침 무렵에는 기차가 텅 비어 있었다. 그가 탄 칸에는 승객이라곤 맞은편에 앉은 젊은 아가씨 한 사람뿐이었는데, 그 아가씨는 추위에 떨며 밤을 꼬박 새운 탓에 무거운 11월의 빛과 소리 없이 내리는 비 그리고 달리는 기차에서 나는 급하고 거친 소음을 느끼지 못했다. 저런 여자애를 혼자 야간 여행을 하게 두면 안 된다. 그는 잠시 그 여자애를 쳐다보다가, 검문을 앞두고 마지막 남은 서쪽 돈을 없애기 위해 식당차에서 산 초콜릿이 생각났다. 그는 재킷 주머니에서 초콜릿을 꺼내 포장지째로 뚝 꺾은 다음 종이를 찢어서 창가의 탁자에 말없이 올려놓고 초콜릿을 한 조각을 집어 들었다. 그 애도 한 조각 집어 들었다. 그리고 그는 그 쓴 것을 씹으면서 다시 외투를 끌어당겨서 몸을 덮고 계속해서 잠을 잤다. 기차에서 내리기 직전에 차장이 와서 그의 어깨를 건드려 주었는데, 그는 야콥의 동료였다. 야콥이 기차에서 내릴 때 그들은 서로 고개를 끄덕였고 말차이트, 하고 인사를 나누었다.) 블라흐 박사를 찾을 수 없다는 보고가 인쇄 전신으로 들어왔다. 아마도 경찰이 편집부를 수색한 사실을 알아차린 것 같다고 했다. 관할 기관에서 그의 방이 급작스럽게 여행을 떠난 상태인 것을 발견했기 때문이다. 솔직히 롤프스 씨는 요나스가 바로 지금 이 시간에 반대 방향에서 급행열차를 타고 그에게로 달려오고 있다고 곧바로 추측하지는 못했다. 사실 그가 있는 곳은 베를린 서부 점령 지구가 시작되는 곳이 아니었다. 그가 이 사실을 알게 되었을 때, 그것은 아직 찾지 못한 에세이 사본에 대한 추측과도 정확하게 맞아떨어지는 것이었다.(요나스가 원고를 야콥이나 크레스팔의 집에 보관했을지도 모른다는 추측도 여전히 가능하기는 했지만 말이다. 물론 예리효까지는 거리가 무척 멀었다.) 그리고 기차가 중간에 속도를 줄이고 멈춰 섰을 때, 요나스는 조바심을 내며 자리에서 일어났다. 그는 아직 잠들어 있는 다른 승객들의 다리를 넘어 통로로 빠져 나와서 담배를 피우기 시작했고, 엘베 강까지 그리고 철도 신호탑까지의 대략 얼마나 시간이 걸리고 또 얼마나 떨어져 있을지 어림잡아 보았다. 그의 생각에 그 탑에는 야콥(아니면 그들 중 한 사람)이 앉아서 기차가 멈추도록 지시를 내렸을 것이다. 야콥은 대체 무슨 생각을 하고 있을까?

하지만 야콥은 아직 근무하고 있지 않았다. 우리는 집주인 여자한테서 그가 몇 시부터 근무를 시작하는지 알아냈다. 그녀는 야콥이 오는 소리를 들었다. 그는 아주 조용히 들어왔다. 하지만 그녀는 늘 자명종이 울리기 오래전부터 이미 잠에서 깨어 있었다. 그녀는 자명종이 울리기를 기다렸다.(그녀는 이렇게 말했다.) 그러니까 그녀는 야콥이 부엌에서 부스럭거리는 소리를 들었다. 아마도 옷을 갈아입은 것 같았다. 부엌에 들어갔을 때 그가 제복을 입고 식탁 옆에 서 있는 것을 보았기 때문이다. 여자는 그에게 피곤해 보인다고 말했고, 거기에 대해 그는 뭐라고 대답했는데, 그녀는 그 대답은 기억하지 못하고 있다. 하지만 다른 것은 모두, 특히 시각은 아주 정확하게 기억했는데, 그때가 바로 그가 늘 일어나는 시간이었기 때문이다. 그리고 야콥이 창문을 열었다. 그들은 박스거더*처럼 조용하고 깊은 안뜰에서 나는 빗소리를 들었는데, 건너편 어둠 속에서는 밝은 빛을 내는 십자 창살이 하나둘씩 늘어났다. 그리고 그는 언제나 그랬던 것처럼 버스를 타러 나갔다. 그가 근무할 때 먹을 빵을 준비했는지는 모른다.(그는 주머니 속에 아직 초콜릿도 가지고 있었다.) 그리고 한 시간쯤 지나 한 남자가 찾아와서 압스 씨가 있냐고 물었는데, 그녀는 그 남자를 다시 보면 알아볼 수 있을 것이다. 젊은 남자였는데, 머리가 아주 짧았고 그 사람 눈을 보면 다시 알아볼 수 있을 것이다. 그는 방해해서 미안하다는 말까지 했다.

왜냐하면 요나스는 야콥의 주소만 가지고 있을 뿐 외혜의 주소는 몰랐고, 게다가 외혜가 야콥과 같은 도시에 산다고 생각했던 것이다. 그가 주택 사정을 어떻게 생각하고 있는지는 모르지만, 외혜는 예리효에 살고 있었다. 요나스가 집 앞에 있는 공중전화 박스에서 야콥이 주었던 번호로 전화를 걸었을 때, 물어물어 페터 짠까지는 연결이 되었지만, D-1의 교대반에서는 야콥이 어디 있는지 아는 사람이 없었다. 그가 있으면 우리도 일을 시킬 수 있을 텐데요, 지금은 휴가 중입니다. 언제까지인지는 우리도 모릅니다. 제국 철도 지방청으로 다시 돌려

---

* 단면이 상자 모양인 대들보.

드리겠습니다. 인사과 여직원한테 물어보십시오. 그 여직원은 전화를 받지 않았는데, 만약 그 여직원의 이름이 자비네와 비슷하다는 생각이 떠오르지 않았다면 자비네를 연결해 달라고 하지 못했을 것이다. 인사과에서는 자비네가 병원에 일이 있어서 갔다고 말해 주었다. 그는 어떻게 전차를 갈아타야 하는지 설명을 들었지만 한 번 잘못 갈아탔기 때문에 그녀보다 훨씬 늦게서야 병원에 도착할 수 있었고, 접수처에서는 그를 우선 비에 젖은 잿빛 안뜰 건너편에 있는 외과로 보냈다. 하지만 먼저 그에게 혹시 그도 제국 철도에서 온 것인지 물었다. 그는 복도에서 기다려야 했다. 복도로 나온 그녀의 얼굴은 아직 몹시 창백했지만 어느 정도 안정된 상태였다. 그다음 그들은 함께 떠났다. 그리고 롤프스 씨는 간호사들로부터 자비네 때문에 애를 먹었다는 말을 들었을 뿐이었다. 그녀는 정말 극도로 흥분한 상태였다고 했다. 간호사들은 계속해서 그녀에게 아는 가족이나 친척이 있느냐고 물었지만 그녀는 아무도 알지 못했다. 크레스팔이 생각나지 않았던 것이다. 그를 떠오르게 한 사람은 요나스였다. 그들은 크레스팔에게 전보를 쳤고 그는 오후 일찍 도착했다. 그리고 자비네는 신문에 낼 보도문도 작성했다. 당연히 누군가 다르게 쓸 수도 있었겠지만, 경황(驚惶) 중이라 그런 생각을 하지는 못했고, 결국 그보다 더 잘 표현하기도 어려웠을 것이다. 그러니까 이른 아침 시간 독일 제국 철도 직원 한 사람이 출근길에 선로를 건너가던 중 마주 오는 기관차를 피하려다가

── 자비네 얘기는 대체 어떻게 된 거죠?

─ 그래요. 그 이야기도 있습니다. 하지만 거기에는 관심을 가
  질 수가 없었습니다.

측선에서 달려오던 또 다른 기관차에 휩쓸려 버렸다. 즉시 그
를 구조하려 했지만 성공을 거두지 못했다.(그는 수술 중에 사
망했다.) 누구에게 책임을 물을 것도 없었다. 사고 희생자는 수
년간의 경험으로 그곳 지형을 잘 알고 있었고, 양쪽 선로는 운
행을 위해 비워져 있었기 때문이다. 짙은 안개 때문에 선로를
관찰한다는 것은 거의 불가능했다. 이 계절의 안개 속에서는
정말로 거의 한치 앞도 보이지가 않는다.

  그리고 그는 언제나 선로를 넘어 다녔다.

5

크레스팔이 오후 일찍 도착했기 때문에 요나스는 북쪽으로
가는 급행열차를 탈 수 있었다. 그들은 기차역에서 십 분가량
대화를 나눴고, 다음 날 아침 다시 만나기로 했다. 나의 아버
지는 죽도록 술을 드실 것이다.

*

예리효로 가는 야간열차에서 요나스는 젊은 인민군 병사
맞은편에 앉아 있었다. 기차 여행에 대한 기억은 그게 전부였
다. 그는 밤새 잠들지 못했다. 그는 그날에야 겨우 (자비네로부
터) 야콥이 서독에 다녀왔다는 소식을 들었다. 어머니를 찾아
뵈려고 했다는 것이다. 맞은편 군인은 완행열차 안에서 러시아
어를 공부하고 있었는데, 아마도 휴가 중인 모양이었다. 일분일
초가 값지다. 분초를 아껴서 굴하지 말고 끈질기게 학습해라.

아는 것이 힘이다. 사회주의 세계관을 네 것으로 만들어라. 바르샤바 조약*은 서유럽 열강들의 공격적 태도에 대한 대응일 뿐이다. 병사 옆에 앉은 소녀는 펼쳐진 교과서의 그 과를 이미 잘 알고 있는 눈치였다. 그는 별 관심도 없었지만 별수 없이 책을 응시했고, 단어들을 다시 떠올려 보고 되풀이해 보고 외웠다. 병사는 그리움에 애타 하며 굳게 다물어 근엄해 보이는 입술을 하고 때때로 덜컹대고 흔들리는 꽉 닫힌 객실의 무더운 열기 속에다 조바심 내는 말을 뱉어 냈다. 그리고 야콥의 목소리는 이렇게 말하는 것 같았다. 우리는 10킬로미터 구간에서 시험을 해 봤어. 레일 접합부를 서로 용접했지. 이 완행열차는 어찌나 시끄러운지. 자기가 한 말도 알아들을 수가 없어. 그리고 접합부는 늘 아주 심하게 파인다니까. 높은 쪽 가장자리 부분이 충격을 받으면 어떻게 되겠어! 그러니까 강철도 아낄 수 있는 거야. 하지만 그렇게 되면 레일 두부(頭部)까지 자갈을 깔아서 열기를 흡수해야 해. 그 병사의 교과서 뒤쪽 63과에는 사진이 한 장 놓여 있었다. 우편엽서 크기의 사진이었다. 여권 사진을 국제 규격인 10 곱하기 15의 엽서 크기로 확대한 것이었다. 63과에 말이다. 그는 그 사진을 쳐다보다가(그렇게 오래 본 것도 아니었다.) 곧 계속해서 책을 읽었고, 정거장에 도착했을 때도 읽기를 멈추지 않았다. 정거장에서는 기관차 발전기가 멈추고 배터리도 훨씬 약해졌기 때문에 조명이 흐릿했다. 열차가 출발한 지 얼마 되지 않아 조명이 원래의 밝기로 되돌아왔다.

---

* 1955년 5월 동유럽 8개국이 서유럽 진영의 공동 방위 기구인 나토에 대항하기 위해 체결한 상호 우호와 협력에 관한 조약.

병사는 가능한 한 마지막 순간까지 책을 읽었다. 병사는 동사의 상(相)*을 훑어보고는 기차가 예리효에 정차했을 때야 비로소 책을 가방에 집어넣었다. 요나스는 누가 자신을 데리러 나왔는지 살펴보는 것도 잊어버렸다.

외혜는 아직 집에 와 있지 않았다. 그의 부인은 방문객을 거실에서 기다리게 했다. 외혜의 집은 복도로 나뉘어져 독립적인 느낌을 주었고 전대**한 방 두 개로 이루어져 있었다. 부엌은 세 들어 사는 세 가구가 함께 쓰고, 현관문에는 초인종이 세 개 있었다. 거실 장은 새것이었고 조각 장식물과 큰 유리 진열장이 함께 갖춰져 있었다. 유리창 안에는 아래쪽이 넓은 탁상시계가 있었고, 시계 주위에 자기로 만든 동물들, 펠리컨, 부활절 토끼, 개, 부엉이, 버섯이 놓여 있었다. 그 아래 칸에는 사슴이 자리하고 있었다. 위 칸에는 책등이 흠집 하나 없이 반짝이는 책 네 권과 낡은 백과사전 한 권이 꽂혀 있었다. 원래 외혜가 가지고 있던 책은 나무 문 안쪽에 놓여 있었다. 장식장 위로는 히스*** 꽃이 담긴, 조금 작은 화병 두 개 사이로 그보다 큰 화병이 놓여 있었다. 밖으로 보이는 책 옆으로는 화주 잔과 와인 잔이 한 줄씩 인피****로 만든 받침 접시 위에 놓여 있었다. 소파는 사용한 흔적도 없었고, 말끔히 정돈된 색색의 쿠션이 단정하게 놓여 있었다. 쿠션들 사이로 파란빛의 얼굴을 한 강

---

* 동사 뜻의 계속·완료·기동(起動)·종지(終止)·반복 따위를 구별해 주는 러시아어 문법 형식.

** 빌리거나 꾼 것을 다시 다른 사람에게 빌려 주거나 꾸어 주는 것.

*** 진달랫과에 속하는 식물.

**** 식물체의 조직 중 한 부분으로 섬유의 중요한 재료이다.

아지 인형과 빨간 리본 장식을 단 노란색 곰 인형이 있었다. 그 위로 탁한 은빛의 액자 안에 들어 있는 사진은 전나무 숲 옆 언덕 위에 펼쳐진 곡식 더미 풍경을 보여 주었다. 멀리 희미하게 인가의 모습이 보였다. 난로 앞에는 연탄이 깔끔하게 쌓여 있었다. 카펫은 붉은빛이고 동양적인 무늬로 되어 있었다. 커다란 라디오 위에는 작은 빈 화병과 외혜 부인의 사진이 담긴 둥근 사진 액자가 세워져 있었다. 안락의자 두 개와 의자 두 개. 창문 앞에 있는 아이들 빨랫감이 어둠 속에서 빛났다. 요나스가 그냥 두라고 했는데도 외혜 부인은 아이를 태운 유모차를 부엌으로 가져갔다. 그녀는 그에게 좁은 침실을 보여 주고는 이렇게 말했다. "저희는 예전부터 늘 집이 있었으면 했는데요, 어쩌면 크레스팔의 집에서 살게 될지도 모르겠어요. 그것도 제국 철도의 주택이니까요. 하지만 훨씬 형편이 나쁜 분들이 아직도 아주 많아요. 가건물에서 사는 분들이요. 당연히 그분들이 우선이죠." 요나스는 이 집 거실이 여러 가지 면에서 부모님의 집을 생각나게 한다고 말했다. 그는 아직도 부모님 댁에 찾아가 보지 못했다.

외혜는 집에 돌아와서, 부인이 출근하려면 일찍 일어나야 하니 선술집으로 가자고 제안했다. 예리효 선술집은 페터 볼프가 예전에 운영하던 상점 옆의 작은 공간에 있었다. 거리 쪽으로 난 문으로 들어가면 일단 커다란 방에 들어서게 되고 그곳 벽에는 아직도 상표가 붙어 있는 갈색 상자와 선반 들이 있었는데, 거기는 창문만큼이나 먼지투성이였다. 그리고 유리창은 회색빛으로 굳게 얼어붙은 흙처럼 보였다. 통로 이외의 바닥에는 온갖 종류의 잡동사니들이 세워져 있거나 뉘어 있었다. 그

술집은 원래 예전에 농부들이 거래를 하면서 맥주와 브랜디를 마시던 뒷방이었다. 카운터는 그 당시 그대로였고, 페터 불프가 테이블만 새로 설치했는데, 그것도 삼십 년 동안 문질러 닦은 나머지 이미 허옇게 변해 있었다. 테이블이 바닥에 고정되어 있고 둘레에 긴 의자들이 있는 것이 열차의 식당차 같았고, 한쪽에만 통로가 있었다. 페터 불프는 라디오 다이얼에 손을 댄 채 무언가 물어보는 듯이 외혜를 바라보았는데 외혜는 고개를 가로저었다. 그들은 카운터 맞은편 구석에 앉았고, 이날 저녁에는 손님이 거의 없어서 술집에는 출입문 쪽과 두 사람 머리 위 전등만 켜져 있었다. 그들은 외혜의 집에서부터 말없이 이곳으로 왔고, 여기서도 오랫동안 아무 말도 없이 마주 앉아 있었다. 마침내 외혜가 고개를 들고 요나스를 보며 말했다. "하지만 야콥은 언제나 선로를 넘어 다녔어."

*

다음 날 아침 롤프스 씨는 요나스가 자발적으로 하차한 바로 그 역 앞에 차를 세워 두고 그 안에서 아침을 먹고 있었다. 차창에 그림자 하나가 미끄러져 갔고, 외투 단추가 유리창에 부딪치는 소리가 났다. 곧이어 그들은 예리효의 조수가(롤프스 씨는 그를 위해 자기 시간의 일부를 썼다.) 주차된 승용차 사이를 지나 전차 정류장 안전지대 위로 올라서는 것을 보았다. 그와 멀지 않은 곳에서 요나스도 멈춤 표지판 옆에 서서 차를 기다리고 있었다. 그들은 고개를 들고 운행 시간표를 올려다보는 요나스의 옆모습을 보았는데, 그는 담배 한 개비를 입에 물었지만 손은 외투 주머니에 넣고 있었고 추워 보였다. 하지만 그는 등을 곧게 펴고 전차에 올라타서 열린 문 바로 옆에 기대섰다. 그곳에서는 차가 달리면 드러내 놓은 목덜미로 바람이 불어올 텐데 말이다. 파베다는 나지막하게 엔진 소리를 내면서 출구 쪽으로 흔들리며 가다가, 180도 회전하여 다시 앞으로 주차장을 가로질러 전차의 시야 밖으로 미끄러져 갔다.

롤프스 씨는 우체국 앞에서 차를 타고 오는 동안 들고 있던 우유병과 빵 봉지를 한스 녀석에게 돌려주던 참이었다. 뒷문이 열리고 조수가 말없이 그들 뒤로 올라타자, 승용차는 옆으로 기울어졌다가 가볍게 흔들렸다. "녹음은 그만둬." 롤프스 씨가 말했다. 크레스팔입니다. 누구세요? 여보세요, 말씀하세요. 소식 들었어? "그렇다는 소식은. 이의는 없어. 나는 그 여자분하고 만나기로 한 걸 말할 수는 없어." 그들 뒤로 들리는 목소리는 지시 사항을 반복했다. 차 문이 열리자 다시 한 번 거리의 차가운 공기가 들어왔고, 차는 흔들리다가 조용히 멈췄다. 롤프스 씨가 종이 봉지와 우유병을 버리려고 차에서 내려 길 건너편 우유 가게로 갔다. 그는 빈손으로 돌아왔고 가판대 곁에 잠시 서 있다가 뭔가를 사면서 상인과 대화를 시작했다. 하지만 한스 녀석에게는 그가 보이지 않았다. 한스 녀석은 라디오를 켰다.

우체국 앞 광장을 지나 햇살을 받으며 미끄러져 가는 각양각색의 수많은 자동차와 전차 그리고 보행자들의 바쁜 왕래로 아침은 밝고 활기찼다. 롤프스 씨는 차로 돌아가지 않고 필요 이상 오래 밖에 머물렀다. 우체국 출구를 지켜볼 수 있는 그늘에 차를 세워 두었기 때문이었다. 그는 차분해지고 머리도 맑아졌는데 정신이 아주 말짱했다. 하지만 마땅히 생각할 거리가 없었기 때문에 다음 날에 대해서 생각해 보았다. 다시 태양이 떠오르겠지, 그들도 어딘가 다른 곳에서 시간을 보내겠지, 오늘과 어제에서 남는 건 서류에 기록된 메모들뿐이겠지, 하고 말이다. 하지만 그는 누군가 삶에서 지루함을 느낄 수도 있으리라고는 끝내 상상할 수 없었다. 하늘은 아주 밝았고 차들은 무척 빠르고 급하게 돌진해 왔으며, 빛나는 박공지붕 아래에 드리운 그림자는 어둡고 선명했다. 그가 다시 앞자리에 타자 한스 녀석이 손가락으로 라디오 음량을 약간 높여서 잡음같이 들리던 대화를 또렷하게 알아들을 수 있었다. 그리고 그는 들으라고 권하는 것처럼 뒤돌아보았다. "앤드 이프 더 컨덕터 해픈스 투 컴 앤드 애스크 더 패신저스 훼더 애니원 해즈 — 비상 브레이크를 당겼습니까?"* 가늘고 아주 나긋나긋한 어조의 여자 목소리였다. 미소를 머금은 듯한 젊은 남자 목소리는 당황스러워하며 대답했다. "훼더 애니원 해즈 어플라이드 더 이머전시 브레이크?"** 남자는 온화하게, 여자는 약간 놀란 듯, 두 사람 다 웃었다. 롤프스 씨는 음량을 최대로 높였다. 마치 지금 자동차 안에 함께 있는 것처럼 공손하면서도 조급하게 질문하는 남자 목소리가 들려왔다. 하지만 왜 '철도원들'이나 쓰는 물건의 이름을 전부 알아야 하는 거냐고 말이다. "아이 앰 온리 트래블링, 씨."*** 여자는 그렇게 되면 질문에 답할 수 있다고 남

---

* '만약 차장이 와서 승객들에게, 누군가 비상 브레이크를 당겼습니까, 하고 물어보면요?'(영어)
** '누군가 비상 브레이크를 당겼느냐고요?'(영어)
*** '저는 여행자일 뿐이에요.'(영어)

자를 설득한다. 그는 이곳 타국에 있는 것이니까, 사고라도 나는 경우에 매우 유용할 거라고. 인 케이스 오브 액시던트?* 젊은 남자는 마지못해 투덜거리면서 대답했지만 파트너에게 진정으로 불손하게 굴 수는 없었다. 그리고 대화가 진행될수록 청취자는 이런 인상을 받게 되었다. 이 미국 남자는 여선생을 바라만 보느라 그 말을 귀담아듣지도 않고, 질문이라도 받으면 정말로 깜짝 놀라고, 대답도 마지못해서 멍하니 하는 것 같다고 말이다. 더 커플링? 예스, 오브 코스. 더 커플링.** 아, 그렇군요. 연-결-기, 이즌트 잇?*** 여기에 게지네는 미소를 지으며 그렇다고 말했다. 그러고는 다시 한 번, 보다 정확하게 발음을 해 주었다. 그건 그렇고 롤프스 씨는 이 돌발 상황이 모두 원래 방송 대본에 있는, 청취자의 주의를 끌기 위한 것이라고 확신했다. 한스 녀석은 그런 수법이 틀림없다고 본인이 말하고서도 자기도 매번 그 상황에 놀라서 웃음을 그치지 못했다. 그리고 롤프스 씨는 그들이 며칠 밤 게지네의 방에서 책상에 기대 앉아 함께 방송 대본을 쓰는 모습을 상상할 수 있었다. 야콥은 몸을 곧게 세우고 의자에 등을 기대고 손을 뒤통수에 얹고서 꾀를 내어 말했다. 이 외국인한테 일반 완행열차하고 급행열차의 차이점에 대해서도 설명해 주어야 하지 않을까, 응? 뭐라고, 그걸 스루트레인****이라고 한다고? 정말 멋진 말이야. 생각해 봐. 게지네가 말했다. 아, 여기에 남아 있어 줘, 야콥. 이

---

* '사고가 날 경우를 대비해서라고요?'(영어)

** '연결기요? 네, 물론이죠. 연결기요.'(영어)

*** '그렇지 않아요?'(영어)

**** '급행열차'(영어)

방송으로 우리 둘이 살 수 있어, 또 나한테는 이게 헤드쿼터즈*
보다 더 재미있기도 하고. "앤드 하우 더즈 잇 워크?"** 그녀의
목소리가 장난스럽고도 재치 있게 말했다. "데어 이즈 언 에
어 호스 커넥팅 더 브레이크스 오브 에브리 웨건?"***"그건 브
레이크 파이프입니다." "아하—아." 미국 남자는 머뭇거리며 약
간 쉰 목소리로, 호의적이지만 건성으로 말했다. 그리고 남몰
래 그녀를 다시 쳐다보았다.

요나스가 막 차에 올라타서 수갑을 채우도록 두 손을 내미
는 순간, 아나운서는 이렇게 말했다. "디스, 위드 피에프씨 레
이너스 앤드 미스 게지네, 해즈 빈 아워 프로그램, 독일어로 말
합시다."**** 디스 이즈 더 보이스 오브 에듀케이션 앤드 인포메
이션.***** 다음 시간에는 선박이나 항공과 같은 다른 교통수단의
재미있는 세부 내용에 대해 배우겠습니다. "당신은 훌륭한 패
배자는 아닙니다." 요나스가 롤프스 씨 뒤에서 말했다. 그는 뒤
돌아보지 않았다. 조수가 체포된 자에게 입 다물라고 거칠게
말했을 때도 롤프스 씨는 아무 말을 하지 않았다. 하지만 그
는 마음속으로 생각했다. 말없이, 눈치채지 못할 만큼 짧은 침
묵과 시선 교환 속에서 말이다. 그건 사실이 아니라고. 야콥은
그 점을 이해했을 거라고. 야콥이 더 옳았을지도 모른다고.

---

* '본부'(영어). 나토 본부를 가리킨다.

** '그리고 그건 어떻게 작동하지요?'(영어)

*** '열차마다 브레이크에 연결되는 에어 호스가 있지요?'(영어)

**** '지금까지 레이너스 일병과 미스 게지네가 함께 하는 독일어로 말합시다
프로그램이었습니다.'(영어)

***** '여기는 교육과 정보의 소리입니다.'(영어)

*

　그 주점은 비싸지 않았다. 그녀는 하얗게 되도록 문질러 닦은 테이블을 좋아했던 터라 그곳이 떠오른 것이었다. 그녀는 몇 분 늦게 왔는데, 문에 들어서는 그녀를 보자 롤프스 씨가 일어섰다. 제 여동생으로 삼고 싶습니다.

　그리고 그녀는 울었던 사람처럼 보이지는 않았는데, 이 점은 우리가 좀 언급해 두려고 한다.

작품 해설

추측 너머에 숨어 있는 진실

1

2006년 4월, 메클렌부르크 지방 북서부 발트 해 연안에 위치한 소도시 클뤼츠에서 우베 욘존 문학관이 문을 열었다. 클뤼츠가 욘존과 직접적인 인연은 없지만 욘존의 작품 속에 등장하는 가상의 소도시 예리효가 클뤼츠를 모델로 삼고 있기 때문이다. 생전에 독일 땅에 정착하지 못했던 욘존은 사후에야 게지네의 고향 예리효, 다시 말해 클뤼츠에서 안식을 얻은 셈이다.

1956년 가을 예리효를 배경으로 하고 있는 『야콥을 둘러싼 추측들』은 독일 분단 문학의 고전으로 꼽히고 있다. 당시 독일은 베를린 장벽이 건설(1961)되기 전이었고, 분단은 되었지만 동서독 간 이동이 가능한 상태였다. 동독 출신인 욘존은 1959년 이 작품을 출간하면서 서베를린으로 이주한다.

『야콥을 둘러싼 추측들』은 분단이라는 주제를 처음으로 다루었다는 점에서 큰 주목을 받았고 욘존은 이 작품으로 '두 독일의 작가'라는 별칭을 얻었다. '두 독일의 작가'라는 표현은 욘존이 동독에서 서독으로 넘어왔다는 사실과 작품의 소재나 인물에서 두 독일이 모두 다루어진다는 점에서 설득력이 있다. 하지만 욘존 본인은 두 독일에서 모두 독자와 접할 수 있어야 한다는 조건이 충족되지 않았음을 지적하기도 하였다. 사실 욘존의 작품은 동독에서는 정치적인 이유로 소개되지도 않았기 때문에 정작 동독인들은 자신의 문제를 다룬 이 작품을 동독이 붕괴되기 전까지 읽을 수 없었다.

한편 『야콥을 둘러싼 추측들』이 다룬 것은 독일 분단의 현실이라기보다는 동독의 현실 그 자체라고 보는 견해도 있다. 등장인물 중에서 유일하게 서독에서 살고 있는 게지네가 동독 출신인 데다 그녀의 의식 역시 동독에 가깝기 때문이다. 또한 서독은 동독을 버리고 선택할 수 있는 한 가지 가능성으로서 작품의 외곽에 머물 뿐 작품의 중심에는 동독의 현실이 놓여 있다. 이런 관점에서 보면 『야콥을 둘러싼 추측들』은 동독의 슈타지가 서독에 거주하는 동독 출신 노동자를 포섭하려다 실패한 과정을 다루고 있는 것이다.

『야콥을 둘러싼 추측들』은 분단된 두 독일 사이에 존재하는 이질감과 이해의 어려움 그리고 분단 상황이 개인에게 미치는 영향을 포착하는 방식으로 분단 문제를 다루었다. 또한 동독이 존재했던 기간 동안 절대적으로 금기시되었던 주제인 슈타지를 최초로 본격적으로 다루면서 슈타지의 기능과 활동, 영향 등의 실상을 구체적으로 드러내기도 했다. 이와 같은 이유로 『야콥을 둘러싼 추측들』은 분단이라는 첨예한 대립의 상황에서는 물론 통일 후 분단과 동독을 재조명하는 과정에서도 많은 주목을 받으면서 지금까지도 독일 분단 문학의 대표작으로 인정받고 있다.

2

어린 시절의 욘존은 학교에서 배운 세계상, 그러니까 다른 이들도 모두 갖고 있던 세계상을 가진 '열성적인 히틀러 소년'이었다. 그런 그에게 나치즘의 몰락은 충격이었다. 그 후 욘존은 동독 건설기에 자유 독일 청년단 단원으로서 확신에 찬 사회주의자가 된다. 하지만 폭력적으로 진행되는 동독의 사회주의가 자신이 생각했던 이상적인 사회주의가 아니라는 사실을 깨닫는다. 이처럼 두 번에 걸친 정치적 열광과 실망은 욘존이 현실을 인식하는 태도에 결정적인 영향을 준다. 이후 그는 섣불리 판단하지 않고, 대상에 대해 거리를 두고, 어느 한쪽을 편들지 않는, 이른바 '비판적 중립'을 지키려고 애쓰게 된다.

하지만 서독으로 이주한 욘존은 자신의 작품이 동독을 공격하는 정치적 도구로 이용되는 것을 지켜보아야 했다. 혹자는 욘존이 동독을 선전하기 위해 보내진 트로이의 목마가 아닌가 의심하고 비방했다. 욘존은 결국 1974년 영국에 정착한다. 동독과 서독 양쪽에서 비난과 의심의 눈초리를 받던 욘존은 제3국을 선택할 수밖에 없었던 것이다.

작품 속에서 슈타지의 게지네 포섭 작전은 실패로 돌아갔지만 현실에서는 동독 슈타지가 욘존의 아내를 비공식 정보원으로 포섭하고 욘존을 감시하는 데 성공했다. 이 사실을 알게 된 그는 큰 충격을 받았다. 욘존은 자신의 고향과 비슷한 풍광을 가진 영국의 해안가에서 외롭게 살다가 겨우 마흔아홉 살의 나이로 죽음을 맞이했다. "어느 날 밤 내가 여기서 죽을 거라는 말이지. 그리고 내가 앉아 있는 걸 아무도 보지 못할 거라고." 작품 속에서 크레스팔이 했던 말은 욘존에게 현실이 되고 말았다. 게다가 그는 사망한 지 열아흐레가 지나서야 발견되었으니 더욱 안타까운 죽음이었다.

3

욘존은 작품 전체를 조망할 수 있는 열쇠를 마지막 5장이 되어서야 제공한다. 그렇기 때문에 우리는 마지막까지 욘존이 만들어 놓은 안개 속에서 퍼즐을 맞추면서 진실 찾기 게임을 계속하지 않을 수 없다. 욘존도 『야콥을 둘러싼 추측들』을 처음 출간할 때 독자들이 혼란스러워할 것을 예상한 듯 시간 흐름에 따른 줄거리를 싣도록 허용했다고 하니, 우리도 이 소설의 줄거리를 순서대로 짚어 볼 필요가 있겠다.

1956년 10월 중순, 동독 슈타지의 장교인 롤프스는 서독의 나토(NATO) 본부에서 통역으로 일하는 게지네를 스파이로 포섭하기 위해 비밀공작을 시작한다. 처음에 롤프스는 게지네를 어머니처럼 돌봐 주던 야콥의 어머니를 만나지만 그녀는 위협을 느끼고 급히 서독으로 도망쳐 버린다. 이제 롤프스는 게지네와 오누이처럼 자랐고 엘베 강변의 도시에서 철도원으로 일하고 있는 야콥에게 접근하여 게지네를 동독으로 초청하라고 설득한다.

다음 날, 베를린에서 게지네에게 첫눈에 반했던 요나스가 예리효에 있는 게지네의 고향 집을 찾아온다. 요나스는 동베를린 대학의 영문학과 조교인데 동독 사회주의의 개선에 관한 글을 쓰려고 한다. 같은 날 야콥도 서독으로 떠나 버린 어머니에 관한 사무를 처리하기 위해 휴가를 받아 예리효로 온다. 야콥은 일을 마치고 직장으로 돌아가고, 요나스는 예리효에 좀 더 머무르며 글을 쓴다.

헝가리에서 봉기가 일어난 1956년 10월 23일 저녁, 게지네는 야콥을 찾아오고 두 사람은 감시를 피해 예리효로 간다. 하지만 그들은 롤프스의 손에서 벗어날 수 없음을 깨닫는다. 야콥은 게지네를 무사히 서독으로 돌려보내기 위해 어쩔 수 없이 롤프스에게 도움을 청한다. 롤프스는 게지네와 베를린에서 다시 만나기로 약속하고 그녀를 서독으로 돌려보내 준다.

동베를린으로 돌아온 요나스는 반체제 인사로 간주되어 조교 자리를 잃는다. 요나스는 야콥에게 원고를 맡기러 그를 찾아간다. 야콥은 게지네를 만나러 서독으로 가는 길에 친구 외혜에게 원고를 맡긴다. 서독에서 어머니와 게지네를 만난 야콥은 서독에 남으라는 두 사람의 설득에도 동독으로 되돌아온다. 1956년 11월 짙은 안개가 낀 어느 날 새벽, 야콥은 출근길에 선로에서 사고로 목숨을 잃는다.

요나스는 자신의 원고를 찾으러 외혜에게 가서 그와 대화(1장, 2장)를 나눈다. 다음 날 게지네와 전화 통화(3장)를 마친 요나스는 롤프스에게 체포된다. 게지네는 약속대로 베를린에서 롤프스와 만나 대화(4장)를 나눈다.

4

『야콥을 둘러싼 추측들』은 반소설(反小說)로 분류될 정도로 형식이 난해하기로 유명하다. 이 작품은 순차적인 시간 흐름의 파괴, 줄거리의 해체, 다성적 서술 기법, 내적 독백 등 현대적인 서술 기법들이 모두 동원되었다는 평을 듣고 있다. 욘존은 심지어 구두법을 파괴하거나 문법적으로 오류가 있는 문장을 사용하기도 했다. 이러한 장치들은 전지적인 서술자를 통해 단순하고 명확한 입장을 드러내는 대신 분명하게 조망할 수 없는 현실을 있는 그대로, 조각난 채로 보여 주기 위해 사용되었으며, 욘존의 '비판적 중립'의 입장이 작품의 형식에서 구현된 것이라고 볼 수 있다. 즉 "어느 누구도 자신을 둘러싼 의견들로 구성되지 않는다는 점에 우리는 일치를 본 겁니다."라는 롤프스의 말처럼 주변 인물들의 대화 속에서 재구성된 야콥은 추측의 수준에 머물 수밖에 없다는 것이며, 이는 동독과 서독을 둘러싼 의견들도 절대적 진리가 아님을 우회적으로 말하고 있다.

작품의 서술 형태는 크게 대화, 독백, 서술 세 부분으로 나뉜다. 이것은 겉으로도 구분이 되는데, 문장 부호 '——'로 시작하는 부분은 대화, 아래의 〈A〉처럼 표기된 부분은 독백, 나머지는 서술이다. 다음은 독백과 대화, 서술이 한꺼번에 나타나는 부분(제4장)이다.

나는 도로를 따라 올라가 습한 냉기에서 벗어나 회전문을 지나서, 돈을 써 가며 난방해 놓은 보송보송한 호텔 로비 공기 속으로 들어섰고, 기다리고 있던 짐꾼은 나를 옷 보관소에서 안락의자까지 안내해 주었다. 그곳에서는 야콥이 귀머거리에 벙어리 노릇을 하고서 전혀 이해할 수 없다는 표정으로 품위 있게 앉아 있었다. 나는 앞으로 만나게 될 결벽에 대한 두려움을 다시 잊어버렸다. 〈A〉

— 하지만 한 가지 점에서는 당신이 옳아요. 당연히 우리는 저녁을 먹을 때 아주 완전히 타락한 이 영국 놈들 이야기밖에는 하지 않았어요. 그것보다 중요하다는 느낌을 주는 얘기는 전혀 없었어요. 〈B〉

*

블라흐 박사는 친구 집을 방문했다.

아침에 그는 잠에서 깨어, 정신적인 생활을 영위하기에 적합하도록 갖춰 놓은 가구들이며 서가로 채워진 벽에 둘러싸인, 밝고 쾌적한 방에 누워 있었다. 〈C〉

우선 〈A〉 부분은 원문에서는 이탤릭체로 표기되어 있는데 게지네가 아침 식사를 함께하기 위해 야콥이 묵고 있는 호텔로 찾아갔던 일을 회상하는 내용으로 게지네의 독백이다. 그다음으로 〈B〉 부분은 '—'로 시작하는데 게지네가 야콥과 서독에서 보냈던 시간을 말하는 내용으로 앞뒤를 살펴보면 롤프스와의 대화라는 것을 알 수 있다. 그리고 마지막으로 가름 표시를 두고 새로 시작하는 〈C〉 부분은 원문에서는 처음 몇 단어만 두드러진 글꼴로 표기되었는데, 이것은 친구 집을 방문한 블라흐의 모습을 서술자가 묘사하는 내용이다. 이와 같이 가름 표시로 구분되는 문단은 각 장(章)에서 네 번 혹은 다섯 번 나타나는데 절(節)의 개념으로 이해하면 된다. 문단 간격에서 내용이 연결될 때는 한 줄 띄기를, 내용이 구분될 때는 두 줄 띄기를 사용하고 있다는 점도 참고할 수 있겠다.

문제는 위에서 확인한 것처럼 이 세 가지 서술 형태 모두에서 '누가 말하고 있는지'가 한눈에 드러나지 않는다는 점이다. 하지만 조금만 생각해 보면 우리가 일상생활에서도 이런 상황을 종종 겪는다는 것을 깨달을 수 있다. 예를 들어 식당에 갔을 때 옆 테이블에서 대화하는 소리를 우연히 듣게 되는 경우가 있다. 그때 우리는 대화 내용을 파악하려고 애쓰지 않아도 대화를 계속해서 듣다 보면 지금 말하고 있는 사람이 어떤 사람인지, 무엇에 대해 말하고 있는지 저절로 조금씩 알아 가게 된다. 낯선 이들의 대화를 우연히 듣는다는 부담 없는 마음으로 작품을 읽어 나가다 보면 우리도 이 작품에서 누가 말하고 있는지 알아차릴 수 있다. 욘존은 독자에게 정독을 요구했지만 오히려 부담 없는 마음이 도움이 될 것이다.

작품의 서술 기법 중에서 시제의 혼용과 대화, 독백, 서술의 혼재 역시 독자에게 부담을 주는 요인이 된다. 이것은 과거를 재구성하는 욘존의 독특한 방법으로서 과거를 현재의 시점에서 되돌아보고 있음을 잘 보여 준다.

그가 나에게 설명한다. 스칸디나비아의 화물선과 함부르크 항구로 가는 국제선 화물 열차들이 대부분 그가 맡은 구간을 지나가는데, 이 화물 열차들이 시간을 엄수하는 것은 독일 민주 공화국의 위신을 위해 중요한 것이라고 말이다. 그는 늘 동독의 국명을 줄여서 말하지 않았다. 내가 그러는 것처럼 말이다. 내가 그렇게 하는 것은 무슨 의미이고, 그가 그렇게 하는 것은 무슨 의미일까? (제1장)

"그 녀석이 이제는 전혀 집에 오질 않아요. 잘 타일러서 정신 좀 차리게 해 주세요." 하고 말하지. 하지만 이런 녀석은 타이르는 것으로는 마음을 돌릴 수가 없다. 특출한 이력을 갖춘 것 같다. 대학 공부, 시험, 조교, 박사 학위 취득. 그와 함께 영어영문학을 공부했던 여자한테서 들었다. 그는 이 년간 할레에 있었습니까? 아니요, 곧장 베를린으로 갔어요. 그는 분명히 부모와 소도시를 지긋지긋하게 여겼을 것이다. 예쁜 자식은 아니다. 친애하는 정신노동자 선생! 나는 그게 어리석은 짓이었기를 바랍니다. 교수와 동행했던 건 가벼운 실수였습니다. 그 때 당신은 핑계를 대고 나올 수도 있었을 텐데요. 토론에 참석하지 않을 수는 없었습니까? (제2장)

두 부분은 롤프스가 각기 야콥 그리고 요나스와 관련된 과거를 회상하는 독백으로 과거 시제를 바탕으로 현재 시제를 사용하는 부분이 나타난다. 이것은 당시 상황을 생생하게 전달하는 기능을 하거나 화자가 현재의 시점에서 과거 장면의 의미를 재점검하고 있음을 보여 준다. 그리고 아래 부분에서 요나스와 함께 대학을 다녔던 여자와 롤프스의 대화를 따옴표 없이 직접 화법으로 표현함으로써 독백과 대화의 경계가 허물어져 있음을 볼 수 있다.

5

『야콥을 둘러싼 추측들』을 제대로 이해하기 위해서는 역사적 배경을 아는 것이 중요하다. 1950년대 초 동독 정부의 중공업 우선 정책은 생필품 공급을 악화시켰고, 농업의 집단화, 개신교 탄압 등의 조치 때문에 많은 동독인이 서독으로 떠났다. 1953년 3월 스탈린이 죽으면서 동독 사회에 변화에 대한 희망이 싹트는 가운데 산업 분야의 작업 할당량을 10퍼센트 높이라는 정부의 억압적인 명령은 6월 17일 민중 봉기라는 최악의 상황을 불러온다. 소련군 탱크를 동원한 유혈 진압으로 민중 봉기는 억누를 수 있었지만 그 후 동독을 떠나는 사람들의 행렬까지 막을 수는 없었고, 작품 속의 게지네도 이즈음 서독으로 떠난다.

그리고 딸이 공손하게 무릎을 굽혀 인사하기는 하지만 반항심을 갖고 그의 말을 듣기 시작하던 바로 그 무렵 — 독일 민주 공화국이 네 번째 맞는 봄의 어느 주말이었다 — 어느 날 아침, 크레스팔은 평소 딸에게 줄 빵을 사던 길 건너 일제 파펜브로크의 가게에 가지 않았다. 그날 밤에는 그녀가 다음 날 아침을 먹을 때까지 머물지 않았던 것이다. 그 후 몇 년 동안 크레스팔은

검은 빵만 샀다. 일제 파펜브로크는 그의 딸이 여행을 떠났다는 말을 들었다. (제1장)

1956년 2월 25일 크렘린 궁전에서 열린 소련 공산당 제20차 전당 대회에서 흐루시초프는 흔히 '스탈린 격하 연설'로 알려진 「개인숭배와 그 결과들에 대하여」라는 제목의 연설을 한다. 이 연설은 탈(脫)스탈린주의 노선을 선언한 것이었고, 이로써 냉전 시대에 있던 국제 정세는 해빙기를 맞이한다. 동독에서도 다시 한 번 자유주의적인 분위기가 감돌면서 작품 속의 요나스와 같은 비판적 지식인을 중심으로 스탈린주의적 통치에 대한 비판이 제기된다.

"집회는 완전히, 그리고 하자 없이 학술회의 외양을 갖췄어요. 그러니까 사무적인 절차와 의사일정에다, 준비된 연구 보고서 두 편 그리고 발언권을 주는 의장도 한 명 있었어요. 발언한 내용은 전부 기록되었어요. 모반이었다면 서기를 두지는 않았겠지요. 내가 '외양을 갖추었다'라고 말한 건, 한 달 전부터 매주 빠짐없이, 예를 들어 '현실과 판단'과 같은 여러 가지 철학적 문제에 대해서 별로 대수롭지 않은 거지만 어쨌든 의견이 나왔다는 거예요. 누군가 처음 그곳에 왔다면 특이하고 또 그다지 공식적이지 않다는 느낌을 받았을 거예요. 물론 후계자의 비밀 연설은 서두에서만 포괄적으로, '어둠을 걷어 내는 사건'으로 언급되었고, 그들의 논의는 그걸 훨씬 넘어서 있었어요. (제2장)

1956년 6월 폴란드에서 반스탈린주의자들이 승리한 이후

1956년 10월 23일 헝가리에서도 반정부 집회가 열리고 어느 정도 성과도 거두었으나, 소련은 11월 4일 헝가리에 탱크와 병력을 투입하여 새로 들어선 정권을 무력으로 무너뜨려 버린다. 작품 속에서 병력의 이동 경로 중 한 곳에서 철도원으로 근무하던 야콥은 철도를 이용한 소련군의 이동을 눈앞에서 별수 없이 지켜본다.

　"그런데 만약 우리도 같이 저지했더라면?" 볼프강이 물었다. 야콥은 더 이상 묻지 않았다. 그들은 그자의 이름을 알고 있었다. 만약 그들이 북쪽에서 한 것처럼 열차 통과를 저지했다면. 만약 그들이 병력 수송을 어딘가에서 끊었다면, 그리고 일상적인 운행을 방해하지 않고 진행했더라면.
　"그래도 내일 아침이면 결국 도착할 거야. 내 말은 우리 셋 다 그놈 말대로 공명심에 찬 사람들은 아니라는 거야. 아마도 그놈은 그저 모욕이나 당했을 거라고! 그리고 너하고 나는 체포될지도 몰라. 난 그게 우리가 재미 삼아, 장난 삼아 어리석은 짓을 한 것처럼 되었을 거라고 생각해." 야콥이 말했다. (제4장)

　사회주의 진영에서 보여 준 폭력적인 무력 사용은 같은 해 반대 진영에서도 일어난다. 7월 이집트는 미국과 영국이 아스완 댐 건설 자금 지원을 취소하자 수에즈 운하 국유화를 선언한다. 10월이 되자 영국과 프랑스는 그에 대한 대응으로 이집트를 침공함으로써 제3차 세계 대전이 터질지도 모른다는 우려를 자아내기에 이른다. 작품 속에서 게지네는 영국군의 이집트 침공에 분노하며 나토 사령부에서 하던 통역 일을 그만둔다.

그녀는 핸들 위로 몸을 굽혀 기대고 창밖에 가늘게 내리는 잿빛 비를 바라보면서 고개를 갸웃한 채 아나운서의 목소리에 귀를 기울였다. 아나운서는 영국과 프랑스 군의 이집트 상륙이 임박한 것 같다는 최신 뉴스를 전했다. "상륙할 거야." 그녀는 화를 내며 말했다. 야콥은 올려다보고 다만 어깨를 으쓱했다. 일전에 그녀는 그렇게 되면 더 이상 사령부에서 일하지 않겠다고 선언했었다. (제4장)

이와 같이 욘존은 역사적 사건과 등장인물의 행동을 치밀하게 연결시킴으로써 각 개인의 삶에 미치는 역사의 무게가 얼마나 무거운지를 보여 준다. 롤프스가 야콥의 어머니에게 "사회주의에 대해, 서유럽 자본가들의 호전성에 대해, 사회주의의 우월함과 자본주의의 해악에 대해, 그리고 이것들이 개개인의 삶에, 그러니까 크레스팔 가족의 삶에 미치는 영향에 대해서" 말한 것처럼 말이다.

6

욘존이 자신의 죽음을 일 년 앞두고 완성한 4부작 『기념일들』은 욘존 문학의 결정체로 평가받는데, '게지네 크레스팔의 삶에서'라는 부제가 붙어 있다. 2000년에 4부작 텔레비전 영화로 제작되어 방송되기도 했던 이 작품은 야콥이 죽고 나서 십 년쯤 시간이 흘러 뉴욕에 살고 있는 게지네의 삶을 다루고 있다. 그러니까 욘존은 데뷔작과 마지막 작품을 통해 야콥과 게지네의 삶을 다루었던 셈이다. 이 『기념일들』은 역사의식의 문제와 독특한 서술 방식이 주목받고 있다. 『기념일들』이 『야콥을 둘러싼 추측들』보다 미학적으로 후퇴한 것으로 평가되기도 하지만, 다성적 서사 방식, 다양한 대화 형식, 내적 독백의 기법 등을 통해 과거를 재구성하는 욘존 특유의 방식을 재확인할 수 있다.

1956년 가을 독일에서 살았던 야콥을 둘러싸고 벌어진 많은 사건들과 여러 가지 생각들 그리고 그것을 다루는 욘존의 독특한 방식이 아직도 생명력 있게 느껴진다. 그것은 "독자가 살고 있는 시기와 관계된 소설은 새로운 것이다. 각기 서술되는 과거는 우리에게 다만 우리의 현재 상황을 이야기해 줄 뿐이다."라는 욘존의 말처럼 야콥의 이야기에는 분단 상황에서 살고 있는 우리가 공감할 수 있는 부분이 많기 때문이다. 욘존과 야콥의 삶은 개인이 역사의 거대한 흐름에 어떻게 휩쓸려 가는지, 어느 한쪽을 편들지 않고 비판적 중립의 입장을 지키기가 얼마나 어려운지를 잘 보여 주고 있다.

2010년 10월
손대영

작가 연보

1934년   7월 20일 지금은 폴란드에 속하는 포메른 지방의
         카민에서 태어나 메클렌부르크의 안클람에서 성장.
1945년   레크니츠로 피난.
1952년   귀스트로에서 고등학교 졸업.
1948년   아버지가 소련의 수용소에서 사망.
1949년   자유 독일 청년단에 가입. 이후 오 년간 단원으로
         활동.
1952년   로스토크 대학에 입학. 독문학 전공.
1953년   동독 당국의 교회 탄압 정책을 비판하고 동독 헌
         법이 보장한 언론과 종교의 자유를 주장하며 자유
         독일 청년단을 탈퇴. 이런 경험을 담아 첫 작품 『잉
         그리트 바벤더에르데(Ingrid Babendererde)』를 쓰기
         시작. 그러나 이 작품은 당시 출판사들의 수정 요
         구를 받아들이지 않아 출간되지 못하고, 결국 욘존

사후 1985년에 주어캄프 출판사에서 출간됨.

1954년	라이프치히 대학에서 한스 마이어 교수의 지도 하에 독문학 전공.
1956년	라이프치히 대학 졸업. 어머니가 서독으로 이주.
1957년	국가 기관에서 일하기에는 부적합하다는 판정을 받아 실업 상태에서 번역이나 편집 일로 생활.
1959년	첫 번째 작품 『야콥을 둘러싼 추측들(Mutmassungen über Jakob)』 출간. 서베를린으로 이주해 47그룹으로 활동.
1960년	폰타네 상 수상.
1961년	『아힘에 대한 세번째 책(Das dritte Buch über Achim)』 출간. 첫 번째 미국 여행.
1962년	서독 정부의 장학금으로 로마 유학. 엘리자베트와 결혼. 국제문학상(Prix International de la Littérature) 수상.
1963년	딸 카타리나 태어남.
1964년	『카르쉬와 다른 산문(Karsch, und andere Prosa)』 출간.
1965년	『두 가지 견해(Zwei Ansichten)』 출간.
1966년	뉴욕에 건너가 이 년간 체류. 교과서 검정관으로 활동. 록펠러 재단 장학금을 받음.
1967년	『기념일들(Jahrestage)』 집필 시작.
1968년	마크 트웨인 기사(Knight of Mark Twain)에 지명됨.
1968년	베를린으로 돌아옴.
1969년	서독 펜 클럽 회원, 서베를린 예술원 회원.
1970년	『기념일들 1』 출간.

1971년	『기념일들 2』 출간. 뷔히너 상 수상.
1973년	『기념일들 3』 출간. 이탈리아, 영국, 프랑스 등지에서 순회 강연.
1974년	영국 남동부 켄트 주 셰피 섬 시어니스로 이주. 『클라겐푸르트로의 여행(Eine Reise nach Klagenfurt)』 출간.
1975년	『베를린의 일들(Berliner Sachen)』 출간. 빌헬름 라베 상 수상. 심장 질환으로 투병.
1977년	엘리자베트와 이혼. 독일 어문학 아카데미 회원으로 선출됨.(1979년에 탈퇴.)
1979년	프랑크푸르트 대학 강사. 영국으로 돌아옴. 토마스 만 상 수상.
1980년	프랑크푸르트 대학 강연 모음집 『부수 현상(Begleitumstände)』 출간.
1981년	『어느 불행한 남자의 소묘(Skizze eines Verunglückten)』 출간.
1983년	『기념일들 4』 출간. 하인리히 뵐 상 수상.
1984년	2월 시어니스에서 심부전으로 사망.
1985년	프랑크푸르트 대학에 우베 욘존 문서 보관소 설립.
1994년	우베 욘존 상 제정. 『욘존 연감(Johnson-Jahrbuch)』 간행.
2000년	『기념일들』 텔레비전 영화 방영.
2006년	클뤼츠에 우베 욘존 문학관 개관.

세계문학전집 **257**

야콥을 둘러싼 추측들

1판 1쇄 펴냄 2010년 10월 29일
1판 8쇄 펴냄 2020년 2월 12일

지은이 우베 욘존
옮긴이 손대영
발행인 박근섭, 박상준
펴낸곳 (주)민음사

출판등록 1966. 5. 19. (제 16-490호)
서울특별시 강남구 도산대로1길 62(신사동) 강남출판문화센터 5층 (우편번호 06027)
대표전화 02-515-2000 팩시밀리 02-515-2007
www.minumsa.com

ISBN 978-89-374-6257-3 04800
ISBN 978-89-374-6000-5 (세트)

세계문학전집 목록

1·2 변신 이야기 오비디우스·이윤기 옮김 서울대 권장도서 100선

3 햄릿 셰익스피어·최종철 옮김 서울대 권장도서 100선 | 미국대학위원회 선정 SAT 추천도서 | 국립중앙도서관 선정 청소년 권장도서 | 《뉴스위크》 선정 100대 명저

4 변신·시골의사 카프카·전영애 옮김 서울대 권장도서 100선 | 미국대학위원회 선정 SAT 추천도서 | 논술 및 수능에 출제된 책(1998~2005)

5 동물농장 오웰·도정일 옮김 미국대학위원회 선정 SAT 추천도서 | 《타임》 선정 현대 100대 영문소설 | 논술 및 수능에 출제된 책(1998~2005) | 《뉴스위크》 선정 100대 명저 | BBC 선정 꼭 읽어야 할 책

6 허클베리 핀의 모험 트웨인·김욱동 옮김 《뉴스위크》 선정 100대 명저 | 미국대학위원회 선정 SAT 추천도서

7 암흑의 핵심 콘래드·이상옥 옮김 미국대학위원회 선정 SAT 추천도서 | 《뉴스위크》 선정 10대 명저

8 토니오 크뢰거·트리스탄·베니스에서의 죽음 토마스 만·안삼환 외 옮김 노벨 문학상 수상 작가

9 문학이란 무엇인가 사르트르·정명환 옮김

10 한국단편문학선 1 김동인 외·이남호 엮음 국립중앙도서관 선정 청소년 권장도서

11·12 인간의 굴레에서 서머싯 몸·송무 옮김

13 이반 데니소비치, 수용소의 하루 솔제니친·이영의 옮김 노벨 문학상 수상 작가 | 미국대학위원회 선정 SAT 추천도서

14 너새니얼 호손 단편선 호손·천승걸 옮김

15 나의 미카엘 오즈·최창모 옮김

16·17 중국신화전설 위앤커·전인초, 김선자 옮김

18 고리오 영감 발자크·박영근 옮김

19 파리대왕 골딩·유종호 옮김 노벨 문학상 수상 작가 | 《타임》 선정 현대 100대 영문소설 | 미국대학위원회 선정 SAT 추천도서 | 《뉴스위크》 선정 100대 명저 | BBC 선정 꼭 읽어야 할 책

20 한국단편문학선 2 김동리 외·이남호 엮음

21·22 파우스트 괴테·정서웅 옮김 서울대 권장도서 100선 | 미국대학위원회 선정 SAT 추천도서 | 국립중앙도서관 선정 청소년 권장도서 | 논술 및 수능에 출제된 책(1998~2005)

23·24 빌헬름 마이스터의 수업시대 괴테·안삼환 옮김

25 젊은 베르테르의 슬픔 괴테·박찬기 옮김 논술 및 수능에 출제된 책(1998~2005)

26 이피게니에·스텔라 괴테·박찬기 외 옮김

27 다섯째 아이 레싱·정덕애 옮김 노벨 문학상 수상 작가

28 삶의 한가운데 린저·박찬일 옮김

29 농담 쿤데라·방미경 옮김

30 야성의 부름 런던·권택영 옮김

31 아메리칸 제임스·최경도 옮김

32·33 양철북 그라스·장희창 옮김 노벨 문학상 수상 작가 | 서울대 권장도서 100선

34·35 백년의 고독 마르케스·조구호 옮김 노벨 문학상 수상 작가 | 서울대 권장도서 100선 | 미국대학위원회 선정 SAT 추천도서 | 《뉴스위크》 선정 100대 명저 | BBC 선정 꼭 읽어야 할 책

36 마담 보바리 플로베르·김화영 옮김 서울대 권장도서 100선 | 미국대학위원회 선정 SAT 추천도서 | 《뉴스위크》 선정 100대 명저

37 거미여인의 키스 푸익·송병선 옮김

38 달과 6펜스 서머싯 몸·송무 옮김

39 폴란드의 풍차 지오노·박인철 옮김

40·41 독일어 시간 렌츠·정서웅 옮김

42 말테의 수기 릴케·문현미 옮김

43 고도를 기다리며 베케트·오증자 옮김 노벨 문학상 수상 작가 | 서울대 권장도서 100선 | 미국대학위원회 선정 SAT 추천도서

44 데미안 헤세·전영애 옮김 노벨 문학상 수상 작가

45 젊은 예술가의 초상 조이스·이상옥 옮김 서울대 권장도서 100선 | 미국대학위원회 선정 SAT 추천도서 | 국립중앙도서관 선정 청소년 권장도서

46 카탈로니아 찬가 오웰·정영목 옮김

47 호밀밭의 파수꾼 샐린저·공경희 옮김 《타임》 선정 현대 100대 영문소설 | 미국대학위원회 선정 SAT 추천도서 | 《뉴스위크》 선정 100대 명저 | BBC 선정 꼭 읽어야 할 책

48·49 파르마의 수도원 스탕달·원윤수, 임미경 옮김

50 수레바퀴 아래서 헤세·김이섭 옮김 노벨 문학상 수상 작가 | 국립중앙도서관 선정 청소년 권장도서

51·52 내 이름은 빨강 파묵·이난아 옮김 노벨 문학상 수상 작가

53 오셀로 셰익스피어·최종철 옮김 서울대 권장도서 100선 | 국립중앙도서관 선정 청소년 권장도서 | 《뉴스위크》 선정 100대 명저

54 조서 르 클레지오·김윤진 옮김 노벨 문학상 수상 작가

55 모래의 여자 아베 코보·김난주 옮김

56·57 부덴브로크 가의 사람들 토마스 만·홍성광 옮김 노벨 문학상 수상 작가

58 싯다르타 헤세·박병덕 옮김 노벨 문학상 수상 작가

59·60 아들과 연인 로렌스·정상준 옮김 《뉴스위크》 선정 100대 명저

61 설국 가와바타 야스나리·유숙자 옮김 노벨 문학상 수상 작가 | 서울대 권장도서 100선

62 벨킨 이야기·스페이드 여왕 푸슈킨·최선 옮김

63·64 넙치 그라스·김재혁 옮김 노벨 문학상 수상 작가

65 소망 없는 불행 한트케·윤용호 옮김 노벨 문학상 수상 작가

66 나르치스와 골드문트 헤세·임홍배 옮김 노벨 문학상 수상 작가

67 황야의 이리 헤세·김누리 옮김 노벨 문학상 수상 작가

68 뻬쩨르부르그 이야기 고골·조주관 옮김

69 밤으로의 긴 여로 오닐·민승남 옮김 노벨 문학상 수상 작가 | 미국대학위원회 선정 SAT 추천도서

70 체호프 단편선 체호프·박현섭 옮김

71 버스 정류장 가오싱젠·오수경 옮김 노벨 문학상 수상 작가

72 구운몽 김만중·송성욱 옮김 서울대 권장도서 100선 | 국립중앙도서관 선정 청소년 권장도서

73 대머리 여가수 이오네스코·오세곤 옮김

74 이솝 우화집 이솝·유종호 옮김 논술 및 수능에 출제된 책(1998~2005)

75 위대한 개츠비 피츠제럴드·김욱동 옮김 《타임》 선정 현대 100대 영문소설 | 미국대학위원회 선정 SAT 추천도서 | 《뉴스위크》 선정 100대 명저 | BBC 선정 꼭 읽어야 할 책

76 푸른 꽃 노발리스·김재혁 옮김

77 1984 오웰·정회성 옮김 《타임》 선정 현대 100대 영문소설 | 《뉴스위크》 선정 100대 명저 | BBC 선

정 꼭 읽어야 할 책

78·79 영혼의 집 아옌데·권미선 옮김

80 첫사랑 투르게네프·이항재 옮김

81 내가 죽어 누워 있을 때 포크너·김명주 옮김 노벨 문학상 수상 작가 | 미국대학위원회 선정
SAT 추천도서 | 《뉴스위크》 선정 100대 명저 | 퓰리처상 수상 작가

82 런던 스케치 레싱·서숙 옮김 노벨 문학상 수상 작가

83 팡세 파스칼·이환 옮김

84 질투 로브그리예·박이문, 박희원 옮김

85·86 채털리 부인의 연인 로렌스·이인규 옮김

87 그 후 나쓰메 소세키·윤상인 옮김

88 오만과 편견 오스틴·윤지관, 전승희 옮김 미국대학위원회 선정 SAT 추천도서 | 국립중앙도서
관 선정 청소년 권장도서 | 《뉴스위크》 선정 100대 명저 | BBC 선정 꼭 읽어야 할 책

89·90 부활 톨스토이·연진희 옮김 논술 및 수능에 출제된 책(1998~2005)

91 방드르디, 태평양의 끝 투르니에·김화영 옮김

92 미겔 스트리트 나이폴·이상옥 옮김 노벨 문학상 수상 작가

93 뻬드로 빠라모 룰포·정창 옮김

94 차라투스트라는 이렇게 말했다 니체·장희창 옮김 국립중앙도서관 선정 청소년 권장도서

95·96 적과 흑 스탕달·이동렬 옮김 국립중앙도서관 선정 청소년 권장도서

97·98 콜레라 시대의 사랑 마르케스·송병선 옮김 노벨 문학상 수상 작가 | BBC 선정 꼭 읽어야 할 책

99 맥베스 셰익스피어·최종철 옮김 서울대 권장도서 100선 | 미국대학위원회 선정 SAT 추천도서 |
국립중앙도서관 선정 청소년 권장도서

100 춘향전 작자 미상·송성욱 풀어 옮김 서울대 권장도서 100선 | 국립중앙도서관 선정 청소년 권
장도서 | 논술 및 수능에 출제된 책(1998~2005)

101 페르디두르케 곰브로비치·윤진 옮김

102 포르노그라피아 곰브로비치·임미경 옮김

103 인간 실격 다자이 오사무·김춘미 옮김

104 네루다의 우편배달부 스카르메타·우석균 옮김

105·106 이탈리아 기행 괴테·박찬기 외 옮김

107 나무 위의 남작 칼비노·이현경 옮김

108 달콤 쌉싸름한 초콜릿 에스키벨·권미선 옮김

109·110 제인 에어 C. 브론테·유종호 옮김 미국대학위원회 선정 SAT 추천도서 | BBC 선정 꼭 읽
어야 할 책

111 크눌프 헤세·이노은 옮김 노벨 문학상 수상 작가

112 시계태엽 오렌지 버지스·박시영 옮김 《타임》 선정 현대 100대 영문소설 | 《뉴스위크》 선정 100대 명저

113·114 파리의 노트르담 위고·정기수 옮김 미국대학위원회 선정 SAT 추천도서

115 새로운 인생 단테·박우수 옮김

116·117 로드 짐 콘래드·이상옥 옮김 《뉴스위크》 선정 100대 명저

118 폭풍의 언덕 E. 브론테·김종길 옮김 미국대학위원회 선정 SAT 추천도서 | 국립중앙도서관 선정
청소년 권장도서 | BBC 선정 꼭 읽어야 할 책

119 텔크테에서의 만남 그라스·안삼환 옮김 노벨 문학상 수상 작가

120 검찰관 고골·조주관 옮김

121 안개 우나무노·조민현 옮김

122 나사의 회전 제임스 · 최경도 옮김 미국대학위원회 선정 SAT 추천도서

123 피츠제럴드 단편선 1 피츠제럴드 · 김욱동 옮김

124 목화밭의 고독 속에서 콜테스 · 임수현 옮김

125 돼지꿈 황석영

126 라셀라스 존슨 · 이인규 옮김

127 리어 왕 셰익스피어 · 최종철 옮김 서울대 권장도서 100선 | 논술 및 수능에 출제된 책(1998~2005) | 《뉴스위크》 선정 100대 명저

128·129 쿠오 바디스 시엔키에비츠 · 최성은 옮김 노벨 문학상 수상 작가

130 자기만의 방 울프 · 이미애 옮김

131 시르트의 바닷가 그라크 · 송진석 옮김

132 이성과 감성 오스틴 · 윤지관 옮김

133 바덴바덴에서의 여름 치프킨 · 이장욱 옮김

134 새로운 인생 파묵 · 이난아 옮김 노벨 문학상 수상 작가

135·136 무지개 로렌스 · 김정매 옮김

137 인생의 베일 서머싯 몸 · 황소연 옮김

138 보이지 않는 도시들 칼비노 · 이현경 옮김

139·140·141 연초 도매상 바스 · 이운경 옮김 《타임》 선정 현대 100대 영문소설

142·143 플로스 강의 물방앗간 엘리엇 · 한애경, 이봉지 옮김 미국대학위원회 선정 SAT 추천도서

144 연인 뒤라스 · 김인환 옮김

145·146 이름 없는 주드 하디 · 정종화 옮김

147 제49호 품목의 경매 핀천 · 김성곤 옮김 《타임》 선정 현대 100대 영문소설 | 미국대학위원회 선정 SAT 추천도서

148 성역 포크너 · 이진준 옮김 노벨 문학상 수상 작가 | 퓰리처상 수상 작가

149 무진기행 김승옥

150·151·152 신곡(지옥편·연옥편·천국편) 단테 · 박상진 옮김 서울대 권장도서 100선 | 미국대학위원회 선정 SAT 추천도서 | 국립중앙도서관 선정 청소년 권장도서 | 《뉴스위크》 선정 100대 명저

153 구덩이 플라토노프 · 정보라 옮김

154·155·156 카라마조프 가의 형제들 도스토예프스키 · 김연경 옮김 서울대 권장도서 100선 | 국립중앙도서관 선정 청소년 권장도서

157 지상의 양식 지드 · 김화영 옮김 노벨 문학상 수상 작가

158 밤의 군대들 메일러 · 권택영 옮김 퓰리처상 수상 작가

159 주홍 글자 호손 · 김욱동 옮김 서울대 권장도서 100선 | 미국대학위원회 선정 SAT 추천도서

160 깊은 강 엔도 슈사쿠 · 유숙자 옮김

161 욕망이라는 이름의 전차 윌리엄스 · 김소임 옮김

162 마사 퀘스트 레싱 · 나영균 옮김 노벨 문학상 수상 작가

163·164 운명의 딸 아옌데 · 권미선 옮김

165 모렐의 발명 비오이 카사레스 · 송병선 옮김

166 삼국유사 일연 · 김원중 옮김 서울대 권장도서 100선

167 풀잎은 노래한다 레싱 · 이태동 옮김 노벨 문학상 수상 작가

168 파리의 우울 보들레르 · 윤영애 옮김

169 포스트맨은 벨을 두 번 울린다 케인 · 이만식 옮김

170 썩은 잎 마르케스 · 송병선 옮김 노벨 문학상 수상 작가

171 모든 것이 산산이 부서지다 아체베·조규형 옮김 《타임》 선정 현대 100대 영문소설 | 《뉴스위크》 선정 100대 명저

172 한여름 밤의 꿈 셰익스피어·최종철 옮김 미국대학위원회 선정 SAT 추천도서

173 로미오와 줄리엣 셰익스피어·최종철 옮김 미국대학위원회 선정 SAT 추천도서

174·175 분노의 포도 스타인벡·김승욱 옮김 노벨 문학상 수상 작가 | 《타임》 선정 현대 100대 영문소설 | 미국대학위원회 선정 SAT 추천도서 | 《뉴스위크》 선정 100대 명저 | BBC 선정 꼭 읽어야 할 책 | 퓰리처상 수상작

176·177 괴테와의 대화 에커만·장희창 옮김

178 그물을 헤치고 머독·유종호 옮김 《타임》 선정 현대 100대 영문소설

179 브람스를 좋아하세요... 사강·김남주 옮김

180 카타리나 블룸의 잃어버린 명예 하인리히 뵐·김연수 옮김 노벨 문학상 수상 작가

181·182 에덴의 동쪽 스타인벡·정회성 옮김 노벨 문학상 수상 작가

183 순수의 시대 워튼·송은주 옮김 《뉴스위크》 선정 100대 명저 | 퓰리처상 수상작

184 도둑 일기 주네·박형섭 옮김

185 나자 브르통·오생근 옮김

186·187 캐치-22 헬러·안정효 옮김 《타임》 선정 현대 100대 영문소설 | 《뉴스위크》 선정 100대 명저 | BBC 선정 꼭 읽어야 할 책

188 숄로호프 단편선 숄로호프·이항재 옮김 노벨 문학상 수상 작가

189 말 사르트르·정명환 옮김

190·191 보이지 않는 인간 엘리슨·조영환 옮김 《타임》 선정 현대 100대 영문소설 | 미국대학위원회 선정 SAT 추천도서 | 《뉴스위크》 선정 100대 명저

192 왑샷 가문 연대기 치버·김승욱 옮김 퓰리처상 수상 작가

193 왑샷 가문 몰락기 치버·김승욱 옮김 퓰리처상 수상 작가

194 필립과 다른 사람들 노터봄·지명숙 옮김

195·196 하드리아누스 황제의 회상록 유르스나르·곽광수 옮김

197·198 소피의 선택 스타이런·한정아 옮김 퓰리처상 수상 작가

199 피츠제럴드 단편선 2 피츠제럴드·한은경 옮김

200 홍길동전 허균·김탁환 옮김

201 요술 부지깽이 쿠버·양윤희 옮김

202 북호텔 다비·원윤수 옮김

203 톰 소여의 모험 트웨인·김욱동 옮김

204 금오신화 김시습·이지하 옮김

205·206 테스 하디·정종화 옮김 미국대학위원회 선정 SAT 추천도서 | BBC 선정 꼭 읽어야 할 책

207 브루스터플레이스의 여자들 네일러·이소영 옮김

208 더 이상 평안은 없다 아체베·이소영 옮김

209 그레인지 코플랜드의 세 번째 인생 워커·김시현 옮김 퓰리처상 수상 작가

210 어느 시골 신부의 일기 베르나노스·정영란 옮김

211 타라스 불바 고골·조주관 옮김

212·213 위대한 유산 디킨스·이인규 옮김 서울대 권장도서 100선 | BBC 선정 꼭 읽어야 할 책

214 면도날 서머싯 몸·안진환 옮김

215·216 성채 크로닌·이은정 옮김

217 오이디푸스 왕 소포클레스·강대진 옮김 서울대 권장도서 100선 | 미국대학위원회 선정 SAT 추천도서

218 세일즈맨의 죽음 밀러·강유나 옮김

219·220·221 안나 카레니나 톨스토이·연진희 옮김 서울대 권장도서 100선 | 국립중앙도서관 선정 청소년 권장도서 | 《뉴스위크》 선정 100대 명저 | BBC 선정 꼭 읽어야 할 책

222 오스카 와일드 작품선 와일드·정영목 옮김

223 벨아미 모파상·송덕호 옮김

224 파스쿠알 두아르테 가족 호세 셀라·정동섭 옮김 노벨 문학상 수상 작가

225 시칠리아에서의 대화 비토리니·김운찬 옮김

226·227 길 위에서 케루악·이만식 옮김 《타임》 선정 현대 100대 영문소설 | 《뉴스위크》 선정 100대 명저

228 우리 시대의 영웅 레르몬토프·오정미 옮김

229 아우라 푸엔테스·송상기 옮김

230 클링조어의 마지막 여름 헤세·황승환 옮김 노벨 문학상 수상 작가

231 리스본의 겨울 무뇨스 몰리나·나송주 옮김

232 뻐꾸기 둥지 위로 날아간 새 키지·정회성 옮김 《타임》 선정 현대 100대 영문소설 | 《뉴스위크》 선정 100대 명저

233 페널티킥 앞에 선 골키퍼의 불안 한트케·윤용호 옮김 노벨 문학상 수상 작가

234 참을 수 없는 존재의 가벼움 쿤데라·이재룡 옮김

235·236 바다여, 바다여 머독·최옥영 옮김

237 한 줌의 먼지 에벌린 워·안진환 옮김 《타임》 선정 현대 100대 영문소설

238 뜨거운 양철 지붕 위의 고양이·유리 동물원 윌리엄스·김소임 옮김 퓰리처상 수상작

239 지하로부터의 수기 도스토예프스키·김연경 옮김

240 키메라 바스·이운경 옮김

241 반쪼가리 자작 칼비노·이현경 옮김

242 벌집 호세 셀라·남진희 옮김 노벨 문학상 수상 작가

243 불멸 쿤데라·김병욱 옮김

244·245 파우스트 박사 토마스 만·임홍배, 박병덕 옮김 노벨 문학상 수상 작가

246 사랑할 때와 죽을 때 레마르크·장희창 옮김

247 누가 버지니아 울프를 두려워하랴? 올비·강유나 옮김

248 인형의 집 입센·안미란 옮김

249 위폐범들 지드·원윤수 옮김 노벨 문학상 수상 작가

250 무정 이광수·정영훈 책임 편집 서울대 권장도서 100선

251·252 의지와 운명 푸엔테스·김현철 옮김

253 폭력적인 삶 파솔리니·이승수 옮김

254 거장과 마르가리타 불가코프·정보라 옮김

255·256 경이로운 도시 멘도사·김현철 옮김

257 야콥을 둘러싼 추측들 욘존·손대영 옮김

258 왕자와 거지 트웨인·김욱동 옮김

259 존재하지 않는 기사 칼비노·이현경 옮김

260·261 눈먼 암살자 애트우드·차은정 옮김 《타임》 선정 현대 100대 영문소설

262 베니스의 상인 셰익스피어·최종철 옮김

263 말리나 바흐만·남정애 옮김

264 사볼타 사건의 진실 멘도사·권미선 옮김

265 뒤렌마트 희곡선 뒤렌마트·김혜숙 옮김

266 이방인 카뮈·김화영 옮김 노벨 문학상 수상 작가 | 미국대학위원회 선정 SAT 추천도서

267 페스트 카뮈·김화영 옮김 노벨 문학상 수상 작가 | 국립중앙도서관 선정 청소년 권장도서

268 검은 튤립 뒤마·송진석 옮김

269·270 베를린 알렉산더 광장 되블린·김재혁 옮김

271 하얀 성 파묵·이난아 옮김 노벨 문학상 수상 작가

272 푸슈킨 선집 푸슈킨·최선 옮김

273·274 유리알 유희 헤세·이영임 옮김 노벨 문학상 수상 작가

275 픽션들 보르헤스·송병선 옮김 서울대 권장도서 100선

276 신의 화살 아체베·이소영 옮김

277 빌헬름 텔·간계와 사랑 실러·홍성광 옮김

278 노인과 바다 헤밍웨이·김욱동 옮김 노벨 문학상 수상 작가 | 퓰리처상 수상작

279 무기여 잘 있어라 헤밍웨이·김욱동 옮김 노벨 문학상 수상 작가 | 미국대학위원회 선정 SAT 추천도서

280 태양은 다시 떠오른다 헤밍웨이·김욱동 옮김 노벨 문학상 수상 작가 | 《타임》 선정 현대 100대 영문 소설 | 《뉴스위크》 선정 100대 명저

281 알레프 보르헤스·송병선 옮김

282 일곱 박공의 집 호손·정소영 옮김

283 에마 오스틴·윤지관, 김영희 옮김

284·285 죄와 벌 도스토예프스키·김연경 옮김 미국대학위원회 선정 SAT 추천도서 | BBC 선정 꼭 읽어야 할 책

286 시련 밀러·최영 옮김

287 모두가 나의 아들 밀러·최영 옮김

288·289 누구를 위하여 종은 울리나 헤밍웨이·김욱동 옮김 노벨 문학상 수상 작가 | 《뉴스위크》 선정 100대 명저

290 구르브 연락 없다 멘도사·정창 옮김

291·292·293 데카메론 보카치오·박상진 옮김

294 나누어진 하늘 볼프·전영애 옮김

295·296 제브데트 씨와 아들들 파묵·이난아 옮김 노벨 문학상 수상 작가

297·298 여인의 초상 제임스·최경도 옮김 미국대학위원회 선정 SAT 추천도서

299 압살롬, 압살롬! 포크너·이태동 옮김 노벨 문학상 수상 작가

300 이상 소설 전집 이상·권영민 책임 편집

301·302·303·304·305 레 미제라블 위고·정기수 옮김

306 관객모독 한트케·윤용호 옮김 노벨 문학상 수상 작가

307 더블린 사람들 조이스·이종일 옮김

308 에드거 앨런 포 단편선 앨런 포·전승희 옮김 미국대학위원회 선정 SAT 추천도서

309 보이체크·당통의 죽음 뷔히너·홍성광 옮김

310 노르웨이의 숲 무라카미 하루키·양억관 옮김

311 운명론자 자크와 그의 주인 디드로·김희영 옮김

312·313 헤밍웨이 단편선 헤밍웨이·김욱동 옮김 노벨 문학상 수상 작가

314 피라미드 골딩·안지현 옮김 노벨 문학상 수상 작가

315 닫힌 방·악마와 선한 신 사르트르·지영래 옮김

316 등대로 울프·이미애 옮김 《타임》 선정 현대 100대 영문소설 | 《뉴스위크》 선정 100대 명저 | BBC

선정 꼭 읽어야 할 책 | 미국대학위원회 선정 SAT 추천도서

317·318 한국 희곡선 송영 외·양승국 엮음

319 여자의 일생 모파상·이동렬 옮김

320 의식 노터봄·김영중 옮김

321 육체의 악마 라디게·원윤수 옮김

322·323 감정 교육 플로베르·지영화 옮김

324 불타는 평원 룰포·정창 옮김

325 위대한 몬느 알랭푸르니에·박영근 옮김

326 라쇼몬 아쿠타가와 류노스케·서은혜 옮김

327 반바지 당나귀 보스코·정영란 옮김

328 정복자들 말로·최윤주 옮김

329·330 우리 동네 아이들 마흐푸즈·배혜경 옮김 노벨 문학상 수상 작가

331·332 개선문 레마르크·장희창 옮김

333 사바나의 개미 언덕 아체베·이소영 옮김

334 게걸음으로 그라스·장희창 옮김 노벨 문학상 수상 작가

335 코스모스 곰브로비치·최성은 옮김

336 좁은 문·전원교향곡·배덕자 지드·동성식 옮김 노벨 문학상 수상 작가

337·338 암 병동 솔제니친·이영의 옮김 노벨 문학상 수상 작가

339 피의 꽃잎들 응구기 와 시옹오·왕은철 옮김

340 운명 케르테스·유진일 옮김 노벨 문학상 수상 작가

341·342 벌거벗은 자와 죽은 자 메일러·이운경 옮김 풀리처상 수상 작가

343 시지프 신화 카뮈·김화영 옮김 노벨 문학상 수상 작가

344 뇌우 차오위·오수경 옮김

345 모옌 중단편선 모옌·심규호, 유소영 옮김 노벨 문학상 수상 작가

346 일야서 한사오궁·심규호, 유소영 옮김

347 상속자들 골딩·안지현 옮김 노벨 문학상 수상 작가

348 설득 오스틴·전승희 옮김

349 히로시마 내 사랑 뒤라스·방미경 옮김

350 오 헨리 단편선 오 헨리·김희용 옮김

351·352 올리버 트위스트 디킨스·이인규 옮김

353·354·355·356 전쟁과 평화 톨스토이·연진희 옮김

357 다시 찾은 브라이즈헤드 에벌린 워·백지민 옮김

358 아무도 대령에게 편지하지 않다 마르케스·송병선 옮김

359 사양 다자이 오사무·유숙자 옮김

360 좌절 케르테스·한경민 옮김 노벨 문학상 수상 작가

361·362 닥터 지바고 파스테르나크·김연경 옮김 노벨 문학상 수상 작가

363 노생거 사원 오스틴·윤지관 옮김

364 봄눈 미시마 유키오·윤상인, 손혜경 옮김(근간)

365 마왕 투르니에·이원복 옮김 공쿠르상 수상 작가

세계문학전집은 계속 간행됩니다.